LUCIA SPERLING

WOHIN GEHST DU, WENN ICH BLEIBE

Roman

KNAUR

Besuchen Sie uns im Internet:
www.knaur.de

Aus Verantwortung für die Umwelt hat sich die Verlagsgruppe Droemer Knaur zu einer nachhaltigen Buchproduktion verpflichtet. Der bewusste Umgang mit unseren Ressourcen, der Schutz unseres Klimas und der Natur gehören zu unseren obersten Unternehmenszielen. Gemeinsam mit unseren Partnern und Lieferanten setzen wir uns für eine klimaneutrale Buchproduktion ein, die den Erwerb von Klimazertifikaten zur Kompensation des CO_2-Ausstoßes einschließt. Weitere Informationen finden Sie unter: www.klimaneutralerverlag.de

FSC www.fsc.org
MIX
Papier aus verantwortungsvollen Quellen
FSC® C014496

Originalausgabe Dezember 2023

Ein Imprint der Verlagsgruppe
Droemer Knaur GmbH & Co. KG, München

Antonio Machado: »Campos de Castilla, Renacimiento, Sociedad anónima« Gedicht XXIX, editorial, Madrid: 1912. Die Übersetzung wurde von der Autorin Lucia Sperling vorgenommen.
Redaktion: Clarissa Czöppan
Covergestaltung: Sabine Kwauka
Coverabbildung: Collage von Sabine Kwauka unter Verwendung von Motiven von Shutterstock.com.
Satz: Sandra Hacke, Dachau
Druck und Bindung: GGP Media GmbH, Pößneck
ISBN 978-3-426-52992-8

2 4 5 3 1

KNAUR

Über die Autorin:
Lucia Sperling wurde 1970 in Stuttgart geboren und lebt nach mehreren Auslandsaufenthalten auch wieder dort. Sie ist verheiratet und hat vier Kinder. Außerdem arbeitet sie in einer Praxis für systemisches Coaching. Dass das Leben mitunter unglaubliche Wendungen bereithält und was daraus entstehen kann, inspiriert und begeistert sie immer wieder aufs Neue. Lucia Sperling schreibt auch unter Lucinde Hutzenlaub Romane und Kolumnen.

Wege entstehen dadurch, dass man sie geht.
Antonio Machado

Anmerkung der Autorin

Ja, es stimmt: Zu Beginn und auch immer wieder zwischendrin wird hier ziemlich viel Alkohol getrunken, und ich entschuldige mich in aller Form dafür. Aber es wird auch geliebt, gelitten und vieles mehr. Im Leben und in der Liebe gibt es nun mal solche Phasen. Und dann auch wieder andere. Alles in allem ist dies einfach eine ganz normale Geschichte, wie sie das Leben ab und zu schreibt: schön und schmerzhaft. Lustig und traurig. Und ganz nüchtern betrachtet – eben manchmal betrunken besser.

Prolog

Der Tag, an dem Olivia zum zweiten Mal geboren wurde, war der Tag, an dem ihr Ehemann Philip sie verließ. Allerdings fühlte es sich zu diesem Zeitpunkt weniger wie ein Neubeginn, dafür eher so an, als müsste sie sterben. Olivia war siebenundvierzig Jahre alt, und ihr Leben oder das, was davon in ihrer Wahrnehmung noch übrig war, passte in die winzige Tasse, in der sie seit Stunden rührte und in der sich längst nichts mehr von dem Espresso befand, den Philip ihr wie jeden Sonntag früh gemacht und nach oben auf die Dachterrasse getragen hatte, um ihn dort im milden Juli-Morgenlicht gemeinsam mit ihr zu trinken.

Ein Sonntagmorgen wie jeder andere. Bis zu dem Zeitpunkt, als er ihr mit einem verlegenen Lächeln erklärt hatte, dass er zu jung sei, um zu akzeptieren, dass der Rest seines Lebens aus Golfspielen, Städtereisen und Opernbesuchen bestehe. Und aus seiner Ehe mit Olivia.

Er wolle raus.

Sofort.

Und nachdem er den Espresso getrunken hatte, war er aufgestanden, hatte unbeholfen und verlegen ihre Schulter gedrückt und war gegangen.

In diesem Moment hatte Olivia das für einen seiner fragwürdigen Scherze gehalten, über die nur er lachen und manchmal viel zu lange nicht damit aufhören konnte. Meistens allerdings passierte das, wenn er zu viel getrunken hatte. Olivia hatte sich bei Veranstaltungen oft genug für ihn und sein lautes und übertrieben selbstbewusstes Auftreten geschämt, um dann nachts, wenn sie wach lag und sich fragte, wieso dieser brillante und kultivierte Mann so etwas nötig hatte, eine Erklärung zu suchen oder schlicht zu entscheiden, dass jeder das Recht auf ein paar schlechte Eigenschaften hatte. Sie hatte Philips Geltungsdrang immer vergleichsweise harmlos gefunden. Wenigstens, so hatte sie sich eingeredet, ging er nicht fremd, so wie Rainer, der Mann ihrer Freundin Nadja.

Wie naiv sie gewesen war. Gutgläubig und blind.

Denn seine angebliche Treue war ein Irrtum, und die große bittere Wahrheit, die vermutlich bereits halb Göttingen kannte und die nur Olivia nicht begriffen hatte, gab es schon länger. Viel länger. Sie hatte einen Namen, lange braune Locken und ein eigenes Yogastudio. Aimee. Das wandelnde Klischee. Sie hatte alles. Und nun sogar Olivias Mann.

Philip hatte einfach sein eigenes Leben abgestreift wie eine Schlange ihre alte Haut. Mit einem Lächeln und der Erwartung, dass Olivia seinen Wunsch nach einem Neubeginn verstehen würde.

Olivia war die alte Haut. Genauso leblos und hohl fühlte sie sich. Als wäre Philip nicht nur gegangen, sondern als hätte er ganz beiläufig auch ihr Inneres mitgenommen.

Als ihr Löffel auf dem glatten Rand der Espressotasse ein unangenehmes Kratzen verursachte, schrak sie zusammen.

Der Himmel über ihr war immer noch genauso zart hellblau wie vor Philips Abgang. Sehr viel früher heute Morgen hatte sie sich noch über den schönen Tag gefreut und sich überlegt, ob sie mal wieder den alten Porsche aus der Garage holen und einen Ausflug aufs Land machen sollten. *Davor.* Und dann … aus heiterem Himmel … *Aus heiterem Himmel.* Wenigstens das passte.

Jetzt empfand sie die frühlingshaften Pastelltöne beinahe als Hohn. Wie konnte die Sonne ihr Gesicht wärmen, als sei nichts passiert? Wo waren das Gewitter und der Sturm, wenn man beides einmal brauchte?

Sie sah auf die Uhr. Halb eins. Seit Philips Flucht waren drei Stunden vergangen, die sie wie in Trance verbracht hatte. Aber jetzt musste sie aufs Klo, und außerdem sollte sie vermutlich irgendetwas tun. Aber was? Was tat man, wenn einen der Ehemann nach vierundzwanzig Jahren verlassen hatte und sich das Leben von nun an in ein nebeliges Davor und ein schmerzhaftes Danach unterteilte?

»Fuck!«, sagte sie leise und erschrak sofort über sich selbst. Noch nie hatte sie dieses Wort oder etwas Ähnliches gesagt, und es klang ausgesprochen merkwürdig aus ihrem Mund. Merkwürdig, aber der Situation angemessen.

»Fuck!«, sagte sie noch einmal lauter. Und weil es sich überraschend gut anfühlte, schob sie noch ein ziemlich lautes »FUCKFUCKFUCKFUCK!« hinterher.

Niemand beschwerte sich. Es passierte überhaupt nichts. Das einzige Lebewesen, das reagierte, war ein Rotkehlchen, das nur kurz den Kopf schräg legte, als wollte es fragen, ob Olivia noch alle Tassen im Schrank habe, bevor es sein Gefieder schüttelte und davonflog. Sie hatte geflucht, und es war rein gar nichts passiert, außer dass sie sich ein klein wenig befreit fühlte. Und so müde, als hätte sie seit Jahren nicht geschlafen.

Erschöpft sank sie auf den riesigen rot, braun und blau gemusterten orientalischen Teppich, der unter der großen Pergola lag und einem beinahe das Gefühl vermittelte, in einem Riad in Marrakesch zu sein. Sie angelte sich ein großes Kissen und zog es unter ihren Nacken. Sofort kam ihr grauer Langhaar-Kater Kismet und rollte sich auf ihrem Bauch zusammen. Seine blauen Augen musterten sie ernsthaft und ein wenig überheblich, als wollte er ergründen, ob sie vielleicht den Verstand verloren hatte. Als er scheinbar eine für ihn beruhigende Erkenntnis gewonnen hatte, schloss er die Augen zur Hälfte und begann laut zu schnurren.

Über Olivia zogen ein paar kleinere Wolken vorüber, und sie bemühte sich, in ihnen etwas zu entdecken. Einen Fisch. Einen Vogel. *Eine Yogalehrerin im herabschauenden Hund.*

»FUCK!« sagte sie so kraftlos, dass Kismet noch nicht einmal aufsah.

Kapitel 1

Fünf Tage später

Hallo, hier spricht der Anrufbeantworter von Olivia und Philip Lorenz, leider sind wir nicht zu Hause. Bitte hinterlassen Sie uns eine Nachricht, und wir rufen so schnell wie möglich zurück!«

Es piepte mehrmals, als der Anrufer auflegte. Olivia warf der kleinen schwarzen Maschine auf dem Jugendstiltischchen an der Wand unter dem großen Spiegel einen missbilligenden Blick zu und schob sich eine fettige Haarsträhne hinters Ohr, wobei sie vermied, sich anzusehen. »Feigling«, raunte sie und meinte damit sowohl den Anrufer als auch sich selbst. Ihre Stimme klang krächzend, was vermutlich daran lag, dass sie seit Tagen nicht gesprochen hatte.

Sie sollte etwas trinken, befand sie, aber es war zu spät für Frühstücksprosecco und zu früh für Gin Tonic oder Skinny Bitch. Andererseits: Wer machte die Regeln? Und war nicht irgendwo auf der Welt sowieso immer Zeit für einen Aperitif, einen Sundowner oder Champagner?

Wenigstens war Freitag, sodass sie sich an der Uni nicht weiter krankmelden musste, und sowieso vorlesungsfreie Zeit, aber selbst die Studenten, die sich zu ihrem außerordentlichen kunstgeschichtlichen Sommerexkursionskurs angemeldet hatten, interessierten sich nicht dafür, was sie außerhalb des Hörsaals machte. Ihre Kollegen waren vermutlich sowieso davon überzeugt, dass sie ihr Wochenende mit ihrem Mann oder mit ihren vielen Freunden verbrachte. Es war schließlich immer was los gewesen in der großen wunderbaren und so abrupt geplatzten Blase ihres gemeinsamen Lebens.

Das Telefon klingelte erneut, und Olivia war für den Bruchteil einer Sekunde versucht, dranzugehen. Aber dann ließ sie es doch sein. Ohnehin rief auf dem Festnetz nur noch selten jemand außer Philips Mutter, Philip selbst oder irgendeinem Dienstleister an, der ihr einen neuen Stromvertrag oder ein Zeitschriftenabo andrehen wollte. Keine der drei Optionen war wirklich eine. Wieder legte der Anrufer auf, ohne eine Nachricht zu hinterlassen. Aus Versehen sah Olivia nun doch in den Spiegel und erschrak über ihr fahles Gesicht und die Ringe unter ihren Augen. Sie streckte sich selbst die Zunge raus. Es war ihr gutes Recht, so auszusehen. Haarewaschen, gesund essen und ausreichend schlafen war etwas für Menschen, deren Welt sich weiterdrehte. Ihre war vor genau fünf Tagen stehen geblieben wie eine alte Uhr, die nun niemand mehr aufziehen wollte, und es war ihr auf keinen Fall nach Körperpflege, aber dafür sehr danach, dieses Gefühl der Starre erneut ein wenig in Wodkawatte zu packen.

Olivia ging hinüber zu dem weißen Küchenblock, schaltete die Siebträger-Espressomaschine an und nahm ein großes Glas aus der Schublade. Es war das vorletzte. Sie goss den letzten Rest aus der Wodkaflasche mit dem blauen Etikett in ihr Glas, presste eine Zitrone aus und füllte den Rest mit Mineralwasser auf. Skinny Bitch war eines ihrer Lieblingsgetränke, weil es nicht so süß und klebrig war und außerdem so viel Mineralwasser enthielt, dass sie sich einreden konnte, es würde den Alkohol quasi gleich wieder mit rausschwemmen. Und Zitrone. Sollte keiner sagen, dass sie keine Vitamine zu sich nahm. Mit dem doppelten Espresso und der Scheibe Weißbrot, die sie in den Toaster steckte, war es doch beinahe ein Frühstück.

Ihr Handy brummte. Auf dem Display erschien eine Erinnerung, dass Nadja heute ihren Geburtstag im Esprit feierte. Das kleine Bild mit dem schwarzen Fuchs im goldenen Rahmen, das ihre Freundin sich im AbArt, der Galerie ihrer gemeinsamen Freundin Anja, ausgesucht hatte, stand seit vielen Tagen kunstvoll verpackt ebenfalls auf dem Tischchen und wartete darauf, von Olivia in ihrem schlichten schwarzen seidenen Jumpsuit und mit einem strahlenden Lächeln überreicht zu werden. Aber sie würde nicht hingehen. Nie wieder. Nirgendwo hin. Und sie würde auch nie wieder lächeln. Philip hatte sie verlassen. Sie war tot. Überraschend letzten Sonntag gestorben.

Bei diesem Gedanken wich jede Kraft aus ihrem Körper. Sie glitt an der grünen Wand nach unten und ließ sich auf den Boden neben dem Tischchen sinken, wobei sie sehr stolz darauf war, dass sie dabei keinen Tropfen ihres Drinks verschüttete.

Olivia nahm einen großen Schluck und starrte auf ihre Hände. Der breite goldene Ehering, den sie damals so schön gefunden hatte, weil er einfach nicht zu übersehen war, kam ihr auf einmal viel zu mächtig vor. Sie nahm ihn ab und betrachtete ihren Ringfinger traurig. Die Haut darunter war empfindlich, seltsam dünn und hell. So wie sie selbst.

Das Telefon klingelte schon wieder. Warum rief ständig jemand an? Konnte die Welt sie nicht einfach in Ruhe lassen? Und wenn das schon nicht möglich war, warum in Gottes Namen hinterließ derjenige keine Nachricht? Sie verzog verächtlich den Mund. Sie hatte niemandem etwas zu sagen und wollte nichts erklären. Das Einzige, was sie wirklich wollte, war, auf ihrer Dachterrasse zu liegen, den Wolken zuzusehen, sich selbst zu bemitleiden und Skinny Bitches zu trinken, so viele wie nur möglich. Seit Neuestem mochte sie die leichte Benommenheit, die sich nach dem ersten Glas einstellte, selbst wenn sie dafür den Wodkaanteil immer weiter erhöhen musste. In Gedanken machte sie eine Notiz für sich selbst. Vielleicht gab es ihre Lieblingswodkamarke ja auch in größeren Flaschen, dann musste sie nicht so oft Nachschub besorgen. Aber sie brauchte sowieso Zitronen. Toastbrot. Ein paar Oliven wären nicht schlecht. Und Katzenfutter für Kismet.

Der Kater war das einzige Lebewesen, das sich für sie interessierte, solange sie ihn fütterte und ab und zu kraulte. »Egoist«, sagte sie zu dem Tier, das gerade zufällig an ihr vorbeistolzierte. »Du denkst auch immer nur an dich!«

Olivia schob den Ring wieder über ihren Finger. Sie war noch nicht so weit, ihn abzulegen.

Der Anrufer begann zu sprechen. »Halleluja«, brummte Olivia immer noch leicht genervt, bis sie seine Stimme erkannte. Es war Vincent. *Vinnie.* Ihr Sohn.

»Hallo? Ist da jemand? Mama? Geh doch mal ans Telefon! Es kann doch nicht sein, dass nie jemand zu Hause ist!« Seine Stimme klang vorwurfsvoll.

Mit ihm hatte sie nicht gerechnet. Noch nicht einmal auf dem Anrufbeantworter. Seitdem er seinen MBA in Design Management an der York St. John University in England machte, war er so mit sich und seinem Leben beschäftigt, dass sie kaum etwas von ihm hörten. Wenn er nicht als Überraschungsgast bei Philips Geburtstag gewesen wäre, hätten sie ihn vermutlich bis Weihnachten nicht gesehen.

»Mutter? Herrgottnochmal!« Er hörte sich an wie sein eigener Großvater. Sofort fuhr sich Olivia durch die Haare und setzte sich aufrecht hin, als wäre wirklich der ewig kritische Philip Lorenz Senior am anderen Ende der Leitung, der es immer geschafft hatte, Olivia das Gefühl zu vermitteln, seinen großartigen Sohn nicht wirklich verdient zu haben.

Probeweise raunte sie ihrem Spiegelbild ein kratziges »Hallo« zu, das sich immerhin wie ein normales Wort anhörte.

»Wenn ich nicht bald jemand von euch erreiche, dann … rufe ich die Polizei? Lebt ihr überhaupt noch?«

Nein, korrigierte sich Olivia. Er klang nicht nur wie sein herrischer altmodischer Großvater, sondern auch besorgt.

Sie sollte drangehen und ihm wenigstens sagen, dass sie tatsächlich gestorben war. »Ich leg jetzt auf, Mutter, aber ich rufe wieder an«, sagte Vincent. Schnell stand Olivia auf und nahm den Telefonanruf an, weil sie gehört hatte, dass man im Stehen telefonieren sollte, um kompetenter und souveräner zu wirken. Unnützes Wissen verankerte sich immer sehr gut in ihrem Kopf.

Gerade noch rechtzeitig.

»Vincent! Was für eine schöne Überraschung!«, rief sie in den Hörer. Es klang unnatürlich und aufgesetzt, aber ihr Sohn schien es nicht zu bemerken. Oder es war ihm egal.

Er sagte irgendetwas, aber es ging in dem lauten Dröhnen in Olivias Kopf unter, und sie legte sich mit dem Telefon am Ohr flach auf die Holzdielen, bevor sie umkippen konnte. Vor Olivias Augen tanzten weiße und schwarze Pünktchen einen amtlichen Samba. Sie war viel zu schnell aufgestanden.

Sie schnitt eine Grimasse, um ihren Mund daran zu erinnern, wie man sich bewegte. Es funktionierte nur bedingt.

»Wie geht es dir? Was macht York?«, fragte sie das Naheliegendste, in der Hoffnung, dass Vincent so lange darauf antworten würde, bis sie ihren Kreislauf wieder unter Kontrolle hatte.

»Warum geht nie jemand ans Telefon?«, fragte Vincent anstelle einer Antwort. »Ich habe Papa schon die Mailbox vollgequatscht, aber er ruft einfach nicht zurück! Kannst du ihm vielleicht ausrichten, dass …«

Philip ging also nicht ans Telefon. Vermutlich, weil er es Vincent noch nicht gesagt hatte. *Es.* Das große »Ich habe deine Mutter verlassen, weil ich lieber ihre Yogalehrerin vögeln will. Du kennst sie übrigens, sie war auf meinem Geburtstag«-*Es.*

Er war ihm aus dem Weg gegangen. Wie immer schon. Olivia war stets die Überbringerin schlechter Nachrichten und führte die unangenehmen Gespräche. Auch wie immer. Philip war der Retter gewesen, der Beschwichtiger und immer der Gute. Aber jetzt nicht mehr. Dieses Mal würde sie ihn nicht davor bewahren, seinem Sohn mitzuteilen, was Sache war.

»Feigling«, sagte sie laut.

»Wie bitte?«

»Nicht du, Schätzchen. Entschuldige. Ich rede mit dem Kater.«

»Mit Kismet? Alles in Ordnung? Du klingst irgendwie komisch. Sag mal, habe ich dich geweckt?« Er machte eine Pause, in der er offensichtlich auf die Uhr sah. »Warum schläfst du um diese Zeit?«

»Ich schlafe nicht.« Leider. Wenn man schlief, grübelte man wenigstens nicht. Sehr angenehm.

»Kannst du bitte trotzdem schauen, wo Papa ist? Ich muss wirklich dringend mit ihm reden.« Vincents Stimme klang ungeduldig. Wie immer, wenn er anrief, wollte er irgendetwas. Da unterschied er sich bestimmt nicht von anderen Kindern, aber manchmal erschöpfte diese Erwartungshaltung Olivia trotzdem.

»Ja, das solltest du unbedingt«, antwortete sie leise. Sie streckte die Beine in die Höhe und betrachtete ihre Zehennägel, deren roter Lack auch schon bessere Zeiten gesehen hatte. Sie könnte versuchen, einen Pediküretermin bei Jasmin zu bekommen. Sie konnte es aber auch lassen. Ihre Nägel interessierten kein Schwein. Sie kicherte. Schon gleich gar nicht das Schwein namens Philip.

»Mutter! Ist wirklich alles in Ordnung? Du klingst wirklich total seltsam! Bist du betrunken?«

Sie zuckte mit den Schultern, was Vincent natürlich nicht sehen konnte. Betrunken. Betrogen. Was machte das schon für einen Unterschied?

»Es ist noch nicht einmal Nachmittag!«, sagt sie trotzdem vorsichtshalber ausweichend.

Abgesehen davon war irgendwo auf der Welt garantiert schon

deutlich später und somit allerhöchste Zeit für einen Sundowner. Sie nahm einen weiteren Schluck aus ihrem Glas, bevor sie Vincent empfahl, es weiterhin auf Philips Handy zu versuchen, und ihm versprach, seinem Vater auszurichten, dass er angerufen hatte. Wenn sie ihn sah. Was nicht sehr wahrscheinlich war.

Olivia blieb noch eine Weile mit dem Hörer in der Hand liegen, nachdem sie aufgelegt hatte.

Was würde wohl geschehen, wenn sie sich einfach nie wieder bewegte? Wer würde es merken? Wen würde es interessieren?

Vielleicht Vincent, irgendwann. Philip? Sie sollte sich nichts vormachen. Warum sollte er zurückkommen zu ihr – zu einer mittelalten, mittelschönen und null biegsamen Frau, die er schon so in- und auswendig kannte, dass er in den letzten Jahren keine einzige Frage mehr hatte stellen müssen. Der Mann, von dem sie gedacht hatte, er sei ihre andere Hälfte, sie seien gemeinsam ein Ganzes. Nicht vollkommen, denn das war eine Ehe natürlich nie, aber sie war davon überzeugt gewesen, dass sie nun endlich das Leben genießen konnten, das …

Aber nein. Niemals. Olivia war nichts mehr wert. Nein, schlimmer: Sie war ein Nichts. Die unsichtbar und überflüssig gewordene andere Hälfte. Ohne ihn.

Olivia spürte, wie die Übelkeit in ihr hochkroch, die seit beinahe einer Woche ihr ständiger Begleiter zu sein schien.

Warum hatte sie es nicht kommen sehen? Sah man so was nicht normalerweise? Hatte sie es nicht sehen wollen? Hatte sie sich selbst etwas vorgemacht? Wie lange dauerte es? Und was zur Hölle war »es« überhaupt? Was konnte sie tun, damit er zurückkam? Sofort ging sie in Gedanken alle Freundinnen durch, die sich mit Botox, Hyaluron, Ernährungsberatern und Personal Trainern strafften, verjüngten und in Olivias Augen immer mehr in eine künstliche Version ihrer selbst verwandelten. Und dennoch. Die meisten von ihnen hatten ihre Ehemänner immer noch. Manche von ihnen waren sogar treu, soweit sie wusste.

Also lag es daran? Dass sie sich diesem Verjüngungswahn nicht unterwarf? Nein. Selbst wenn sie die letzten Wochen und Monate Sekunde für Sekunde durchging, da war nichts gewesen. Ja, er war unzufriedener gewesen, irgendwie … abgelenkt und stiller als sonst. Aber Olivia hatte sich eingeredet, dass es etwas mit seinem kommenden fünfzigsten Geburtstag zu tun hatte und damit, dass er immer deutlicher spürte, wie dringend er eine Veränderung brauchte. Weniger arbeiten, mehr Zeit mit ihr. Das Leben genießen. Gemeinsam. Niemals wäre ihr in den Sinn gekommen, dass eine andere Frau dahinterstecken könnte.

Sie hatte Philip und sich immer für ein glückliches Paar gehalten. Hatte gedacht, sie teilten dieselben Träume und Wünsche. Würden zusammenbleiben, bis dass der Tod … na ja, bis letzten Sonntag. Eine knappe Woche, die sich mittlerweile anfühlte wie ein ganzes Leben. Eines ohne Philip. Aber angefangen hatte das alles schon früher als auf seinem fünfzigsten Geburtstag.

Kapitel 2

Zwei Wochen zuvor

Olivia hatte sich lange überlegt, ob es ein Motto geben sollte, und sich dann für die Roaring Twenties entschieden, weil Philip alle Staffeln der *Peaky Blinders* mehrfach gesehen hatte und sehr gelungen fand.

Sie trug ein goldenes Kleid mit Fransen, Netzstrümpfe und ein Stirnband mit einer kleinen Feder und freute sich schon auf Philips Gesicht, wenn sie mit ihm gemeinsam das Jimmys betreten würde, ein Irish Pub etwas außerhalb von Göttingen, das ebenfalls das Flair der Zwanzigerjahre verströmte. Wenn er endlich begreifen würde, dass sie nicht »auf ein albernes Kostümfest« ihrer Fachschaft gingen, sondern auf seinen Geburtstag, und dass nicht »Olivias Professoren dort herumstehen« würden »und so tun, als hätten sie Spaß«, sondern seine Freunde gekommen waren, um ihn zu feiern.

Sie hatte sich wirklich Mühe gegeben, in jedem Lebensabschnitt die Menschen zu finden, die für Philip noch immer wichtig waren, und dafür zu sorgen, dass sie das Geheimnis auch bis zum Tag der Party bewahrten. Philip hatte in Hildesheim Architektur studiert, während sie in Göttingen geblieben war. Glücklicherweise hatte er sich dann hier mit seinem Freund Tom selbstständig gemacht, denn Olivia wollte nicht weg. Für sie war Göttingen der perfekte Standort, denn die Georg-August-Universität war nicht nur die allererste Uni, an der man Kunstgeschichte überhaupt hatte studieren können – sie hatte auch im Gegensatz zu vielen anderen eine eigene umfangreiche Kunstsammlung. Abgesehen davon liebte Olivia ihre Heimatstadt.

Von den wichtigen Menschen, die seitdem Philips Wege gekreuzt hatten, waren die meisten an diesem Abend im Jimmys.

Außerdem hatte sie noch Vincents Freunde vom Tennis und seinen Trainer eingeladen. Mo, das wandelnde Tennislehrerklischee. Braun gebrannt, strahlend, dunkle Haare, blaue Augen, Mitte vierzig und immer gut gelaunt. Er war ein sehr guter Trainer und hatte den Jungs nicht nur knallharte Aufschläge beigebracht, sondern auch Fairness, Respekt und Teamspirit. Und er spielte mit Philip in der Altherrenmannschaft.

Olivia und Nadja hatten ihn immer ein bisschen angehimmelt, wenn sie ihre Söhne gebracht oder abgeholt hatten.

Erst neulich hatte Nadja ihr erzählt, dass er sich von seiner Freundin getrennt hatte.

Aimee hatte sie auch eingeladen. Olivia hatte sich lange überlegt, ob sie das wirklich tun sollte, denn ihre Yogalehrerin kannte niemanden außer ihr und Nadja. Aber sie mochte sie sehr und fühlte sich nach Aimees Yogastunden immer wie neugeboren. Außerdem hatte sie ihr Studio noch nicht so lang, und Olivia wollte ihr gerne helfen, ein paar neue Kontakte zu knüpfen. Nicht zuletzt wusste sie, dass es einfacher sein würde, Philip zu diesem Männer-Yoga-Workshop zu bekommen, den sie ihm zum Geburtstag geschenkt hatte, wenn er Aimee wenigstens einmal vorher gesehen hatte. Er war ihr zwar gemeinsam mit Olivia auf dem Markt schon das eine oder andere Mal begegnet, aber sie glaubte kaum, dass er sich noch daran erinnerte.

Dabei gefiel sie ihm bestimmt. Sie war Mitte dreißig, klein, zierlich und hatte dicke braune Locken, die sie normalerweise zu einem großen Dutt gebunden hatte.

Durch das Wohnzimmerfenster sah sie, wie unten das Taxi hielt. Endlich. Normalerweise wären sie gelaufen, aber in diesen Kostümen war es Olivia so lieber.

Philip hatte sich zunächst geweigert, sich zu verkleiden, und sein anschließendes Gejammere darüber hatte an ihren Nerven gezerrt. Beinahe hätte sie selbst die Überraschung platzen lassen. Dabei sah er in seinem schwarzen Anzug, mit weißem Hemd und der schmalen schwarzen Krawatte großartig aus, und er hätte es Olivia sicherlich trotz allem sehr übel genommen, wenn er dann, wenn alle Augen auf ihn gerichtet sein würden, nicht dem Anlass entsprechend perfekt gekleidet wäre. Sie wusste, dass Philip die Überraschung gefallen würde. Sie wusste es einfach.

Als das Jimmys in ihr Blickfeld kam, stiegen ihre Aufregung und die Vorfreude erneut.

Philip schaute auf sein Smartphone. Seine Laune hatte sich kein bisschen gebessert. »Ich hätte meinen Geburtstag wirklich lieber mit meinen eigenen Freunden gefeiert«, sagte er mürrisch.

Olivia verdrehte innerlich die Augen. Wie konnte man nur so schlecht drauf sein?

»Wirklich sehr schade, dass keiner Zeit hatte, Schatz«, sagte sie und bemühte sich um Geduld. »Aber nächste Woche kommen doch alle. Also genieß einfach den Abend mit mir.«

Noch ein paar Sekunden, und sie wären da, und alles würde gut werden. Hoffentlich. Schnell schickte Olivia noch eine WhatsApp an Tom, Philips Kompagnon und besten Freund, dass sie da waren. Er hatte versprochen, dafür zu sorgen, dass die Überraschung auch wirklich eine wurde. Dann beugte sie sich zu ihrem Mann hinüber, um ihn auf die Wange zu küssen. »Außerdem hast du dein Geschenk noch gar nicht ausgepackt«, raunte sie und meinte damit nicht den Yoga-Workshop, sondern die schwarze Spitzenunterwäsche von Agent Provocateur mit den Strumpfbändern und den Netzstrümpfen, die sie sich extra für heute Abend gegönnt hatte.

»Happy Birthday, mein Lieblings-Peaky-Blinder.«

Sie nahm seine Hand, schob sie auf ihrem Oberschenkel ein wenig unter den Saum ihres Kleides und hoffte, ihn damit und mit der Erwähnung seiner Lieblingsserie wenigstens zu einem Scherz oder einem Blick bewegen zu können. Aber er lächelte nur kurz und zog seine Hand weg, um sein Smartphone erneut zu entsperren.

»Danke, Schatz. Aber schon komisch, dass sie noch nicht einmal angerufen haben.«

Er hatte den seidigen Stoff und die Strumpfbänder gar nicht wahrgenommen. Olivia rang die Enttäuschung über seine Reaktion nieder und gab dem Taxifahrer ein extra dickes Trinkgeld, als er sie an der Bushaltestelle gegenüber des Jimmys aussteigen ließ.

Es würde gut werden, sagte sie sich zum gefühlt hundertsten Mal, selbst als der Taxifahrer sich mit einem Lächeln bedankte und Olivia das Gefühl hatte, dass es einen Hauch von Mitleid beinhaltete.

Philip nahm sie am Arm und führte sie über die Straße in Richtung der dunkel gebeizten Tür, über der in grünen Lettern groß *Jimmys* stand. Die Geste, mit der er sie berührte, war pure Gewohnheit und Anstand, den ihm sein strenger Vater beigebracht hatte. Philip und sie waren immer ein gutes Team gewesen. Und nicht nur das: Sie teilten die Liebe zur Kunst, zu Architektur und zur Gestaltung von Gärten und Räumen. Sie liebten Musik und eiskalten Weißwein und hatten schon viele Abende zu zweit auf der Dachterrasse ihres kleinen Jugendstil-Hauses mit dem zauberhaften Hinterhof verbracht. Philip hatte die alte Apotheke, die ursprünglich im Erdgeschoss gewesen war, zu einem sehr erfolgreichen Architekturbüro umgebaut, das er gemeinsam mit seinem Freund Tom betrieb. Sie konnten stundenlang über alles reden, Pläne schmieden oder den Himmel betrachten. Bevor Vincent ausgezogen war, hatten sie sich immer wieder ausgemalt, was sie alles tun würden, wenn sie endlich Zeit dafür hatten und sich nicht mehr nach seinen Schulferien richten mussten. Nun war Vincent in England, und sie konnten es sich richtig gutgehen lassen.

Leider schien Philip mit dem Auszug seines Sohnes allerdings ihre Pläne vergessen zu haben, und anstatt mit Olivia nun all die Abenteuer zu erleben, vergrub er sich in Arbeit und vertröstete sich und sie auf später. Und er hatte schlechte Laune. Dauerhaft.

Zunächst hatte sie sein Verhalten damit entschuldigt, dass er sich sicher erst an das stille Haus mit dem leer stehenden mittleren Stock gewöhnen musste, aber es half nichts. Philip war neuerdings meist mürrisch, wenn sie alleine waren. Olivia litt und hoffte auf bessere Zeiten. Die Party heute war ein weiterer Versuch, Philip aus dieser miesen Stimmung herauszureißen und einen Neustart zu wagen. Sie wünschte sich so sehr, dass er den Abend genießen und endlich einmal wieder so richtig lachen konnte. Dann wäre die Party heute Abend nicht nur ein Geschenk für ihn, sondern auch für Olivia.

Das Jimmys war im Sommer einer von Olivias Lieblingsorten, und auch Philip kam gern hierher. Es war nicht nur ein Pub im klassischen Sinn, sondern hatte im hinteren Bereich einen gläsernen Anbau, dessen Seitenwände sich komplett öffnen ließen und der in einen wunderschön angelegten alten Garten mündete. Wenn es warm genug war, konnte man dort draußen sitzen. Olivia hatte sich schon oft abends unter den alten Bäumen mit den Lichterketten wie in einem geheimnisvollen Paradies gefühlt, in dem man durchaus die eine oder andere Fee erwarten konnte.

Mittags gab es Snacks und kleine Gerichte, und ab und zu gönnte sich Olivia hier einen Besuch in ihrer Mittagspause.

Der Besitzer hatte sowohl innen als auch außen Holzplanken verlegen lassen, riesige Windlichter aufgestellt und eine Bar geschaffen, die gleichzeitig so cool und elegant war, dass sich sowohl die Guinness- als auch die Champagner- und Cocktailtrinker hier wohlfühlten. Im hinteren Bereich gab es eine kleine Bühne, auf der ab und zu eine irische Band spielte, die Olivia auch für heute engagiert hatte.

Von innen drang leiser Swing durch die dicke Tür nach draußen, und Olivias Herz begann erneut vor Aufregung zu klopfen. Hoffentlich hatte Tom ihre Nachricht vor lauter Lärm und Menschen überhaupt wahrgenommen.

Vorsichtig zog sie die Tür einen Spalt auf, und sofort gingen sowohl die Musik als auch die Lichter aus.

Es hatte geklappt.

Nur noch der sanfte Kerzenschein der Windlichter beleuchtete das Jimmys, als Olivia Philip durch den Eingang bugsierte.

»Was zur …?« Philip war stehen geblieben und versuchte offensichtlich, sich an die Dunkelheit zu gewöhnen. »Stromausfall?«

Olivia ging gar nicht darauf ein, sondern schob ihn einfach weiter. Die Band, die später vor allem Musik aus den Zwanziger- und Dreißigerjahren spielen würde, stimmte Stevie Wonders *Happy Birthday* an, und irgendjemand schaltete das Licht wieder an.

Da standen sie alle: Seine Freunde. Halb Göttingen. Erwartungsvoll, strahlend, verkleidet. »Happy Birthday!«, riefen sie, johlten und klatschten.

Es dauerte ein paar Sekunden, bis er begriff. Er drehte sich zu ihr um. Im Dämmerlicht konnte sie nur erahnen, was in ihm vorging. »Das hast du nicht … Du hast …«, stammelte er und schüttelte den Kopf. »Du unfassbare … unglaubliche …« Er begann zu lachen und nahm ihre Hände in seine, um sie zu sich heranzuziehen. »Das ist …« Sie spürte, wie schnell sein Herz klopfte, roch sein so vertrautes Aftershave und fühlte seine Hände auf ihren Hüften. Olivias Herz wurde leicht, als sie in seine Augen sah und darin endlich den Philip wiederentdeckte, den sie so vermisste. Sie merkte, wie angespannt sie die ganze Zeit über gewesen war. Diese Überraschung hätte genauso gut in die Hose gehen können, sosehr sie sich auch das Gegenteil eingeredet hatte.

War sie aber nicht.

»Danke! Das ist … eigentlich sollte ich dir den Hintern für diese Überraschung versohlen, aber …« Er lachte erneut. Wie lange hatte sie sich nach diesem Lachen und nach spontaner Zärtlichkeit gesehnt! Es tat so gut, sich mit ihm wieder wie eins zu fühlen. Schon allein für Philips Freude hatte sich die ganze Aufregung davor gelohnt. Dabei hatte er längst noch nicht gesehen, wer alles da war. Er wandte sich zu Tom und seiner Frau Gabriela um, die direkt am Eingang standen. »Na warte, Tom! Von wegen ›Ich kann heute nicht! Tut mir leid wegen deinem Geburtstag!‹« Er schüttelte lachend den Kopf. »Da habt ihr mir ja ganz schön einen Bären aufgebunden, ich fasse es nicht!«

Hinter ihnen hob der Barkeeper Georg ein Pint Guinness und ein Cocktailglas in die Höhe und zwinkerte Olivia zu. Sie nickte grinsend. Georg wusste, was sie gerne tranken.

So viele waren gekommen.

Alle waren fröhlich.

Jeder hatte sich verkleidet.

Es konnte nichts mehr schiefgehen.

Olivia war glücklich.

Gewesen.

Besonders in dem Moment, als jemand Philip von hinten den Arm um die Schultern legte, mit dem er sicher am wenigsten gerechnet hatte.

»Alles Gute zum Geburtstag, Papa.«

Vincent.

Er sah in seinen Knickerbocker-Hosen, dem weißen Hemd mit Hosenträgern und Schiebermütze vielleicht nicht so elegant, aber genauso großartig aus wie sein Vater.

»Vinnie!« Sofort drehte Philip sich um und zog seinen Sohn in eine feste Umarmung. »Du … was … wie … was machst du hier?« Er ließ ihn los und wandte sich in Richtung Bar. »Was macht ihr alle hier?« Er lachte und breitete die Arme aus.

Plötzlich stand Aimee neben Olivia und nahm sie für einen Moment in den Arm. Sie trug ein schwarzes seidiges Kleid, dessen Rückenausschnitt nur sehr knapp über ihrem Steißbein endete. Sie sah unfassbar strahlend und sexy aus. Definitiv würde sich Philip und auch jeder andere Mann hier im Raum ab heute an sie erinnern. »Oliva! Du siehst so toll aus!«, rief sie fröhlich und drückte sie an sich. »Meine Güte, dieses goldene Kleid ist der Hammer! Überhaupt sehen alle Gäste großartig aus.« Sie lächelte Olivia an. »Vielen, vielen Dank, dass ich bei eurer Party dabei sein darf.«

Olivia lächelte ebenfalls. »Wie schön, dass du da bist! Und wow, dein Kleid! Ich glaube, ich muss mehr Yoga machen. Wahnsinn!« Sie schüttelte lachend den Kopf und zupfte Philip am Ärmel seines Jacketts. »Komm, ich muss dir meinen Mann vorstellen.«

Philip genoss den Trubel und die Glückwünsche sichtlich, und von der schlechten Laune von vorhin war nichts mehr zu spüren. Er begrüßte die männlichen Gäste mit einem High Five und einer Umarmung und die Damen mit Küssen und Komplimenten. Als wäre er nicht gerade noch kaum aus dem Taxi zu bekommen gewesen.

Die Band hatte wieder zu Swing umgeschwenkt, und nachdem Olivia Aimee mit Philip bekannt gemacht hatte, ging sie an die Bar. Sie hatte auf einmal einen unglaublichen Durst. Sie brauchte einen Drink, bevor sie die restlichen Gäste begrüßen und sich bei ihnen bedanken würde, dass sie gekommen waren, sich verkleidet und dichtgehalten hatten.

Sie ließ sich auf einen der Barhocker fallen.

»Hemingway Daiquiri?« Georg reichte ihr einen rosafarbenen Cocktail. Er kannte ihre Vorliebe für nicht ganz so süße Drinks und ließ sie jedes Mal, wenn sie hier war, etwas Neues probieren.

Ein paar Stühle weiter stand Mo in einer Traube von Vincents Tennisfreunden und Philips Mannschaft. Als er bemerkte, dass sie ihn ansah, hielt er kurz im Gespräch inne und hob sein Glas. Ihre Blicke trafen sich, und er lächelte.

Für einen Augenblick fühlte es sich an, als würden die Musik und die Gespräche ein wenig leiser werden. Er formte ein lautloses »Danke für die Einladung« mit seinen Lippen und schickte einen Luftkuss hinterher, den sie sich aber vielleicht auch nur einbildete. Immerhin war es nicht besonders hell hier drin. So oder so stimmte er sie fröhlich, und sie nahm sich vor, später unbedingt Nadja davon zu erzählen.

Olivia hatte allerdings keine Gelegenheit, nach ihrer Freundin Ausschau zu halten, denn hinter Mo begann ihre beste Freundin Babette wie ein Flummi auf- und abzuhüpfen und wie wild mit den Armen zu rudern, um auf sich aufmerksam zu machen. Neben ihr stand Theo, ihr Ehemann, der liebenswerteste, ausgeglichenste und ruhigste Mensch der Welt. Es war so schön, dass die beiden gekommen waren, obwohl Philip weder Babette noch Theo besonders gut leiden konnte und es ihnen durchaus auch schon das eine oder andere Mal gezeigt hatte. In seinen Augen waren sie langweilig und spießig. Ihr Leben in Elliehausen westlich von Göttingen mit ihren vier Kindern, Hund, Katze und Hühnern und Theos Job als Polizist waren für Philips Ansprüche einfach nicht ausreichend glamourös. Und genau deshalb liebte Olivia nicht nur Babette und Theo, sondern die ganze Familie abgöttisch.

»Oh lala, Olli, du siehst original aus wie eine dunkelhaarige

Marlene Dietrich!« Babette hatte sich durch die Menge geschoben und ließ sich nun auf den Barhocker neben ihr sinken. Olivia musterte ihre Freundin genauer. Babette war nicht besonders groß und hatte blondes, halblanges Haar, das sie meist zu einem winzigen Pferdeschwanz gebunden hatte. Für diesen Abend hatte sie offensichtlich einzelne Strähnen auf Papilloten oder etwas Ähnliches gewickelt und sie noch zusätzlich toupiert. Jedenfalls sah sie ein wenig aus wie eine kleine strahlende und sehr fröhliche Pusteblume in ihrem dunkelgrünen Kleid mit den Fransen.

Theo hatte sich einen schmalen Oberlippenbart stehen lassen, trug hochgeschlagene Jeans und seine festen Arbeitsstiefel. Seine Haare hatte er streng auf der Seite gescheitelt, und unter seinem weißen T-Shirt mit der Anzugsweste darüber zeichneten sich seine Muskeln ab. Keine Frage: Theo war ein sehr attraktiver Mann, und der viele Sport und die körperliche Arbeit, die er im Garten der Lehmanns leistete, sorgten dafür, dass sein Körper in einer großartigen Verfassung war, was man von den meisten Anzugträgern hier im Raum nicht unbedingt behaupten konnte. Dementsprechend blieb auch der eine oder andere begehrliche Blick einer goldglitzernden Dame am Mann ihrer besten Freundin hängen, aber Theo hatte nur Augen für Babette. Die beiden waren der Inbegriff eines glücklichen Paares und immer noch verliebt ineinander, obwohl sie schon seit über zwanzig Jahren zusammen waren.

»Na? Happy?« Babette bestellte ein Bier für Theo und einen Aperol Spritz für sich selbst, bevor sie sich wieder an Olivia wandte. »Die ganze Upperclass ist da, und alle haben sich ihm zu Ehren verkleidet, da ist Philip doch sicher total im Glück, oder?« Sie drückte Olivia einen Kuss auf die Wange. »Diese Party ist der Hammer. Schon jetzt. Weiß dein Mann denn, dass er dich eigentlich gar nicht verdient hat?«

»Ich befürchte nein. Aber sag es ihm trotzdem nicht schon wieder. Zumindest nicht heute.« Olivia grinste, als Babette die Augen verdrehte. Babette war eine großartige Freundin, aber nach dem einen oder anderen Weißwein neigte sie dazu, ihr Herz zu sehr auf der Zunge zu tragen. Das hatte vor nicht allzu langer Zeit dazu geführt, dass sie Philip bei einem Abendessen in der Küche der Lorenzens ziemlich deutlich ihre Meinung mitgeteilt hatte. Und Philip, der allgemein nicht besonders gut mit Kritik umgehen konnte, war alles andere als erfreut darüber gewesen, von ihr als respektloser Macho bezeichnet zu werden, weil er sich von ihr Babettes Meinung nach viel zu sehr bedienen ließ und immer so tat, als hätte Olivia ein wahnsinniges Glück, einen so tollen Mann wie ihn ergattert zu haben, dessen Erfolg es rechtfertige, zu Hause keinen Finger krumm zu machen und trotzdem so zu tun, als wäre alles sein Verdienst. Babette hatte sich am nächsten Tag zwar entschuldigt, und offiziell hatten sich die beiden versöhnt, aber tatsächlich wusste Olivia ziemlich genau, dass ihr Mann die beiden sicherlich nicht auf seine Party eingeladen hätte, wenn er die Gästeliste hätte bestimmen dürfen.

»Keine Sorge. Das Geburtstagkind zu beleidigen, traue noch nicht einmal ich mich.« Sie lachte und stieß ihr Glas an Olivias, bevor sie einen großen Schluck nahm. Auch Olivia probierte endlich ihren Drink, der ausgesprochen köstlich nach Grapefruit, Rum und noch etwas schmeckte, das sie nicht zuordnen konnte. Kirschen vielleicht? Sie schloss für einen Moment die Augen und seufzte. Georg war ein Künstler. Als sie sie wieder öffnete, sah sie, wie er sie beobachtete und grinste, als sie die Hand aufs Herz legte und lächelte.

Babette stupste sie an und wies in Richtung Bühne. »Eine Stegreif-Rede? Was meinst du?«, fragte sie, als Philip sich einen Weg in Richtung des kleinen Podests bahnte.

»Auf jeden Fall«, murmelte Olivia ein wenig peinlich berührt, als er mit einem dynamischen Sprung das Podium erklomm und Sascha, der ausgesprochen attraktiven und sehr jungen Sängerin, zuerst einen Handkuss gab, bevor er ihr etwas ins Ohr flüsterte. Sie lachte laut auf, knickste und bedeutete der Band zu spielen. Sascha stimmte eine extra sexy Marilyn-Monroe-Version von *Happy Birthday* an und schenkte Philip dabei einen lasziven Augenaufschlag. Es war eine Show, das wusste Olivia natürlich. Aber die Art und Weise, wie Philips Blick Saschas Körper von oben bis unten geradezu abtastete, während sie ihn aus halb geschlossenen Augen über ihre Schulter ansah, war Olivia mehr als unangenehm.

Die Partygäste verstummten nach und nach und wandten sich der Bühne zu. Als Sascha Philip schließlich am Ende des Liedes einen Kuss auf die Wange hauchte und er besitzergreifend den Arm um ihre Hüfte legte, um sie noch ein wenig näher an sich heranzuziehen, applaudierten alle. Bis auf Olivia. Bis auf Babette und Theo. Und bis auf Aimee, die ganz vorne an der Bühne stand. Wie schön, dass die Yogalehrerin so mit Olivia verbunden war, dass sie mit ihr mitfühlen konnte.

Als Philips Blick den von Aimee traf, ließ er Sascha los und lächelte sie für einen Augenblick entschuldigend an. Ja, der Workshop war eine sehr gute Idee, wenn Aimee jetzt schon so einen Einfluss auf ihn hatte, dachte Olivia, aber da war der Moment schon vorbei.

»Danke, vielen Dank!« Philip hatte Sascha losgelassen und verbeugte sich noch einmal vor ihr. »Da wird einem ja ganz heiß!« Er zog sein Jackett aus und hängte es an den Mikroständer. Irgendeiner seiner Freunde rief »Weitermachen!«. Olivia vermutete, dass es Ferdinand Matthiesen war. Ein unangenehmer Typ, der sich aufführte, als gehörte ihm die ganze Stadt, und der ihrer Meinung nach ein gehöriges Alkoholproblem hatte. Aber Philip hatte beruflich viel mit ihm zu tun, außerdem spielten sie ab und zu zusammen Golf. Olivia hatte keine Ahnung, ob Philip ihn zu seinen Freunden zählte, aber sicher war es ihm wichtig, dass er dabei war.

Als er jetzt irgendeine Bemerkung machte, die sicher unter

die Gürtellinie ging und die Olivia glücklicherweise nicht hören konnte, lachte Philip laut auf und begann, seine Krawatte zu lösen, während er seine Hüften schwang. Als er sie ausgezogen hatte, schlenkerte er sie einmal um seinen Kopf und steckte sie dann in die Seitentasche seines Jacketts.

»Keine Sorge, ich höre schon auf. Immerhin sind Kinder im Raum. Oder zumindest sehr junge Erwachsene.«

Er drehte sich zu Sascha um und warf ihr eine Kusshand zu. Olivia spürte, wie die Scham über Philips Verhalten so langsam von Ärger abgelöst wurde. Dabei kannte sie ihn gut genug, um zu wissen, dass das noch lange nicht das Ende der Philip-Lorenz-Show war.

Gerade in dem Moment, in dem sie sich selbst dafür schelten wollte, dass sie ihm seinen Auftritt offensichtlich nicht gönnte, legte Babette ihre Hand auf Olivias Arm.

»Alter Gockel«, raunte sie ihr zu und brachte Olivia damit zum Schmunzeln.

Babette hatte recht. Er war ein alter Gockel, er liebte Auftritte wie diesen. Und Olivia liebte nun mal ihn. Trotz allem. Oder gerade deshalb. Wer wusste das nach all den Jahren schon noch?

»Also: Was ich sagen wollte«, begann Philip von Neuem. »Vielen Dank, dass ihr alle da seid. Ich freue mich riesig über diese Überraschung! Tom, ehrlich, dass du das so lange verheimlichen konntest, hätte ich dir gar nicht zugetraut!« Er zeigte mit beiden Zeigefingern hinüber zur Bar, wo Tom ein paar Barhocker entfernt von Olivia stand.

»Autsch!«, sagte Babette und sah ihre Freundin mitfühlend an, während Tom eine abwehrende Handbewegung machte und dann auf Olivia wies. Philips Freund und Geschäftspartner war mehr als loyal, klug und unglaublich fair. Niemals würde er sich mit fremden Federn schmücken. Auch jetzt konnte Olivia ihm ansehen, wie unangenehm es ihm war, dass Philip ihn überhaupt erwähnte.

»Okay, wenn du es so willst, dann danke dafür, dass du meine Frau unterstützt hast, mein Freund.« Er grinste. Kein Lächeln in ihre Richtung. Nichts.

Als wäre sie gar nicht da.

Sie hob ihre Hand und signalisierte Georg, dass sie bereit für den nächsten Drink war. Sie mochte sowohl Hemingway als auch Daiquiri, und die Kombination war sowieso perfekt. Außerdem war das hier eine Party. Vielleicht sollte sie Philip einfach nicht weiter zuhören, dafür aufhören, sich zu ärgern und anfangen zu feiern. Und vielleicht merkte er ja gar nicht, was er da anrichtete. Immerhin hielt er diese Rede völlig unvorbereitet, nahm sie ihn vor sich selbst in Schutz.

Andererseits: Wäre nicht eine Liebeserklärung das Erste, was einem bei so einer Überraschung in den Sinn kam? Dass er es konnte, hatte er ja vorhin erst bewiesen. Oder erwartete sie zu viel?

»Fünfzig.« Philip seufzte theatralisch. »Die einen sagen, es sei nur eine Zahl, die anderen, es sei eher eine Diagnose. Unfassbar, wie schnell das alles gegangen ist. Gestern noch war ich doch erst halb so alt. Also vielleicht ist es ein bisschen von beidem. Eine Zäsur, bei der man nachdenklich werden kann, ist es auf jeden Fall. Doppelt so alt werden wohl die wenigsten. Und die Jahre, die noch vor uns liegen, werden bestimmt nicht alle perfekt. Deshalb ist das hier genau der richtige Zeitpunkt, um etwas zu verändern.« Philip nickte nachdenklich.

Olivia war wie immer beeindruckt, wie souverän er reden konnte, ohne sich vorbereitet zu haben, und der Ärger darüber, dass er sie so übergangen hatte, ging in Stolz über. Sie hatte einen tollen Mann mit einem guten Gespür für sein Publikum. Er würde schon noch die richtigen Dinge sagen.

Sie hatten so oft darüber gesprochen, wie es ab jetzt weitergehen sollte, wie sie ihr Leben in Zukunft gestalten wollten, hatten ihre Träume oben auf der Dachterrasse geteilt, wenn sie bei einem Glas

Wein zusammengesessen hatten, und Olivia freute sich schon jetzt darauf, aus seinem Mund zu hören, dass er weniger arbeiten, dafür mehr Wochenendtrips in die Berge oder ans Meer unternehmen oder auch Vincent in England besuchen wollte. *Mit ihr.* Dieser Geburtstag war in der Tat eine Zäsur und nicht nur für ihn ein Grund zum Feiern.

Sie nippte erneut an ihrem Daiquiri und hörte gespannt zu, was Philip als Nächstes sagte.

»Ich habe lange darüber nachgedacht, wie ich mir einmal den Herbst meines Lebens vorstelle.« Er lachte und bedankte sich, als irgendjemand »Spätsommer!« einwarf. »Es mag euch alle sehr erstaunen, denn ihr wisst ja, wie sehr ich meinen Beruf und diese Stadt liebe.«

Jetzt würde er gleich sagen, dass er weniger Zeit im Büro und mehr mit ihr verbringen würde.

»... aber ab jetzt möchte ich sehr viel mehr Zeit in der Natur verbringen.«

Wandern. Golf spielen. Vielleicht konnten sie sich ja einen Hund zulegen. Obwohl: Das würde mit den Wochenendtrips schwierig werden. Olivia lächelte allein beim Gedanken daran, wie viel Schönes vor ihnen beiden lag.

»Einige von euch kennen ja meinen kleinen Bauernhof in Kreiensen. Erst vor Kurzem dachte ich noch, dass es das Beste wäre, ihn zu verkaufen. Immerhin war ich kaum dort und hatte diese ganzen Pläne und Verpflichtungen und überhaupt keine Zeit dafür, endlich das daraus zu machen, was ich schon vor über zwanzig Jahren machen wollte. Einen Hof mit Hühnern, einem Gemüsegarten und einer Scheune, in der alles möglich ist. Eine Galerie zu Beispiel ...« Nun lächelte er doch wenigstens kurz in ihre Richtung. »Ein Café, ein Yogastudio, ein ... was auch immer!« Mit jedem Wort strahlte er mehr. »Deshalb habe ich beschlossen, meine Zelte in der Stadt abzubrechen und endlich meinen Traum wahr werden zu lassen und den alten Bauernhof in Kreiensen zu renovieren.«

Das Blut rauschte in Olivias Ohren, als Philips Gäste applaudierten. Sie hörte irgendwo ein »Richtig so!«, jemand anderes rief »Ich komme mit!«, während sie sich bemühte zu verstehen, was Philip da gesagt hatte. Natürlich hatte es den Bauernhof-Traum schon mal gegeben, als sie sich kennengelernt und im Schnelldurchlauf eine kleine Familie gegründet hatten. Damals hatten sie auch den Hof gekauft – vielmehr Philip hatte das getan – und dort ein Leben beginnen wollen, das sich so eben einfach nicht ergeben hatte. Als Vincent noch ganz klein gewesen war, hatte sie kurzfristig gedacht, dass ein Kind auf dem Land groß werden sollte. Hatte sich ausgemalt, wie sie die Scheune dort zu einer kleinen, aber feinen Galerie umbauen würde, wie sie gemeinsam dort Workshops abhalten, Freunde bewirten und insgesamt ein sehr glückliches und modernes Leben führen würden. Aber dann hatten sie irgendwie nie die Kurve gekriegt, Philips Büro lief zu gut, um es aufzugeben, Olivia liebte ihre Dozentenstelle an der Uni und ihre Studenten – und irgendwann hatten sie aufgehört, darüber zu reden. In der Sekunde, in der er der versammelten Partygesellschaft von seinen Plänen erzählte, wurde Olivia klar, dass es im Grunde immer nur Philips Traum gewesen war und sie ihn schlicht mitgeträumt hatte. Denn damals hatte sie diesen Mann gewollt, und er sie und sie beide eine Familie. Damals wäre Olivia ohne zu zögern mitgegangen. Aber damals hätte er seine Entscheidungen auch nie ohne sie getroffen.

Wieso jetzt? Wie kam er darauf? Und warum hatte er nichts davon zu ihr gesagt?

»Was für eine Party!«

Gegen drei Uhr morgens ließ sich Philip neben Olivia auf den Rücksitz des Taxis fallen. Er beugte sich zu ihr hinüber, um ihr einen Kuss auf die Wange zu geben. »Das war wirklich ein großartiges Fest!«

Es war schön, dass ihre Überraschung so gelungen war und Philip so glücklich. Dass sich alle seine Freunde so wohl gefühlt und alles so gut geklappt hatte. Dass Vincent gekommen und bis zum Schluss geblieben war und sogar noch ein paar seiner Schulfreunde vorbeigeschaut und mitgefeiert hatten. Sie sollte sich freuen. Aber tatsächlich fühlte sie nichts dergleichen. In ihrem Magen hatte sich schon während Philips Rede ein schales Gefühl eingestellt, das sie den ganzen Abend nicht abstreifen konnte. Zwischendurch hatte sie es beinahe sogar bereut, das Fest organisiert zu haben.

Philip war von Gast zu Gast gewandert, hatte viel getanzt – vor allem mit Aimee, die offensichtlich nicht nur eine tolle Yogalehrerin, sondern auch eine großartige Tänzerin war. Für Olivia war das völlig in Ordnung. Es gab nichts Schlimmeres als diese Paare, die auf Festen immer nur aneinanderklebten und nie mit jemand anderem sprachen. Wenn überhaupt war sie eifersüchtig darauf, dass anscheinend jeder Spaß gehabt hatte außer ihr.

Sie hatte dafür den Abend mit Babette, Theo und später mit Mo und den anderen Tennisspielern verbracht, was sehr lustig gewesen war, sie hatte gelacht und die Komplimente über ihr großartiges Aussehen, die tolle Idee und die schöne Atmosphäre lächelnd entgegengenommen. Sie hatte einen weiteren Daiquiri getrunken, war dann aber auf Wasser umgestiegen, weil ihr die Feierlaune in dem Moment abhandengekommen war, als Philip ihre gemeinsamen Träume verraten hatte. Und sie.

Dementsprechend nüchtern war sie jetzt und weit entfernt von der übermütigen, verliebten und ein wenig müdegefeierten Person, die sie eigentlich heute hatte sein wollen.

Olivia fühlte sich erschöpft und alt, und sie fragte sich, warum sie diesen Aufwand betrieben hatte. Die Deko, das Kleid, die Musik. Wofür? Sie hatte sich bei der Vorbereitung der Party immer wieder vorgestellt, wie sie heute Nacht zu Fuß und Hand in Hand mit Philip nach Hause gehen würde, lachend und gemeinsam über den Abend staunend. Obwohl es spät wäre, würden sie auf der Dachterrasse noch ein Glas Champagner trinken, die Sterne anschauen, endlose Küsse teilen und ganz sicher miteinander schlafen. Sie hatte die Unterwäsche nicht umsonst gekauft. Ein immer noch verliebtes Paar nach einem rauschenden Fest in einer wunderschönen lauen Sommernacht, die noch lange nicht zu Ende war. Wie früher.

Aber nichts war wie früher. Wenn man mal von Philips Vorstellung absah, seinen alten Bauernhof zu renovieren und dort zu leben. Wahrscheinlich hätte sie ihm besser ein Buch über Hühnerzucht und ein paar Gummistiefel schenken sollen als den Yoga-Workshop. Auf einmal kam sie sich albern vor in ihrem Kleid und der aufregenden Unterwäsche.

»Was ist los? Warum bist du so still?« Nun sah er sie das erste Mal an diesem Abend wirklich an. »Hattest du keinen Spaß?« Er legte seine Hand auf ihren Oberschenkel und fuhr dann mit den Fingerspitzen nach oben. »Mmmh … das fühlt sich sehr gut an.«

»Nein, ich …« Sie hatte sich seine Berührung so sehr gewünscht, aber jetzt hätte sie seine Hand am liebsten zur Seite geschoben. Sollte sie ihm sagen, wie sehr sie sein Verhalten an diesem Abend und seine Rede verletzt hatten? Damit würde sie Philips gute Laune allerdings sicherlich ruinieren. Immerhin war es sein Geburtstag. Wenn er beleidigt war, konnte er tagelang schweigen, und das wäre er ganz sicher, wenn sie ihn jetzt abwies. War es das wert?

Nein, eher nicht, gab sie sich selbst die Antwort.

»Ein bisschen erschöpft vielleicht.« Sie lächelte. Es war nicht gelogen.

»Hat dich Mo, der alte Schwerenöter, müdegequatscht?«, flüsterte er in ihr Ohr, und Olivia erschauerte, als er dabei mit seinen Lippen die empfindliche Haut an ihrem Hals streifte. Nein, Mo hatte sie nicht müdegequatscht. Er war witzig, sehr charmant und aufmerksam gewesen, hatte zugehört und ihr das Gefühl gegeben, eine attraktive Frau zu sein.

Im Gegenteil zu Philip, der nicht einmal in ihre Nähe gekommen war.

Philip begann ihren Hals zu küssen. Sofort bekam Olivia eine Gänsehaut. Vielleicht konnte sie ja das ungute Gefühl abstreifen und sich ihm wieder nah fühlen, wenn sie ihren Kopf abschaltete und ihrem Körper die Führung überließ. Sie lachte leise, als er sanft in ihr Ohrläppchen biss. »So müde bin ich dann auch wieder nicht.«

Kapitel 3

Sie landeten zwar nicht auf der Dachterrasse, und auch den Champagner ließen sie aus. Es war vielleicht auch nicht ganz so leidenschaftlich wie in ihrer Fantasie, aber das war es schon so viele Jahre nicht mehr, dass Olivia es gar nicht erwartet hatte. Dafür waren sie aufeinander eingespielt, sowohl im Alltag als auch im Bett. Und immerhin hatten sie überhaupt noch Sex miteinander.

Jeder wusste, zumindest ungefähr, was der andere mochte, Olivia vertraute Philip und hatte keine Probleme damit, sich bei ihm fallen zu lassen. Sex mit ihm war vielleicht keine Offenbarung mehr, aber es machte immer noch Spaß. Meistens zumindest. Vor allem aber war Philip ihr in diesen Momenten endlich wieder nah. Mit seiner Aufmerksamkeit ganz bei ihr.

»Danke«, flüsterte er erneut und küsste sie in den Nacken. »Ich liebe dich, Livy.« Es klang aufrichtig, und die Enttäuschung über sein Verhalten verblasste ein wenig.

»Ich liebe dich auch«, sagte sie.

Sie streckte ihre Hand nach hinten aus und legte sie auf seine Hüfte, als er sich noch ein wenig näher an sie heranschob. Es gab ihre Rituale schon so lange. Sie hielten Olivia und trugen sie durchs Leben, mehr als Worte es je gekonnt hätten. Sie konnte sich überhaupt nicht vorstellen, ohne Philip einzuschlafen. Und wenn er früher auf einer Geschäftsreise gewesen war, hatte sie merkwürdige Dinge geträumt, war oft aufgewacht und hatte nach ihm getastet, bis sie schließlich dazu übergegangen war, von vorneherein sein Kissen in den Arm zu nehmen. Sie waren ein gutes Team. Sie würden darüber reden, wie es weiterging. Nicht heute. Nicht morgen, nicht, so lange Vincent da war. Aber dann. So oder so würden sie einen gemeinsamen Weg finden, welcher auch immer das sein würde, dachte Olivia zuversichtlich.

Die folgenden Tage gehörten in ihrer Erinnerung zu den glücklichsten im kompletten vergangenen Jahr. Am Sonntag schliefen sie lange und frühstückten dann mit Vincent. Er wollte bis mindestens Mittwoch bleiben, und Olivia freute sich auf die gemeinsamen Mahlzeiten, Gespräche auf der Dachterrasse und seine Freunde in ihrem Haus. Es war so still geworden, seitdem er weg war.

Am Nachmittag grillten sie mit Vincents Clique auf der Dachterrasse und zündeten alle Kerzen an, die sie finden konnten. Und als alle Gäste wieder fort waren, lagen sie Hand in Hand auf dem großen Teppich, sahen in den dunklen Himmel und warteten auf Sternschnuppen, die angeblich in diesen Nächten so gut zu sehen waren.

»Wenn du wirklich einen Wunsch frei hättest, was wäre das?«, fragte Olivia irgendwann, nachdem sie tatsächlich eine entdeckt hatten, und tastete nach Philips Hand.

Er ließ es geschehen, griff aber nicht nach ihrer. Dafür seufzte er tief.

»Ich weiß, worauf du hinauswillst, und ich will nicht mit dir streiten. Aber ich hab's ernst gemeint, Livy.«

Olivia drehte sich um, sodass sie ihn ansehen konnte. Sie hatte nicht geplant, jetzt darüber zu sprechen, aber sie war froh, dass er nicht irgendwelche Belanglosigkeiten auspackte und so tat, als wäre nichts gewesen.

»Wir sind bei der Rede, die ich gestern gehalten habe, richtig? Und dabei, wie ich mir mein Leben in Zukunft vorstelle.«

Seiner Stimme hörte sie an, dass von der Nähe und der Gelassenheit von vorhin nicht mehr viel übrig war. Er war schon jetzt von der Frage genervt, die sie gar nicht wirklich gestellt hatte. Sie konnte immer noch zurück und so tun, als ob sie etwas ganz anderes gemeint hätte, oder dorthin, wo sie einer Meinung waren. Seiner.

»Ja.« Aber das wollte sie nicht. »Genau das will ich wissen«, gab sie zu. Sie wünschte sich ein Gespräch, und auch wenn sie eigentlich damit hatte warten wollen, bis Vincent wieder fort war und er nichts davon zu spüren bekam, so war es doch gut, wenn es raus war und sie es nicht weiter mit sich herumschleppen musste.

Olivia versuchte, Philips Blick aufzufangen, um ihm zu verstehen zu geben, dass sie ebenfalls keinen Streit wollte, aber er hatte die Augen geschlossen und seine Lippen zu einem schmalen Strich zusammengepresst. Er würde es ihr nicht gerade leicht machen, so viel war schon mal klar.

»Ich verstehe es einfach nicht. Wir haben doch gemeinsame Pläne gehabt. Wir wollten … wollten so viele Dinge ausprobieren und …« Olivia stützte sich auf den Ellbogen, um ihn besser ansehen zu können. Wenigstens hatte er die Augen mittlerweile wieder geöffnet. »Wann hat sich das alles geändert, Philip? Und abgesehen davon: Seit wann reden wir nicht mehr miteinander über solche Dinge, bevor wir sie mit anderen teilen?«

»Na ja, die Überraschungsparty war ja jetzt nicht wirklich meine Idee, oder?« Es war so typisch für ihn, dass er sofort in den Angriffsmodus überging. »Ich hatte nun wirklich keine Gelegenheit, meine Rede vorher mit dir durchzusprechen.«

»Nein, das wollte ich damit auch nicht sagen. Es geht doch nicht um die Rede.«

»Um was denn dann?« Er hatte sich aufgesetzt und sah von oben auf sie hinunter.

»Ich wollte …« Olivia setzte sich ebenfalls auf. Die schöne und beinahe romantische Stimmung von gerade eben war sowieso verflogen. Sie wusste schon jetzt, wie der Abend weitergehen würde. In ein paar Minuten würde er aufstehen und nach unten in die

Küche gehen, vermutlich später von dort auf die Couch und morgen früh schlecht gelaunt sein und schweigen, was vermutlich die nächsten Tage so bleiben würde. Und warum? Weil sie gewagt hatte, etwas, das er gesagt oder getan hatte, infrage zu stellen.

»Ich wollte nur wissen, ob das wirklich dein Ernst war mit dem Hof. Weil … ich keine Ahnung hatte, dass es diesen Traum überhaupt noch gibt.« Und weil die Änderung seiner Pläne ja durchaus auch Auswirkungen auf Olivias Leben hatte.

Philip schnaubte. »Ich weiß nicht, ob du das verstehst, Livy. Dieser Geburtstag hat mich einfach schon eine ganze Weile nachdenklich gemacht. Keine Ahnung, ob es was damit zu tun hat, dass es ein runder Geburtstag war, aber wie viele gute Jahre habe ich denn wohl noch? Zwanzig? Fünfundzwanzig? Das ist nicht viel Zeit. Und ganz ehrlich möchte ich sie so gut wie möglich verbringen. Ich will das machen, was mir Spaß macht, und so leben, wie ich es in den letzten fünfundzwanzig Jahren nicht konnte. Eine Familie zu haben ist teuer, Liv, und du weißt ja, dass dein Gehalt nirgendwohin reicht.« Er lächelte, aber dennoch versetzten seine Worte ihrem Herzen einen schmerzhaften Stich.

»Was willst du damit sagen? Dass du die letzten fünfundzwanzig Jahre unglücklich warst, weil du dich für Vincent und mich in deinem Job aufgerieben hast? Dass du nicht so leben kannst, wie du möchtest, wenn wir unsere Pläne zusammen umsetzen?« Über was hatten sie die letzten Wochen, Monate, Jahre geredet? Waren das am Ende alles Kompromisse gewesen? Waren Olivia und Vincent am Ende Hindernisse für sein Glück gewesen? Und nannte man das nicht eine Midlife-Crisis?

»Du bist immer gleich eingeschnappt! Es stimmt doch, was ich sage, oder etwa nicht?«

Ja, er verdiente mehr als sie. Mittlerweile. Während des Studiums und bevor Vincent geboren worden war, hatte Olivia in einer kleinen Galerie gearbeitet und später noch zusätzlich die privaten

Kunstsammlungen einiger reicher Kunden betreut, während Philip sich voll und ganz auf sein Studium konzentriert hatte. Es war anfangs sie gewesen, die mehr in die Haushaltskasse eingezahlt hatte. Später dann hatte sie zugunsten von Philips aufblühendem Architekturbüro und Vincent darauf verzichtet, Stunden aufzustocken oder ihre Karriere voranzutreiben. Sie hatte sogar das Angebot ausgeschlagen, eine Kunstsammlung eines reichen Sammlers in Dubai zu kuratieren, obwohl sie darauf große Lust gehabt hätte und er sie unbedingt hatte haben wollen. Nur, weil sie dann knapp acht Wochen weggewesen wäre und Philip es sich nicht hatte vorstellen können, sich um Vincent und sein Büro zu kümmern. Sie hatte Träume immer wegen ihrer Familie hintangestellt – und sie hatte es gern getan. Aber es verletzte sie trotzdem, dass ausgerechnet Philip jetzt so tat, als wäre er immer zu kurz gekommen. Dennoch, sie wollte nicht streiten.

»Erkläre es mir einfach.«

»Es gibt nichts zu erklären, Livy. Ich möchte den Hof sanieren und dort leben. Es gibt genug Platz für ein großes Büro, und wenn ich Termine habe, ist es egal, ob ich von dort oder von hier aus fahre. Tom findet die Idee super und will sowieso auch mehr remote arbeiten, schon allein wegen der Kinder.«

Er hatte mit Tom gesprochen, aber nicht mit ihr? Wie lange war der Hof schon nicht nur eine Idee, sondern ein fixer Plan, der nur darauf wartete, umgesetzt zu werden? Und wann hatte er ihr das sagen wollen?

»Wie stellst du dir das vor? Was ist mit mir? Mit dem Haus?« *Mit einfach allem, verdammt?!*

»Es gibt genügend Menschen, die pendeln. Es ist nur eine knappe Stunde! Meine Güte, ich verstehe dich nicht! Das war doch auch mal dein Traum, oder etwa nicht? Ich habe wirklich gedacht, wir wären ein Team!«

»Ja, das dachte ich auch«, antwortete Olivia leise.

Philip machte sich nicht die Mühe, darauf einzugehen, sondern redete einfach weiter. »Ich habe das alles durchgerechnet. Wir verkaufen das Haus, dann haben wir genug Geld, um den Hof und die Stallungen im Kern zu sanieren. Einen Teil können wir vielleicht vermieten. Wir können Pferde aufnehmen, ein Hofcafé eröffnen oder eine Galerie, wenn du das unbedingt willst, wobei ich nicht weiß, ob so was außerhalb der Stadt funktioniert.« Er zuckte mit den Schultern. »Vor allem aber genießt du das Landleben.« Er legte seine Hand auf ihre. »Das klingt doch super!«

Mit Mitte zwanzig hatte es vielleicht wirklich *super* geklungen, oder Olivia hätte es sich zumindest vorstellen können, aber jetzt passte es einfach nicht mehr. Sie hatte ein Leben, ein Haus in Göttingen, das sie liebte und in dem Vincent aufgewachsen war, sie hatte Freunde hier und selbst auch einen Job, der sie glücklich machte. Wie kam Philip überhaupt dazu, nicht nur für sich neue Pläne zu schmieden, sondern für sie und ihren Sohn gleich mit?

»Und Vincent?«

»Er ist doch kaum noch da, Liv. Warum hältst du denn an allem so fest? Lass doch mal locker und genieß das Leben!«

Lass doch mal locker und genieß das Leben?

Er verdrehte einfach alles.

»Das will ich ja. Mit dir.« Sie war den Tränen nahe. Wollte oder konnte er sie nicht verstehen?

»Ich kapiere nicht, warum du dich so aufregst.« Philip legte sich wieder hin und zog Olivia zu sich hinunter. »Oh, aber jetzt weiß ich es: Dein Zyklus ist schuld, stimmt's?«

»Wie kommst du denn darauf?« Olivia hasste es, wenn er irgendwelche Hormone für ihre Reaktion verantwortlich machte. So als ob niemals die Möglichkeit bestünde, dass sein Verhalten der Auslöser sein könnte.

»Nicht? Na, dann könnte ich dir helfen, dich ein wenig zu entspannen, meine Schöne«, flüsterte er in ihr Ohr, als sie in seinem

Arm zum Liegen kam. Wieso fiel ihm immer dann Sex ein, wenn sie ihn besonders ätzend fand? Jedes Mal war Olivia dann hin- und hergerissen zwischen dem Wunsch, nachzugeben, um sich mit Philip wieder eins zu fühlen, oder ihn anzubrüllen und ihn zu fragen, was zur Hölle er sich dabei dachte, sie so zu behandeln.

Aber Wut ließ weder ihre Erziehung noch ihre Vorstellung von Harmonie zu. Schade eigentlich.

Mit ihm schlafen wollte sie allerdings auch nicht.

»Nein, das ist es nicht. Aber ich gehe trotzdem ins Bett«, sagte sie stattdessen und setzte sich wieder auf. »Ich bin müde, Philip, tut mir leid.«

»Ja, klar, mir auch«, sagte er sofort und klang dabei schon wieder genervt.

An Schlafen war allerdings nicht zu denken. Im Bett hatte Olivia Mühe, die vielen Gedanken und Fragen beiseitezuschieben, die in ihrem Kopf herumschwirrten. Konnte Philip tatsächlich das Haus verkaufen? Rechtlich? Emotional? Dieses wunderschöne Stadthaus mit dem großartigen Hinterhof, den großen verglasten Erkern und nicht zuletzt seinem Büro und ihrer perfekt eingerichteten Wohnung darin, deren gemeinsame Renovierung ihnen beiden so viel Spaß gemacht hatte? Die Dachterrasse, die im Sommer ihr Lebensmittelpunkt war? Vincents Zuhause? Und noch viel mehr: War es ihm wirklich so gleichgültig, was Olivia wollte? Und wie würde es weitergehen, wenn sie sich entschließen sollte, nicht mitzukommen?

Olivia konnte ihren Kopf nicht abschalten, und dass Philip nicht ins Bett kam, machte es nicht besser.

Irgendwann stand sie auf und suchte Kismet, um ihn mit zu sich zu nehmen. Das Schnurren des Katers und dass er sich warm und lebendig anfühlte, beruhigte ihre Seele unter normalen Umständen ein wenig. Andererseits: Ihr Mann hatte offenbar eine

Midlife-Crisis mit einem ausgewachsenen egoistischen Schub, und sie brauchte dringend eine Lösung für ihr Dilemma.

Irgendwann musste sie doch eingeschlafen sein, denn als Olivia später aufstand, um aufs Klo zu gehen, lag Philip neben ihr und schlief tief und fest. Vermutlich hatte er den restlichen Rotwein getrunken, was ihm offensichtlich nicht besonders gut bekommen war, denn er schnarchte fürchterlich.

Sie drehte sich noch eine Weile hin und her, aber als dann irgendwann gegen halb sechs die Vögel zu zwitschern begannen, stand sie endgültig auf und ging in die Küche, um sich einen Kaffee zu machen und Zeitung zu lesen.

Sie war fast durch, als Philip ebenfalls auftauchte. Er sah blass aus, seine Haare standen in alle Richtungen ab, und vor allem war er sehr kurz angebunden.

Sie redeten wenig miteinander, beide vorsichtig, weil keiner eine erneute Auseinandersetzung riskieren wollte und das Thema dennoch zu groß war, um es nicht anzusprechen.

Olivia war froh, dass Montag war und sie wieder an die Uni konnte. Ihre Studenten lenkten sie davon ab, dass Philip seine Zeit entweder in seinem Büro oder auf irgendwelchen Terminen verbrachte, die oft auch bis nach dem Abendessen dauerten. Keine Frage, er wich ihr und allen weiteren Diskussionen aus. Als würde er spüren, dass seine Mutter etwas bedrückte, verbrachte Vincent viel Zeit zu Hause. Sie kochten, saßen auf der Dachterrasse, redeten über Gott und die Welt, über Vincents aktuelle Flamme Astrid aus Schweden, über Tennis und sein Studium.

Er sprach die Rede seines Vaters nicht an, und Olivia ließ es ebenfalls bleiben. Sie wusste, dass für Vincent das Haus in der Groner-Tor-Straße Heimat bedeutete. Dass es dieses Zuhause irgendwann einmal nicht mehr geben könnte, war unvorstellbar.

Dass sie nicht darüber sprachen, machte es allerdings zu einer Art Vakuum, das von Tag zu Tag wuchs und es erschwerte, andere Themen zu finden. Und so ungern sie Vincent wieder zurück nach York reisen ließ, so erleichtert war sie auch, nachdem sie ihn am Donnerstag wieder zum Flughafen gebracht hatte.

Danach wurde es noch stiller im Haus, und es fühlte sich an, als hätte es das Fest und den alten fröhlichen Philip nie gegeben. Er war genauso mürrisch und in sich gekehrt wie in den Tagen und Wochen davor, und Olivia ertappte sich bei dem Gedanken daran, mit aufs Land zu kommen, nur damit sich ihr Leben an seiner Seite wieder schön anfühlte.

Dabei war ihr durchaus bewusst, dass das vielleicht auch nur für den Moment funktionieren würde – und er dort womöglich doch nicht fand, was er suchte. Dann saß sie mit einem Midlife-Crisis-gebeutelten stummen Mann in der Pampa fest und hatte dafür das Leben, das ihr gefallen hatte, aufgegeben und würde es doppelt bitter bereuen.

Nein, definitiv keine Option. Egal, wie schlecht er jetzt drauf war.

Vielleicht half ja der Yoga-Workshop am heutigen Abend. Sie hatte fast schon ein schlechtes Gewissen Aimee gegenüber, weil sie ihr diesen schlecht gelaunten Mann überließ, der so gar keine Lust auf irgendetwas zu haben schien und mit dem charmanten Gastgeber von vor einer Woche nichts mehr gemeinsam hatte. Ob sie Aimee vorwarnen sollte?

Unbedingt, beschloss sie und wählte die Nummer ihrer Freundin. Aimee ging sofort ans Telefon.

»Wie schön, dass du anrufst, Olivia! Ich wollte mich auch schon die ganze Zeit melden. Euer Fest war so toll! So viele nette Leute! Ich habe noch gar keine Zeit gehabt, mich zu bedanken«, plapperte sie sofort drauflos.

Olivia lachte. »Was ist los mit dir? Hast du zu viel Kaffee getrunken oder bist du einfach nur total aufgeregt, weil ich anrufe?«

»Nein … ich … freu mich einfach. Warum sollte ich aufgeregt sein?« Sie klang merkwürdig überdreht, aber vielleicht bildete sich Olivia das auch nur ein.

»Das war nur ein Spaß, Aimee. Ich wollte mit dir über Philip sprechen.«

Für einen Augenblick blieb es still am anderen Ende.

»Über …?«

»Meinen Mann? Der heute mit in deinen Workshop kommt? Philip?« Nein, irgendetwas stimmte eindeutig nicht.

»Nichts, entschuldige. Ich bin nur noch mitten in der Planung für nachher. Was gibt's?«

Auf einmal kam sich Olivia komisch vor. Aimee wusste schließlich, was sie tat. Immerhin bot sie diesen Workshop für gestresste Männer ja nicht umsonst an. Sie brauchte bestimmt keine Warnung einer besorgten Ehefrau.

»Nein, nein, alles gut. Ich wollte dich nicht stören. Ich … Eigentlich wollte ich dir nur viel Spaß wünschen«, sagte sie stattdessen. »Bin gespannt, was du erzählst. Oder Philip.«

Aimee lachte kurz auf. »Ehrlich gesagt würde es mich wundern, wenn er überhaupt was erzählt. Erwarte da mal lieber nicht zu viel.«

»Entweder du kennst meinen Mann wirklich gut, oder es sind doch alle gleich.« Olivia lachte. Aimee am anderen Ende fiel allerdings nicht mit ein.

Philip kam nach Hause, als Olivia schon schlief.

Am nächsten Tag erzählte er tatsächlich nichts, was Olivia als gutes Zeichen wertete, denn immerhin machte er sich weder über den Workshop lustig, noch hatte er irgendetwas daran auszusetzen. Sie hatte sogar gehört, wie er mit irgendjemandem telefoniert und dabei gelacht hatte. Vielleicht wirkte Aimees Yoga ein bisschen nach. Vielleicht kapierte er sogar so langsam, dass man nicht unbedingt aufs Land ziehen musste, um all diese Dinge zu finden, die er suchte. Ruhe. Frieden. Entspannung. Lebensfreude. Glück. Vielleicht hatte Olivia ja doch noch eine Chance auf das Leben, das sie sich mit ihm gemeinsam erträumt hatte.

Auf einmal schien Philip von einer unglaublichen Energie erfüllt zu sein, die im krassen Gegensatz zu der mürrischen Lethargie stand, die er in letzter Zeit so oft an den Tag gelegt hatte. Er ging auf den Markt, holte Getränke, fuhr zum Wertstoffhof und verbrachte den Tag mit alltäglichem Kram, den er sonst ausgesprochen lästig fand und nur machte, wenn Olivia ihn mehrfach darum bat. Meist ging sie irgendwann selbst, genervt davon, dass er sich so lange Zeit ließ, bis der Käsewagen schon weg war oder der Stand mit dem Biogemüse nicht mehr die Auswahl hatte, die Olivia so schätzte.

Bisher hatte er ihr immer erklärt, dass es doch wohl egal sei, wo man einkaufe. Aber das war ein Irrtum. Und abgesehen davon hatte sie auf dem Markt immerhin Aimee kennengelernt. Sie arbeitete nebenher am Biostand, weil Yoga allein ihren Lebensunterhalt noch nicht finanzieren konnte. Olivia und die junge Frau mit den dunklen Haaren und dem strahlenden Blick waren ins Gespräch gekommen, und Olivia hatte sie sofort sympathisch gefunden. Sie war sowieso auf der Suche nach einem neuen Yogastudio gewesen, nachdem ihr altes sich mehr und mehr zu einer spirituellen Räucherbude entwickelt hatte. Aimees Studio in der Hospitalstraße gleich um die Ecke war ein absoluter Glücksfall. Es war sauber, schlicht und stylisch, mit einem dunklen, glatt geschliffenen Holzboden und weiß gekalkten Wänden, einem großen goldenen Wandgemälde und einigen großen Korblaternen, die so im Raum verteilt waren, dass er mit einem weichen, warmen Licht erfüllt war. Abgesehen davon waren Aimees Stunden Olivias Wochenhighlight. Sie hatte eine sehr angenehme Stimme und baute jede

Stunde voller Hingabe auf, korrigierte zwischendurch die Körperhaltung ihrer Yoginis und ging bei der Schlussentspannung mit Klangschale oder einem Aromaöl durch die Reihen, um jedem noch ein wenig Extra-Aufmerksamkeit zu schenken. Olivia fühlte sich danach jedes Mal ganz erfüllt von Gelassenheit und Ruhe und gleichzeitig randvoll mit einer unglaublichen Energie, sodass sie am liebsten jeden Tag dorthin gegangen wäre.

Als Aimee diesen Männer-Workshop angeboten hatte, war für Olivia völlig klar gewesen, dass das genau das Richtige für Philip war.

Und vielleicht war die Einkaufstour seine Art und Weise, danke zu sagen und ihr zu zeigen, dass er sich gerne mit ihr versöhnen wollte.

Als er den Korb mit den Einkäufen auf dem Küchentresen abstellte, trat Olivia neben ihn und legte ihre Hand auf seine. »Hey«, sagte sie und versuchte, seinen Blick einzufangen. »Danke, dass du einkaufen gegangen bist.« Sie wollte, dass sie ein schönes Wochenende miteinander verbrachten, und ihren Teil dazu beitragen. Selbst wenn es bedeutete, dass sie den ersten Schritt machen musste, obwohl sie sich im Recht fühlte. Aber ewig konnten sie so ja auch nicht weitermachen. Es war lächerlich und kindisch, nicht miteinander zu reden. Außerdem fand sich so sicherlich keine Lösung.

»Kein Problem«, sagte er, ohne aufzusehen. Er wandte sich um, um Salat, Gurken und die Tüte mit dem Käse in den Kühlschrank zu packen.

Sie nahm ihm den Käse ab. »Komm schon, Philip, hör auf damit. Es ist nicht nötig. Ich weiß schon gar nicht mehr, warum wir überhaupt wütend aufeinander sind.«

Endlich sah er auf. Sie hatte sich geirrt. In seinen Augen lag überhaupt keine Wut, dafür eine Distanz, die Olivia sehr viel mehr erschreckte. »Ich bin nicht wütend«, antwortete er. »Es ist alles in Ordnung.«

Das war es nicht. Ganz und gar nicht.

Olivia wollte es trotzdem so gern glauben.

Selbst als er immer wieder zum Telefonieren nach draußen ging. Sein lautes Lachen, das nie ihr galt, sondern angeblich Tom oder irgendwelchen Bauleitern. Gespräche, die ihn normalerweise nicht unbedingt zum Lachen brachten. Sie wollte es glauben, als er sich neue Sportklamotten kaufte und eine eigene Yogamatte. Sie wollte es glauben, als er kaum noch in seinem Büro im Erdgeschoss, sondern ständig unterwegs war und merkwürdige Erklärungen fand, warum er immer später nach Hause kam.

Olivia wollte es glauben, obwohl er den Hof nicht mehr ansprach, und sie dennoch die fertigen Umbaupläne auf seinem Schreibtisch sah, als sie irgendwann einmal nach unten ging, um ihm irgendetwas zu bringen.

Nicht glauben hatte sie hingegen wollen, dass er sich in Aimee verliebt hatte und Olivia verlassen wollte.

Aber er hatte es getan.

Das war vor einer Woche gewesen. Und an der Fassungslosigkeit darüber hatte sich nichts geändert. Zumindest nicht, wenn sie zuließ, dass es sich seinen Weg durch all die Skinny Bitches in ihr Bewusstsein bahnte.

Kapitel 4

Dass er sich in Aimee verliebt hatte, konnte Olivia sogar nachvollziehen. Sie war schön, jung, voller Energie, ihr Yogastudio war toll und sie hatte so unfassbar viel zu geben.

Aber was fand Aimee an ihm? Warum er?

Dolly Partons Lied *Jolene* dröhnte seit einer Woche in Dauerschleife durch Olivias Kopf. Wie so oft begann sie, leise mitzusummen. Bitte nimm mir meinen Mann nicht weg, nur weil du es kannst. Du kannst doch jeden haben, nur ich nie wieder lieben, sang Miss Parton darin.

Der Refrain klebte in ihrem Kopf wie Kaugummi. Ging es denn dabei wirklich um Liebe? Oder nur um das eigene Ego?

Und überhaupt war das ja die eigentliche Frage: War das der Grund? Weil Aimee es eben konnte? Aber wieso? Er war mindestens fünfzehn Jahre älter als sie, wenn nicht zwanzig, mit Bauchansatz und Haarverlust, mit schlechten Angewohnheiten, die er immer mehr pflegte und die Olivia ihm durchgehen ließ, weil … er eben schon so lange ihr Mann war und man in Kauf nehmen musste, dass sie nicht auf Dauer die Traumprinzen blieben, als die sie sich zu Beginn ausgegeben hatten.

Und außerdem war Aimee doch Olivias Freundin und wusste, dass Philip *ihr* Mann war. Sie hatte den Gutschein bei ihr gekauft und sich mit ihr noch über ihn unterhalten. Wie unzufrieden er war. Wie sehr ihr das missmutige Getue auf die Nerven ging. Und wie sehr sich Olivia auf seinen Geburtstag freute, weil sie gehofft hatte, dass dann alles besser würde. Waren die beiden da längst ein Paar gewesen?

Olivia wusste nicht, von wem sie enttäuschter sein sollte: Von Philip, der ihre Yogalehrerin vögelte, oder von Aimee, die sich nicht nur Olivias Mann geschnappt hatte, sondern die Olivia auch hintergangen, ihr ins Gesicht gelogen und sich hinterher vermutlich auch noch über sie lustig gemacht hatte, weil sie es nicht bemerkte.

Jedenfalls konnte Olivia nie wieder ins Yoga. Nie wieder auf den Markt. Überhaupt nie wieder irgendwohin, wo ihr Aimee begegnen konnte. Am besten, sie verließ ihr Haus nie wieder. Es war zu schrecklich. Schmerzhaft. Peinlich. Alles zusammen.

… Du kannst haben, wen du willst und ich nie wieder lieben …

Es klang so falsch. Die Liebe sollte die Menschen doch stark und glücklich machen und nicht schwach und traurig, oder?

Wie erbärmlich dieser Song war. Als ob alles von einem einzigen Mann abhing. Aber es war ja nicht nur der Song, sondern sie selbst war erbärmlich. Und wie!

Schon wieder klingelte das Telefon. Was für eine Nervensäge dieses Ding doch war. Olivia rappelte sich auf und beugte sich zur Wand hinüber, um den Stecker aus der Buchse zu ziehen.

Sie war viel zu müde, um mit irgendjemandem zu sprechen. Woher diese unendliche Erschöpfung wohl kam? Jede Bewegung war ihr zu viel, und ihr Körper fühlte sich an wie ihr stromloses Festnetztelefon, als sie sich in Richtung Schlafzimmer schleppte. Stecker gezogen. Ende. Aus. Ein Mittagschlaf würde ihr sicher guttun. Dann konnte sie vielleicht auch wieder klarer denken. Oder überhaupt.

Sie ließ sich vornüber auf die Matratze fallen, ohne sich die Mühe zu machen, irgendetwas auszuziehen oder gar unter die Decke zu schlüpfen. Sie trug seit fünf Tagen ihre bunte Seidenhose und dazu ein langärmeliges Baumwoll-Ringelshirt und fühlte sich sehr wohl so. Weder die Kleider zu wechseln noch zu duschen war zurzeit mehr als angemessen.

Das Letzte, was sie bemerkte, bevor sie einschlief, war Kismet, der sich an ihren Beinen zusammenrollte und sofort zu schnurren begann.

Sie träumte nichts. Wie lange sie geschlafen hatte und wegen was sie schließlich aufgewacht war, konnte sie nicht sagen, aber das Erste, was ihr auffiel, war der ekelhafte Geschmack in ihrem Mund. Olivia brauchte dringend einen Schluck Wasser und ganz sicher auch eine Zahnbürste. Als sie sich auf den Rücken drehte, um sich ein wenig zu orientieren, vibrierte es unter ihrem Rücken.

Noch ein wenig benommen tastete sie nach ihrem Handy und ging dran, ohne nachzusehen, wer sie anrief.

»Ich stehe vor deiner Tür!«, knurrte Babette anstelle einer Begrüßung. »Mach sofort auf!«

Olivia war kurz davor, wieder einmal aufzulegen.

»… und wenn du nicht sofort aufmachst, rufe ich die Polizei oder die Feuerwehr, oder beide«, fuhr Babette fort. »Außerdem weiß ich, wo euer Ersatzschlüssel liegt. Also denk überhaupt nicht dran, aufzulegen und dann so zu tun, als würdest du das Telefon nicht hören. Schlimm genug, dass du die Türklingel ignorierst.«

Olivia stöhnte. Warum waren alle Menschen um sie herum nur so penetrant? Ihr Mund wollte ihr noch nicht so richtig gehorchen. Sie bewegte ihren Kiefer, riss ihren Mund auf und streckte dann weit die Zunge heraus. Ihr Kopf fühlte sich an, als wäre er mit Watte gefüllt, und sie stöhnte erneut.

»Was heißt das übersetzt?«, fragte Babette unerbittlich.

»Das heißt: Geh weg.«

»Nein.«

Sie hatte es befürchtet.

»Dann heißt es eben: Ich komme ja schon«, brummte Olivia. Olivia tastete mit den Füßen nach ihren mit Fell gefütterten Pantoffeln, die Philip ihr zu Weihnachten geschenkt hatte, und stand auf. Kismet reckte sich ebenfalls. Offensichtlich hatte er beschlossen, Olivia nicht aus den Augen zu lassen, denn er wich nicht von ihrer Seite, als sie nun zur Wohnungstür ging, um auf den Türöffner für unten zu drücken. Vermutlich hatte er Sorge, dass sie vergessen könnte, ihn zu füttern.

»Kluges Tier«, sagte sie und nahm ihn auf den Arm, um ihn zu kraulen, solange sie auf Babette wartete. Aber das schien ihm zu missfallen, und er befreite sich mit einem Fauchen. »Sehr kluges«, schob Olivia hinterher und sah ihm nach, wie er hocherhobenen Schwanzes die Treppe zur Dachterrasse erklomm.

Sie öffnete die Tür, gerade als Babette oben angekommen war. Ein leichter Schwindel begleitete sie, und sie hielt sich vorsichtshalber am Türrahmen fest. Besser.

»Wow«, sagte Babette und sah sie von oben bis unten an. Sie nickte anerkennend. »Respekt. Du siehst echt … heruntergekommen aus.« Sie rümpfte die Nase. »… und du riechst auch so. Wie lange hast du dafür gebraucht? Eine Woche?« Sie schüttelte den Kopf und nahm Olivia am Arm, um sie in die Wohnung zu schieben. »Du warst ganz schön gründlich. Und alles nur wegen … Philip?« Babette schüttelte den Kopf. »Das ist der Typ doch gar nicht wert!«

»Doch«, antwortete Olivia trotzig. »Und überhaupt: Woher weißt du das eigentlich?«

»Na ja, ich habe dir gefühlt dreihundert Nachrichten geschickt, auf die du nicht geantwortet hast, habe ein paar Mal angerufen und dich nicht erreicht. Du hast nicht zurückgerufen. Und irgendwann habe ich mir so große Sorgen gemacht, dass ich sogar deinen Mann angerufen habe.«

Olivia wusste, dass dieser Anruf Babette Überwindung gekostet hatte. Die Abneigung beruhte nämlich auf Gegenseitigkeit.

»Und was hat er gesagt?«, fragte sie leise.

»Zuerst hat er behauptet, alles sei in bester Ordnung. Dann

hat er zugegeben, dass es dir nicht so gut geht, und als ich wissen wollte, was du hast, hat er rumgedruckst und irgendeine komische Geschichte von Lebenskrise, krank und Wechseljahren gefaselt.«

Er war so ein Feigling. Und er war erbärmlich.

Anscheinend bestand ihr Wortschatz dieser Tage maßgeblich aus diesen beiden Worten. Und noch aus einem weiteren.

»Fuck«, sagte sie probehalber.

Babette grinste. »Wie meinen?«

»Ach nichts, ich …«

»Lass mal, passt schon.« Sie stieß ihre Freundin mit dem Ellbogen an. »Ich habe nicht lockergelassen und ihm erklärt, dass ich ja wohl die Erste wäre, die von Wechseljahren und Lebenskrisen erfahren würde, und irgendwann bin ich ihm wohl so auf den Keks gegangen, dass er mir erzählt hat, dass er ausgezogen ist.«

Ach.

»Hat er auch gesagt, warum?«

»Nein. Sag du es mir.«

Erbärmlicher Feigling.

»Er hat … Aimee. Weil ich alt und hässlich bin … wegen …« Olivia begann zu schluchzen. »Und wegen … allem?« Ihre Beine fühlten sich erneut wie Pudding an, Olivia musste sich unbedingt hinsetzen. Sofort. Wie in letzter Zeit so oft, glitt sie einfach an der Wand hinunter, bis sie saß. Besser. Viel besser. Im Sitzen schluchzte es sich außerdem viel angenehmer. Babette setzte sich zu ihr und legte ihren Arm um sie.

»Aimee? Dein Ernst? Diese falsche Schlange! Seit wann? Seit dem Geburtstag? Davor? Gott! Ich konnte sie noch nie leiden, in ihrem sexy Kleid und mit dem Yogakörper!« Sie schnaubte wütend, bevor sie Olivia behutsam noch ein Stück näher an sich heranzog. Babettes Empörung war wie Balsam für Olivias Seele, und gleichzeitig riss es die zarte Kruste der Akzeptanz wieder von der Wunde, die sich dank des Wodkas darauf gebildet hatte. Dass gleich zwei Menschen sie betrogen hatten, tat so unendlich weh.

Olivia schniefte und legte dann ihren Kopf auf Babettes Schulter. »Ich habe keine Ahnung seit wann«, sagte sie schließlich, und dann begann sie erneut zu weinen, erstaunt darüber, dass überhaupt noch Tränen übrig waren.

Sie saßen ewig dort auf dem Boden. Babette sagte kein Wort und bewegte sich auch keinen Millimeter zur Seite, obwohl ihr bestimmt längst der Arm eingeschlafen war. Olivia rechnete es ihr hoch an, dass sie noch nicht einmal aufstand, um Taschentücher zu holen. Sie wartete mit komplett durchweichtem T-Shirt einfach geduldig, bis Olivia fertig war.

Irgendwann hörte das Schluchzen tatsächlich auf. Eine ganze Weile saßen sie noch still nebeneinander, bis Olivia bemerkte, dass Babettes kompletter Oberkörper vibrierte. Weinte sie etwa ebenfalls?

Olivia sah zur Seite, und obwohl ihre Lider völlig verquollen waren, bemerkte sie dennoch sehr genau, dass Babette alles andere als traurig war, sondern stattdessen offensichtlich eher große Mühe hatte, sich das Lachen zu verkneifen.

»Was ist so witzig?«, fragte sie empört.

»Es tut mir leid! Es tut mir schrecklich leid! Entschuldige bitte!« Babette begann zu kichern. »Aber wirklich: Die Yogalehrerin? Ist das dein Ernst? Vielmehr seiner? Was für ein … was für ein Klischee!« Sie schüttelte den Kopf. »Der Kerl ist doch lächerlich! Die ganze Geschichte ist lächerlich. Da hat er die tollste Frau der Welt und tauscht sie ein gegen ein jüngeres, anspruchsloses Exemplar, das ihn noch mehr anhimmelt, weil er nicht genug davon bekommen kann?« Babette schob Olivia ein Stück von sich, damit sie ihr ins Gesicht sehen konnte. »Nur, weil sie ihm ihren Hintern auf seinem Geburtstag auf dem Silbertablett präsentiert hat? Sorry, der Kerl ist so was von bedürftig. Aber dass er sich in die Yogalehrerin verliebt hat, die du für ihn gefunden hast? Wie peinlich ist das denn bitte?« Wieder kicherte sie. »Kannst du mal eine Sekunde aus deinem Jammertal rauskommen und dir das von außen anschauen? Was kommt als Nächstes: Will er noch mal von vorne anfangen? Eine zweite Familie gründen?«

Darüber hatte Olivia noch gar nicht nachgedacht.

»Meinst du wirklich, das könnte sein?« Geschockt sah sie Babette an, die wenigstens aufgehört hatte zu lachen und nun selbst sehr erschrocken aussah. »O Gott, entschuldige bitte. Was rede ich denn da? Nicht genug, dass dein Vollidiot von Ehemann dich verlassen hat, jetzt hast du auch noch eine Freundin, die alles nur noch schlimmer macht.« Zerknirscht sah sie auf ihre Hände. »Das tut mir zur Abwechslung allerdings wirklich leid. Und wann …?«

»Was? Wann der Workshop war? Eine Woche nach seinem Geburtstag. Wann diese … dieses … das alles mit Aimee angefangen hat?« Sie wusste nicht, wie sie es nennen sollte: Affäre? Beziehung? Chaos? Was auch immer es war, es sollte aufhören. Sofort. »Keine Ahnung. Gegangen ist er ziemlich genau heute vor einer Woche.«

»Willst du mir damit sagen, dass du seit einer Woche hier drin hockst und … und an diesem Gesamtkunstwerk arbeitest?« Babette wedelte mit der Hand vor Olivias Gesicht herum. Dann schüttelte sie den Kopf.

»Ich war nicht nur hier drin, sondern auch auf der Dachterrasse«, antwortete Olivia kleinlaut. »Und einkaufen.«

»Was denn?« Babette war aufgestanden und reichte ihr die Hand, um Olivia zum Aufstehen zu bewegen, aber Olivia winkte ab.

»Zitronen«, antwortete sie. Immerhin war das nicht gelogen. Den Wodka verschwieg sie vorsichtshalber.

»Ich kann jetzt nicht aufstehen«, schob sie nach, als Babette erneut mit der Hand vor Olivias Gesicht herumwedelte. Sie war so müde. Und Babette war so unendlich anstrengend. Es war schön, dass sie zum Trösten vorbeigekommen war, aber jetzt wäre es noch viel schöner, sie würde auch wieder gehen.

»Doch, kannst du.« Wenigstens nahm Babette die Hand weg. »Du bist jetzt eine Woche hier herumgelegen und hast nichts gemacht außer was: Skinny Bitches getrunken und in Selbstmitleid gebadet?« Sie schnalzte mit der Zunge. »Ich kenne dich, Olivia. Aber nicht so. Schau dich mal im Spiegel an! Du siehst aus wie ein Wischmop auf Speed.« Sie rümpfte die Nase. »Geh duschen! Ich liebe dich sehr, aber du stinkst ekelhaft!«

»Woher weißt du, was Speed ist?«, fragte Olivia mit letzter Kraft.

»Ich habe einen Polizisten geheiratet, schon vergessen? Aber lenk nicht vom Thema ab! Aufstehen jetzt, los!«

Olivia griff seufzend nach Babettes Händen, die sie erneut ausgestreckt hatte. Gegen eine Mutter von vier Kindern hatte wohl keiner eine Chance.

»Du bist penetrant und laut und ich weiß überhaupt nicht, warum ich mit dir befreundet bin«, sagte sie trotzig, als sie endlich stand. Ihr Kopf war immer noch wattig, sie sah ein paar weißschwarze Funken, aber es war nicht so schlimm wie vorhin.

»Genau deshalb«, gab Babette sofort zurück und kicherte erneut. »Und du wirst mit mir bis ans Lebensende befreundet bleiben müssen, denn ich weiß viel zu viel. Und ich habe zu viel gesehen. Apropos: Du siehst wirklich furchtbar aus. Kann ich ein Foto machen? Für irgendwann mal, wenn ich dich wegen irgendwas erpressen muss?«

Olivia spürte, wie sich einer ihrer Mundwinkel hob. Es war ein merkwürdiges Gefühl.

»Ha! Ich habe es genau gesehen! Du hast gegrinst! Halleluja! Da ist also doch immer noch ein bisschen Olivia irgendwo in diesem Wrack!« Sie lachte. »Es ist kurz nach sieben, Liebes. Du gehst duschen und lässt dir ganz viel Zeit, ja? Richtig schön schrubben.«

Sie verzog das Gesicht und hob eine von Olivias Haarsträhnen an. »Die Haare kannst du ruhig mehrmals waschen. Wirklich ekelhaft«, sagte sie erneut.

»Danke schön. Ich habe es kapiert.«

»Dann ist ja gut.« Babette schob sie ins Bad und ging ihr hinterher. Irritiert sah Olivia zu, wie sie sich auf dem Klodeckel niederließ. »Was? Was machst du da? Willst du mir zusehen?«

»Du meinst freiwillig? Nein, Liebes. Ich warte nur, bis du dich ausgezogen hast, und dann nehme ich deine Klamotten mit und entsorge sie im Sondermüll.« Babette grinste.

»Niemals! Das ist meine teuerste Seidenhose!« Und ihr natürlicher Lebensraum in den letzten Tagen gewesen. Olivia wusste gar nicht, ob sie die Hose überhaupt ausziehen konnte. Vielleicht war sie ja bereits mit ihr verwachsen und …

»Ausziehen! Jetzt! Und diese komischen Fellpuschen auch!« Babette verdrehte die Augen.

»Wie sprichst du denn von meinen Schuhen? Die sind von Gucci!« Olivia musste ebenfalls grinsen. Es ging immer leichter.

»Schön für deine Schuhe. Und wenn sie mit Brillanten besetzt wären: Ich finde sie trotzdem scheußlich, und du hast sie nur gekauft, um Menschen zu beeindrucken, die du gar nicht wirklich magst. Also, jetzt zieh sie aus. Oder willst du mit ihnen unter die Dusche?«

»Nein, aber …«

»Nichts aber. Ich werfe sie schon nicht weg, selbst wenn ich große Lust dazu hätte. Gucci, also echt.« Babette schüttelte den Kopf. »Ausziehen. Duschen. Frische Klamotten, die ich dir gleich hole, und dann auf die Couch. Ich bestelle uns was beim Golden Thai. Du bezahlst, weil du es dir leisten kannst, wenn du dir schon solche Schuhe kaufen musst, und dann reden wir. Ernsthaft. Darüber, was passiert ist, über die Zukunft und wie es weitergeht. Dann trinkst du einen letzten Skinny Bitch und ich hoffentlich etwas anderes, wir räumen das Chaos auf, hören dabei laut Musik und tanzen durchs Haus, und wenn wir damit fertig sind, rührst du für eine lange Weile keinen Alkohol mehr an. Hast du mich verstanden?«

Olivia nickte und zog sich das Ringelshirt über den Kopf. Es tat ihr beinahe körperlich weh, ihre zweite Haut der letzten Woche hinter sich zu lassen. Aber Babette hatte recht. Mit allem. Vor allem aber damit, dass sie stank. *Erbärmlich.*

»Danke«, sagte sie leise und sah beschämt ihrem Shirt nach, das vor ihren Füßen zu einem kleinen Häuflein zusammensank.

Babette stand auf und stellte sich vor sie hin. Mit ihrem Zeigefinger hob sie Olivias Kinn an, sodass sie ihrer Freundin in die Augen sehen musste.

»Nein, Liebes. Du musst nicht mir danken. Ich bin deine Freundin und ich werde mein Leben lang an deiner Seite sein, was auch immer passiert. Genauso, wie du an meiner Seite bist. Wenn du schon jemandem danken willst, dann dieser Arschgeige von Philip, dass er dir mit dieser Aktion gezeigt hat, wie wenig er dich verdient hat, und endlich fort ist. Und eines sage ich dir: Selbst wenn du jetzt noch ein bisschen im Jammertal spazieren gehst, irgendwann wird es besser. Und besser. Eine Beziehung hinter sich zu lassen ist kein einzelner Moment, sondern ein Weg. Es dauert. Es tut manchmal weh. Aber zwischendrin schenkt dir das Leben immer wieder neue besondere Momente und Erkenntnisse, die dich begreifen lassen, was für ein toller Mensch du bist. Was für ein Vollidiot dein zukünftiger Ex-Mann ist und wie schön das Leben sein kann. Kummer kommt in Wellen. Glück aber auch. Warte nur ab: Auf das Karma ist Verlass.« Babette zog sie in eine feste Umarmung, bei der es vollkommen egal war, dass sich Olivias nackte Brüste dabei an Babettes Sweatshirt drückten und sie sich auf einmal dafür schämte, dass sie wirklich nicht gut roch, denn vermutlich war es die schönste und nötigste Umarmung, die Olivia je bekommen hatte.

»Warum bist du nur so schlau?«, fragte Olivia und schniefte.

»Bin ich gar nicht. Ich lebe nur schon eine Weile und hatte verschiedene Gelegenheiten, das eine oder andere zu lernen.« Sie drückte ihrer Freundin einen Kuss auf die Schläfe und machte dann ein Würggeräusch, bevor sie Olivia umdrehte und in die Dusche schob.

»Danke«, sagte Olivia erneut, als sie das Wasser aufdrehte und die ersten Tropfen ihre Schultern trafen. Hoffentlich hatte Babette recht. Aber normalerweise war alles, was ihre Freundin sagte, Gesetz. Was für ein Glück, dachte Olivia und fühlte ein winziges bisschen Hoffnung in sich aufsteigen.

Kapitel 5

»… und dann melden wir dich bei Tinder an.« Babette lachte laut auf, als sie Olivias geschocktes Gesicht sah.

Nachdem Olivia wirklich sehr gründlich geduscht und sich frische Kleider angezogen hatte, fühlte sie sich einigermaßen wiederhergestellt. Das eiskalte Wasser, das sie zum Schluss noch über ihren Körper hatte laufen lassen, hatte sowohl ihre Lebensgeister geweckt als auch ihren Kopf wieder einigermaßen klar gemacht. Am Schmerz und der Einsamkeit hatte sich nichts geändert, aber aus irgendwelchen Gründen fühlte es sich sauber trotzdem sehr viel besser an. Und solange Babette an ihrer Seite war, war es sowieso einigermaßen auszuhalten.

Sie hatten sich auf der Dachterrasse auf den großen marokkanischen Sitzkissen niedergelassen und das Essen auf einem riesigen runden Kupfertablett zwischen sich angerichtet.

»Was? Findest du Tinder keine gute Idee?« Babette nahm sich noch ein bisschen von dem Pad Thai.

»Auf keinen Fall!« Allein die Vorstellung, sich irgendwo anzumelden und ein Bild von sich selbst hochzuladen, als wäre sie ein altes Möbelstück oder irgendwelche Vintage-Klamotten, die auf Ebay versteigert werden sollten, war gruselig.

»Liegt es an der Plattform? Wie wäre es sonst mit Bumble? Oder doch vielleicht Parship?« Babette tippte sich mit dem Griff ihrer Gabel an die Nase und sah Olivia nachdenklich an. In ihren Augen blitzte es schelmisch.

»Babette Lehmann! Hör sofort auf damit! Niemals!« Olivia war sich nicht sicher, ob ihre Freundin das ernsthaft vorhatte, oder ob sie sie nur auf den Arm nahm. »Und außerdem will ich keinen anderen Mann! Vielleicht überlegt es sich Philip ja noch mal und kommt zurück?«

»Das ist jetzt aber nicht dein Ernst, oder?«

»Keine Ahnung?« Olivia zuckte mit den Schultern. »Ich wollte mich nicht von ihm trennen! Ich … ich … fühle mich so abgeschnitten von mir! Ich habe das Gefühl, dass ich mit Philip darüber reden muss, weil … weil wir immer über alles geredet haben. Weil er doch mein Mann ist! Und weil ich keine Ahnung habe, wer ich ohne ihn bin!« Sie schrammte schon wieder gefährlich nahe an einer Heulattacke vorbei. Dabei hatten sowohl die Dusche als auch das Essen und Babettes Gesellschaft dafür gesorgt, dass sie sehr viel zuversichtlicher und stabiler war. So stabil und zuversichtlich, dass sie sich gleich den nächsten Partner suchen wollte, war sie allerdings noch lange nicht.

»Du bist aber doch immer noch du!«, sagte Babette.

»Ja, aber … wer ist das, Babette?« Verzweifelt sah sie ihre Freundin an. »Ich bin Philips Frau, Vincents Mutter und …«

»Wenn du jetzt noch Kismet ins Spiel bringst, dann lache ich dich aus. Du bist Olivia. Kreativ, klug, liebevoll, freundlich, Dozentin für Kunstgeschichte, jetzt wieder wohlriechend, Gott sei Dank! Und du bist frei! Du kannst machen, was du willst, Livie! Kannst du nicht auch ein bisschen sehen, was für ein Glück du hast?«

»Gerade schwierig«, brummte Olivia, aber sie wusste durchaus, worauf ihre Freundin hinauswollte. Allerdings, zu akzeptieren, dass Philip nicht mehr zurückkam, war im Moment unvorstellbar, egal wie erbärmlich und feige sein Verhalten war.

»Das verstehe ich. Aber weißt du, du musst ja nicht gleich einen von denen heiraten.« Babette schob das zarte asiatische Porzellan mit den filigranen Kranichen darauf beiseite und nahm Olivias Hand in ihre.

Die Luft war noch warm, obwohl es bereits nach neun Uhr sein musste, und der Geruch des Sommers vermischte sich mit dem zarten Duft der frisch gegossenen Kräuter und Blumen, die in unzähligen Töpfen hier oben standen.

Olivia hatte die Lichterketten an den Balken der Pergola eingeschaltet und auch die großen Kerzen in den Windlichtern angezündet. Wieder einmal wurde ihr bewusst, wie gern sie hier oben war. Wie viel Kraft ihr dieser Ort gab. Dass sie dieses ganze Chaos überleben würde, wenn sie nur immer wieder hierherkommen und Kraft tanken konnte.

Philip durfte das Haus nicht verkaufen. Er durfte einfach nicht. Es sah aus wie in einem Märchen aus *Tausendundeiner Nacht*. Eine Nacht, in der Philip mit ihr hier oben sein sollte. Stattdessen saß er vermutlich mit Aimee irgendwo unter dem dunklen Firmament und schaute sich mit ihr die Sterne an.

»Weißt du, das Gute an deiner Situation ist ja, dass du ab jetzt gar nichts mehr musst, Liebes. Na ja, außer vielleicht wieder regelmäßig duschen und essen, arbeiten, dich scheiden lassen und Geld verdienen.« Sie grinste und stieß ihre Freundin mit dem Ellbogen an. »Aber du darfst auch alles. Du darfst dich sogar komplett neu erfinden. Du musst sogar. Weil: Was auch immer passiert, es wird dein Leben verändern. Das hat es schon. Selbst oder gerade dann, wenn Philip zurückkommen würde, was ich ihm nicht empfehlen würde, ganz ehrlich. Und dir nicht wünsche.« Sie hob ihr Glas. »Ganz sicher fühlt es sich jetzt am Anfang schrecklich neu, sehr anstrengend und auch ein bisschen merkwürdig an, aber du wirst sehen: Irgendwann macht es dir bestimmt auch wieder Spaß, auszugehen und neue Leute kennenzulernen. Und vielleicht kommt sogar irgendwann der Punkt, an dem du Philip gar nicht mehr zurückhaben willst.« Sie zuckte mit den Schultern. »Und wenn Tinder dabei hilft, warum nicht?«

»Wie soll es das denn hinkriegen?« Olivia war skeptisch. »Und wieso hörst du dich eigentlich wie eine Tinder-Expertin an?« Trotz der Dunkelheit konnte Olivia beobachten, wie Babettes Gesicht von einer leichten Röte überzogen wurde. »Gibt es da etwas, das ich wissen müsste?«

»Ich bin glücklich verheiratet und habe nichts zu verbergen.« Babette grinste.

»Schon klar.« Olivias Neugier war geweckt. Es tat gut, sich zur Abwechslung mit etwas anderem zu beschäftigen als mit dem eigenen untreuen Ehemann.

»Ich … war nur neugierig.«

»Soso. Neugierig also.« Olivia grinste. »Und hast du was Interessantes erlebt?«

»Nein. Ich habe gar nichts erlebt. Ich habe nur bei Ari zugeschaut, als sie da unterwegs war. Aber ganz ehrlich: Nur alte Männer, die sich präsentieren, als wären sie immer noch fünfundzwanzig. Also, zumindest, wenn du eine Alterskategorie angibst, die zu unserer passt.« Babette verzog das Gesicht. »Aber Ari hat gesagt, dass man da auch mal den eigenen finden kann, wenn er auf Abwegen ist.«

»Wer war noch mal Ari?« Den Namen hatte Olivia zwar bereits ein paar Mal gehört, aber getroffen hatte sie Babettes Freundin noch nie. Babette und Olivia kannten sich zwar schon ewig, aber dadurch, dass sie einen komplett unterschiedlichen Alltag hatten, gab es durchaus auch Freundschaften, die nichts mit der jeweils anderen zu tun hatten.

»Ari kennt sich aus. Ihr Typ ist auf allen Plattformen dieser Welt. Gegangen ist sie, als sie ihn auf C-Date entdeckt hat.«

»Gott, Babette! Tinder, nackte Oberkörper, alte Männer … Will ich wirklich wissen, was C-Date ist?«, fragte Olivia.

»Wahrscheinlich nicht.« Babette hob erneut ihr Glas und stieß mit Olivia an. »Aber ich sag es dir trotzdem. Es ist eine Dating-Plattform, die vor allem damit wirbt, dass sie diskret ist. Reicht das als Info?« Babettes Gesicht leuchtete immer noch zartrosa.

»Ich glaube, schon. Aber was hat das alles mit dir zu tun?«

Babette seufzte. »Eigentlich nichts.«

»Eigentlich?«

Olivia zog Babettes Weinglas zu sich her und schenkte großzügig nach. Glücklicherweise hatte sie mit ihr ausgemacht, dass sie erst ab morgen nichts mehr trinken würde, und Babette hatte zu Hause Bescheid gesagt, dass sie bei Olivia schlafen würde. Es war zwar sicherlich keine besonders gute Idee, die Wodka-Watte mit Weißwein vertreiben zu wollen, aber es waren schließlich außergewöhnliche Zeiten, die außergewöhnliche Maßnahmen erforderten, und ab morgen würde alles anders werden. Das konnte ein langer und scheinbar auch ziemlich interessanter Abend werden.

»Ich war nicht auf der Suche, wenn du das meinst. Aber als Ari da nach links und rechts gewischt hat und mir erzählt hat, dass ganz viele verheiratete Männer dort unterwegs sind, habe ich doch genauer hingeschaut, ob ich nicht vielleicht Theo dort entdecke.« Beschämt sah sie auf ihre Finger, als nun zur Abwechslung mal Olivia zu lachen begann.

»Moment: Theo? Sprechen wir von deinem Mann? Von ›Ich bin so verliebt in meine Frau, dass ich noch nicht einmal bemerken würde, wenn irgendein Topmodel neben mir stehen würde‹-Theo? Der Theo?«

»Ja, genau der. Immerhin gibt es so viele junge, schöne, supersportliche Polizistinnen und ich …«

»Und du bist die Mutter seiner Kinder, die er anhimmelt, als gäbe es überhaupt nur eine Frau auf der Welt.«

»Ist ja schon gut. Ich habe es kapiert. Aber ich bin eben manchmal so unsicher.«

»Wegen ihm?«

»Nein, wegen mir«, antwortete sie leise. Es stimmte: Babette war keine junge, supersportliche Polizistin. Aber in einem Punkt hatte sie absolut unrecht:

»Du *bist* schön, Babette. Du strahlst wie eine eigene Sonne. Und Theo kann das sehen.« Auf der Party hatte es genug Frauen gegeben, die Theo genau unter die Lupe genommen hatten. Er war nun mal ein sehr attraktiver Mann. Aber auch Babette war aufgefallen. Sie hatte eine unglaublich positive und fröhliche Ausstrahlung. An ihr war nichts künstlich oder aufgesetzt und jeder, der in ihre Nähe kam, war verzaubert von ihrem herzlichen Lachen und ihrer offenen Art. Dass sie die beste Freundin war, die man sich nur wünschen konnte, musste man abgesehen davon gar nicht erst erwähnen. Aber auch Babette hatte nur Augen für ihren Mann gehabt.

»Und hast du ihn gefunden?«, fragte Olivia, hielt ihrer Freundin das Glas zum Anstoßen hin und runzelte die Stirn.

»Nein, habe ich nicht.«

»Du hättest gar nicht erst schauen müssen. Du vertraust ihm doch, oder?«

»Absolut«, sagte Babette wie aus der Pistole geschossen.

»Siehst du? Und weißt du was? Irgendwie habe ich eben doch gespürt, dass Philip nicht mehr ehrlich zu mir war. Ich habe es mir nur nicht eingestanden.« Olivia nahm einen Schluck Weißwein. »Auf unsere innere Stimme ist absolut Verlass, wenn du mich fragst. Wir müssen nur wieder lernen zuzuhören.«

»Warum bist du nur so schlau?«, fragte Babette nun dasselbe, das Olivia vorhin im Bad gefragt hatte.

»Bin ich gar nicht. Ich lebe nur schon eine Weile und hatte verschiedene Gelegenheiten, das eine oder andere zu lernen«, antwortete Olivia und grinste. »Auf die Freundschaft!«, sagte sie und nahm erneut einen großen Schluck. Das hier fühlte sich nicht an, als würde sie aus Verzweiflung trinken, sondern aus Dankbarkeit. Viel besser.

In diesem Moment verstand sie auf einmal überhaupt nicht mehr, warum sie sich so zurückgezogen und mit niemandem gesprochen hatte, und sie war froh darüber, dass Babette ihr ihren Rückzug nicht übel nahm. Morgen würde sie sich vielleicht wieder an ihre Gründe erinnern. Aber heute war heute, und es tat gut zu spüren, dass die Lebensfreude in ihrem Inneren doch nicht ganz erloschen war und dass sie eine Freundin hatte, die in der Lage war, jedes noch so kleine Flämmchen davon bei Bedarf wieder anzuzünden. Einen winzigen Funken davon konnte sie jetzt in dieser Sekunde spüren, und sie würde alles dafür tun, dass wieder eine Flamme daraus wurde. Selbst wenn es sie vielleicht ab und zu Überwindung kosten würde. »Was hältst du denn davon, wenn wir noch ein bisschen ausgehen?«, fragte Olivia schnell, bevor sie dieser Gedanke wieder verließ.

»Ernsthaft? Du willst ausgehen?« Babette lachte. »Dass meine Rettungsaktion solche Folgen haben würde, damit habe ich jetzt allerdings nicht gerechnet. Aber warum nicht? Dann müssen wir dir allerdings vielleicht noch was anderes anziehen.«

Olivia hatte sich nach der Dusche in ihren blaugrauen, mit rotgoldenen Kranichen bestickten Seidenmorgenmantel gehüllt und trug bisher nur Unterwäsche drunter. Sie war barfuß und genoss es sehr, sauber zu sein und nach ihrer Lieblingsbodylotion zu duften. Jetzt, da sie sich so viel besser fühlte, konnte sie nicht mehr nachvollziehen, warum sie sich so hatte gehen lassen.

Sie stand auf. Auf einmal konnte sie es kaum erwarten, Menschen um sich zu haben und sich wieder in die Zivilisation zu begeben.

Als sie eine halbe Stunde später das Haus verließen, hätte keiner auch nur ahnen können, dass Olivia noch ein paar Stunden zuvor traurig und verzweifelt auf dem Boden gelegen und ein sehr tiefes Bad im Selbstmitleid genommen hatte. Sie trug eine enge hellblaue Jeans, eine weiße Bluse und hohe weiße Sandaletten. Sie war sorgfältig geschminkt, und ihre dunkelbraunen Haare fielen lang und glänzend bis zu ihren Schultern. Olivia war eine schöne Frau. Und als sie die Tür hinter sich zuzog und Kismet, der auf den Stufen saß und sie beobachtete, eine Kusshand zuwarf, da konnte sie es plötzlich sogar selbst wieder spüren.

Kapitel 6

Es war kurz nach neun, als sie am Esprit vorbeiliefen, und so gerne sie die Bar mochte: Heute wollte sie hier nicht bleiben, denn durch die großen Fenster sah sie Rainer und Nadja an der Bar sitzen. Und selbst wenn sie Lust auf Gesellschaft hatte, so war ihr doch nicht danach, tausend Fragen über Philip zu beantworten oder, schlimmer noch, mitleidige Blicke ertragen zu müssen. Denn auch wenn Philip zu feige gewesen war, Vincent die Wahrheit zu sagen, so wusste doch bestimmt halb Göttingen längst Bescheid. Es war eine kleine Stadt, und Gerüchte reisten auch hier nun mal schneller als der Schall.

Sie gingen die Lange-Geismar-Straße entlang in Richtung Bahnhof und landeten schließlich im Herbarium im Hotel Freigeist, einer von Olivias Lieblingsbars, in der sie unglaublich gerne auf dem braunen Ledersofa am Kopfende der Lounge saß und die anderen Gäste beobachtete. Was sie hier besonders spannend fand, waren die eigenen Cocktails, die die Barkeeper über die Jahre entwickelt und damit sogar auch schon Preise gewonnen hatten. Außerdem hatten sie ein untrügliches Gespür für die Getränkewünsche ihrer Gäste.

Babette war völlig überfordert von den vielen Gins, Tequilas, Rums auf der Karte, und sie konnte nicht aufhören, die indirekt beleuchteten Flaschen an der Rückwand der Bar anzustarren. »Ganz ehrlich, ich glaube, ich nehme ein Mineralwasser«, sagte sie schließlich einigermaßen verzweifelt zu dem Barkeeper.

»Sicher? Ein Wasser bringe ich dir gern, aber vielleicht dazu und nicht anstelle eines Drinks? Darf ich dir vielleicht was empfehlen?«

»Ja bitte. Das klingt gut!« Babette nickte.

»Süß, bitter, stark oder bubbly?«, fragte er und lachte, als Olivias Freundin stöhnte und den Kopf in den Händen vergrub.

»Keine Ahnung! Ich dachte, du willst mir was empfehlen? Nein, ich mache es ganz anders.« Sie ließ ihren Zeigefinger über der Cocktail-Karte kreisen. »Ich nehme einfach den mit dem schönsten Namen.«

Olivia war es am Anfang genauso gegangen wie ihrer Freundin, aber sie war öfter hier und probierte jedes Mal einen anderen Drink. Bisher hatte sie jeden sensationell gefunden. Kurz überlegte sie, ob sie sich einen Hemingway Daiquiri bestellen sollte, den Drink, der ihr an Philips Geburtstag so gut geschmeckt hatte, aber sie verband ihn mit eher weniger schönen Erinnerungen an alles, was danach gekommen war, also ließ sie es sein und nahm stattdessen eine Paloma Lemonade, ein Highball mit Tequila, Limette, Grapefruitsaft und Soda. Babette entschied sich schließlich für einen Spritz mit Rhabarberlikör und Himbeersirup, der auf den klangvollen Namen Die in Beauty hörte.

»In Schönheit sterben ist ja prima, aber eigentlich hätte ich schon allein wegen des Namens Naked and Famous nehmen müssen. Oder Between the Sheets?« Babette lachte. »Schade, dass ich Havanna absolut nicht mag.« Sie prostete Olivia zu. »Egal. Auf dich!«

»Auf uns«, erwiderte Olivia und stieß mit ihr an.

Ein dunkelhaariger Mann, der etwa in ihrem Alter war und ihnen am anderen Ende der Bar gegenübersaß, hob ebenfalls sein Glas und lächelte Olivia zu. Automatisch lächelte sie zurück. Er war ihr bisher nicht aufgefallen, und sie hatte ein katastrophales Namensgedächtnis, aber dafür konnte sie sich im Allgemeinen Gesichter gut merken. Ob sie sich schon einmal begegnet waren, konnte sie trotzdem nicht sagen. Vielleicht verwechselte er sie mit irgendjemandem. So oder so tat es gut zu merken, dass sie nicht unsichtbar war.

Es war auch sonst eine sehr gute Entscheidung gewesen, auszugehen. Die Gespräche der anderen Gäste, das Lachen, der Lärm, die Musik – all das half ihr zurück in etwas, das sich beinahe wie ihr Leben anfühlte. Es relativierte die Erlebnisse und den Schmerz der letzten Tage. Offensichtlich drehte sich die Welt einfach immer weiter, selbst wenn es sich eine ganze Weile nicht so angefühlt hatte.

»Kennst du den Typen da drüben?« Babette nickte in Richtung des Mannes, der ihr vorhin zugeprostet hatte. Er hatte den Barkeeper zu sich gewunken.

»Nein, ich glaube nicht. Du?«

»Ich? Ich kenne außer dir niemanden hier. Ich komme aus Elliehausen, schon vergessen?« Sie zuckte mit den Schultern. »Aber er hat ein weißes Hemd an, einen anständigen Haarschnitt und er sieht so aus, als ob er gut riecht.« Sie grinste. »Ich glaube, er ist ein paar Jahre jünger als wir und Steuerberater. Oder Anwalt. Und Single.«

Olivia sah ihre Freundin erstaunt an. »Was willst du mir damit sagen?«

»Nichts.« Sie blinzelte unschuldig. »Nur, dass es da draußen auch noch andere Männer außer Philip gibt.«

»Mmh. Das hast du mir vorhin schon gesagt.«

»… die gut aussehen, gut riechen und …«, fuhr Babette fort, ohne auf Olivias Einwand einzugehen.

»Ich habe verstanden!« Olivia lachte, als der Barkeeper dieselben Drinks noch einmal vor ihnen abstellte.

»Eine Einladung von dem Herrn da drüben.«

»Oh, das …«

Beide sahen zu ihm hinüber, als er ihnen zunickte, aufstand und zu ihnen kam. »Darf ich mich zu den Damen gesellen?«, fragte er höflich.

»Klar«, sagte Babette sofort und schob einen leeren Barhocker in ihre Mitte.

»Sehr freundlich.« Er lächelte und ließ sich nieder.

»Danke für den Drink«, sagte Olivia. Auf einmal fühlte sie sich befangen. Er hatte nichts weiter getan, als ihnen ein Getränk zu spendieren und sich zu ihnen zu setzen. Und schon hatte sie das Gefühl, irgendetwas zurückgeben zu müssen. Nur was?

Sie sollte etwas sagen. Dringend. Sie sollte Fragen stellen. Sollte sie flirten? Und wenn ja, wie ging das noch mal? Ihr wurde heiß.

»Sehr gern«, sagte er. »Ich heiße übrigens Ernst.«

»Mit Vor- oder Nachnamen?« Babette grinste.

»Eigentlich mit Spitznamen«, antwortete er – ernst.

»Ah«, sagte Babette und grinste noch mehr.

»Wie kommt's?«, fragte Olivia, um überhaupt etwas zu sagen, und bewunderte Babette für ihre Unbefangenheit.

»Ich lache wenig«, antwortete er und lächelte wenigstens ein bisschen. »Das liegt vielleicht an meinem Beruf. Ich bin Anwalt. Erbrecht. Da wird allgemein wenig gelacht.« Er zuckte mit den Schultern und sah dabei so bedauernd aus, dass es fast schon wieder komisch war. Er war offensichtlich ein Gentleman durch und durch, aber er hatte ebenso offensichtlich auch einen veritablen Stock im Hintern.

»Okay, Ernst. Und wie heißt du in Wirklichkeit? Meine Freundin heißt Olivia, und ich bin Babette.« Babette streckte ihm die Hand hin, die er ergriff und einen Handkuss darauf hauchte. Nun musste sich auch Olivia das Grinsen verkneifen. Ernst strahlte etwas so unfassbar Förmliches aus, dass es beinahe nicht möglich war, selbst locker zu bleiben.

»Doktor Martin Ernstberger.« Er nickte ihnen zu. »Ich bevorzuge allerdings Ernst.«

Olivia versuchte, Babettes Blick auszuweichen, aber es war auch so schon sehr schwierig, nicht zu lachen. Ernst war auf eine sehr rührende Art und Weise schüchtern und unbeholfen, obwohl er im Grunde alles richtig machte. Besonders hoch anzurechnen war es ihm, dass Ernst es ihnen auch nicht übel nahm, dass sie immer wieder albern kicherten, während sie sich über dies und das unterhielten. Und irgendwann taute selbst Ernst auf. Er fragte sowohl Babette als auch Olivia interessiert nach ihren jeweiligen Leben und fand Olivias Dozentenstelle genauso spannend wie Babettes große Familie. Er hörte zu, als Olivia erwähnte, dass ihr Mann sie verlassen hatte, und sagte, dass es ihm leidtue. Nein, es gab überhaupt keinen Grund, sich unsicher oder unwohl zu fühlen. Ernst war vermutlich der beste Gesprächspartner, den sie sich vorstellen konnte, um wieder in die Zivilisation zurückzukehren. Er flirtete kein bisschen, vermutlich war das in seiner DNA nicht angelegt, dafür hörte er aufmerksam zu und gab sowohl Olivia als auch Babette das Gefühl, das Beste zu sein, was ihm an diesem Abend passieren konnte.

Er erzählte von seiner Kanzlei und davon, wie seltsam ihm die Menschen zunehmend vorkamen, die sich über unendliche Instanzen um Dinge streiten konnten, die sie weder brauchten noch wollten, nur damit es die anderen nicht bekamen. Und dass er selten abends ausging, weil er einfach nicht gut darin war, über Belanglosigkeiten zu sprechen. Auf einmal kam Ernst Olivia gar nicht mehr so merkwürdig vor, sondern eher ziemlich klug.

»Aber es ist mein Job und ich … bin gut darin«, ergänzte er. Er nahm einen Schluck von seinem Whisky, von dem es hier ebenfalls unzählige Sorten gab. »Entschuldigung. Ich wollte nicht angeben.«

Nein, er war nicht merkwürdig, sondern eben vermutlich einfach nur sehr aufrichtig und nachdenklich. Ernst eben.

»Du solltest dringend als Profilerin bei der Kripo anheuern«, raunte Olivia Babette irgendwann zu, als Ernst zur Toilette ging. »Er riecht gut, er ist Single, und er ist Anwalt. Woher wusstest du das alles? Du bist echt der Wahnsinn, Babette. Frag mal Theo, der kann dir bestimmt einen Job bei der Polizei besorgen.«

Selbst für einen Samstagabend war das Herbarium sehr gut besucht und wurde immer noch voller. Auch der Geräuschpegel stieg. Menschen kamen, andere gingen. Kaum jemand nahm Notiz von ihnen. Draußen vor der Tür standen weitere und rauchten, unterhielten sich leise und genossen die warmen Juli-Abendstunden.

Es war nur eine Ahnung, vielleicht ein Lachen, das sie unter all den vielen überall wiedererkannt hätte. In der Bar war es genauso schummrig wie draußen, und man konnte kaum den einen vom anderen Gast unterscheiden, dennoch entdeckte sie die beiden Silhouetten sofort, die sich dem Fenster näherten, um hineinzusehen. Philip und Aimee. Hand in Hand. Glücklich. Strahlend.

Auf einmal fiel Olivias Herz ganz ohne Vorwarnung wieder ins Bodenlose, und ihr Kreislauf begann, unkontrollierbare Kapriolen zu schlagen.

»Was ist los?«, fragte Babette, die offensichtlich bemerkte, dass etwas nicht stimmte, aber Olivia konnte nicht sprechen. Sie konnte sich nicht bewegen und noch nicht einmal irgendetwas denken. Selbst ihr Gehirn schien sich um sich selbst zu drehen. Es war eine Sache, es zu wissen, aber eine ganz andere, es mit eigenen Augen zu sehen.

Sie hatten Olivia noch nicht entdeckt, dafür waren sie zu sehr mit sich beschäftigt. Aimee und Philip, der Mann, der ihr so vertraut war, schwer verliebt in die junge Frau an seiner Seite. Das weiße Hemd und die Jeans schienen neu und beides stand ihm gut. Definitiv hatte Olivia es nicht gekauft und …

Aimee schob ihre Hand auf seinen Rücken und zog ihn an sich.

Sie war klein und zierlich, und Olivia konnte selbst von der Bar aus sehen, wie sehr sie ihn anhimmelte. Natürlich gefiel ihm das. Nur Olivia wurde beinahe schlecht bei diesem Anblick.

Sie sagte irgendetwas, und er lachte, bevor er sich langsam immer näher zu ihr hinunterneigte, während er sie ansah.

Bitte nicht küssen. Bitte, bitte nicht, dachte Olivia. Sie hatte das Gefühl, als würde sowohl ihr Körper als auch ihre Seele gleich versagen.

Philip lächelte und berührte mit seinen Lippen die seiner neuen Freundin.

»Alles in Ordnung?« Gerade in der Sekunde, als sie erwartete, vom Barhocker zu rutschen, fühlte sie eine Hand in ihrem Rücken, die sie stützte. Ernst war zurück. »Möchtest du vielleicht ein Wasser?« Er wartete ihre Antwort nicht ab, sondern bestellte eine große Flasche für alle drei. Er reichte ihr das Glas mit der einen Hand und ließ die andere in ihrem Rücken. Seine Berührung war alles andere als unangenehm. Im Gegenteil. Sie stützte und stabilisierte Olivia und fühlte sich an wie ein Anker, den sie jetzt gerade dringend brauchte. Ernst wartete ab, bis Olivia ausgetrunken hatte, und nahm ihr dann das Glas ab. Dankbar lächelte sie ihn an. Das war Rettung in letzter Sekunde.

»Geht es wieder?« Besorgt sah er sie an. »Ich dachte, du kippst vom Stuhl.«

»Ja, danke, das dachte ich auch.« Das Atmen funktionierte wieder einigermaßen, und die Blitze am Rande ihres Gesichtsfeldes, die sie bis gerade eben noch gesehen hatte, hatten sich wieder zurückgezogen. Trotzdem traute sie sich kaum, in Richtung Fenster zu schauen.

»Keine Sorge, sie sind weg.« Babette hatte ihren Blick bemerkt. »Philip hat dich gesehen und ist dann ganz schnell verschwunden.«

Nun wagte Olivia doch, sich umzudrehen. Es stimmte: Da, wo die beiden gestanden hatten, hatte sich die Lücke längst wieder mit anderen Menschen geschlossen.

»Du hättest sein Gesicht sehen sollen, als er dich hier entdeckt hat«, sagte Babette kopfschüttelnd. »Und als er Ernst gesehen hat erst! Das hat ihm gar nicht gefallen«, ergänzte sie grinsend. »Es ist eben eine Sache, sein Ego mit einer Jüngeren aufzupolieren. Und eine ganz andere, wenn man dann plötzlich die eigene Frau sieht, die nicht trauernd und einsam auf der Dachterrasse verrottet, sondern mit einem attraktiven Mann Spaß hat.«

»Wie Spaß hat es sich allerdings nicht angefühlt«, sagte Olivia bitter. Sie merkte, wie die Aufregung von gerade eben, die emotionale Anstrengung der letzten Tage und die Tatsache, dass sie nicht besonders gut mit sich selbst umgegangen war, nach ihr griffen. Auf einmal wollte sie nach Hause.

»Aber es sah so aus. Und das reicht vielleicht schon.« Babette drückte ihre Hand. »Alles wird gut, Olivia. Vertrau mir.«

Ernst bestand darauf, ihre Drinks komplett zu übernehmen, und drückte beiden verlegen eine Visitenkarte in die Hand. »Falls ihr mal einen Erbschaftsanwalt braucht, was ich nicht hoffe, oder Lust auf ein Getränk oder einen Spaziergang oder was auch immer habt.« Er sah dabei Olivia an. Sie konnte es sich sehr gut vorstellen, mit ihm spazieren zu gehen. Er war ernst, das stimmte. Aber er war auch aufmerksam und freundlich, und er verströmte ein unglaublich angenehmes Gefühl der Verlässlichkeit. Genau das, was Olivia gerade brauchte.

Später dann, als sie zu Hause im Bett lag und Babette neben ihr leise schnarchte, konnte Olivia nicht einschlafen. Immer wieder sah sie Philip und Aimee vor dem Herbarium Hand in Hand, wie sie sich ansahen und schließlich küssten. Wieder und wieder rang sie den Ekel nieder, den sie beim Anblick der beiden empfunden hatte, und das Bedürfnis, entweder in Tränen auszubrechen oder hysterisch zu lachen. Zu viele Gedanken und Bilder kreisten durch ihren Kopf und ließen sie nicht zur Ruhe kommen. Dabei war sie froh und dankbar, dass sich ihre Lebensgeister anscheinend so langsam wieder an die Oberfläche trauten, aber sie waren noch sehr zaghaft.

Sie wusste, dass es noch eine ganze Weile dauern würde, bis sie so stabil war, dass sie dem Leben da draußen ohne eine Babette oder einem Ernst begegnen konnte.

Allein.

Denn das war sie jetzt.

Und es war erstaunlich und sehr anstrengend, wie sehr alles in ihrem Leben gerade einer Achterbahn glich und ihre Gefühle von einer Sekunde auf die andere nach oben und durch einen mehrfachen Looping wieder zurück auf den Boden katapultiert werden konnten. Das Schlimmste daran war, dass sie sich selbst überhaupt nicht mehr einschätzen konnte. Weder wusste sie, in welcher Stimmung sie morgen aufwachen würde, noch was die nächsten Minuten brachten. Ihr Herz tat weh beim Gedanken daran, wie belanglos Philips »Ich liebe dich« offensichtlich gewesen war. Wie vergänglich. Wie lange war es her, dass er es das letzte Mal zu ihr gesagt hatte? Zwei Wochen? Drei? Sagte er es jetzt zu Aimee? Wann war aus seinem »Ich liebe dich« für Olivia ein »Ich verlasse dich« geworden? Schleichend? Plötzlich?

Olivia rang das Bedürfnis nieder, aufzustehen und sich erneut einen Drink einzuschenken. Sie hatte Babette versprochen, nichts mehr zu trinken, und sie würde sich daran halten. Stattdessen schmiegte sie sich an ihre Freundin, als wäre es nicht sie, sondern Philip, der da neben ihr im Bett lag.

Es war bestimmt weit nach Mitternacht, als endlich langsam der Sturm in ihr zur Ruhe kam, als sie spürte, wie ihre Glieder immer schwerer und ihre Gedanken langsamer und langsamer wurden. Was für ein Abend war das gewesen. Sie tastete nach der Hand ihrer Freundin, um sie für einen Moment zu drücken. »Danke«, murmelte Olivia und lächelte müde.

»Ich sag ja, es wird alles gut«, antwortete Babette schlaftrunken. Oliva wusste, dass sie beide morgen einen schlimmen Kater haben würden, aber ausnahmsweise freute sie sich beinahe darauf. Denn wer hätte schon gedacht, dass der Tag heute, der sich zunächst wie der absolute Tiefpunkt angefühlt hatte, sich als ein Wendepunkt zum Guten entpuppen würde? Sie jedenfalls am allerwenigsten. Und das war definitiv Kopfschmerzen wert.

Das Leben war voller Überraschungen. Nicht alle waren schön. Aber auch nicht alle schrecklich.

Kapitel 7

Seit dem Barbesuch mit Babette war fast eine Woche vergangen. Sie hatten ausgeschlafen und waren gegen eins in die Innenstadt gelaufen, um im Kaffehus ausgiebig zu frühstücken, denn Olivias Kühlschrank hatte sich leider nicht auf magische Weise über Nacht gefüllt, und außer Zitronen, Oliven und fragwürdigen Grillsoßen war er immer noch leer.

Nachdem Babette wieder nach Hause gefahren war, nicht ohne Olivia anzudrohen, gleich am nächsten Wochenende wiederzukommen, wenn sie nicht besser mit sich umging, hatte Olivia den Sonntag genutzt, um die Wohnung und die Dachterrasse aufzuräumen und zu putzen und vor allem, um die vielen leeren Flaschen in ihr Auto zu bringen, damit sie sie gleich am nächsten Tag entsorgen konnte. Das alles hatte sich sehr gut und sinnvoll angefühlt. Später hatte sie mit Kismet auf der Dachterrasse gelegen und wieder einmal die Wolken betrachtet.

Aber vor allem hatte sie seitdem keinen Tropfen Alkohol mehr getrunken.

Sie genoss es außerdem, an der Uni zu sein und die vorlesungsfreie Zeit dafür zu nutzen, aufzuräumen und die neuen Kurse vorzubereiten. Dabei gelang es ihr von Tag zu Tag besser, die Gedanken an Philip beiseitezuschieben.

Außerdem bot sie einen außerordentlichen semesterübergreifenden Exkursionskurs für die vorlesungsfreie Zeit an, der immer freitagmorgens stattfand und zu dem sich knapp zwanzig Studenten angemeldet hatten.

In dem Kurs sahen sie sich Ausstellungen genauso an wie Graffitis, Druckgrafiken, Skulpturen und Fassadenkunst, von der es in Göttingen mehr als genug zu bewundern gab. Sie wollte den Studenten beibringen, nicht nur Bilder zu betrachten und zu analysieren, über verschiedene Techniken und Hängungen zu diskutieren, sondern allgemein mit offenen Augen durch Göttingen und ihr Leben zu gehen und überall Kunst zu entdecken und sich daran zu freuen.

Olivia kam es vor, als wären ihre Sommerkurs-Studenten besonders aufmerksam, als wollten sie sie dabei unterstützen, in ihr Leben zurückzufinden. Sie stellten gute Fragen, hörten zu und lachten sogar manchmal, wenn Olivia einen Scherz machte, was ihr zunehmend wieder gelang. Dass sie langsam ein wenig mehr zu sich selbst zurückkehrte, lag bestimmt zu einem großen Teil daran, dass sie ihre Dozentenstelle so sehr liebte und die Alltagsroutine für gewisse emotionale Leitplanken sorgte. Sie fühlte sich so viel wacher und besser und erkannte nach und nach, dass es tatsächlich auch noch Dinge außerhalb ihres Schmerzes gab. Vor allem aber, dass sie an der Georg-August-Universität mehr war als nur Philip Lorenz' verlassene Ehefrau. Viel mehr sogar. Philip spielte hier keine Rolle. Es spielte noch nicht einmal eine Rolle, dass es ihn überhaupt gab.

Ein Gedanke, der Olivia sehr gefiel und der darauf hoffen ließ, dass sich auch der Rest ihres Lebens irgendwann wieder so anfühlen könnte.

Zwei Wochen waren seit Philips Auszug vergangen, und heute war der erste Tag, an dem sie keine Traurigkeit erfasste, als sie die Eingangstür ihres Hauses aufschloss, obschon ihr sehr wohl bewusst war, dass weder Vincent noch Philip auf sie warteten. Im Gegenteil: Sie dachte überhaupt nichts, sondern freute sich auf ein Wochenende voll unverplanter Freizeit und darüber, als Kismet kam, um sie schnurrend zu begrüßen und um ihre Beine zu streichen, bis sie ihn auf den Arm nahm und ihr Gesicht für einen Augenblick in sein weiches Fell drückte. Wer brauchte schon einen Ehemann, wenn er einen Kater wie Kismet hatte?

Sie ließ ihn wieder runter, nachdem sie ihm versprochen hatte, ihm gleich oben in der Küche als Allererstes etwas zu fressen zu geben, und kehrte noch einmal um, um sich draußen Kismets lange weiße Haare von ihrer Bluse zu klopfen.

Bevor sie die Treppe nach oben nahm, blieb sie das erste Mal nicht mehr an Philips Büro im Erdgeschoss stehen, um zu lauschen, ob er vielleicht doch da war, und dann ihr Herz zu trösten zu versuchen, weil er offensichtlich irgendwo anders einen Platz gefunden hatte. Ob er wohl an Aimees Küchentisch arbeitete? Natürlich gab es Computerprogramme, mit denen er Entwürfe zeichnen konnte, und er brauchte seinen Zeichentisch nicht wirklich, aber er hatte immer wieder betont, dass eine digitale Skizze nun mal nicht dasselbe sei. War er vielleicht sogar auf den Bauernhof gezogen, obwohl es dort bestimmt noch nicht besonders einladend war?

Olivia verbrachte keine Zeit mehr im Hinterhof, in Philips so akribisch gerechtem Zen-Garten, stand nicht minutenlang einfach nur da und ließ den Schmerz über sich hinwegbranden. Sie hielt auch nicht wehmütig an Vincents Wohnungstür im ersten Stock an, um sich noch einsamer zu fühlen als sowieso schon, sondern ging gleich in den zweiten.

Kismet folgte ihr auf den Fersen und erinnerte sie an ihr Versprechen. Nachdem Olivia ihn gefüttert hatte, schenkte sie sich ein Glas Wasser ein, lehnte sich an den weißen Küchenblock und sah sich um, bemüht, sich vorzustellen, all das aufzugeben.

Sie hatten alle Wände zwischen Küche, Essbereich und Wohnzimmer herausgenommen und durch Stahlträger ersetzt. Die einzigen abgeschlossenen Räume hier im zweiten Stock waren das kleine Gästezimmer hinter der Küche, das dazugehörige winzige Bad und die Gästetoilette. Den alten Parkettboden im kompletten

Haus hatten sie abgeschliffen und mühevoll die Lücken ersetzt, an denen die Wände gewesen waren. Die großen Fenster mit den tiefen Fensterbrettern gaben den Blick auf den Hinterhof, den Mühlengraben, die Straße und die anderen alten Dächer der Göttinger Innenstadt frei. Sie liebte alles an diesem Haus, und es gab nichts, was sie anders gemacht hätte, wenn sie noch einmal entscheiden dürfte. Die Treppe mitten im Raum führte über eine Galerie in den dritten Stock. Sie hatte Philip, ihr und ihrem Statiker damals beim Einbau viele schlaflose Nächte beschert, schließlich aber diesen einzigartigen Raum geschaffen: hoch und weit, hell und klar und dennoch so gemütlich.

Olivia liebte die Nähe zu ihren Lieblingsbars, den Galerien, dem Gänseliesel und dem drei Kilometer langen Wall, der die komplette Innenstadt einschloss, über den sie zu ihren Vorlesungen radelte. Oder sie drehte am Botanischen Garten und Bismarckhäuschen vorbei die eine oder andere Joggingrunde. Am allermeisten aber liebte sie die Dachterrasse.

Nein, sie würde dieses Haus nicht aufgeben. Wo sollte sie auch hin?

Olivia öffnete alle Fenster weit und ließ die etwas kühlere Abendluft in die Wohnung. Dann verband sie ihr Smartphone mit dem Bluetooth-Lautsprecher und scrollte zu ihrer Playlist mit den Lieblingsliedern. Früher hatten sie viel in dieser Küche getanzt. Philip und sie, später auch Vincent und all ihre Gäste, bei irgendwelchen Partys, die es ebenfalls früher sehr viel öfter gegeben hatte. Es war allerhöchste Zeit, wieder ein bisschen mehr Freude in diese vier Wände zu bringen.

Never Not Gonna Dance Again, sang Pink. Und Olivia gab ihr recht. Nicht zu tanzen war absolut keine Option.

Nicht zu kochen auch nicht.

In der letzten Woche hatte sie auch langsam wieder begonnen, sich selbst etwas zu essen zu machen, was ihr am Anfang ebenfalls unglaublich schwergefallen war. Sie konnte mit links zwanzig Gäste bewirten, aber für nur eine Person kochen? Einkaufen?

Nahezu unmöglich. Auch das musste sich ändern, wenn sie wollte, dass sich ihre Küche nicht mehr nur wie ein erweiterter Kühlschrank anfühlte.

Langsam. Und in kleinen Schritten. Hauptsache, sie blieb nicht wieder stehen, nur um sich selbst infrage zu stellen.

Den Couscous hatte Olivia schon am Morgen vorbereitet, sodass sie nur noch Petersilie, Minze, Gurken, Tomaten und getrocknete Aprikosen kleinschneiden und mit dem Orangensaft-Olivenöl-Gemisch beträufeln musste. Olivia liebte leichte Gerichte wie dieses, ganz besonders im Sommer, und es war ihr durchaus bewusst, dass Philip das nie als vollständige Mahlzeit angesehen hätte. Für ihn hätte es mindestens noch Putenbrust oder Fisch dazu geben müssen, am liebsten ein Steak und auf jeden Fall ein Bier.

Sie hatte sich so sehr angepasst und merkte erst jetzt, wie sehr sie es genoss, dass sie keine Pfannen spülen, den Tisch decken oder gar darauf warten musste, bis irgendeine Fußball-Live-Übertragung im Fernsehen zu Ende war. Olivia nahm ein Tablett, stellte ihren Teller, ihr Glas und eine Karaffe mit Wasser darauf und ging nach oben auf die Dachterrasse.

Seitdem sie keinen Alkohol mehr trank, traute sich Olivia sogar wieder, sich auf die breite Steinumrandung zu setzen. Wenigstens war sie in ihren dunklen Stunden immer noch so klar gewesen, das sein zu lassen. Sie hatte überhaupt nicht daran gedacht, irgendetwas anderes zu tun, als auf dem Boden zu liegen und in den Himmel zu starren.

Mit Schaudern dachte Olivia an diese Tage zurück, die erst so kurz hinter ihr lagen. Wie wäre es wohl weitergegangen, wenn Babette nicht aufgetaucht wäre und sie wachgerüttelt hätte? Sie wollte gar nicht daran denken.

Umso mehr genoss sie jetzt den weiten Blick über die Stadt. Babette und sie hatten immer Witze darüber gemacht, dass sie von hier aus vermutlich das Haus der Lehmanns in Elliehausen sehen konnte, und sie aufgefordert, das nächste Mal zu winken. Also hob Olivia die Hand.

»Danke, Freundin«, sagte sie leise. »Du hast mich echt gerettet.«

Sie war seit diesem Abend mit Babette und Ernst nicht mehr ausgegangen. Es war zwar schön gewesen mit den beiden, aber sie hatte keine Lust, sich von möglichen Bekannten ausfragen zu lassen, Belanglosigkeiten mit Fremden auszutauschen oder – am allerschlimmsten – noch mal Philip und Aimee zufällig über den Weg zu laufen, ohne Babette an ihrer Seite zu haben.

Ernst hatte sich tatsächlich bei ihr gemeldet und sie einmal zum Essen eingeladen, was sie sehr nett gefunden und trotzdem nicht angenommen hatte. Ein anderes Mal hatte er sie gefragt, ob sie ihn zu einem klassischen Konzert in der Aula der Uni begleiten wolle, für das er zwei Karten von einem Klienten bekommen hatte. Auch da hatte sie abgesagt. Olivia versuchte, das Alleinsein auszuhalten, bemühte sich, ihrem Körper nur Gutes zu tun und ihn für die Alkoholeskapaden der letzten Wochen zu entschädigen. Außerdem war ihr tatsächlich nicht nach Reden oder stundenlangem Sitzen. Und nach klassischer Musik irgendwie auch nicht.

Aber Ernst war nicht beleidigt und überhaupt alles andere als aufdringlich. Sie hatte ihm versprochen, sich irgendwann in den nächsten Tagen bei ihm zu melden, und fand es großartig, dass er anscheinend ein eigenes Leben hatte, das ihn ausreichend mit Programm versorgte – und wenn nicht, dass er offensichtlich auch ganz gern alleine war.

Von der Straße unten klangen die Stimmen der Passanten zu ihr nach oben. Vielleicht ging sie nachher noch schnell ins Smiles, ihre Lieblingseisdiele in der Nikolaistraße, um sich ein Pistazieneis mit Salinensalz zu holen. Oder sie blieb einfach hier oben, sah der Sonne beim Untergehen zu, kraulte Kismet ein bisschen, der sich allerdings nicht zu ihr auf die Mauer traute, oder tanzte zu Maria-Gadú- und Beth-Carvalho-Liedern. Einfach, weil sie Lust dazu hatte. Keiner sah zu. Keiner kam, um ihr zu sagen, sie sehe albern aus und es sei viel zu langweilig, an einem Freitag zu Hause zu bleiben.

Olivia stand auf, um auf der Mauer zu balancieren. Auch das hätte sie vor ein paar Wochen nicht gemacht.

Langweilig oder verrückt. Eines von beidem war sie in Philips Augen immer gewesen. Und anstatt sich davon zu befreien, was Philip vor ihr dachte, und einfach sich selbst glücklich zu machen, hatte sie sich sehr bemüht, sich anzupassen und weder das eine noch das andere zu sein.

Wenn er zufrieden gewesen war, war sie es auch gewesen. Wie absurd dieser Gedanke war, wurde Olivia erst jetzt bewusst. Sie drehte sich um und ging wieder zurück. Es war ganz schön hoch hier oben, und natürlich war es ein bisschen gefährlich, aber auch reizvoll und spannend.

Noch viel mehr aber begriff sie, dass sie nicht nur Philips Kommentare nach wie vor regelrecht hörte, sondern sie auch Olivias Handeln beeinflussten. Meistens jedenfalls.

Das war nicht nur absurd, sondern völlig bescheuert, dachte sie und sprang auf den Boden neben Kismet, der einen erschrockenen Satz zur Seite machte. »Daran musst du dich jetzt vielleicht gewöhnen, Kater«, sagte sie zu ihm und ging in die Knie, um ihn zu sich zu locken und zwischen den Ohren zu kraulen. »Ich habe nämlich beschlossen, so verrückt und so langweilig zu sein, wie ich es möchte.«

Sie legte sich neben den Kater auf den Rücken und spürte, wie die Traurigkeit wieder einmal ihre klebrigen Finger nach ihr ausstreckte. Unfassbar, wie wenig man dieses Gefühl kontrollieren konnte.

Andererseits sah sie das tiefe, dunkle Kummerloch mittlerweile wenigstens, bevor sie kopfüber hineinstürzte. Olivia machte sich nichts vor: Sie balancierte mehr oder weniger ständig an dessen Rand entlang, und es war immer noch ziemlich anstrengend, fröhlich zu sein. Und selbst wenn ihr Kopf wusste, dass es auch viele Vorteile hatte, allein zu sein, so hätte sie doch jeden einzelnen davon gegen einen Abend, eine Nacht mit Philip eingetauscht. Dabei ging es weniger um Sex, sondern sehr viel mehr darum, mit ihm einzuschlafen. Zu wissen, er war da. Keine Angst davor haben zu müssen, für immer alleine zu sein.

Olivia seufzte. Warum nur war das Herz so immun gegen Erkenntnisse?

Es klingelte unten an der Tür. Philip war so stolz auf seine Funk-Klingel, die dafür sorgte, dass er selbst hier oben niemanden verpasste. Er hatte ab und zu hier oben gearbeitet, wenn das Wetter entsprechend gewesen war. In Olivias Augen der perfekte Arbeitsplatz für einen Architekten. Aber wenn er ab jetzt lieber in Gummistiefeln über matschige Äcker stapfen und Gemüse mit Aimee züchten wollte …

Olivia schüttelte die gehässigen Gedanken ab. Solange sie hier sein konnte, war doch alles in Ordnung.

»Hallo?«, sagte sie laut in das kleine Mikro der Funkanlage und versuchte dabei die Hintergrundgeräusche von der Straße auszublenden.

»Hallihallo, Olivia, Nadja und Rainer hier«, flötete Nadja. Olivia wünschte sich sofort, sie wäre nicht zu Hause. Sie sollte dringend zusätzlich eine Kamera unten an der Tür installieren oder besser noch die Funkklingel gleich wieder abbauen. Sie hatte nichts gegen Nadja. Sie waren so etwas wie Freundinnen, selbst wenn sie sich für sehr unterschiedliche Dinge begeisterten und Nadja in Olivias Wahrnehmung eher … ein bisschen oberflächlich unterwegs war. Immerhin teilten sie die Begeisterung für moderne

Kunst, und Vincent und Nadjas Sohn Dominik hatten lange Jahre zusammen Tennis bei Mo gespielt. Die beiden waren echte Freunde. Ähnlich wie Philip und Nadjas Mann Rainer. Abgesehen davon war Nadja eine begabte Goldschmiedin, die wunderschönen Schmuck zauberte, von dem auch Olivia das eine oder andere Stück besaß.

Dass sie hier waren, war kein Zufall. Immerhin war heute eine Vernissage im AbArt, der Galerie ihrer gemeinsamen Freundin Anja, und es war beinahe ein Ritual, dass die beiden hier vorbeikamen, um Philip und sie abzuholen. Normalerweise waren sie danach noch mit dem Rest der Kunstclique im Batiste, einer Weinbar um die Ecke, etwas trinken gegangen oder auf Olivias und Philips Dachterrasse gelandet.

Normalerweise.

Die beiden wussten sicher längst Bescheid. Immerhin versteckten sich Philip und Aimee ja nicht gerade, und Tennistraining der Ü40-Herren war auch längst gewesen. Also um was ging es? Um ihre Neugier? Mitleid? Hatte Philip sie geschickt? Den Gedanken verwarf Olivia allerdings sofort wieder, denn das hätte immerhin ein gewisses Interesse seinerseits vorausgesetzt.

»Hi!«, antwortete sie vorsichtig.

»Wir wollten mal nach dir schauen und …« Es raschelte.

Also Mitleid.

Irgendjemand hielt das Mikro unten zu, und Olivia hörte nur noch Rauschen, bis Rainer sprach.

»Edoardo Mikler scheint ein spannender Künstler zu sein. Na ja, es ist AbArt und wir haben uns gefragt, ob du vielleicht lieber mit uns mitkommen willst als alleine …«

Mitleid. Definitiv.

»Das ist wirklich sehr nett von euch.« Olivia mochte die AbArt wirklich gern. Die Künstler, die dort ausstellten, waren meist noch nicht besonders bekannt, was das Ganze doppelt interessant machte. Anja, die Galeristin, hatte ein gutes Auge für das Besondere, und nicht selten begannen erfolgreiche Karrieren genau hier. Ein paar Jahre nach ihrer ersten Ausstellung konnte man sich die Bilder der jungen Künstler dann schnell nicht mehr leisten. Abgesehen davon war die Galerie gleich bei ihr um die Ecke. Und Edoardo Mikler war ein Newcomer, den Olivia schon eine Weile beobachtete, eigentlich hatte sie fest vorgehabt, heute dorthin zu gehen, sie hatte es nur vor lauter … Leben völlig vergessen.

Sie waren eine große Clique, und sicher waren beinahe alle, die auch auf Philips Geburtstagsparty gewesen waren, heute dort. Vielleicht auch Philip. Immerhin war zeitgenössische Kunst ihre gemeinsame Leidenschaft. Er war ein großer Förderer der jungen Künstler, und nicht selten gelang es ihm, einem Bauherrn ein Kunstwerk zu vermitteln, das zu seiner neuen Immobilie passte. Zumal die Besitzer hochpreisiger Firmengebäude und exklusiver Lofts und Villen meist ein üppigeres Budget zur Verfügung hatten und oft regelrecht dankbar waren für Philips Ideen.

Es waren immer sehr schöne Abende gewesen. Abende, an denen sie sich einig gewesen waren. Kunst und alles, was damit zusammenhing, war ihre Schnittmenge, über die sie unendlich lange diskutierten und sich manchmal auch hatten amüsieren können. An solchen Abenden hatte sich Olivia Philip immer näher denn je gefühlt und war glücklich und stolz gewesen, dass sie so viel teilen konnten. Ob er dort sein würde? Mit Aimee? Würde er ihre Gespräche, ihre kleinen geheimen Codes und Gesten bei der Beurteilung der Bilder und Skulpturen vermissen? An sie denken? Und *sie* vielleicht sogar vermissen?

Nein, Olivia wusste nicht, ob sie einer Vernissage ohne Philip an ihrer Seite gewachsen war.

»Ich würde echt gern mitkommen, aber ich habe leider schon was vor«, log sie. »Tut mir leid, ich bin gleich verabredet, aber wenn ihr für einen Moment hochkommen wollt …?«

»Nein, nein«, sagte Rainer im selben Augenblick, in dem Nadja »Ja!« rief.

»Wir kommen ein anderes Mal, Olivia. Pass auf dich auf«, schob Rainer nach, und Olivia konnte sich lebhaft vorstellen, wie der Abend der beiden ab jetzt verlaufen würde. Zumindest in der nächsten halben Stunde dürfte er sein »Nein« büßen müssen. Denn so wie Olivia Nadja kannte, hatte sie sich sicher vorgestellt, wie sie mit dem neuesten Klatsch und Tratsch im AbArt auflaufen würde und Informationen zu Olivias Unglück aus erster Hand präsentieren konnte.

Vielleicht war Olivia auch zu misstrauisch, und sie hatte es wirklich einfach nur gutgemeint.

»Dann melde dich doch, wenn du ein bisschen mehr Zeit hast«, sagte Nadja. »Oder ich komme mal wieder vorbei.«

Es klang freundlich und aufrichtig. Aber was wusste Olivia schon über andere Menschen? Sie hatte auch Philip vertraut. Und Aimee. Und wieder einmal fragte sie sich, von wem sie enttäuschter war, als sie sich wieder auf den Teppich fallen ließ und nach ihrem Handy tastete.

Ihre eigene Lüge hatte sie auf eine sehr gute Idee gebracht.

Heute brauchte sie ein anderes Programm, mit einem anderen Menschen, der sich am besten überhaupt nicht für Kunst interessierte.

Ernst.

Er ging sofort dran und fand es eine großartige Idee, sie in einer halben Stunde abzuholen. Olivia hatte den Verdacht, dass er immer noch in seiner Kanzlei um die Ecke saß, und fragte sich für einen Augenblick, ob er überhaupt eine Wohnung hatte – oder brauchte. Und sie stellte erstaunt fest, dass es ihr durchaus gelang, die Wehmut über den Abend ohne AbArt und Philip beiseitezuschieben und sich stattdessen darauf zu freuen, ihn mit Ernst zu verbringen.

Kapitel 8

Olivia verabredete sich mit Ernst vor dem Smile, ihrer Lieblingseisdiele. Er kannte sie nicht. Überhaupt hatte Olivia den Verdacht, dass Ernst sehr wenig in Göttingen kannte. Ihr Treffen im Herbarium war wirklich ein riesiger Zufall gewesen, denn eigentlich ging er nie aus. An diesem Tag hatte ihn ein Klient vor seiner Abreise aus dem Hotel zu einem Meeting dorthin bestellt, und Ernst hatte beschlossen, noch ein bisschen länger zu bleiben. Zunächst aus Begeisterung für die interessante Karte, die mehr einem Botanik-Lexikon entsprach als einer Cocktail-Karte, aber dann waren Olivia und Babette aufgetaucht. Ernst hatte sehr nachdrücklich behauptet, dass er seinem Klienten sehr dankbar für diesen Zufall sei.

Ernst arbeitete mehr oder weniger rund um die Uhr. Sein Privatleben, wenn er denn überhaupt eines hatte, schien sich auf kollegialen Austausch bei Feierabendbieren oder Fachvorträgen an der Uni zu beschränken, die er ab und zu hielt.

Er war zum Studieren aus Hamburg hierhergekommen und geblieben. Aber weder während des Studiums noch danach hatte er sich die Zeit genommen, in das Leben dieser Stadt wirklich einzutauchen. Er kannte den Wall, das Bismarckhäuschen, das Gänseliesel, den Botanischen Garten und die Universität. Abgesehen davon seine Kanzlei und das Amtsgericht.

Viel zu wenig in Olivias Augen. Das konnte so nicht weitergehen.

Als Erstes brauchte er ein Eis im Smiles. Dann konnten sie entscheiden, ob sie ins Open Air Kino im Freibad am Brauweg gehen, sich im Cheltenham Park niederlassen oder sich von Kneipe zu Kneipe treiben lassen wollten. Zuerst aber das Eis. Sie hatte beinahe jede Eissorte im Smiles schon probiert, aber ihr Favorit war und blieb Pistazie mit Salinensalz.

»Dein Ernst? Mit Salz?« Ernst konnte sich ein Schaudern nicht verkneifen, als sie ihren Becher entgegennahm. »Das kann nicht schmecken.«

Er entschied sich für Himbeer und dunkle Schokolade.

»Tut es aber.« Olivia hielt ihm ihren Becher zum Probieren hin.

Sie hätte filmen müssen, wie er zunächst sehr zögerlich an seinem Löffel leckte und sich dann langsam, aber sicher echte Freude auf seinem Gesicht ausbreitete.

Es war kaum zu glauben, aber Ernst lächelte. »Das … das ist wirklich gut. Ich glaube, vielleicht sogar das beste Eis, das ich je gegessen habe.« Er hielt ihr sein Eis hin. »Tauschen?«

Olivia lachte und gab ihm ihren Becher. »Klar, wenn ich dich so einfach bekehren kann.« Ernsts Begeisterung und sein Lächeln gefielen Olivia sehr. Was, wenn er einfach nur sein Leben lang schon schlief wie ein männliches Dornröschen und sich bisher einfach keiner die Mühe gemacht hatte, ihn zu wecken?

»Hast du noch mehr solche Geheimtipps auf Lager?«, fragte er. »Pistazie mit Salz …«, er schüttelte den Kopf. »Wer rechnet denn mit so was?«

Sie entschieden sich schließlich für das Open Air Kino, von dem er immerhin schon einmal gehört hatte, und ergatterten noch zwei Liegestühle vor der großen Leinwand. Ernst zog los und besorgte Popcorn und Rhabarberschorle, nachdem Olivia ihm erzählt hatte, dass sie zurzeit keinen Alkohol trank. Sie sahen den Film *Was man von hier aus sehen kann*, und Olivia war angenehm überrascht. Immerhin handelte es sich dabei um die Kino-Adaption eines ihrer Lieblingsbücher – und so was ging ja leider meistens in die Hose. Auch Ernst genoss die ziemlich schräge Geschichte, und Olivia konnte den Gedanken nicht verhindern, dass er sehr gut mitten hineingepasst hätte.

Es war leicht, mit Ernst zusammen zu sein, und fühlte sich so an, als würden sie sich schon ewig kennen. Olivia war nie befangen, und sie hatten immer genug Gesprächsthemen. Olivias Bedürfnis, ihn zum Lachen zu bringen, sorgte dafür, dass sie selbst ziemlich viel lachte.

Es war schön und unkompliziert. Beides brauchte sie dringender denn je in ihrem Leben, das war ihr bewusst. War Ernst vielleicht sogar ein Mann, in den sie sich verlieben könnte?

Schwer vorstellbar. Und musste sie überhaupt darüber nachdenken? Nur weil sie eine Frau und er ein Mann war?

Olivia bemerkte erst viel zu spät, dass sie ihr Weg automatisch mehr oder weniger direkt vor das Batiste geführt hatte.

»Verdammt!«, entfuhr es ihr, als sie prompt Nadja vor der Tür stehen sah. Schnell drehte sie sich zu Ernst um, in der Hoffnung, dass sie sie noch nicht entdeckt hatte.

»Was ist?« Ernst blieb stehen und sah sie erschrocken an. »Hast du dir wehgetan?« Sofort streckte er den Arm aus, um sie zu stützen. Er sah dabei so besorgt aus, dass Olivia beinahe lachen musste.

»Nein, entschuldige. Es ist nur …« Sie schüttelte über sich selbst den Kopf. »Es ist nur so, dass da drüben unsere komplette alte Clique steht, und ich … und ich … und mein Mann … mein …«

Verdammt!

Sie hatte keine Ahnung, wie sie es ausdrücken sollte. Ex-Mann? Zukünftiger Ex-Mann? Sie fühlte sich verloren und so, als würde sie gerade von hier aus ihr eigenes Leben beobachten. Sie sollte dort dabei sein, sollte mit Nadja über ihre neuen Jimmy Choos reden und ihr endlich erzählen, dass Mo ihr einen Luftkuss zugeworfen hatte. Sie sollte neben Philip stehen und einfach seine Frau sein. Wie immer. Wie auch in Zukunft.

Sie versuchte, die Stimmen auszublenden, das Lachen, das von dort drüben herüberschallte, und nicht zu versuchen, Philips herauszuhören.

Olivia hatte das Gefühl, weder einen Schritt nach vorne machen noch stehen bleiben zu können. Sie musste weg. Und gleichzeitig so sehr bleiben, dass ihre Knie zitterten. »Entschuldige, Ernst, ich … glaube, ich muss nach Hause.«

»Ah. Verstehe«, sagte Ernst und ließ seine Hand auf ihrem Oberarm liegen, bewegte sich aber kein bisschen.

Sie spürte die Wärme seiner Berührung, die Sicherheit, die er ausstrahlte und die Gelassenheit, mit der er abwartete, was sie nun wirklich tat.

Scheinbar hatte er kein Problem damit, Olivia nun schon zum zweiten Mal in einer ähnlichen Situation vorzufinden, was sie ihm hoch anrechnete.

»Ich begleite dich sehr gern nach Hause, Olivia, wenn du das wirklich möchtest. Aber möchtest du das denn?« Er sah sie aufmerksam an.

»Ich weiß es nicht«, antwortete sie leise.

»Ich habe zwar nicht viel Erfahrung mit Beziehungen, aber dafür mit Trennungen vor Gericht. Darf ich was dazu sagen?«

»Bitte. Das wäre sehr hilfreich.« Ernst war einfach ein absoluter Glücksfall.

»Gut. Du wirst noch sehr oft in solche Situationen geraten, denn ihr hattet nun mal ein gemeinsames Leben. Ihr habt gemeinsame Freunde, Interessen, einen Sohn, auch wenn er schon groß ist. Fakt ist, ihr werdet euch begegnen. Vor allem, weil er ja nicht ewig aus seinem Büro wegbleiben kann. Was willst du also tun? Dich für immer zu Hause verstecken? Nie wieder Dinge erleben, die dir Spaß machen? Nur weil du ihm vielleicht begegnen könntest?« Er sah sie abwartend an, aber Olivia brauchte nicht mal eine Sekunde zum Überlegen.

»Nein«, sagte sie mit fester Stimme.

»Weißt du, wenn du ihm ausweichst, schenkst du ihm mehr Macht, als er verdient hat, Olivia. Wenn überhaupt, dann ist er es, der sich verstecken sollte, nicht du. Du hast gerade jetzt deine Freunde und viele schöne Momente nötig. Er? Er hat die Yogalehrerin. Er segelt auf einer hohen Welle Testosteron. Er lacht – in doppelter Hinsicht. Und wäre das hier ein Wettkampf, wäre er im Moment der Sieger.«

Es tat weh, was Ernst da sagte. Sehr weh sogar. Aber vermutlich hatte er recht.

»Dabei geht es immer um Macht. Wenn wir um Geld, Prestige, selbst wenn wir um die Kinder streiten: Macht. Wer gewinnt. Wer der Stärkere ist. Und auch in solchen Situationen: Du versteckst dich – du bist die Schwächere. Es ist armselig, aber wahr.«

Armselig. Da war das Wort wieder.

»Wenn du ihn zurückhaben willst, musst du ihm einen Grund geben, dich zu wollen. Klingt merkwürdig, ist es auch. Ich verstehe, wie gesagt, sehr wenig davon. Aber wenn überhaupt, willst du ja nicht, dass er aus Mitleid zurückkommt, oder?«

»Nein.«

»Na also. Dann lass uns rübergehen und Spaß haben. Und ihm zeigen, dass du da bist. Großartig. Schön. Kraftvoll. Superwoman.« Er sah sie an. »Sie werden so oder so über dich reden. Ob du nun da bist oder nicht. Ob du dich nun versteckst oder zeigst. Sie werden spekulieren, eine Meinung haben, möglicherweise auch über dich lästern. Aber wenn wir jetzt da rübergehen, gibst du ihnen etwas, worüber sie reden können. Du bestimmst. Etwas, das zeigt, was für eine starke und unabhängige Frau du bist, die nicht zu Hause sitzt und weint, weil der Mann abgehauen ist. Was für ein Dummkopf, möchte ich an dieser Stelle nur mal sagen. Aber nun gut. Er hat mich ja nicht vorher gefragt. Und wenn du deine Stärke im Moment nicht fühlen kannst, dann tu so als ob. Glaub mir, das Gefühl wird kommen. Mit jedem Schritt nach da draußen.«

Olivia wurde es ganz warm ums Herz bei seinen Worten.

»Also, gehen wir? Du grüßt freundlich, und wir unterhalten uns einfach weiter, ein einziges Getränk lang. Du wirst sehen und spüren, dass es nichts gibt, wovor du in Zukunft Angst haben musst. Und wenn du das mal weißt, kannst du immer und überall hingehen, wohin du nur willst. Erhobenen Hauptes. Als die Königin, die du bist.« Er sah sie ernst an. »Wie klingt das?«

»Es klingt nach einem Plan.« Am liebsten hätte sie ihn abgeklatscht, aber das war ganz sicher unter Ernsts Würde.

Sie überquerten die Straße. Vorsichtshalber hatte Olivia sich nach wie vor bei Ernst untergehakt, sonst wäre sie vielleicht am Ende doch noch geflohen.

Vielleicht bildete sich Olivia das nur ein, aber sie glaubte, ihren Namen aufgeschnappt zu haben, als sie näher kamen. Jedenfalls hätte Nadja beinahe ihr Weinglas fallen lassen, als sie sah, wer da plötzlich vor ihr stand. Kurz bereute Olivia, dass sie ihre ausgewaschene Lieblingsjeans, Sneaker und ihr pinkfarbenes Sweatshirt trug und sich nicht ein bisschen besser auf diese Begegnung vorbereitet hatte, denn wie immer waren Nadja, Anja und die anderen in der neusten Mode gekleidet, Pumps und aufwendiges Make-up inklusive. Es war bei den Vernissagen immer um die Kunst gegangen. Aber nicht nur. Zunehmend war es ein Mode- und Style-Wettbewerb unter ihnen geworden, bei denen die Absätze der Damen immer höher und die Outfits immer extravaganter wurden, und auch die Männer versuchten, sich in einer krampfhaften Jugendlichkeit zu übertrumpfen. Auch das wurde ihr bewusst, als sie den Kontrast zu sich selbst sah und sich dabei ein bisschen leichter fühlte, weil sie kein Teil mehr davon sein musste.

»Hallo, Olivia! Je später der Abend … Wie schön, dass du doch noch kommen konntest.« Nadja lachte ein wenig gekünstelt und schielte sofort zu Ernst. Er trug eine helle Chino, weiße Sneakers und ein weißes Hemd. Olivia wusste genau, was in ihrem Kopf vorging. Ernst war ein attraktiver Mann, und Nadja war sich garantiert sicher gewesen, dass Olivia einfach nur gekniffen hatte und aus lauter Kummer nicht zur Vernissage mitgekommen war. Aber dass sie hier war und tatsächlich einen Mann dabeihatte, damit hatte Nadja bestimmt nicht gerechnet. Ein Hoch auf Ernsts Menschenkenntnis, dachte Olivia. »Hallo, Nadja«, sagte sie besonders freundlich. »Darf ich vorstellen: Ernst, Nadja, Nadja, Ernst. Wir waren gerade im Open Air Kino, und ich dachte mir, ich zeige ihm mal, wo ich sonst so unterwegs bin. Und mit wem.« Sie winkte Anja, die ihr Gespräch unterbrochen hatte und ebenfalls zu ihnen herübersah.

Ernst war unglaublich. Er merkte sich jeden Namen, sah jeder der staunenden Frauen tief in die Augen und lächelte ein sehr geheimnisvolles Lächeln, das Olivia ihm ebenfalls nicht zugetraut hätte, während sie sich langsam durch die Menge in Richtung Bar bewegten. Er war ein sehr guter Schauspieler und noch dazu sehr klug. Olivia konnte sich so langsam vorstellen, wie es war, ihm vor Gericht zu begegnen.

Nadja wich ihnen nicht von der Seite. »Oh, wie romantisch, ins Kino!«, sagte sie jetzt. »Da würde ich auch gern mal wieder hin. Was für eine Freude, dich kennenzulernen … Ernst. Die Ausstellung ist übrigens super«, fuhr sie fort, und Olivia fragte sich, ob sie wohl gerade versuchte, mit ihrem Begleiter zu flirten. »Da habt ihr echt was verpasst. Ich glaube, der Künstler ist auch noch da. Und … oh. Das solltest du vielleicht wissen, falls du sie noch nicht gesehen hast: Philip und … na du weißt schon, diese Yogalehrerin sind auch da.« Sie legte Olivia die Hand auf den Arm und sah sie betont mitfühlend an. Am liebsten hätte Olivia sie abgeschüttelt, aber Ernsts Nähe hielt sie davon ab. Haltung, Olivia, ermahnte sie sich selbst. Einen Heul- oder Wutanfall konnte sie auch später noch bekommen, wenn sie zu Hause und es wirklich unbedingt nötig war. »Das war für uns alle ein Schock, das kannst du mir glauben. Ich meine, ihr wart so ein schönes Paar!«

»Danke, und danke für die Warnung«, antwortete Olivia und bemühte sich um ein Lächeln, das sich nicht wirklich nach einem anfühlte.

War Nadja schon immer so oberflächlich und ohne jegliches Einfühlungsvermögen gewesen? Warum war ihr das bisher so gar nicht aufgefallen? »Wir gehen mal rein in die Höhle des Löwen, ja?«, sagte Olivia an Ernst gewandt und ließ Nadja stehen, bevor sie irgendetwas sagte, das sie später bereuen konnte. Schlimm genug, dass Olivias Gesicht schon so viel von ihren Gefühlen verriet. Eigentlich konnte Nadja einem leidtun, wie sie beobachtete und mit den anderen zu tuscheln begann, kaum hatte sich Olivia umgedreht. Ernst hatte so recht gehabt.

Aimee konnte sie nirgends entdecken, aber Philip sah sie sofort. Er stand mit dem Rücken zu ihr mit Tom und Ferdinand Matthiesen an einem kleinen Stehtisch mitten im Raum und lachte laut über irgendeinen Scherz. Bestimmt hatte Matthiesen wieder etwas Abwertendes über irgendeine der anwesenden Frauen gesagt, denn Tom, der Einzige, von dem Olivia wusste, dass er nicht auf Matthiesens Scherze stand, sah peinlich berührt zur Seite. Dabei fiel sein Blick auf Olivia, und sofort begann er zu strahlen.

Er löste sich von den beiden und kam auf sie zu. »Livy! Mensch, ich freue mich so, dich zu sehen!« Er nahm sie in den Arm und drückte ihr einen Kuss auf die Wange. Seine Umarmung war herzlich und aufrichtig und fühlte sich unglaublich gut an. Philip und Tom hatten sich an der Uni angefreundet, und sie waren seit damals Freunde. Alle drei. Tom war gemeinsam mit Babette Vincents Patenonkel, und Olivia hatte ihn immer auch als ihren Freund gesehen. Und das war er auch. Er und seine Frau Gabriela, die Olivia allerdings nirgends entdecken konnte. Vermutlich war sie lieber zu Hause bei den Kindern geblieben. Schlau, wie sie war.

Tom zog sie erneut in eine feste Umarmung. »Ich habe so viel an dich gedacht. Es tut mir leid, dass ich mich nicht gemeldet und mich stattdessen im Homeoffice versteckt habe.« Er drückte sie noch ein bisschen fester. »Ich … ich hatte einfach keine Ahnung, wie …«, stammelte er. »Ach, ich bin so ein Feigling! Du kannst dir aber gern ausmalen, wie sehr mir Gabriela die Hölle deshalb heiß gemacht hat. Ich weiß allerdings nicht, ob wegen dir, oder weil sie mich einfach auch mal wieder loshaben wollte.« Tom lachte.

Olivia wusste, dass er die Wahrheit sagte. Philips Geschäftspartner war einer der aufrichtigsten Menschen, die sie kannte, und dass es für ihn nicht leicht war, gefangen zwischen Philip und ihr, das konnte sie sich lebhaft vorstellen.

»Schon gut, Tom. Ich freue mich, dass du da bist und wir uns sehen. Das hier ist übrigens Ernst.« Sie ließ Tom los und zog Ernst ein wenig näher. »Ein neuer Freund. Tom, einer meiner ältesten Freunde.« Sie lächelte, als Ernst die Hand ausstreckte, um Toms zu schütteln.

»Freut mich«, sagte er freundlich.

In diesem Moment drehte sich Philip zu ihnen um. Das Lachen erstarb auf seinem Gesicht, als sich ihre Blicke trafen. Selbst in der dämmrigen Bar konnte Olivia erkennen, dass er blass geworden war. Exakt diesen Augenblick wählte Aimee, um sich von hinten durch die Menge zu schieben und sich lachend an ihn zu schmiegen. Sie hatte Olivia nicht entdeckt und nur Augen für Philip. Sofort begannen schwarze Funken in Olivias Gesichtsfeld aufzublitzen, sie konnte nicht mehr richtig atmen, und ihre Knie zitterten wie verrückt. Es war eine Sache, theoretisch Superwoman zu sein, aber praktisch ließen Olivias Superkräfte in diesem Moment ein wenig zu lange auf sich warten.

Ernst nahm sie erneut am Ellbogen und hielt sie fest. Er schien einen unfassbar guten Instinkt für akute Notfälle zu haben, dachte Olivia, als er sich zu ihr hinunterbeugte.

»Contenance, Olivia. Den Nervenzusammenbruch gönnen wir uns später. Vergiss nicht, dass du eine Königin bist«, raunte er in ihr Ohr.

Philip reagierte nicht auf Aimee, sondern starrte einfach immer weiter in ihre Richtung. Wen sah er an? Sie oder Ernst? Es war gleichgültig.

Ernst flüsterte Olivia erneut irgendetwas ins Ohr, das sie nur halb wahrnahm. Was sie aber sah, war, wie Philip zusammenzuckte, bevor er sich demonstrativ zu seiner jungen Freundin umwandte, um sie ebenfalls zu küssen.

Es war lächerlich und schmerzhaft. Es war *armselig.* Vor allem aber war es einfach zu viel für Olivias Nerven. Ihr Magen schlug zweifelhafte Kapriolen. Königin hin oder her: Sie musste hier raus.

»Alles in Ordnung, Livy?«, fragte Tom, der die Szene nicht beobachtet hatte. Olivia nickte, dann schüttelte sie den Kopf.

»Entschuldige, Tom, aber irgendetwas stimmt nicht mit meinem Kreislauf. Ich habe mich wirklich sehr gefreut, dich zu sehen. Grüß Gabriela von mir, bitte. Und Ernst: Lass uns gehen, ja?«

Als sie vor die Tür traten, verstummten alle Gespräche sofort. Nadja und die anderen hatten alles beobachtet, aber das war ihr egal. Sie wollte nur weg von hier, nach Hause, irgendwohin, wo sie nicht mitansehen musste, wie ihr Mann eine andere küsste. Tom war ihnen ebenfalls nach draußen gefolgt.

»Ich hoffe, du weißt, dass du mich jederzeit anrufen kannst«, sagte er leise und umarmte sie noch einmal zum Abschied.

»Danke, Tom. Weißt du, ich hoffe, dass du trotz allem mein Freund bleibst«, sagte sie. »Du und Gabriela. Ihr beide.«

Tom lächelte und knuffte sie liebevoll in die Seite.

»Es beleidigt mich fast, dass du das sagst. Du kannst sicher sein, dass wir Freunde sind und bleiben. Unsere Freundschaft hat mit Philip nichts zu tun. Und ich hoffe, das muss ich auch nie wieder sagen.«

»Nein, musst du nicht.« Olivias Herz wurde bei seinen Worten ein bisschen leichter. Erstaunlich, dass in diesem Raum voller Menschen, die sie alle kannte und bis vorhin für ihre Freunde gehalten hatte, nur ein Einziger übrig blieb, auf den diese Beschreibung wirklich zutraf. Das hieß, so ganz stimmte das nicht. Es waren zwei. Ernst gehörte definitiv spätestens seit heute dazu.

Kapitel 9

Welchen sollen wir nehmen?« Es war beinahe Mitternacht, als Ernst und sie in Philips Weinkeller hinunterstiegen. Sowohl Olivia als auch Ernst hatten den Eindruck, dass der Abend durchaus als Ausnahme durchgehen konnte – und dementsprechend trotz Olivias neuer Abstinenz ein Glas Rotwein gestattet war.

»Den teuersten natürlich«, antwortete Olivia prompt, obwohl sie keine Ahnung hatte, welche Weine hier unten teuer waren. Mit Rotweinen kannte sie sich sowieso nicht aus. Ihr Lieblingswein war Blaue Stunde, eine Cuvée aus Chardonnay und Sauvignon Blanc aus der Pfalz, den ihr ihr Lieblingsweinhändler Guido sehr zuverlässig lieferte. Sie war diesbezüglich nicht für Experimente offen, worüber sich Philip immer lustig gemacht hatte. Aber Rotwein machte sie müde, und sie trank nur ab und zu ein Glas mit Philip mit. *Hatte mit ihm ein Glas getrunken.*

Heute war ein guter Tag für einen Rotwein und dafür, von der süßen Schwere schläfrig zu werden.

Hier unten war Philips Reich. Er hatte immer die Weine für die Gäste ausgesucht und führte akribisch Buch über seinen Besitz. Olivia hatte nicht vor, sich an ihm zu rächen. Darum ging es nicht. Sie hätte nur so viele Jahre niemals auch nur darüber nachgedacht, selbst einen Wein auszusuchen, aus lauter Sorge, vielleicht einen zu erwischen, der Philip besonders am Herzen lag, der etwas ganz Besonderes war oder womöglich sehr teuer. Lächerlich war das. Als ob sie nicht einfach einen Wein trinken konnte, der sie interessierte und ihr gefiel.

Ernst betrachtete interessiert die vielen bunten Etiketten. Ab und zu schnalzte er anerkennend mit der Zunge.

»Kennst du dich ein bisschen aus?«, fragte Olivia, als er eine Flasche aus dem Regal nahm und sie in den Händen drehte.

»Nein.« Er sah auf. »Aber dieses Etikett gefällt mir, und es scheint der Situation angemessen.« Er hielt ihr eine dunkle Flasche hin. Das Etikett zierte ein bunter Totenkopf. »Demuerte? Des Todes?« Olivia lachte. »Sicher?«

»Sicher«, antwortete Ernst und grinste. Sein subtiler Humor gefiel ihr, und dass er immer mehr aus sich herauskam ebenfalls.

Es war immer noch angenehm warm, sodass sie sich dafür entschieden, sich auf der Dachterrasse niederzulassen. Olivia konnte sich nicht erinnern, wann sie das letzte Mal so lange aufgeblieben war, mal abgesehen von Philips Party, aber sie fühlte sich überhaupt nicht müde, sondern eher aufgekratzt. Der Schock, Philips Kuss mit Aimee ansehen zu müssen, hatte ihre Nervenenden vibrieren lassen, und sie hatte Mühe, nicht zu kichern. Es tat immer noch weh. Und wie. Aber es war auch unfassbar absurd gewesen. Da: Schon wieder war ihr nach Lachen zumute.

Kismet kam und rollte sich auf Ernsts Schoß zusammen, als wären sie alte Bekannte. Es wunderte und freute Olivia gleichermaßen, dass Ernst den Kater nicht verscheuchte.

»Wieso sollte ich?«, fragte er und kraulte das laut schnurrende Tier unter dem Kinn. »Wie wir heute wieder eindeutig feststellen konnten, sind die Menschen doch ausgesprochen seltsame Wesen, nicht wahr? Da sind mir Tiere wirklich manchmal lieber.«

Da hatte er allerdings recht.

»Was meinst du: Sind wir die seltsamen oder die anderen?«, fragte Olivia und goss ihnen beiden einen großzügigen Schluck vom Totenkopfwein in die Gläser.

»Gute Frage.« Ernst zuckte mit den Schultern. »Vielleicht kommt es immer darauf an, wer fragt?« Er hielt ihr sein Glas hin, damit sie anstoßen konnten. »Auf die Katzen. Sie wissen vermutlich als Einzige die Antwort auf diese und auf alle anderen Fragen.«

»Miau«, antwortete Olivia und stieß mit ihm an.

Ernst hatte eine gute Wahl getroffen. Der Wein war köstlich. Die süße Schwere legte sich sofort auf Olivias Zunge und beruhigte glücklicherweise auch ihre Nerven. Sie seufzte tief und nahm noch einen Schluck, bevor sie sich nach hinten fallen ließ. Die Sterne leuchteten hell, und sie konnte sowohl den Großen Wagen als auch Kassiopeia ausmachen.

»Danke«, sagte sie und streckte ihre Hand aus, um sie auf Ernsts zu legen.

»Bitte. Gern geschehen«, sagte er und ließ sich ebenfalls nach hinten fallen. Kismet sprang empört auf und suchte sich einen anderen Platz. »Wofür eigentlich?«

»Für alles«, antwortete Olivia. »Dass du mich überredet hast, ins Batiste zu gehen. Für deine klugen Ratschläge. Und vor allem, dass ich schon mindestens drei Minuten nicht mehr an Philip und Aimee gedacht habe.« Sie lachte. »Vielleicht waren es auch nur zwei.«

»O wow, das ist wirklich eine tolle Bilanz. Da kann ich sehr stolz auf mich sein, was?«

»Du hast gerade gelächelt, stimmt's?«, fragte Olivia und grinste.

»Ertappt. Schon zweimal.«

Ernst war großartig, witzig, klug, einfühlsam, freundlich und sicher noch vieles mehr. Warum nur fühlte Olivia nichts? Wäre es nicht normal gewesen, die Freiheit zu nutzen und … sich zu verlieben? Oder wenigstens, sich zu küssen, miteinander zu schlafen? Das machte man doch so, oder? Warum konnte sie das nicht? War irgendetwas falsch mit ihr? Oder mit Ernst? War er womöglich schwul, oder viel zu höflich, um ihr zu sagen, dass er gar nicht wahrgenommen hatte, dass sie überhaupt eine Frau war, nur aus Mitleid Zeit mir ihr verbrachte und längst wieder weg sein wollte, oder …

»Ich denke, du denkst zu viel«, sagte Ernst in diesem Moment und drehte sich zu ihr um.

»Wie kommst du darauf?« Konnte er Gedanken lesen?

»Körpersprache? Mimik? Seufzen? Habe ich recht? Und wenn ja, möchtest du mir erzählen, um was es geht?«

»Ja, hast du«, gab Olivia zu. »Und nein. Lieber nicht.« Es reichte schon, wenn er sie ab und zu vor sich selbst retten musste. Ihre Gedanken musste er nicht auch noch kennen, schon allein, weil sie ihn sehr gern als Freund behalten wollte.

Und da hörte sie es: Ernst lachte.

»Okay, du brauchst ein neues Hobby, Olivia«, sagte er, als er sich wieder beruhigt hatte. »Etwas, das nichts mit der Göttinger Kunstszene oder deinem Mann zu tun hat. Du musst und darfst dich jetzt ganz neu erfinden.«

Hatte das nicht Babette neulich auch schon zu ihr gesagt?

»Woher weißt du das denn alles? Du bist wirklich schlau. Viel schlauer als ich«, sagte Olivia.

»Da irrst du dich, Olivia. Nur, weil ich dir den einen oder anderen Ratschlag geben kann, heißt das noch lange nicht, dass ich schlau bin, oder sogar schlauer als du. Ich bin einfach besser mit dem Leben von anderen. Mit meinem eigenen ... Lassen wir das.« Nun war er es, der seufzte, und sofort tat es Olivia leid, dass sie so viel über ihr Leben und nie über ihn sprachen. Vielleicht sollte sie ihm doch von ihren Gedanken erzählen, womöglich öffnete er sich dann und erzählte auch von sich. Aber bevor sie dorthin zurückkehren konnte, hatte Ernst schon weitergesprochen.

»Also: Die Frage ist nicht mehr, was würde Philip wollen, oder auch Vincent. Die Frage ist: Auf was hast du jetzt Lust? Das ist doch eigentlich eine sehr gute Position für einen Neuanfang.«

Sie wusste es, bevor er den Satz zu Ende gesprochen hatte.

»Tennis. Ich habe Lust auf Tennis«, sagte sie und hatte sofort Bilder und Geräusche im Kopf. Der rote Platz, das Lachen der

Spieler. Das typische Knirschen unter ihren Schuhen, die Aufregung vor dem Aufschlag. Das satte Plopp-Geräusch, das der Ball machte, wenn er auf den Schläger traf. Das Glücksgefühl, wenn ein Match gelang.

Es war so lange her, dass sie selbst auf dem Platz gestanden hatte statt nur am Platzrand, und wie sie Vincent dabei zugesehen hatte, wie er sich langsam zu einem richtig guten Spieler entwickelt hatte. Sie konnte sich kaum daran erinnern, wie es sich anfühlte, selbst einen Schläger in der Hand zu halten.

Irgendwann war Vincent selbst mit dem Rad hingefahren, und noch ein wenig später verbrachte er mehr oder weniger seine komplette Freizeit auf den Tennisplätzen am Kaiser-Wilhelm-Park. Er war gut genug, um bei den Turnieren ordentlich abzuschneiden, aber nicht so gut, dass er von einer Karriere als Profi träumte. Mo hatte ihn immer darin bestärkt, sich auch in anderen Bereichen weiterzuentwickeln. Und irgendwann waren Mütter nicht mehr erwünscht gewesen, und Olivia hatte mit Yoga angefangen und vergessen, dass sie gern Tennis spielte.

Es stimmte schon: Philip spielte ebenfalls, aber na und? Es ging ja nicht darum, Dinge zu tun, die er auf keinen Fall mochte – sondern sich einfach auch wieder darauf zu besinnen, was ihr selbst Freude machte.

»Spielst du?«, fragte Olivia.

»Auf keinen Fall!«, antwortete Ernst. »Ich bin kein Mensch für Bälle und Schläger. Ich bin mehr so ein Typ für andere Sportarten. Aber vielleicht kennst du jemand anderen, mit dem du spielen könntest?«

Sofort fiel ihr Mo und sein Luftkuss wieder ein. Sie würde vielleicht ein paar Trainerstunden brauchen, aber da konnte Mo ihr sicher jemanden empfehlen, oder vielleicht hatte er ja auch selbst Zeit dafür. Er war ein toller Trainer für Vincent gewesen. Er hatte genau die richtige Mischung aus Humor und Anspruch, die er gebraucht hatte. Olivias Herz begann ein wenig schneller zu schlagen. Ob er ihr ebenfalls Stunden geben würde?

»Schläfst du schon?«, fragte Ernst irgendwann, nachdem sie ein paar Minuten geschwiegen hatten.

»Nein«, antwortete sie schläfrig. »Ich träume vom Tennis. Und vom Trainer.« Sie lachte leise. »Ich glaube, ich rufe ihn an.« Kurz überlegte sie, ob Ernst die Erwähnung eines anderen Mannes vielleicht verletzte, aber da hatte sie sich offensichtlich wieder einmal viel zu viele Gedanken gemacht.

»Gut so«, erwiderte er, und sie hörte seiner Stimme an, dass er sich wirklich für sie freute. »Vielleicht kannst du ja morgen schon spielen.«

»Ja, das hoffe ich.« Und dann fiel ihr doch noch eine Frage ein, die sie ihm stellen konnte. »Was für einen Sport machst du eigentlich?«

»Ich sage es dir. Aber nur, wenn du nicht lachst.«

»Okay. Versprochen.«

»Ich mag Hula-Hoop«, sagte Ernst und sah sie sehr streng an. Leider half es nicht. Olivia war sofort wieder hellwach und musste so sehr lachen, dass ihr die Tränen die Wangen hinabliefen.

Irgendwann hatte sich Ernst verabschiedet und war nach Hause gegangen. Olivia hatte noch ein bisschen aufgeräumt und war dann sehr müde, aber auch froh und erleichtert in ihr Bett gefallen.

Was für ein Tag war das gewesen … Kurz bevor ihr endgültig die Augen zufielen, dachte sie wieder an die Begegnung mit Nadja und vor allem auch mit Philip und Aimee.

Es hatte wehgetan, und das würde sicher sehr lange auch noch so bleiben. Aber Olivia wusste seit heute auch ganz sicher, dass sie überleben würde. Es lag vielleicht ein langer Weg vor ihr, aber einer, den sie gehen konnte. Vor allem, weil sie Menschen an ihrer Seite hatte, die es gut mit ihr meinten. Ernst. Tom. Babette.

Es gab Hoffnung hinter ihrem Kummer. Und hoffentlich auch irgendwann wieder so etwas wie Spaß und Freude.

Vielleicht, so überlegte sie, meldete sich Mo ja sogar bei ihr.

Und hoffentlich wusste er, dass sie ihn anschrieb, weil sie wirklich Tennisunterricht wollte.

Und … war das wirklich so oder vielleicht tatsächlich nur ein Vorwand?

Ernst hatte so recht. Sie sollte mehr schlafen und weniger denken.

Mitten in der Nacht verscheuchte sie Kismet von ihren Füßen und stand auf, denn selbst im Traum hatte sie die Lust auf Tennis nicht losgelassen. Irgendwo im Keller mussten noch ihre Tennisklamotten, ihr Schläger und die Schuhe sein. Olivia wühlte sich durch uralte Skisachen, Anzüge mit unmöglichen Schnitten von Philip und ein Sammelsurium aus Sporthosen und -jacken, die mittlerweile verblichen und ausgeleiert waren. Warum hob man eigentlich so viel unnützes Zeug auf? Ihr Blick fiel auf eine große durchsichtige Plastikbox, in der sie über die Jahre Dinge gesammelt hatte, die in Vincents Leben eine Rolle gespielt hatten. Eine riesige Zeitkapsel, wenn man so wollte, mit Erinnerungsstücken, die ihm vielleicht einmal Freude bereiten würden. Olivia machte ihr Anblick allerdings eher traurig. Vincents erstes Paar Schuhe, Bugs, sein Kuschelhase, das Grüffelo-Bilderbuch, dessen Text er irgendwann auswendig gekonnt hatte. Sofort sah sie Philip mit ihm in seinem Bett sitzen und es ihm unzählige Male vorlesen, sah sein stolzes Lachen, als Vincent seine ersten Schritte machte, oder auch, wie er hingebungsvoll die Ohren wieder an den Hasen nähte, weil sich die Fäden immer wieder auflösten.

Philip.

Philip mit Vincent.

Philip lachend.

Philip liebevoll.

Und dann, ganz unwillkürlich: Philip knutschend mit Aimee.

Olivia beschloss, hier unten demnächst einmal ordentlich auszumisten.

Kapitel 10

Hallo? Ist jemand zu Hause?«

Philips Stimme dröhnte in ihren Ohren, als er durchs Treppenhaus trampelte und laut nach ihr rief. Sie hatte nicht mehr als anderthalb Gläser Wein getrunken und dazu sehr viel Wasser. Dennoch war es sehr spät geworden. Als Ernst nach Hause gegangen war, war es zwei Uhr in der Früh gewesen und ihre nächtliche Kellertour hatte dafür gesorgt, dass sie erst gegen fünf richtig eingeschlafen war. Dementsprechend müde war sie jetzt, und umso ungehaltener über die Störung. Außerdem: Was fiel dem Mann ein, den sie gestern beim Knutschen mit einer anderen beobachtet hatte, jetzt plötzlich die Stufen zu ihrem Schlafzimmer zu erklimmen? Wie viel Uhr war es überhaupt? Sie tastete nach dem Wecker.

»Halb acht?«, entfuhr es ihr entsetzt, gerade als Philip die Tür öffnete. Sie hatte gerade mal drei Stunden geschlafen und war nicht darauf vorbereitet, ihn zu sehen – oder überhaupt irgendjemanden. »Was machst du hier?«

»Ich möchte mit dir reden«, antwortete Philip und lehnte sich an den Türrahmen des Schlafzimmers, das bis vor Kurzem auch seines gewesen war. Jetzt hatte er Olivias Meinung nach absolut nichts mehr hier drin verloren. Er hatte kein Recht, dazustehen und sie anzustarren, als wäre er überrascht, sie hier in ihrem eigenen Bett vorzufinden.

Er trug seine Laufklamotten, sah aber so frisch aus, dass sich Olivia ziemlich sicher war, dass er mit dem Auto gekommen war.

»Bist du hierhergejoggt?«

»Nein,« antwortete er einsilbig und sah zum Fenster.

»Warum trägst du dann Laufsachen?«

»Das ist doch egal, Livy. Ich bin hier. Lass uns reden.«

»Um diese Uhrzeit?« Sie hatte wirklich Mühe, ihre Augen offen zu halten, und so sehr sie sich in den letzten Wochen gewünscht hatte, dass er vorbeikam, so sehr wünschte sie sich jetzt, dass er verschwand. Sie wollte schlafen.

»Na und? Du stehst doch sonst auch immer früh auf? Oder ist es etwa gestern später geworden?« Suchend sah er sich um. »Bist du allein?«

»Was denkst du denn?« Wen erwartete er: Ernst vielleicht?

Er ging zum Fenster und schob die Gardinen beiseite. Sofort malte die helle Julisonne Kringel auf ihre weiße Bettdecke und blendete sie. Olivia kniff die Augen zusammen.

»Na ja, du hattest ja auch gestern jemanden dabei. Könnte doch durchaus sein, dass …« Ein wenig betreten sah er auf den Boden.

»Dass was?«

»Na, dass du vielleicht auch … Spaß hast … und …«

»Spaß hast … und … was, verdammt noch mal?« So langsam wurde sie sauer. Und sie begriff. »Kann es sein, dass du so früh hier aufgetaucht bist, um zu überprüfen, ob jemand bei mir geschlafen hat?« Vielmehr: *mit* ihr? Und wenn ja, was ging es ihn an?

»Nein, also … nicht wirklich … ich … «, stammelte er und machte sie damit nur noch wütender.

»Kontrollierst du mich? Das wagst du?« Olivia hatte sich aufgesetzt. Sie trug ein Negligé aus weißer Seide, ihre Haare waren zerwühlt, und sie hatte sich nicht abgeschminkt. Und Philip starrte eindeutig auf ihre Brüste. Von ihrer Müdigkeit war nichts mehr übrig. Olivia war hellwach und stinksauer.

Sie hatte sich ihre ganze Ehe lang nach Philip gerichtet. Hatte sich angepasst und sich bemüht, alles richtig zu machen. Ihn glücklich zu machen. Es war ihr nicht gelungen. Ob es Aimee gelingen würde, stand in den Sternen. Aber wenn man Olivia gefragt hätte, hätte sie ihm auch eine Affäre mit ihr verziehen, Hauptsache, er kam zurück. Wütend war sie nie gewesen. Wenn dann traurig. Verletzt. Aber diese Wut, die da so früh morgens von ihr Besitz ergriff, fühlte sich unglaublich gut an. Heiß und kraftvoll. Klar und hell.

»Nicht genug, dass du hier mitten in der Nacht aufkreuzt: Du besitzt noch nicht einmal den Anstand, vorher bei mir anzurufen, und stehst einfach so in meinem Schlafzimmer? Was wäre denn gewesen, wenn ich nicht alleine gewesen wäre? Würdest du dann auch so selbstgefällig am Türrahmen lehnen und mich anstarren? Oder hättest du dann wenigstens Kaffee mitgebracht?« Sie fühlte sich wie diese Superwoman, als die Ernst sie gestern bezeichnet hatte. Es war ein gutes Gefühl.

»Es ist auch mein Schlafzimmer,« sagte er und bemühte sich um einen selbstsicheren Gesichtsausdruck, aber Olivia konnte sehen, dass er mit ihrer Reaktion nicht gerechnet hatte.

Sie kniff die Augen zusammen. »Das ist alles, was dir einfällt? Keine Entschuldigung? Keine … keine Erklärung? Nichts?« Sie schob die Beine unter der Decke hervor und stand auf. Es war ihr egal, ob er ihr nun auch noch auf den Hintern starrte oder sonst irgendwo hin. So sehr sich Olivia nach diesem Blick gesehnt hatte, so unangemessen fand sie ihn jetzt.

»Ich ziehe mich an. Du kannst unten in der Küche warten und schon mal die Kaffeemaschine anmachen. Wie man sie bedient, weißt du ja vermutlich noch. Und ja: Du hast recht, wir müssen reden.«

Als sie ein paar Minuten später in ihren Morgenmantel gewickelt nach unten kam, hatte Philip die Kaffeemaschine tatsächlich angeschaltet, die Espressobohnen gemahlen und befüllte gerade den Siebträger mit dem Kaffeemehl. Er sah kurz auf. Sein Gesichtsausdruck war zerknirscht.

»Es tut mir leid«, sagte er und zuckte dann mit den Schultern. »Aber ich habe dich nicht erreicht, und dann habe ich es auf dem Festnetztelefon versucht. Es scheint ausgesteckt zu sein, und ich habe mir Sorgen gemacht.«

Es stimmte. Das Telefon war aus. Sie selbst hatte neulich den Stecker gezogen, an dem Tag, an dem Babette sie gerettet hatte, und seitdem nicht mehr daran gedacht, ihn wieder einzustecken. Trotzdem: Was für eine schwachsinnige Erklärung. In ihren Ohren klang es sowieso mehr wie ein Vorwand. Und zwar wie ein schlechter.

»Aber warum musst du dann so früh kommen? Und wieso Sorgen? Weshalb?«, fragte Olivia. Sie spürte, wie die Wut im Begriff war, sie loszulassen, weil sie sich darüber freute, dass er sich gesorgt hatte, aber gleichzeitig gefiel ihr das überhaupt nicht. Sie wollte lieber Superwoman bleiben.

»Na ja, ich habe eben gedacht, dass es dir sicher schlecht geht, weil ich … weg bin. Die letzten Male, als wir gesprochen haben, hast du so merkwürdig geklungen, und Vinnie hat gesagt, du wärst betrunken gewesen, als er angerufen hat. An einem Vormittag!« Er sah sie vorwurfsvoll an. »Und da soll ich mir keine Sorgen machen? Ich bin ja auch ein bisschen verantwortlich.«

Zack. Da war die Wut wieder. Es ging doch nichts über einen anständigen Trigger.

»Für wen verantwortlich? Für Vinnie? Für mich? Oder vielleicht auch ein bisschen für dich selbst und für deinen Schwanz?« Philip zuckte bei der Erwähnung von Letzterem entsetzt zusammen, aber das stachelte Olivia nur noch mehr an. Am liebsten hätte sie wieder einmal laut »Fuck!« gerufen.

»Ganz ehrlich: Wenn du nicht mit Aimee ins Bett gegangen wärst und dich jetzt nicht in der Öffentlichkeit aufführen würdest, als wärst du so alt wie dein eigener Sohn, wären diese Situationen überhaupt nicht entstanden. Du willst mir was von Verantwortung erzählen? Ernsthaft, Philip, fang bei dir selbst damit an! Und mal ganz abgesehen davon: Ich bin siebenundvierzig Jahre alt und kann trinken, wann und wie viel ich will!«

Die Kaffeemaschine begann zu brodeln, und köstlicher Espressoduft breitete sich in der Küche aus. Kurz hielt Olivia inne, um die dickwandige kleine Tasse entgegenzunehmen, die Philip ihr reichte, dabei hatte sie für einen Moment überlegt, ob sie sich demonstrativ einen Schluck von dem Wein von gestern einschenken sollte, aber dann hätte sie ihn auch trinken müssen, und darauf hatte sie überhaupt keine Lust.

Philip hatte die offene Flasche auf der Theke natürlich längst entdeckt, aber entweder, es machte ihm nichts aus, oder er wollte nicht noch Öl ins Feuer gießen. Oder – und das gefiel ihr ebenfalls ziemlich gut – er konnte Olivia nicht mehr einschätzen und hatte zumindest Respekt vor ihrer Reaktion.

»Danke für den Espresso«, sagte Olivia stattdessen und hielt ihre Tasse hoch.

»Gern. Du hast ja recht, Livy.«

»Danke«, sagte sie erneut. »Und jetzt?«

»Reicht das nicht?«, fragte er. Es war offensichtlich, dass ihn dieses Zugeständnis Kraft gekostet hatte, und er schien enttäuscht, dass Olivia nicht begeisterter reagierte.

»Nein, tut es nicht.«

»Was willst du denn noch von mir?« Sein hilfloser Gesichtsausdruck hätte Olivia beinahe zum Lachen gebracht. Was sie von ihm wollte? Jedenfalls mehr als ein schäbiges »Du hast recht«.

Ihr Smartphone kündigte eine WhatsApp an. Sie war von Mo. Lächelnd entsperrte sie das Display. Was auch immer er schrieb, es war bestimmt erfreulicher als das Gespräch mit ihrem Mann.

»Gute Nachrichten?«, fragte Philip und beobachtete sie neugierig.

Ich dachte schon, du fragst nie! ☺ 14:00? Mo,

las sie leise. »Ja. Sehr gute sogar.«

Er wollte mit ihr spielen. Abgesehen davon hatte er genau im richtigen Moment geschrieben. Denn Philips Gesichtsausdruck sprach Bände: Das passte ihm überhaupt nicht.

»Von dem Typen von gestern?«

»Nein. Nicht von Ernst.« Sie lächelte. So langsam begann ihr dieses Gespräch Spaß zu machen. »Von einem anderen.«

Perfekt – 17 Uhr?, schrieb sie zurück und legte das Telefon zur Seite. Vier Dinge hatte sie in den letzten zwanzig Minuten erkannt: Eine gesunde Wut tat unglaublich gut. Sie brauchte dringend neue Tennisklamotten. Sie war Philip alles andere als egal. Und genau deshalb hatte er in ihrem Schlafzimmer nichts mehr zu suchen und in diesem Haus nur, wenn sie ihm die Türe öffnete. Denn wer wusste schon, wohin sich ihr Leben entwickeln würde?

»Weißt du was, Philip? Ich danke dir für deine Fürsorge und dafür, dass du nach mir geschaut hast, aber wie du ja unschwer erkennen kannst, geht es mir ausgezeichnet, ich bin gesund und offensichtlich keine Alkoholikerin.« Von der Wut war kaum noch etwas übrig, aber das war auch nicht nötig. Vielmehr breitete sich eine heitere Gelassenheit in ihrem Inneren aus, die sie schon sehr lange so nicht mehr verspürt hatte. »Aber ich habe heute noch sehr viel vor.« Als Erstes wollte sie Philips Klamotten aus dem Keller entsorgen. Dann brauchte sie eine Dusche. Und ganz dringend vor heute Mittag eine komplette neue Tennisausstattung inklusive Schläger und Schuhen, selbstverständlich bezahlt mit Philips Kreditkarte. »Was ich damit sagen will: Du musst jetzt gehen. Lass uns irgendwann einen Termin ausmachen und uns irgendwo außerhalb treffen, damit wir die ganzen organisatorischen Dinge besprechen können. Aber nicht hier. Und definitiv nicht jetzt.« Sie sah ihn bedauernd und von einer unfassbaren Klarheit erfüllt an.

Da stand er, der Mann, mit dem sie so viele Jahre verheiratet gewesen war, für den sie alles getan hätte, der immer an erster Stelle für sie gestanden hatte, und nachdem Vincent geboren war zumindest an der zweiten. Der Mann, den sie beinahe besser kannte als sich selbst, mit dem sie alt werden und für immer hatte zusammenbleiben wollen. Und sie empfand Verachtung, Mitleid und Schmerz. Und ein kleines bisschen Genugtuung, als er sie jetzt ein wenig verstört ansah.

Er hatte alles gehabt und alles zerstört. Er würde es nicht mit Aimee wiederfinden können und auch mit niemandem sonst, denn es ging gar nicht um sie oder um die Yogalehrerin. Es ging immer nur um ihn.

Nur leider hatte er ihr dabei auch das Kostbarste genommen, was sie besessen hatte: ihr Vertrauen. Ihre Zuversicht. Ihre Zukunft. Und das würde sie ihm nie verzeihen. Allein der Gedanke daran machte sie traurig.

Sie wollte, sie musste für sich sein. Und sie musste sich besser wappnen, wenn sie auf Philip traf, damit seine Worte und allein sein Anblick sie nicht so in einen Strudel aus Gefühlen reißen konnten.

Scheinbar hatte sich Philip wieder gefangen. Mit überkreuzten Armen lehnte er am Küchenblock. Der Anflug eines schlechten Gewissens und einer gewissen Verwundbarkeit, die sie auf seinem Gesicht erkannt hatte, war verschwunden. Stattdessen strahlte er wieder seine typische leicht überhebliche Selbstsicherheit aus, die ihn meistens umgab. Und sofort löste sich Olivias Superwomangefühl in Nebel auf.

»Das Organisatorische?« Er lachte auf. Es war ein kaltes, unangenehmes und sehr fremdes Lachen, und er sah sie dabei nicht an. »Ist es das, worum es dir geht? Reden wir hier von Geld? Und gleichzeitig wirfst du mich aus meinem eigenen Haus? Nein, das wird nicht funktionieren, Livy. Überschätze dich mal nicht. Der eigentliche

Grund, warum ich mit dir reden wollte, ist nämlich folgender: Wie ich dir ja schon gesagt habe, möchte und werde ich den Hof umbauen. Da ich mein Büro brauche und ja auch irgendwo wohnen möchte, muss es einigermaßen schnell gehen. Da kann ich natürlich nicht Stück für Stück alles selbst machen, so wie wir das vorhatten.« Sein Lächeln bei diesen Worten war falsch und ging Olivia durch und durch. Wovon sprach er? Was wollte er von ihr? »Wenn man schnell gute Handwerker haben will, muss man natürlich ein bisschen tiefer in die Tasche greifen, aber das weißt du ja.« Ja, das wusste sie. Als sie das Haus hier gekauft hatten, war es eine Bruchbude ohne Charme gewesen. Allein die Tatsache, dass sie beide hatten sehen können, was für ein Juwel unter dem ganzen Dreck, in den heruntergekommenen winzigen Räumen und unter den morschen Balken gesteckt hatte, hatte dafür gesorgt, dass sie das Haus gekauft und einfach angefangen hatten. Philip hatte die Dachterrasse entdeckt und die geniale Idee gehabt, die Stockwerke mit der Küche und dem Schlafzimmer zu verbinden. Er war gerade dabei gewesen, sich als Architekt zu etablieren, und hatte noch nicht die Kontakte gehabt, die er heute hatte. So hatten sie auf manche Gewerke sehr lange warten müssen und waren am Ende erst einmal in das Stockwerk eingezogen, das jetzt Vincents Reich war. Da war er gerade mal sechs Wochen alt gewesen, und Olivia hatte ihn zwischen Brettern und Werkzeug gestillt, ihn in der provisorischen Küche gebadet und mit ihm und Philip in einem provisorischen Bett aus zusammengezimmerten Brettern geschlafen. Es war furchtbar gewesen und gleichzeitig vermutlich die schönste Zeit überhaupt. Denn abends hatten sie oft auf dem Dach gesessen, das da noch keine ausgebaute Terrasse gehabt hatte, und davon geträumt, eines Tages dort oben Feste zu feiern, mit Vincent zu spielen oder einfach nur dazuliegen und die Sterne zu betrachten.

Schon wieder griff die Sentimentalität nach ihr. Wie hatte er all das vergessen können?

»Im Moment wohne ich zwar bei Aimee, aber das soll sich bald ändern. Natürlich kann ich mir nicht zwei Häuser leisten. Das ist dir klar, nehme ich an. Und Vincent ist auch nicht mehr so oft hier, sodass er seine Wohnung unten nicht mehr wirklich braucht. Wenn er kommt, gibt es bei mir immer ein Zimmer für ihn, außerdem hat er ja seine Freunde, bei denen er bestimmt ab und zu schlafen kann.« Er wartete kurz auf eine Reaktion von Olivia, aber nachdem sie nichts sagte, fuhr er fort: »Also gibt es zwei Möglichkeiten: Entweder verkaufen wir das Haus und teilen uns das Geld. Mit dem Erlös bekommst du sicher eine nette Drei- oder Vierzimmerwohnung irgendwo hier in der Stadt.« Er zuckte mit den Schultern. »Da dir ja die Hälfte vom Haus gehört, ist die Alternative, dass du mich auszahlst, dann ist es komplett deins und du kannst damit machen, was du willst.« Er fand sich vermutlich wahnsinnig großzügig, dabei wusste er genau, dass sie nicht über die Mittel verfügte, ihn auszuzahlen. Sie hatte das Gefühl, sich gleich übergeben zu müssen. Wie konnte er nur so egoistisch und kalt sein? Was war aus dem Mann geworden, mit dem sie gemeinsam gelacht, geträumt und den sie über alles geliebt hatte?

»Oder du findest einen Mieter, der so viel Miete einbringt, dass es reicht.«

»Reicht für was?« Der Schock über seine Worte hatte ihr Gehirn regelrecht eingefroren, und sie hatte Mühe, seinen Gedanken zu folgen.

»Um die Handwerker zu bezahlen, damit wir doch beides halten können. Ich muss dir ja vermutlich Trennungsunterhalt zahlen, aber du hast den Mietvorteil, und dann gleicht sich das mehr oder weniger aus. Ich habe mal grob überschlagen, dass so ungefähr tausend Euro im Monat angemessen wären. Bei der hochwertigen Ausstattung …« Er zuckte mit den Schultern. »Aber wenn du einen Mieter findest, wäre ich bereit, auf eine einmalige Auszahlung zu verzichten.«

Olivia verstand nur die Hälfte von dem, was er da sagte, und fühlte sich völlig überrumpelt. Es tat weh, dass er sich offensichtlich schon so umfangreich informiert hatte und nur darauf wartete, ihr gemeinsames Leben hinter sich zu lassen und das, was davon noch übrig war, irgendwie aufzuteilen.

»Ich habe schon mal einen unabhängigen Makler beauftragt, das Haus zu schätzen. Er wird sich mit dir in Verbindung setzen und einen Termin ausmachen«, fuhr er weiterhin lächelnd fort, ohne sich auch nur im Geringsten dafür zu interessieren, dass er gerade Olivias Existenz mehr oder weniger genussvoll zwischen seinen Fingern zerrieb und ihr den Staub vor die Füße pustete. »Aber mehr musst du nicht machen. Ich dachte, es freut dich, wenn ich dir das abnehme.« Er lächelte so unfassbar gönnerhaft, dass Olivia ihre Hände in ihre Unterarme krallte. Denn am liebsten hätte sie ihn für sein Lächeln und seine Worte geohrfeigt.

Sie atmete ein paar Mal tief durch und zwang sich dazu, Haltung zu bewahren. Beinahe spürte sie Ernsts Hand in ihrem Rücken, konnte ihn hören, wie er ihr »Contenance« zuraunte. Das gab ihr zumindest genügend Kraft, um ihrem Mann zu antworten.

»Das hast du dir ja alles gut ausgedacht, Philip«, sagte sie mit belegter Stimme. Auf wackeligen Beinen ging sie zur Theke und schenkte sich mit zitternden Händen ein Glas Wasser aus der Karaffe ein. Natürlich hatte Olivia gewusst, dass er diesen Plan mit dem Hof hatte. Aber dass er bereit war, ihn ohne einen einzigen Gedanken an sie einfach durchzuziehen und sie mehr oder weniger zu zwingen, das Haus aufzugeben, das gab ihr den Rest. Er wusste genau, dass sie ihn nicht auszahlen konnte. Von welchem Geld denn auch bitte schön?

Olivia hatte ihre Karriere immer hinter seiner hintangestellt. Sie war keine Beamtin und verdiente nicht in der freien Wirtschaft. Ihr Verdienst war immer komplett in den Haushalt geflossen und hatte gereicht, um sich ab und zu mal ein kleines Extra zu gönnen, aber selbst dafür war nach der Steuer nicht mehr sehr viel übrig gewesen. Ihr Gehalt war für die halbe Stelle, die sie hatte, nicht schlecht, aber bei Weitem nicht genug, um ein halbes Haus zu kaufen, zumal ein unabhängiger Makler, den Philip beauftragt hatte, sicher alles andere als unabhängig war. Sie traute ihrem Mann keinen Millimeter mehr.

Dass sie nicht zahlen konnte, wusste Philip. Er hingegen hatte genug Geld, um sich beides leisten zu können, selbst wenn er jetzt so bedürftig tat. Olivia hatte ihm immer vertraut und sich nicht wirklich mit den Finanzen auseinandergesetzt. Dass das ein Fehler gewesen war, war ihr jetzt auch bewusst. Aber zu spät. Wie kam es nur, dass der Mann, der sie einmal geliebt hatte, nun keine Sekunde zögerte, sich an ihr zu bereichern? Vielleicht konnte Philip nicht sofort alles umbauen, aber nach und nach. Und überhaupt: Warum? Er hatte hier sein Büro und konnte es nach wie vor nutzen. Wenn er wollte, wäre nichts davon ein Problem. Aber nein, Olivia wusste, was er wollte: Das Stadthaus in der Groner-Tor-Straße loswerden, ein neues Leben auf dem Land anfangen und am besten so tun, als hätte es sein altes nie gegeben. Egal wie. Und vor allem egal, was das für Olivia bedeutete. Sie musste sich hinsetzen. Hinlegen. Am besten sofort. Aber auf keinen Fall konnte sie jetzt eine Entscheidung treffen, ohne Zugeständnisse zu machen, die sie ganz sicher später bereuen würde.

»Ich muss darüber nachdenken«, sagte sie und ging zur Wohnungstür, um sie zu öffnen. Es kostete sie unglaublich viel Kraft. »In Ruhe. Ich melde mich bei dir. Wenn du jetzt gehst, lass bitte den Hausschlüssel hier. Ich möchte mich nicht noch einmal so erschrecken wie heute Morgen. Wenn du etwas mit mir zu besprechen hast, dann kannst du das schriftlich machen. Du weißt schon, solltest du dich scheiden lassen wollen oder so.« Sie war nicht Superwoman. Ganz im Gegenteil.

»Nein, ich … davon war doch noch gar nicht die Rede!«

»Nein. *Noch* nicht. Ich weiß.« Sie lächelte. Es tat ihr in den Mundwinkeln und im Herzen weh. Aber sie wollte Philip auf keinen Fall zeigen, wie nah sie daran war, die Kontrolle zu verlieren und in Tränen auszubrechen.

Wieder fiel ihr Ernst ein. Er würde ihr helfen. Es war eine Fügung des Schicksals, dass er in ihrem Leben aufgetaucht war, und allein das Wissen, dass es ihn gab, milderte den Schock über Philips Ankündigung ein bisschen.

Bei dem Gedanken an Ernst konnte auch sie ein kleines Lächeln auf ihren Lippen fühlen. Ihres war im Gegensatz zu Philips aufrichtig.

»Und wenn du doch irgendwann vorhast, in deinem Büro zu sein, lass es mich wissen, damit ich nicht denke, ein Einbrecher sei dort zugange. Ansonsten …« Sie zuckte mit den Schultern und ließ Philip einfach stehen. Drehte sich um, um wieder nach oben zu gehen und sich anzuziehen. Ihr war bewusst, dass er ihr auf den Hintern starrte, und sie genoss auch das. Er hatte definitiv etwas verloren, das wertvoller und kostbarer war als der durchtrainierte Körper seiner so viel jüngeren Freundin, selbst wenn ihm das jetzt noch nicht klar war. Und tief in ihrem Herzen und ihrer Seele wusste Olivia in diesem Moment, dass Philip irgendwann begreifen würde, dass das sehr viel mehr war als nur ihr Körper. Sein Verhalten und das, was er zu ihr gesagt hatte, kränkte sie sehr. Aber er würde sie nicht in die Knie zwingen. Es tat weh, aber irgendwie würde sie auch dieses Mal wieder aufstehen.

Aber als Allererstes musste sie noch mal ein paar Stunden schlafen. Und das ging nur, wenn Philip endlich verschwand.

Kapitel 11

Als Olivia wieder aufwachte, war sie sich für einen Moment nicht sicher, ob sie Philips Besuch – oder besser seinen Überfall – vielleicht doch nur geträumt hatte. Aber dann erinnerte sie sich wieder an das erleichternde Geräusch der ins Schloss fallenden Haustür, als er endlich gegangen war.

Das merkwürdige Gefühl konnte sie trotzdem erst ganz abschütteln, als Olivia wenig später in der Küche die beiden Espressotassen in die Spülmaschine räumte. Wenigstens hatte er wirklich den Schlüssel dagelassen. Er lag auf dem Küchentresen neben einem Zettel, den er wohl noch schnell geschrieben hatte.

Ich weiß überhaupt nicht, warum du so ein Theater machst, Livy. Wir müssen uns nicht streiten, weißt du? Der Plan ist nicht so schlecht. Was willst du denn mit so einem riesigen Haus? Allein? Ich melde mich, Philip.

Sofort wurde ihr wieder übel.

Wir müssen uns nicht streiten … las sie immer wieder. Allein! Allein! Allein!

Natürlich mussten sie sich nicht streiten, wenn sich Olivia auch jetzt nach Philips Wünschen richtete. Für ihn gab es überhaupt keine andere Option, als dass er bekam, was er wollte: Geld für die Renovierung seines Hofs.

Heiß fuhr Olivia die Erinnerung an seine Erpressung von heute Morgen in die Glieder.

Sie konnte immer noch nicht fassen, dass er wirklich von ihr verlangte, das Haus zu verkaufen oder ihn auszubezahlen. Und schon gar nicht, dass er es ernst meinen konnte.

Apropos Ernst. Sie sah sich suchend um. Wo hatte sie vorhin noch mal ihr Smartphone hingelegt, bevor sie wieder nach oben gegangen war? Sie musste unbedingt mit ihm reden. Denn in einer Sache täuschte Philip sich: Olivia war nicht allein.

Das Handy lag auf dem Telefontisch neben dem Festnetzapparat. Philip hatte es hierhingelegt und auch hier einen Zettel für sie hinterlassen.

Ich habe das Telefon wieder eingesteckt, damit man dich auch erreichen kann. Gern geschehen.

Sie schüttelte sich. Ekelhaft. Und so typisch. Ihr zu zeigen, wie mangelhaft und wie sehr auf ihn angewiesen sie war, war vermutlich das Schönste für ihn. Selbstgefällig. *Armselig.* Sofort zog Olivia den Stecker wieder aus der Buchse. Sie hatte ein Smartphone. Wer sie erreichen wollte, dem gelang das problemlos über ihr Handy. Und auf Anrufe von seinen Eltern konnte sie sowieso verzichten.

Erneut schaltete sie die Kaffeemaschine an und entsperrte das Display ihres Smartphones.

Sie hatte drei Nachrichten. Die erste war von Mo, der 17 Uhr bestätigte. Es war kurz nach zwei. Der Sportshop bei den Tennisplätzen hatte den ganzen Samstagnachmittag auf, und sie wäre am liebsten sofort losgefahren. Sie freute sich unglaublich auf das Match und auf Mo, und ein bisschen war sie auch nervös.

Die zweite Nachricht war von Babette.

Die Küche ist zum Tanzen da! Heute Abend Spontanparty bei uns! Du kommst. Nein, absichtlich kein Fragezeichen ☺

schrieb sie und brachte Olivia damit zum Lachen. Sie wäre auch mit Fragezeichen gekommen. Kurz überlegte sie, ob sie auf ihrem Weg zum Tennis auch noch bei Guido vorbeifahren und noch ein paar Flaschen Weißwein besorgen sollte. Andererseits: Philip wollte, dass sie ihn ausbezahlte? Dann würde sie sparen müssen. Am besten begann sie sofort damit und nahm nur noch Wein, den sie in seinem Weinkeller fand.

Die dritte Nachricht war von Ernst.

Bin gerade für zwei Wochen geschäftlich in München, wenn ich zurück bin, setzen wir uns zusammen und überlegen uns was. Unterschreibe nichts, mache keine Zugeständnisse (auch nicht mündlich). Tauche einfach ab und warte, bis ich zurück bin. Vor allem aber: Denk nicht so viel nach! Mach dir keine Sorgen, wir kriegen das alles hin. Ernst.

Mit dem beruhigenden Gefühl, dass Ernst an ihrer Seite war, machte es extra viel Spaß, neue Klamotten zu kaufen. Ihr wöchentliches Yoga, das Fahrradfahren an die Uni und die Joggingrunden um den Kiessee sorgten dafür, dass sie sich sowohl in ihrem Körper als auch in dem Tennisrock und dem Shirt in Weiß sofort wohlfühlte. Sowohl bei den Tennisschuhen als auch beim Schläger gab es mittlerweile so viel leichtere und angenehmere Modelle, dass sie schon beim Einkaufen kaum erwarten konnte, auf dem Platz zu stehen.

Kurz hatte sie überlegt, ob sie Mo bitten sollte nachzusehen, ob Philip sich eingetragen hatte, aber das hätte er ihr sowieso bestimmt gesagt. Abgesehen davon: Na und? Sie war eine gute Tennisspielerin – zumindest mal gewesen. Selbst wenn er also da sein sollte, was sie nicht glaubte, würde er bestenfalls beobachten können, dass sie Trainerstunden nahm. Beim besten – und bestaussehendsten – Trainer von ganz Göttingen. Das schadete bestimmt nicht.

Als sie kurz vor fünf am Tennisclub ankam, fühlte sie sich einfach nur großartig. Die Schuhe saßen perfekt, und der neue Schläger lag leicht in ihrer Hand. Jede Zelle in Olivias Körper kribbelte voller Vorfreude und der Erinnerung daran, wie die einzelnen Bewegungen abliefen. Sie hörte beinahe schon das Geräusch, das ihre Schritte auf dem Platz und die Bälle auf dem Schläger machten, das Ploppen bei einem gelungenen Aufschlag, Rückhand, Vorhand. Das Glücksgefühl, wenn man den Ball perfekt traf und er unhaltbar war. Olivia wusste einfach, dass sie es noch konnte.

Mo stand schon am Zaun und wartete auf sie. Zur Begrüßung nahm er sie kurz in den Arm und küsste sie auf die Wange. »Ich freue mich wirklich sehr, dass du da bist«, sagte er und strahlte sie an. »Ich habe echt nicht mehr dran geglaubt, dass wir beide noch mal spielen!«

»Ich habe dich doch gar nie gefragt, oder?« Zumindest konnte sich Olivia nicht erinnern.

»Nein«, antwortete Mo und lachte. »Aber ich habe es in deinem sehnsüchtigen Blick gesehen. Und zwischendurch war ich beinahe so weit, dich zu fragen.«

»Vielleicht hättest du das mal tun sollen«, sagte Olivia. »Dann hätte ich es womöglich schon früher begriffen. Ich hoffe nur, ich habe nicht alles vergessen.« Auf einmal war sie doch nicht mehr ganz so sicher.

»Ach Quatsch. Wenn dein Sohn sein Talent von dir hat, dann muss ich mich auf einiges gefasst machen.« Er lächelte sie an.

»Vielleicht hat er es ja auch von Philip«, antwortete sie und ließ den Schläger in ihrer Hand federn. Hoffentlich erwartete Mo nicht zu viel von ihr und war später enttäuscht oder gelangweilt, wenn sie doch nicht mehr ganz so selbstverständlich spielen konnte.

»Philip? Welcher Philip?« Er lächelte. »Mach dir keinen Kopf. Tennis verlernt man nicht so leicht. Wenn ich gewinne, darf ich dich dann danach zu einem Getränk einladen?«

»Okay.« Sie grinste. »Und wenn ich gewinne?«

»Dann darfst du entscheiden, zu was für einem.«

Er nahm sie am Arm. »Komm, wir legen einfach los.«

Es war leicht, mit Mo zu sprechen, und noch viel leichter, mit ihm zu spielen. Er stellte sich voll und ganz auf Olivia ein und gab ihr ein wenig Zeit, sich wieder einzugewöhnen, aber dann forderte er sie immer mehr, sodass sie sich langsam immer weiter traute und schließlich aufhörte, sich selbst zu beobachten. Ja, sie konnte es tatsächlich noch, und zwar sogar ziemlich gut. Vor allem aber machte es unglaublich Spaß.

Sie spielten etwas mehr als eine Stunde, und Olivia rechnete es Mo hoch an, dass er sie nicht absichtlich gewinnen ließ. Sie wollte lieber verlieren, als nicht ernst genommen zu werden.

Aber es war gut, dass das Spiel beendet war, denn immerhin hatte sie ihm einen Drink versprochen und freute sich auch darauf, noch ein bisschen mit ihm zu quatschen. Außerdem wollte Olivia noch zu Babette.

Olivia fühlte sich großartig. Ausgepowert und dennoch kribbelig vor Freude, dass alles, was sie über Tennis je gelernt hatte, tatsächlich noch da war. Mo hatte es vorausgesagt und recht behalten.

Sie setzten sich mit einem alkoholfreien Bier auf eine der Bänke an den Plätzen. Überall wurde noch gespielt, und man hörte das Lachen, das Rutschen auf dem Sand und die vielen Fachsimpeleien über Tennisregeln. Olivia fühlte sich unglaublich wohl hier auf der Anlage.

»Warum hast du so lange nicht gespielt?«, fragte Mo irgendwann und sah sie von der Seite an.

»Ich … ehrlich gesagt weiß ich es auch nicht. Vielleicht, weil es immer Vincents Sport war? Und Philips?«

»Das ist doch ein dummes Argument.«

Olivia zuckte mit den Schultern. »Keine Zeit?«

»Auch nicht besser.« Er rutschte ein Stück näher an Olivia, sodass sich ihre Oberschenkel und Knie berührten. »Aber es macht dir superviel Spaß. Und Talent hast du auch. Das musst du mir glauben, ich bin nämlich vom Fach.« Er grinste und tippte ihr Knie mit seinem an.

»Da hast du recht. Dann muss ich wohl.« Olivia lachte.

»Geht's dir denn sonst gut?« Auf einmal war die Scherzhaftigkeit aus Mos Stimme gewichen. Er sah sie immer noch an. Olivia wusste genau, was er meinte. Auch er hatte längst von ihrer Trennung erfahren, und es war wirklich nett von ihm zu fragen.

Nein, es ging ihr nicht gut. Einerseits. Sie war traurig, verletzt und enttäuscht.

Aber sie hatte auch gerade etwas wiederentdeckt, das ihr große Freude bereitete. Sie hatte sich aus ihrem Schneckenhaus herausgewagt und saß jetzt hier mit Mo, dem sexy Trainer ihres Sohnes, mit den schönen blauen Augen, die sie gerade so intensiv fixierten. Sie bemerkte, wie ihr Herz begann, schneller zu schlagen. Auch das hatte sie schon so lange nicht mehr gefühlt. Lieber wollte sie sich auf die schönen als auf die traurigen Gefühle konzentrieren, und je weniger Raum sie Philip in ihrem Kopf und ihrem Herz ließ, umso schneller verschwand er vielleicht auch daraus.

»Ja«, sagte sie also und lächelte. Es war die Wahrheit.

Kapitel 12

Ich dachte schon, du kommst vielleicht nicht!« Babette zog sie in eine feste Umarmung und winkte gleichzeitig Theo heran, damit er Olivia den Wein abnehmen konnte. Den großen Sommerblumenstrauß mit Malven, Mädchenauge, Rittersporn und Glockenblumen nahm sie selbst in Empfang. »Oh, Olli, der ist wirklich wunderschön«, sie drückte ihrer Freundin einen Kuss auf die Wange.

Olivia wusste, wie sehr Babette Blumen mochte, aber sich selbst gönnte sie nur selten einen Strauß. Wenn sie einmal etwas von ihrem Gehalt, das sie in der Kantine bei Sartorius verdiente, übrig hatte, floss das Geld eher in die Haushaltskasse. Und da Olivia schon beim Wein gespart hatte, war ein extra dicker Strauß für Babette mehr als drin gewesen. »Stell dir vor, ich habe letzte Woche auch einen von Theo bekommen.« Ihre Augen funkelten schelmisch, als sie das sagte. Theo liebte sie zwar abgöttisch, aber Blumen oder andere verliebte Gesten waren nicht sein Ding. Er zeigte Babette seine Zuneigung eher auf andere Weise. Er hielt ihre Hand, küsste sie zärtlich und bemühte sich, so viel Zeit wie möglich mit ihr zu verbringen.

»Na ja, es war vielleicht kein Blumenstrauß.« Sie lächelte kurz und sah dann zu Boden, als Theo kam, um ihr einen Kuss auf die Wange zu drücken. »Aber immerhin eine Pflanze.«

»Redet ihr über mich?« Er strahlte.

»Ja, genau.« Olivia konnte beobachten, wie Babette sich bemühte, nicht zu lachen. Sie biss auf die Innenseiten ihrer Wange. »Über dich und den wunderschönen Kaktus mit den vielen Stacheln, den du mir geschenkt hast.« Sie prustete los, als Theo empört von ihr zu Olivia sah. Aber auch in seinen Augen blitzte es vergnügt, und es war offensichtlich, dass er genauso viel Spaß an diesem Geplänkel hatte wie Babette.

»Ja? Was ist mit dem?« Er schlug die Augen nieder. »Da gibt man sich Mühe und möchte seiner Frau eine Freude machen und …«

»… und dann schenkt man ihr einen Schwiegermuttersessel? Glaub bloß nicht, dass du mit dem lateinischen Namen davon ablenken kannst. Oder hat dir die Blumenverkäuferin nicht gesagt, dass man das Ding so nennt?« Sie begann zu lachen.

»Es gab keine Blumenverkäuferin. Ich habe ihn ganz alleine gekauft. Im Baumarkt«, gab Theo würdevoll zurück, aber dann konnte auch er nicht mehr ernst bleiben.

Olivia freute sich sehr über das offensichtliche Glück der beiden, gleichzeitig versetzte es ihr auch einen winzigen wehmütigen Stich. Was war wertvoller? Ein Blumenstrauß, den man im Vorbeigehen in einem Laden kaufen konnte und der oft genug dazu diente, das eigene schlechte Gewissen zu beruhigen? Oder das gemeinsame Lachen, die liebevolle Umarmung der beiden und die verliebten Blicke, die sie sich dabei zuwarfen?

Olivia gönnte Babette nur das Beste, aber sie wusste auch, dass Philip ihr eher Blumen gekauft als sie in den Arm genommen hätte. Eines war auf jeden Fall ganz sicher: Babette musste sich überhaupt keine Sorgen um Theos Treue machen. Verliebter als er konnte man in seine Frau vermutlich kaum sein.

»Jedenfalls vielen Dank«, sagte Babette noch einmal und vergrub ihr Gesicht in dem üppigen Strauß. »Und falls du mir jemals wieder eine Freude machen willst, Theo Lehmann: So sehen Blumen aus.« Sie gab ihm einen schmatzenden Kuss und zog Olivia dann hinter sich her in die Küche. Die anderen Gäste waren offensichtlich alle im Garten, von wo aus Olivia Gespräche und Gelächter hörte. Außerdem schien jemand zu Gitarrenmusik zu singen.

Eine Frauenstimme. Rau und tief. Das Lied kannte Olivia allerdings nicht.

»Du brauchst Wein oder was auch immer, und ich brauche alle Geschichten von deinem Tennisdate und Mo und Philip und Ernst.« Sie schüttelte den Kopf. »Meine Güte, dein Leben ist im Vergleich zu meinem so was von aufregend! Ich frage mich, ob ich tauschen würde.«

Olivia fand ihr Leben gerade alles andere als spannend. Vor allem kam es ihr ausgesprochen anstrengend vor, und zwar auf eine Art und Weise, die ihr überhaupt nicht gefiel. Zumindest, wenn man mal von dem Tennismatch und dem anschließenden Bier mit Mo absah. Schon wieder begann ihr Herz ein wenig schneller zu schlagen, und sie lächelte.

»Und? Würdest du?«, fragte sie ihre Freundin, die sie aufmerksam beobachtet hatte.

»Wenn du so lächelst, dann auf jeden Fall!« Sie fächelte sich Luft zu. »Also was möchtest du trinken: Bier, Wein? Prosecco? Nein, ich weiß was: Ari wollte Erdbeer-Margaritas machen, und weil sie kein passendes Gefäß für die Menge gefunden hat, die sie angemessen fand, hat sie so was wie eine Erdbeer-Margarita-Bowle mitgebracht. In einem Aquarium. Ich kann dir sagen: Das schmeckt unglaublich gut. Und es ist außerdem ziemlich viel Tequila drin. Wir haben den Drink Fishing for Compliments getauft und finden, dass Georg ihn unbedingt auf seine Cocktail-Karte aufnehmen muss.« Sie grinste, als sie Olivias schockierten Gesichtsausdruck bemerkte. »Keine Sorge, die Fische waren schon draußen«, schob sie nach.

Aber das beruhigte Olivia kein bisschen. »Ich nehme vielleicht doch lieber ein Bier.« Oder irgendetwas anderes aus einer Flasche, wo sie sich sicher sein konnte, was vorher drin gewesen war. Wer war diese Ari überhaupt, von der Babette da schon wieder sprach?

»Wie du meinst«, sagte Babette und gab ihr ein Corona aus dem Kühlschrank. Sich selbst goss sie mit einer Schöpfkelle einen ordentlichen Schlag des knallroten zähen Getränks aus der großen runden gläsernen Schüssel in ein Wasserglas und garnierte es mit einem Minzblatt, das sie aus einer kleineren Schüssel daneben nahm. Babette hatte die Wahrheit gesagt: Es handelte sich eindeutig um ein Aquarium.

Sie hielt ihr ihr Glas zum Anstoßen hin. »Auf dich. Darauf, dass du diesen Snob los bist. Dass du wieder Tennis spielst. Auf Mo, den sexy Tennislehrer, von dem ich alles wissen möchte«, sie zwinkerte Olivia zu. »Und auf Ari, die dieses köstliche Teufelszeug fabriziert hat.« Sie stieß ihr Glas an Olivias Flasche.

»Wie viel hast du davon schon getrunken?« Olivia nahm ihr das Glas ab und roch argwöhnisch daran. Babette hatte nicht übertrieben. Es war eindeutig ausreichend Tequila in diesem Getränk, aber es roch auch ausgesprochen köstlich nach frischen Erdbeeren und einem Hauch Limette.

»Ein … bis drei Gläser vielleicht?« Sie klimperte unschuldig mit den Wimpern. »Aber zwischendrin auch Wasser. Glaub ich. Egal. Es ist Samstag, das Leben ist schön und erfordert, dass wir es feiern. Los, probier schon!«

In diesem Moment betrat eine Frau die Küche, die Olivia noch nie gesehen hatte. Sie war vermutlich ein paar Jahre jünger als Babette und Olivia. Zu abgeschnittenen Jeans-Shorts und gelben Flip-Flops trug sie ein rosa T-Shirt von irgendeiner Band, die Olivia nicht kannte. Ihre dunklen langen Locken waren zu einem Dutt aufgetürmt, um den sie ein gelbes Bandana gebunden hatte, und in ihren Ohrläppchen funkelten große silberne Kreolen in der Abendsonne, die ihre Strahlen in die Küche schickte.

»Du kommst genau richtig, Ari!«, rief Babette begeistert. »Meine älteste, beste Freundin Olli wollte gerade dein Fishing for Compliments probieren! Stimmt's, Olli?«

Ari musterte sie von oben bis unten, und Olivia konnte dabei förmlich hören, wie sie sie in eine Schublade steckte.

Ihr Blick sagte: reich, überheblich, spaßbefreit.

Olivia ärgerte sich über sich selbst, weil sie, ohne nachzudenken, ihr schwarzes Armani-Seidenwickelkleid und dazu die roten Wedges von Moschino angezogen hatte, die sie so sehr liebte. Ihr Geschmack war über die Jahre teuer geworden, das wusste sie, aber Olivia dachte nicht wirklich darüber nach. Meist war sie mit Philip einkaufen gegangen, und er hatte es nun mal gemocht, wenn sie gut gekleidet war. Es war ihm wichtig gewesen. Sehr sogar.

Im Gegensatz zu den Menschen in Babettes und Aris Leben trug man in den Kreisen, in denen sie normalerweise unterwegs war, auf keinen Fall Jeans-Shorts und Shirts. Eventuell zum Putzen. Oder bestenfalls im Urlaub. Olivia merkte selbst, wie versnobt allein dieser Gedanke war. War es das, was Babette vorhin mit der Bemerkung über Philip gemeint hatte? Hatte sie vielleicht recht? War es gut, dass sie ihn los war?

Ihr Blick ließ nichts dergleichen vermuten. Sie nahm Ari lachend in den Arm und nickte Olivia zu, die sich am liebsten für ihre teuren Sachen entschuldigt hätte. Ari sah sie immer noch an, und zwar so, als würde sie erwarten, dass Olivia bei der Erdbeer-Margarita kniff.

»Also was ist jetzt? Frau oder Feigling?« Babette runzelte die Stirn.

»Lass sie doch, wenn sie nicht mag«. Ari hatte bisher nichts gesagt, aber jetzt, da sie sprach, wusste Olivia, dass sie diejenige war, die draußen gesungen hatte. Ihre Stimme war viel rauer und tiefer, als man es von so einer zierlichen Person vermutet hätte, aber auch von einer gewissen Härte, mit der Olivia ebenfalls nicht gerechnet hätte.

»Nein, nein, schon gut … ich … ich mag Margaritas sehr und Erdbeeren und …«

Tequila und … Fische … Was sollte es schon. Es war Samstagabend. Sommer. Was auch immer in dem großen Glas gewesen war, jetzt war es definitiv draußen und sehr gut ausgespült. Und

Olivia konnte ihr Auto stehen lassen und mit dem Taxi heimfahren.

»Auf euch.« Sie hob ihr Glas, um mit den beiden anderen anzustoßen.

Das gecrushte Eis im Drink war glücklicherweise mittlerweile geschmolzen, sodass sie nicht auch noch einen Brainfreeze riskierte. Nachdem sie angestoßen hatten, trank Olivia vorsichtig einen kleinen Schluck.

Die immer noch leicht gefrorenen Erdbeeren vermischten sich auf ihrer Zunge mit dem Geschmack von Minze und Limette, und alles zusammen milderte die Schärfe des Tequila ab. Olivia glaubte, einen Hauch von Vanille zu schmecken, aber sicher war sie sich nicht. Sie hatte das Gefühl, als stiege ihr der Drink sofort zu Kopf und schenkte ihr eine süße Leichtigkeit, die ihr sehr gut gefiel.

Für einen Sekundenbruchteil blitzte der Gedanke an Philip heute Morgen in ihrer Küche auf, aber sie schob ihn energisch beiseite. Wenn sie ihn aus ihrem Haus verbannen konnte, damit er sie nicht weiter unter Druck setzte, so doch erst recht aus ihrem Kopf. Zumindest für heute. Für jetzt. Später, wenn sie wieder zu Hause war, würde er sich sowieso wieder in ihre Gedanken schleichen. Aber das war später. Und vielleicht konnte sie auch statt an ihn an Mo denken.

Olivia nahm einen weiteren großen Schluck. Aris Drink war jedenfalls ein sehr guter Philipvertreiber.

Ari beobachtete sie immer noch, allerdings spielte jetzt ein winziges Lächeln um ihre Lippen. »Scheint gut zu sein.«

»Gut? Ari, es schmeckt fantastisch!« Olivia seufzte. Und das stimmte. Das war die köstlichste Margarita, die sie je getrunken hatte, Aquarium hin oder her.

»Siehst du?« Babette klatschte begeistert in die Hände. »Ich wusste, ihr würdet euch verstehen! Meine beste Freundin und meine liebste Freundinnen-Neuentdeckung! Ihr werdet sehen, das wird großartig!«

Da war sich Olivia allerdings immer noch nicht ganz sicher, und was laut Babette »ganz großartig« werden würde, war ihr sowieso nicht klar. Auch Ari sah immer noch ziemlich misstrauisch aus.

Babette streckte ihre Hand aus, um ihr Glas wieder in Empfang zu nehmen, aber Olivia schüttelte den Kopf.

»Sorry. Meins.« Der Drink kam aus einem Aquarium? So what. Es war allerhöchste Zeit zu beweisen, dass man auch sie nicht unterschätzen durfte, nur weil sie aus Versehen Markenklamotten trug. Das Glas war vielleicht noch zu einem Viertel voll, als sie es komplett leer trank.

Sowohl Ari als auch Babette starrten sie an, als sie sich genüsslich die Lippen leckte.

»Was denn?«, sagte Olivia fröhlich. »Darf man nicht mal spontan seine Meinung ändern?«

Eine Stunde später standen Ari und Olivia immer noch in der Küche und unterhielten sich über Gott und die Welt. Mit dem Drink war irgendetwas passiert, das die beiden miteinander verband, und vermutlich hatte Ari einfach vergessen, wie misstrauisch sie ursprünglich gewesen war.

Nur Babette war irgendwann zu den Gästen nach draußen gegangen, kehrte aber immer wieder zurück, glücklich lächelnd, weil sie es geschafft hatte, die beiden zusammenzubringen. So holprig ihr Start gewesen war, so gut entwickelte sich ihr Gespräch. Was vielleicht auch an Aris Fishing for Compliments lag, das schon deutlich weniger geworden war. Theo hatte draußen den Grill angeworfen, und immer wieder kam irgendjemand, um einen Salat aus dem Kühlschrank zu nehmen oder Brot zu schneiden.

Aris Tochter May war vierzehn und in einem, wie Ari sagte, interessanten Alter, und nachdem sie über die Kinder gesprochen hatten, waren sie irgendwann automatisch zu den Männern übergegangen.

Es war merkwürdig, einer völlig fremden Person die eigene Geschichte zu erzählen, allerdings auch nicht wirklich hilfreich für Olivias Wunsch, Philip vorerst aus ihren Gedanken zu verbannen. Vor allem aber tat es ausgesprochen gut, von jemandem Bestätigung zu erhalten, der so taff schien wie Ari und ganz eigene Erfahrungen mit Männern gesammelt hatte. Dinge zu sagen, die sie sonst für sich behalten hätte.

»Okay, und jetzt noch mal: Du wohnst in der Stadt in eurem eigenen Haus, und dein Mann vögelt die Yogalehrerin, richtig?«

»Ja.«

»Und wie fühlt es sich an?« Neugierig sah Ari sie an.

»Was meinst du damit?« Kurz war Olivia irritiert, weil sie es nicht gewohnt war, so direkt nach ihren Gefühlen gefragt zu werden, aber Aris Frage hatte überhaupt nichts Hintergründiges. Sie wollte einfach wissen, wie es Olivia ging. Diese direkte Art hatte etwas wohltuend Ehrliches und nichts von der heimlichen Tuschelei, der sie in letzter Zeit so oft begegnet war.

»Na ja, auf einer Skala von eins bis zehn? Wobei zehn super ist und eins ziemlich beschissen?« Sie grinste. »Ich hatte auch schon minus viertausend, ganz ehrlich. Aber …« Sie ließ ihren Blick erneut über Olivia wandern. Dieses Mal hatte er allerdings nichts Abschätziges. »So, wie du aussiehst, bist du eher bei einer fünf.«

Olivia lächelte.

»Danke. Aber, nein, es fühlt sich nicht gut an. So hatte ich mir mein Leben nicht vorgestellt. Ich weiß gar nicht, was schlimmer ist: Dass Philip eine andere hat, oder dass er unser Haus verkaufen will, um seinen Hof zu renovieren.«

»Und wo sollst du dann hin?«

»Oh, ich kann schon bleiben. Wenn ich ihn ausbezahle. Er war so gnädig, mir anzubieten, es monatlich abzustottern.«

»Kannst du das?«

»Nein.«

Ari sah sie voller Mitgefühl an. »Kenne ich. Pläne sind echt Luxus meiner Meinung nach. Ich kann mir jedenfalls keine leisten.« Sie grinste. »Aber was ich nicht verstehe: Dein Mann hat eine andere und will von dir, dass du auch noch dafür bezahlst?«

»So ungefähr.« So, wie Ari es zusammenfasste, klang seine Vorstellung völlig absurd. Heute Morgen in der Küche hatte es sich allerdings nachvollziehbar und sehr bedrohlich angehört.

»O Mann. Und ich habe immer gedacht, ich würde tief in der Scheiße stecken, aber das ist ja wirklich eine üble Nummer.« Sie legte Olivia die Hand auf den Arm. »Und jetzt?«

»Gute Frage. Ich habe noch nicht wirklich darüber nachgedacht. Das Haus zu verkaufen, kommt jedenfalls nicht infrage.«

»Kannst du nicht einen Teil davon vermieten?«

Darüber hatte Olivia auch schon nachgedacht, und immerhin war das ja auch Philips Vorschlag gewesen, aber den Gedanken hatte sie aus verschiedenen Gründen gleich wieder verworfen.

»Ich wüsste nicht, wo ich auf die Schnelle einen Mieter herbekommen sollte, der mehr oder weniger mitten in mein Haus und mein Leben einzieht. Ich kann mir nicht vorstellen, mit jemandem so nah zusammenzuwohnen, den ich überhaupt nicht kenne. Außerdem ist die Wohnung voll mit Vincents Sachen, und er weiß auch noch gar nichts von seinem Glück.« Olivia schüttelte den Kopf. Sie hatten das Haus für eine Familie geplant. Alles bis auf Vincents Wohnung war offen. Und die zu vermieten, würde bedeuten, dass er nur noch das Gästezimmer hinter der Küche hätte, wenn er käme, und dass sie akzeptieren müsste, dass er nicht wieder zu Hause einziehen würde. In die Leichtigkeit von vorhin webte sich eine dunkle Verzweiflung. »Ich habe wirklich keine Ahnung. Und vermutlich sollte ich als Erstes mit meinem Anwalt sprechen.«

»Das musst du.« Ari lächelte. Es war ein aufrichtiges und freundliches Lächeln. »Es muss großartig sein, so viel Platz zu haben.«

Olivia schämte sich beinahe ein bisschen für ihre Probleme. Ari hatte vorher nur angedeutet, dass ihr Leben auch nicht gerade einfach war, und Olivia hatte bisher nicht einmal nachgefragt.

»Wir haben nur von mir geredet. Erzähl du doch mal! May ist also vierzehn und die Tochter von …?«

»Nicht so wichtig.« Betreten sah Ari zu Boden. »Er spielt keine Rolle. Hat nie eine gespielt.«

»Oh, tut mir leid.« Da war Olivia erfolgreich mit dem ersten Schritt ins Fettnäpfchen getreten.

»Sorry, das sollte nicht so hart rüberkommen. Ist nur so, dass ich keinen Kontakt zu ihm habe und er auch nicht an May interessiert ist. Oder je war.« Sie zuckte mit den Schultern. »… oder dass er wenigstens für sie zahlen würde. Es ist keine schöne Geschichte, weißt du?«

Olivia schüttelte voller Mitgefühl den Kopf. Und sie dachte, sie hätte Probleme.

»Erzählst du sie mir trotzdem?«, bat sie. Sie wollte unbedingt etwas mehr über die Frau erfahren, die sie von Minute zu Minute mehr beeindruckte.

»Wenn du sie wirklich hören willst?«

»Will ich.«

»Okay. Weißt du, ich wollte keine Kinder. Nie. Und ich habe erst sehr spät bemerkt, dass ich schwanger war. Zu spät. Als ich es ihm dann gesagt habe, da war er auch schon weg. Unterstützung hatte ich keine. Von wem auch? Mein Bruder? Fehlanzeige. Meine Eltern gab es schon damals nicht mehr wirklich. Aber Aufgeben ist auch nicht meine Art. Also habe ich May bekommen. Ohne ihn. Ohne irgendjemanden. Als ich herausgefunden habe, dass ich schwanger war, habe ich über Adoption nachgedacht. Das hätte fast alle meine Probleme auf einmal gelöst. Aber dann … dann bin ich so schnell wie möglich wieder zurück zur Arbeit. May musste eben ziemlich früh in die Krippe. Das war bitter, aber eine andere Option hatte ich nicht, wenn ich sie behalten wollte. Und glaub mir, das wollte ich. Vom ersten Blick in ihre Augen an.« Nun lächelte sie wieder. Es war ein trauriges und gleichzeitig wunderschönes Lächeln voller Glück. »Mit Mutterliebe im Herzen ist alles möglich, wenn man nur will, richtig? Und wie war das noch? Wer etwas wirklich will, findet Wege. Wer etwas nicht will, findet Gründe. Ich habe Wege gefunden.«

Der Blick, mit dem sie Olivia nun ansah, ging ihr durch und durch. Darin enthalten war eine beeindruckende Mischung aus Trotz, Kampfgeist, Schmerz und unerschütterlicher Liebe. Eine Kraft, die sie vermutlich überall hintragen würde. Und von der Olivia gern ein bisschen was gehabt hätte. Kein Wunder, war Ari doch so taff. Wenn jemand Superwoman war, dann sie. Von dieser Begegnung musste sie unbedingt Ernst erzählen.

»Und jetzt?«

»Wie und jetzt?« Ari verschränkte die Arme vor der Brust und war innerhalb von Sekunden zu ihrem misstrauischen Blick zurückgekehrt.

»Entschuldige. Ich wollte nicht …«

»Schon gut. Ich bin es nicht gewohnt, einfach nur so zu quatschen. Normalerweise will jemand irgendwas von mir wissen, um wieder irgendwelches Geld zu streichen, mit mir über das Sorgerecht zu diskutieren oder mir zu erklären, dass ich mein Kind vernachlässige. Ich nehme an, das war es nicht, was du wissen wolltest.«

»Nein. Aber es tut mir trotzdem leid, das zu hören.«

»Ich komme klar. Ich bin müde, habe Rückenweh, nie genug Zeit oder Geld und May … May ist trotzdem der tollste Mensch auf Erden. Ich bin nicht verheiratet, falls du das wissen wolltest. Bisher ist mir kein Mann begegnet, der es wert gewesen wäre. Und

Mike …« Sie schnaubte. »Mike … ist eigentlich auch schon wieder Geschichte. Das ist der Typ, mit dem ich gerade zusammenwohne. Wir. May und ich.« Sie schüttelte den Kopf. »Allerdings würde er uns lieber heute als morgen raushaben. Er vögelt zwar keine Yogalehrerin, aber auch nur, weil er wahrscheinlich keine kennt. Ansonsten alles, was nicht bei drei auf den Bäumen ist. Jedenfalls können wir da nicht bleiben. Ich möchte nicht, dass May mit so jemandem aufwächst. Aber ganz ehrlich: Alleinerziehend mit Kind und einem winzigen Einkommen, das gerade mal so reicht? Ich arbeite auf dem Bürgeramt, immerhin, aber mir vermietet keiner was, das groß genug ist für uns, oder ich muss in irgendein Loch ziehen, bei dem May nicht mal die Wohnung verlassen kann, ohne angegrabscht zu werden. Nein, ich habe gerade auch keine Idee, wie es weitergehen soll. Ich weiß nur, dass es so nicht bleiben kann.«

Am liebsten hätte Olivia sie in den Arm genommen, so traurig und erschöpft sah sie auf einmal aus. Aber sie traute sich nicht. Und bevor sie etwas sagen konnte, betrat ein Mädchen die Küche, das May sein musste. Sie sah aus wie das Mini me ihrer Mutter. Dutt, Bandana, Flip-Flops und Shirt inklusive. Allerdings hatte sie nicht deren dunkle Augen. Ihre waren von einem hellen Braungrün und sahen so offen und fröhlich in die Welt, wie Aris vorsichtig.

»Mama! Wo bist du? Wir warten seit Stunden da draußen auf dich!« Sie schmiegte sich an Ari, die sofort den Arm um sie legte und ihr einen Kuss auf den Scheitel drückte.

»May, das ist meine neue Freundin Olivia. Olivia, das ist May.«

»Hallo, Olivia«, sagte May und strahlte Olivia an. Sie sah die Offenheit in Mays hübschem Gesicht und den Stolz in Aris Augen, die Liebe, das Vertrauen und die Nähe, die es zwischen den beiden gab. Wer auch immer daran zweifeln mochte, dass Ari eine unglaublich tolle Mutter war, hatte jedenfalls keine Ahnung.

Auch Babette kam, um den beiden einen Teller mit Gemüsespießen, Grillkäse und winzigen schrumpeligen Salzkartoffeln und einem Schüsselchen Mojo Rojo zu bringen. Olivia bemerkte, wie hungrig sie war.

»Es ist okay, wenn ihr das ganze Aquarium leer trinkt, Ladys, aber zwischendrin müsst ihr unbedingt auch mal was essen.« Sie nahm sich selbst eine Kartoffel und dippte sie in die Sauce. »Das Beste an solchen Festen ist doch immer, dass andere Menschen so interessante Dinge mitbringen. Kartoffeln mit Mojo. Lecker!« Sie zeigte mit dem Kopf auf das Aquarium, das sich bereits deutlich geleerte hatte. »Aber das hier ist immer noch mein Highlight.« Sie grinste. »Wollt ihr nicht wieder mit rauskommen? Ich würde dich so gern noch mal singen hören, Ari!«

»Genau deshalb bin ich auch hier«, sagte May. »Los, Mama, komm mit! Und du auch, Olivia. Hast du meine Mutter schon mal gehört?«

»Nein«, sagte Olivia und musste lächeln, als May sie empört ansah. »Wir kennen uns erst seit gerade eben.« Auch wenn es sich ganz anders anfühlte.

»Na, dann wird es aber Zeit!« May nahm Olivias Unterarm und zog sie hinter sich her in den Garten.

Olivia spürte den Tequila ein bisschen und war tatsächlich froh, sich draußen auf der Bank unter dem großen Walnussbaum hinsetzen zu können. Die anderen Gäste waren in ihre jeweiligen Gespräche vertieft, und Olivia hörte nur halb zu. Ari hatte sich am anderen Ende der langen Tafel irgendwo dazwischengezwängt und begann ihre Gitarre zu stimmen, während sie mit den anderen Gästen plauderte. Olivia kannte zwar den einen oder anderen von vergangenen Festen, aber es war ihr überhaupt nicht danach, sich über Lehrer, Sommerurlaube mit der Familie oder die jeweiligen Wochenendprogramme zu unterhalten. Keiner schien das allerdings auch von ihr zu erwarten.

Stattdessen sah sie den Mücken zu, wie sie in der Abendsonne tanzten, genoss den Duft von frisch gemähtem Gras. Warum machte sie sich eigentlich über ein komplettes Haus Sorgen, während Ari noch nicht einmal wusste, wo sie hinsollte? Zum dritten Mal an diesem Abend wurde ihr bewusst, wie gut es ihr eigentlich ging.

»Okay, ihr wolltet, dass ich singe? Also singe ich.« Ari lachte, als einige der Gäste klatschten. »Doch nicht vorher! Ihr wisst ja noch gar nicht, wie es wird! Aber danke schön trotzdem.« Sie lächelte Olivia an. »Ich möchte das nächste Lied meiner neuen Freundin Olivia widmen. Und allen anderen, die gerade nicht so genau wissen, wohin sich alles entwickelt.« Sie zuckte mit den Schultern. »Also singe ich es auch für mich. Ich hoffe, es gefällt euch!«

Sie begann, die Saiten zu zupfen, und Olivia schloss die Augen, um besser zuhören zu können.

Olivia kannte das Lied »Hey« von Andreas Bourani. Sie mochte den Sänger und seine Texte. Aber bis heute hatte sie bei diesem Lied nie wirklich hingehört. Aber jetzt …

Olivia war sofort tief berührt von Aris eindrücklicher Stimme, die sie vorhin nur von Weitem gehört hatte, und von dem Text, den sie so voller Hingabe sang, wie es nur jemand konnte, der jede Silbe davon fühlte. Worte, die Mut machen wollten – auch im tiefsten Schmerz und Kummer das Vertrauen darauf zu behalten, dass es besser werden würde. Selbst, wenn es sich in diesem Augenblick nicht so anfühlte und das Weitergehen so schwer war, dass man sich kaum vorstellen konnte, jemals wieder nur einen Fuß vor den anderen zu setzen.

Dieses Lied … Bis vor ein paar Minuten hätte Olivia auf jeden Fall unterschrieben, dass es ihre Situation perfekt widerspiegelte.

Und Aris.

Aber dann war da auf einmal dieser eine Gedanke. Eine Idee, die langsam in Olivias Kopf Gestalt anzunehmen begann. Vielleicht hatte sie etwas mit dem Tequila im Aquarium zu tun. Vielleicht auch mit diesem Lied von Andreas Bourani.

Die Idee war verrückt, absolut nicht durchdacht und auch ziemlich riskant für alle Beteiligten. Aber vielleicht funktionierte sie genau deshalb und abgesehen davon: Was hatte sie schon zu verlieren? Sehr viel weniger als Ari jedenfalls.

Sie öffnete ihre Augen und sah der jungen Frau am anderen Ende des Tisches zu, die sie vor ein paar Stunden noch nicht einmal gekannt hatte. Wie sie sich in die Musik fallen ließ, sich im Takt wiegte, das hingerissene Publikum kaum noch wahrnahm, wenn sie einen neuen Song anstimmte. Wie sie May ab und zu zuzwinkerte, die ihre Mutter stolz beobachtete. Ja, dachte sie. Alles passierte aus einem ganz bestimmten Grund.

Wie hatte Ernst erst neulich so passend zu ihr gesagt? Beinahe jedes Problem brachte seine eigene Lösung schon mit. Sie musste ihm unbedingt sagen, wie recht er damit hatte.

Kapitel 13

Es regnete. Dicke, warme Sommerregentropfen schickten ihr Lied durch das gekippte Fenster in Olivias Schlafzimmer. Von draußen hörte sie das Gurren des Taubenpaares, das in der großen Linde am Mühlengraben wohnte.

Die Luft war warm und feucht. Es war halb drei Uhr nachts, und sie konnte nicht schlafen. Die Erdbeeren und der Tequila hinterließen einen merkwürdigen Geschmack in ihrem Mund, obwohl sie Zähne geputzt hatte. Zumindest hoffte sie das.

In ihrem Blut kreiste noch die eine oder andere Margarita, und es war ihr ein bisschen schwindelig. Sie liebte Nächte wie diese. Nächte, in denen es zu warm war, um mehr als ein Leintuch im Bett zu haben und jedes Kleidungsstück störte. Sommerregen war Erotik pur. Sie hatte früher die kostbaren Stunden mit Philip unendlich genossen, denn in Nächten wie diesen hatten sie nur sich selbst gehört – weder ihren Jobs noch Vincent oder dem Alltag.

Oft war es Olivia gewesen, die wach geworden war und die dann – mehr oder weniger im Halbschlaf – sanft und dann immer drängender ihren Po an Philips nackten Bauch gedrückt hatte. Eine Einladung, die er nur zu gern angenommen hatte.

Ob nun Aimee dasselbe machte?

Philips leichtfertiger Verrat, seine Gleichgültigkeit ihr gegenüber und seine Lügen kamen mit aller Wucht zurück. Ihr Herz schlug schnell vor Kummer, ihr Kopf kündigte mit einem leisen Dröhnen den Kater an, mit dem sie schon gerechnet hatte, und sie fühlte sich auf einmal so unfassbar einsam in diesem großen, leeren Haus, in diesem Bett und in ihrem Leben. Ob sie es vielleicht doch aufgeben sollte?

Heiße Tränen schossen in ihre Augen. Die Trauer um den verlorenen Traum und darüber, dass Philip sich selbst enttarnt und sein wahres Gesicht gezeigt hatte, überwältigen sie beinahe, und sie sehnte sich nach jemandem, der sie in den Arm nahm, der ihr sagte, dass alles gut werden würde. Jemand, dem sie das auch glauben konnte.

Aber da war niemand.

Sie schluchzte so sehr, dass sich ihr ganzer Körper schüttelte und sie irgendwann nur noch schlecht Luft bekam. Ihre Nase war zu und sie hatte kein Taschentuch und niemanden, der ihr eines brachte. Oder ein Glas Wasser und eine Aspirin.

Was, wenn das jetzt so blieb? Wenn nie wieder jemand bei ihr sein wollte, ihren Körper begehrte oder sich dafür interessierte, wie es ihr ging? Der sie zum Lachen brachte? Der sie berühren wollte, ihr nah sein wollte, der sie für liebenswert hielt? Der gerne mit ihr sein wollte – an hellen und an dunklen Tagen? Und vor allem bei Sommerregen?

Was, wenn sie immer älter und schrumpeliger und hässlicher wurde und schließlich einsam starb, ohne dass je wieder jemand ihr Herz oder ihren Körper berührt hatte?

Wie konnte Philip jetzt mit Aimee im Bett liegen, sie küssen, ihr Worte voller Liebe ins Ohr hauchen? Ihren schlanken jungen Körper liebkosen und Olivia einfach so mit einem Fingerschnippen vergessen? Wieso hatte sie nicht rechtzeitig erkannt, wie flüchtig die Liebe – ihre Liebe – war, und schon gleich gar nicht gesehen, dass Philip noch nicht einmal gewollt hatte, dass sie blieb? Selbst als er noch von ihrem gemeinsamen Umzug aufs Land gesprochen hatte?

Und wieso Aimee? Olivia konnte nicht anders, sie sah die beiden immerzu vor sich: wie sie gemeinsam lachten, wie sie sich küssten, wie Philip seine Hand an ihr Gesicht legte. Zärtlich. Begehrend. Verliebt.

Olivias Magen begann sich gegen den vielen Zucker und die Erdbeeren zu wehren. Das Grummeln und Brennen waren ausgesprochen unangenehm, und sie stand auf und begann im Haus herumzuwandern, beobachtet von Kismet, der auf der Couch lag und sich vermutlich fragte, ob Olivia nun vollständig den Verstand verloren hatte.

Irgendwann setzte sie sich zu ihm und begann ihn zu kraulen, bis er schnurrte. Das half ihr, sich für einen Moment auf etwas anderes zu konzentrieren als auf ihren Schmerz.

Sie würde auch diese Nacht und den nächsten Tag überstehen. Und den nächsten. Und den danach. Auch wenn es schwer war und unendlich wehtat, wenn sie verletzt, einsam und enttäuscht in ihrem Bett lag. Es würde leichter werden. Und dann vielleicht auch wieder schwerer. Sie würde daran denken und sich ausgeliefert fühlen, aber eines Tages würde sie vielleicht feststellen, dass sie schon lange nicht mehr daran gedacht hatte und dass die Wunden heilten.

Zumindest hoffte sie das.

… Komm nicht auf Scherben zum steh'n …

Wieder hörte sie Aris Stimme, wie sie dieses wundervolle Lied sang. Solange sie Freunde wie Babette und Ernst hatte, solange es Menschen wie Ari und Mo gab, gab es auch Hoffnung.

Kismet sah sie aus seinen großen Augen an, und es kam ihr vor, als hätte er genickt.

Es war kurz vor vier, als sie endlich einschlief, aber ihr Schlaf war alles andere als erholsam. Sie träumte von Philip und Aimee, die hier mit ihr in ihrem Bett lagen, von der singenden Ari, einem überdimensionalen Aquarium und immer wieder von Philip, der sie auslachte, weil sie angeblich überhaupt nichts verstand. Es tat weh. Selbst im Traum.

Immer wieder schrak sie hoch, mal war es ihr zu heiß, dann wieder zu kalt. Irgendwann stand sie noch einmal auf, um ein Glas Wasser zu trinken und erneut nach Kismet zu suchen. Als sie ihn immer noch unten auf der Couch fand, überlegte sie kurz, ihn nach oben in ihr Schlafzimmer zu tragen, beschloss dann aber, einfach bei ihm zu bleiben.

Es hatte aufgehört zu regnen, die Vögel zwitscherten bereits, und mehr als Dösen war sowieso nicht mehr drin, als sie ihn ein wenig zur Seite schob und sich neben ihn auf die Couch legte.

Nicht schlafen zu können, war die eine Sache. Aber nicht zu wissen, warum sie aufstehen sollte, eine ganz andere.

Sie tastete nach ihrem Smartphone, das sie irgendwo neben der Couch abgelegt hatte, und verband es mit dem Bluetooth-Lautsprecher, dann scrollte sie durch ihre Playlist, bis sie fand, was sie gesucht hatte. Sie schob den Lautstärkenregler ganz nach oben und ließ sich wieder zurück auf die Kissen fallen. Dann drückte sie Kismet so fest an sich, bis er aufsprang und empört verschwand, als Jamie O'Neal *All by Myself* zu singen begann. Es gab doch nichts Schmerzhafteres und gleichzeitig Befreienderes, als sich komplett in einem Lied zu verlieren und sich für knapp vier Minuten so richtig hemmungslos selbst leidzutun.

Sie überließ es auch danach ihrem Streamingdienst, passende Lieder auszusuchen, und blieb einfach liegen. Sie hatte zugelassen, dass der Kummer kam, über sie hingwegbrandete wie eine riesige Welle aus Schmerz und sie mit sich mitriss. Sie ließ sich fallen und treiben. Aber dann, irgendwann, konnte Olivia fühlen, wie er langsam verebbte und sie wieder freigab. Es war heilsam und notwendig, diesen Schmerz auszuhalten, weil sie nur dadurch lernen konnte, dass er auch wieder verging. Selbst als die Playlist zu Ende war, blieb sie liegen, starrte an die Decke und fragte sich wieder einmal, wie lange sie wohl so bleiben konnte, ohne dass es jemand bemerkte.

Nicht sehr lange.

Ihr Smartphone vermeldete mit einem Pling, dass eine Nachricht eingegangen war.

Guten Morgen, Olivia, Lust auf eine Revanche? ☺ Mo

Sie lächelte. Es tat gut, dass er schrieb. Aber auf Tennis hatte sie gerade absolut keine Lust. Sie wollte herumliegen und sich selbst bemitleiden.

Ich liege auf der Couch, sorry, Mo. War spät gestern.
Wie wäre es mit morgen?

Seine Antwort kam prompt.

Auf keinen Fall! Wie wäre es mit Frühstück? ;),

schrieb er und brachte Olivia damit erneut zum Lächeln. Wenn sie es sich genau überlegte, klang Frühstück besser als Selbstmitleid. Seine ganze Nachricht klang gut. Vielleicht sollte sie den Tauchgang in ihren Kummer doch noch einmal überdenken. Immerhin hatte es keine vier Minuten gedauert, bis jemand tatsächlich bemerkt hatte, dass sie auf der Couch lag. Nicht jemand. Mo. Ihr Herz begann erneut, ein wenig schneller zu schlagen.

Ich nehme ein Croissant ;) Kaffee ist in zwanzig Minuten fertig,

antwortete sie. Da war er: ihr Grund aufzustehen.

Olivia machte sich nicht die Mühe aufzuräumen. Lieber nutzte sie die Zeit, um ausgiebig zu duschen und ihren Körper mit der Bodylotion einzucremen, die so herrlich roch, bevor sie sich in ihren seidenen Morgenmantel wickelte.

Sie hoffte, dass man ihr die Tränen der letzten Nacht nicht allzu sehr ansah, aber ganz verhindern konnte sie es nicht.

Barfuß öffnete sie die Tür, als Mo klingelte. Er trug hellblaue Baumwollshorts und ein weißes Polohemd zu weißen Sneakers, was seine gebräunte Haut betonte. Olivia hatte ihn kaum je ohne Cap gesehen, aber jetzt, da er keine trug, sah sie auf einmal nicht mehr den Tennistrainer, sondern den attraktiven Mann, der da vor ihr stand. Er hatte eine unglaublich männliche Ausstrahlung, und sein Blick sorgte dafür, dass Olivias Mund trocken wurde.

»Hi«, sagte sie, plötzlich ein wenig verlegen.

Die Kaffeemaschine war gerade dabei, sich aufzuheizen, und aus der Tüte, die er Olivia reichte, duftete es verführerisch nach warmem Gebäck. Mo sah sie für einen Moment nur an, ließ seinen Blick über ihr Gesicht wandern, ihren Körper hinab bis zu ihren nackten Füßen. Langsam breitete sich ein Strahlen auf seinem Gesicht aus, als er ihr wieder in die Augen sah.

»Hi«, antwortete er lächelnd, bevor er sich vorbeugte und ihr einen Kuss auf die Wange gab. Er war frisch rasiert und roch unglaublich gut. Nach Sommer, einem frischen Aftershave und nach Mo. »Das ist wirklich die beste Idee, die ich je hatte.« Er lachte, und der befangene Augenblick ging vorüber. Das Einzige, was blieb, war Olivias schneller schlagendes Herz.

Nachdem sie zwei Tassen mit jeweils einem doppelten Espresso gefüllt hatte, stellte sie diese und zwei Teller für die Croissants auf ein Tablett. Wie selbstverständlich nahm Mo es und trug es nach oben zur Dachterrasse, während Olivia vorausging, um den Vorhang aus Makramee vor der Terrassentür für ihn beiseitezuschieben.

Glücklicherweise waren sowohl der Jute-Teppich als auch die Kissen unter der Pergola trocken geblieben. Olivia rollte die bunte Steppdecke aus, die sie mit nach oben gebracht hatte, und nahm Mo das Tablett ab, um es auf das niedrige Tischchen zu stellen.

Immer noch hing ein leichter Dunst über der Stadt, aber die Hitze des kommenden Tages war schon deutlich spürbar. Mo war schon ein paarmal hier oben gewesen, wenn Vincent das Team eingeladen hatte, dennoch war ihm seine Begeisterung über diesen Platz und den Blick über die Dächer von Göttingen anzusehen. »Es ist so unfassbar schön hier, Olivia. Bemerkt man das nach so vielen Jahren selbst überhaupt noch?«

Sie war neben Mo getreten und sah ebenfalls über die Stadt.

Ja, sie sah das alles. Die Dächer, die Sonne, den Morgen. Die Chance, die dieser Tag hatte, wundervoll zu werden, obwohl Olivia ihm vor sehr kurzer Zeit noch gar nichts zugetraut hatte.

»Ja«, sagte sie und lächelte Mo an. »Aber es ist gut, wenn einen jemand auch mal wieder darauf aufmerksam macht.«

Sie meinte damit alles. Das Sichtbare und Unsichtbare. Das Leben insgesamt und das Glück, diesen Moment zu erkennen und mit jemandem teilen zu können. Das Schönste daran war, dass sie genau wusste, dass Mo exakt das Gleiche empfand. Sie erkannte es in seinem Blick, als er sie nun ansah.

Sie kannte den Tennistrainer schon lange. Bis auf den Tag zuvor hatten sie allerdings noch nie alleine Zeit miteinander verbracht.

Dieser Moment, dieser geteilte Augenblick, ohne ein Wort dabei zu sprechen, hatte alles zwischen ihnen verändert. Auch er lächelte. In seinem Blick lag dasselbe Erkennen, das sie auch spürte. »Du. Du bist schön.« Er streckte seine Hand aus und legte sie an ihre Wange. »Wenn du wüsstest, wie sehr«, sagte er. In seiner Stimme lagen Zärtlichkeit und Begehren. Beides ließ ein Funkeln in ihrem ganzen Körper aufsteigen, das sie mit Freude flutete.

Es gab diesen Bruchteil einer Sekunde, in dem sie sich fragte, was sie da eigentlich tat. Aber dann beschloss sie, einfach nur zu genießen, ihrem schnell schlagenden Herzen zu folgen und dem, was dieser Tag ihr schenken wollte. Wie hatte Ernst zu Recht gesagt: Sie dachte viel zu viel nach. Vielleicht war jetzt ein guter Zeitpunkt, um damit aufzuhören.

Olivia schloss die Augen und lehnte sich nach vorne. Ihr Atem beschleunigte sich. Sie hatte es nicht geplant oder auch nicht planen können. Aber es fühlte sich einfach so gut und richtig an. Mo ließ ihre Hand los, legte sie um Olivias Hüfte und zog sie näher an sich heran.

Ihre Lippen berührten seine. Zunächst sanft und vorsichtig, dann immer drängender. Sie spürte seine warmen Hände auf dem seidigen Stoff des Morgenmantels. Kraftvoll, fest, ein wenig fordernd, als er sie noch näher an sich zog und mit seiner Zunge sanft ihre Lippen teilte. Es gab nichts zu denken, zu hinterfragen oder zu tun. Sie konnte sich einfach nur treiben lassen. Fallen lassen in ein Verlangen, das sie schon so lange vergessen hatte.

Olivia hätte es nie für möglich gehalten, einen anderen Mann zu küssen oder zu begehren. Aber der Wunsch, Mo zu berühren, ihn ganz nah zu spüren, überrollte sie in einer heißen Welle aus Lust. Sie schob sich noch ein wenig näher an ihn heran und fühlte seine Erregung, sein eigenes rasendes Herz, und sie befahl sich selbst, ihren Kopf auszuschalten und einfach nur zu genießen. Bevor sie sich für einen Augenblick von ihm löste, um Mo mit sich auf eines der großen Kissen auf dem weichen Teppich zu ziehen, beglückwünschte sie sich dafür, dass sie Philip den Schlüssel abgenommen hatte. Sie wollte diesen Mann. Jetzt sofort.

Mo hatte sich über sie gebeugt und ließ seine Hand unter den seidigen Stoff ihres Morgenmantels gleiten. In seinem Blick lag heißes Begehren, spiegelte, was Olivia fühlte. Seine Fingerkuppen lösten heißes Erschauern aus. Überall da, wo sie Olivias Haut berührten, als er langsam an der Außenseite ihres Oberschenkels entlang nach oben fuhr.

Olivia schob ihre Hände unter sein Shirt, spürte die Muskeln, den fremden Männerkörper, der sich so gut anfühlte. Mehr. Es war nicht genug. Sie wollte ihn ganz. Nackt. Er unterbrach die Reise seiner Hand nur kurz, löste sich dann aber von ihr, sodass Olivia Mos Shirt über seinen Kopf schieben konnte. Er setzte sich auf und legte es zur Seite, und bevor er sich ihr wieder zuwandte, hielt er sie fest und sah sie für einen Moment nur an, sodass auch Olivia ihn ansehen konnte. Er war gut trainiert, aber kein übertriebenes Muskelpaket. Sein Blick streifte ihren, wanderte voller Begehren zu ihrem Mund und weiter, ihren Hals hinab, bis zum Ausschnitt ihres Morgenmantels. Gerade, als sie das Gefühl hatte, die Distanz nicht länger aushalten zu können, ließ er seinen Mund dieselbe Reise nehmen, während er mit den Händen den Knoten ihres Gürtels löste und endlich den seidigen Stoff beiseiteschob. Olivia trug ihre liebste dunkelgrüne Spitzenunterwäsche, damit sie sich gut fühlen konnte nach dem deprimierenden Morgen. Die perfekte Wahl – als hätte sie geahnt, was heute noch geschehen würde.

Mo ließ seine Lippen zu ihrem Nabel wandern, umkreisten ihn einmal mit der Zunge. Olivia war hin- und hergerissen zwischen dem Wunsch, Mo über sich zu ziehen und ihn weiter nach unten zu dirigieren. Aber ihr Körper hatte sowieso längst die Führung übernommen, und sie ließ einfach los.

Sie schob ihm ihr Becken entgegen, und er stöhnte leise auf, als er den Saum ihres Höschens nach unten schob und endlich mit seinen Lippen weiter und weiter nach unten wanderte. Er hielt ihre Beine fest, sodass sie sich nicht bewegen konnte, und sorgte dafür, dass das süße Ziehen in ihrem Unterleib von Sekunde zu Sekunde mehr wurde. Kaum hatte er mit seiner Zunge ihre empfindliche Perle gefunden, spürte sie, wie sie sich dem Höhepunkt näherte. Da ließ Mo ihre Beine los und kehrte nach oben zu ihr zurück. Olivia war schwindelig vor Verlangen, und das Einzige, was sie wollte, war, dass er endlich in sie eindrang.

Sie tastete nach seinen Shorts, öffnete fahrig den Knopf und schob mit seiner Hilfe die Hose mitsamt den Boxershorts von seinen Beinen. Sie setzte sich auf, schälte sich aus ihrem Morgenmantel und ließ ihre Zunge um seine Brustwarzen kreisen, während er ihren BH öffnete. Schließlich waren beide nackt, ließen sich zur Seite sinken und verwoben Beine, Arme und Münder ineinander.

Endlich spürte sie ihn in sich. Als sie sich zuerst langsam und dann immer schneller bewegten, schraubten sie sich gemeinsam nach oben in einer Spirale aus Lust. Irgendwann stöhnte Mo laut auf, vielleicht war es aber auch Olivia, als sie sich beide ineinander verloren.

Später konnte sie nicht sagen, wie lange es gedauert hatte, wie es überhaupt dazu gekommen war, oder wie lange sie beide danach noch wie betäubt nebeneinander gelegen und in den wolkenlosen Himmel gestarrt hatten.

Irgendwann wandten sie sich einander zu und sahen sich für eine Weile nur an. Ihre Körper immer noch nackt und die Anziehungskraft zwischen ihnen genauso pulsierend und stark wie in den ersten Minuten hier oben. Es gab keine Worte für das, was da geschehen war. Aber als Mo dann irgendwann anfing, Olivia erneut behutsam zu streicheln, und sie ihre Hand ebenfalls nach ihm ausstreckte, um das lustvolle Spiel von vorne zu beginnen, waren auch keine mehr nötig.

Kapitel 14

Sie blieben bis zum späten Vormittag zusammen. Es waren wundervolle Stunden voller Zärtlichkeit und Nähe. In Olivias Kopf hatte sich eine sehr angenehm wattige Leere ausgebreitet, die jeden Gedanken unmöglich machte. Sie liebten sich träge, dösten immer wieder ein, und erst nach ein paar Stunden stand Olivia auf, um nach unten zu gehen und eine Karaffe mit Wasser und frischen Kaffee zu holen.

Als sie wiederkam, hatte Mo sich angezogen. Sie hatte nicht über den weiteren Tag nachgedacht oder darüber, dass er irgendwann vielleicht auch noch andere Pläne hatte. Es überraschte Olivia nur, dass es ihr etwas ausmachte.

»Du gehst schon?«

»Ja, ich muss. Leider. Ich würde wirklich gern bleiben«, sagte er bedauernd und nahm ihre Hand, um Olivia erneut an sich zu ziehen. »Aber ich kann nicht. Ich … muss etwas erledigen.« Olivia verbot es sich, nachzufragen aus lauter Sorge, irgendwie bedürftig zu klingen. »Aber wenn du mal Lust auf einen Spaziergang hast, dann sag Bescheid.« Er lächelte.

»Das mache ich. Oder andersherum.«

Er küsste sie flüchtig, besann sich dann aber und zog sie erneut an sich. Irgendetwas an der Art und Weise, wie Mo küsste, war so unglaublich besonders, berührte Olivia tief in ihrem Inneren und sorgte dafür, dass sie sich seufzend in seine Arme fallen ließ. Sie konnte sich nicht erinnern, dass je ein Kuss ein solches Begehren in ihr ausgelöst hatte.

»O Gott, Olivia«, raunte Mo, als er sich kurz von ihr löste, nur um sie sofort wieder an sich zu ziehen. »Das hier fühlt sich auf eine völlig verrückte Art und Weise unglaublich gut an. Ich weiß wirklich nicht, ob ich je wieder mit dir Tennis spielen kann. Ich bin mir noch nicht einmal sicher, ob ich das überhaupt will.«

»Nicht?«

»Doch.« Er lachte leise. »Davor.«

Später, als Mo schon eine ganze Weile wieder fort war und Olivia aufgehört hatte, rastlose Kreise auf der Dachterrasse zu drehen, um ihre Gedanken zu beruhigen, rief sie Babette an. Eigentlich wollte sie sich bei ihr für das schöne Fest am Abend zuvor bedanken, aber dann konnte sie die Mo-Geschichte doch nicht für sich behalten.

»Du hast ... was? Du hast mit dem heißesten ... tollsten ... besten ... Tennistrainer von ganz Göttingen geschlafen?«

»Schon gut! Du musst nicht so schreien, dass es ganz Elliehausen hören kann.«

»Okay, aber nur, wenn du mir alles erzählst. Haarklein. Jedes einzelne ...«

»Ganz sicher nicht!« Olivia musste über ihre Freundin lachen.

»Na gut, aber wie kam das alles zustande? Und wieso passiert mir so was nie?«

»Ganz einfach, weil du einen sehr netten Mann hast, mit dem du schlafen kannst, wann immer du willst.«

»Das stimmt. Und genau das macht es sehr vorhersehbar und ziemlich langweilig«, sagte Babette, aber sie klang sehr fröhlich dabei.

»Ach Quatsch. Genau das macht es schön«, antwortete Olivia. »Und Mo und ich ... wir wollten eigentlich nur frühstücken.«

»Na, das hat ja wohl nicht so richtig geklappt, was?« Babette kicherte.

»Nein, hat es nicht. Aber es war schön, Babette. Richtig schön.« Olivia seufzte.

»Bist du in ihn verliebt?«

»In Mo?«

»Nein, in Kismet natürlich! Über wen reden wir denn gerade?«

»Keine Ahnung! So fix geht das doch nicht. Ich meine, wir hatten Sex, und es war großartig. Aber verliebt? Wie schnell kann man sich denn verlieben? Außerdem kenne ich seine Ex-Freundin aus dem Tennisclub, er ist der Trainer von Vincent, spielt mit Philip in einer Mannschaft, und er ist jünger als ich.« Je länger Olivia darüber sprach, umso klarer wurde ihr, wie absurd die ganze Geschichte war. Und wie wenig tragfähig. »Außerdem … was soll ich denn mit ihm, wenn Philip wieder zurückkommt?« *Falls* er zurückkam. Schon während sie es aussprach, hörte sie selbst, wie absurd es klang.

»Das fragst du mich aber jetzt nicht im Ernst, oder?« Babette schnaubte. »Er kommt nicht zurück, Olli. Zumindest nicht so schnell. Und wenn, dann bitte erst, wenn du begriffen hast, dass du diesen selbstverliebten, Midlife-Crisis-gebeutelten alten Angeber gar nicht mehr nötig hast. Du brauchst ihn nicht. Er soll bei seiner Yogatante bleiben und dich das großartige Leben leben lassen, das du verdient hast!«

Olivia wusste, dass Babette recht hatte. Aber ihr Herz war noch nicht so weit. Mo hin oder her.

»Abgesehen davon dauert es genau 0,7 Sekunden, sich zu verlieben. Das ist wissenschaftlich bewiesen.«

»Ich weiß nicht, Babette.«

»Hör auf damit, Olli! Genieße das! Wer hätte gedacht, dass du nach all den Jahren noch so ein heißes Abenteuer haben würdest? Ich jedenfalls nicht. Und ganz ehrlich, das, was du mir über euer Sexleben erzählt hast, klang jetzt nicht besonders aufregend. Da lobe ich mir doch ›wir wollten eigentlich frühstücken, aber dann mussten wir leider darauf verzichten, weil wir so scharf aufeinander waren‹!«

»Aber das hat doch keine Zukunft!«, warf Olivia ein.

»Wer weiß das schon. Und vor allem: Wer weiß schon, was überhaupt Zukunft hat? Ehrlich gesagt kann man das über keine einzige Beziehung sagen. Du sollst ihn ja nicht heiraten. Immerhin hast du selbst tausend Gründe dagegen genannt. Und wenn schon: Großartiger Sex ist doch auch ein Argument.«

»Heißt das, du findest es völlig in Ordnung, einfach nur so mit jemandem ins Bett zu gehen?«

»Was heißt denn hier ›einfach nur so‹?«, gab Babette zurück. »Erstens bedeutet es, dass du leidenschaftlich sein kannst und willst. Dass da Raum ist für jemand anderen, ganz egal, wie groß dieser Raum ist. Und fragen wir doch mal andersrum: Wann hattest du das letzte Mal guten Sex mit Philip oder überhaupt nur so richtig Lust auf ihn?«

»Hm.« Das war eine berechtigte Frage. Das letzte Mal, als es mehr gewesen war als nur eine Pflichterfüllung? Etwas lieb- und belanglos? Ein Abspulen von Bewegungsabläufen und Mechanismen, die so vertraut waren, dass sie nichts Aufregendes mehr mit sich brachten und bestenfalls das Gefühl von Nähe vermittelten? Olivia hatte es nie infrage gestellt, denn ihr war klar, dass Sex zwischen Paaren, die schon so lange zusammen waren, irgendwann keine großartigen, neue Entdeckungen mehr bereithielt.

»Sex mit Philip war immer in Ordnung. Es hat nicht wehgetan und fühlte sich an wie die gemütliche Jogginghose, die man abends auf der Couch trägt«, sagte sie.

Babette lachte. »Was für ein Vergleich!«

»Aber passt doch auch. Sex mit Philip war vertraut. Ein wenig abgewetzt und ausgeleiert, aber immer noch gut. Natürlich habe ich mir manchmal etwas gewünscht, das aufregender und glamouröser gewesen wäre.«

»Ah ja? Jetzt bin ich aber auf den Vergleich sehr gespannt.«

»Kannst du haben. Ich habe mir etwas gewünscht, das sich

mit dem Jogginghosensex vergleichen lässt wie das Tragen eines Abendkleides, High Heels und der passenden Unterwäsche.«

»Verstehe.«

»Aber wozu?«, fuhr Olivia fort. »Einen Grund oder die Leidenschaft dafür hat es eben schon lange nicht mehr gegeben. Ich mochte dafür die Sicherheit, die ich jedes Mal danach empfunden habe. Unser Sexleben war langweilig? So what? Solange es stattfand, war ich davon überzeugt, dass unsere Beziehung stabil war.«

»Was für ein Irrtum.«

»Das kannst du laut sagen.«

»Aber mal weitergedacht: Wenn es doch ein Irrtum ist, Olli, und langweiliger Sex keine Garantie für eine funktionierende Beziehung, dann kannst du ab jetzt genauso gut Glamour-Sex haben. Beispielsweise mit Mo.« Jetzt seufzte Babette. »Kann er auch gut küssen?«

»O mein Gott, Babette, und wie! Ich bin noch nie in meinem Leben so geküsst worden.«

Mit Mo konnte man vielleicht nicht über Kunst und Kultur reden. Aber selbst das wusste Olivia nicht. Sie hatte es noch nicht ausprobiert, denn sie hatte Besseres zu tun gehabt. Abgesehen davon hatte Olivia das auch schon genug mit Philip getan, und womöglich gab es ja andere Themen, die sie beide verbanden, und wenn nicht, dann reichte im Moment eventuell auch einfach nur die Freude daran, miteinander zu schlafen. Aber sie wollte nicht nur das. Sie wollte leben. Lachen. Unbeschwert sein. Nackt auf ihrer Dachterrasse Karten spielen. Mal einen einzigen Tag Uni schwänzen und an den See fahren. Sich nicht anpassen – schon gar nicht an einen Mann, sondern sich selbst genug sein. All das ging vielleicht mit Mo. Und wenn nicht, ging es definitiv alleine.

»Hallo? Bist du noch da?« Babette lachte.

»Ja, aber genug von mir. Wie ist es denn mit dir und Theo?«, fragte Olivia zurück.

»Theo und ich sind wahrscheinlich kein Maßstab«, antwortete Babette prompt. »Ich liebe ihn, liebe ihn wirklich. Aber ich habe meinen besten Freund geheiratet, und vielleicht ist es so, dass man sich irgendwann mal entscheiden muss, was einem wichtiger ist: das aufregende Liebesleben, das Begehren und das Drama – oder die ruhige, verlässliche und vielleicht auch ein bisschen langweilige Beziehung, die aber vor allem auch im Alltag tragfähig ist.«

»Willst du mir damit sagen, dass man sich entscheiden muss zwischen einer guten Beziehung und gutem Sex? Das ist ja schrecklich!«

Babette lachte wieder. »Ich habe keinen Vergleich, Olli, Theo ist der erste Mann, mit dem ich je geschlafen habe und vermutlich wird er auch der letzte sein. Ich vermisse nichts. Aber mir sind auch Nähe und Beständigkeit sehr viel mehr wert als spektakuläre Tricks und Kunststücke im Bett.«

Genau das hätte Olivia von sich selbst auch gesagt. Bis heute Morgen. Aber vielleicht hatte Babette recht: Wenn man schon das eine nicht haben konnte, so konnte man doch das andere genießen.

»Und über was habt ihr euch unterhalten?«, unterbrach Babette ihre Gedanken erneut.

»Wir haben eigentlich gar nicht viel geredet«, sagte Olivia.

»Nein?« Babette lachte. »Das ist aber doch völlig untypisch für dich.«

»Vielleicht. Aber ich finde, Mo hat recht: Das, was man reden kann, kann man genauso gut küssen.« Sie lachte, und Babette fiel mit ein.

»Dann sollen wir dich also nicht bei Tinder, Parship, Bumble und wie die Dating-Plattformen alle heißen, anmelden?«

»Um Gottes willen, bloß nicht! Ich habe keine Ahnung, über was ich mich mit anderen Männern unterhalten sollte! Über deren Ex-Frauen vielleicht? Danke, aber nein danke. Der Einzige, mit dem ich über seine Ex reden will, ist Philip.« Sie seufzte. »Bist du wirklich sicher, dass er nicht zurückkommt?«, fragte sie, wieder einmal von ihrer eigenen Sentimentalität überrumpelt.

»Ganz sicher«, antwortete Babette.

»Kann ich das immer wieder fragen, ohne dass du mich auslachst?«

»Du kannst es immer wieder fragen. Dass ich dich nicht irgendwann auslache, kann ich nicht garantieren.« Olivia konnte Babettes Grinsen selbst durchs Telefon spüren.

»Dann lass uns lieber mal über was anderes reden. Eigentlich wollte ich mich vor allem für das tolle Fest gestern bedanken«, sagte sie, bevor sich Babette erneut über sie lustig machen konnte. »Es war wirklich toll. Und Ari … meine Güte, was für eine Stimme! Überhaupt: Was für eine spannende Frau!«

»Dasselbe hat sie auch über dich gesagt«, antwortete Babette. »Und? klappt es?«

»Klappt was?« Olivia hatte keine Ahnung, wovon ihre Freundin sprach.

»Na, euer WG-Projekt!«

»Unser …?«

»Euer Wohnprojekt. Ich fände es ziemlich gut, ehrlich gesagt. Ari ist auf jeden Fall eine Frau, die Nägel mit Köpfen macht. Und du bist das auch. Jedenfalls, halte mich auf dem Laufenden, wie es weitergeht, okay?«

»Ja, aber …«

»Hast du gedacht, du kommst aus der Nummer wieder raus?«

»Nein, ich …« Ehrlich gesagt hatte sie überhaupt nicht mehr daran gedacht und das Wohnprojekt vor lauter Mo völlig vergessen. »Keine Ahnung! Ich muss das vielleicht doch erst mal mit Philip besprechen.«

»Bitte? Ich weiß, dass du das rein rechtlich müsstest, aber dann wird er es dir ausreden, und irgendwann musst du ausziehen, weil dir das Geld ausgeht. Nein, Olli, versprich mir, dass du das nicht tust. Besprich es mit mir, mit Ari und meinetwegen mit Ernst. Aber wenn du es mit Philip besprichst, geht es schief. Du musst ihn vor vollendete Tatsachen stellen. Das ist vielleicht nicht die feine englische Art, aber andererseits: Das scheint ja auch nicht unbedingt seine Art des Vorgehens zu sein, oder? Noch mal: Wenn du jetzt auf ihn Rücksicht nimmst, hast du verloren. Glaub mir!«

Babette hatte eine gute Menschenkenntnis und auch hier vermutlich recht. Aber es widerstrebte Olivia trotzdem, irgendetwas hinter Philips Rücken zu machen, selbst wenn es sicher sinnvoll war.

»Versprichst du es mir?« Babette ließ nicht locker.

»Okay. Versprochen.« Sie wusste noch nicht, wie sie das alles regeln sollte, ohne dass Philip etwas davon mitbekam, und auch nicht, wie sie das mit ihrem Bedürfnis nach Aufrichtigkeit vereinen konnte, aber dass Babette recht hatte, war auch ihr klar.

Vielleicht konnte sie die Entscheidung an Philip vorbei treffen, aber einer musste auf jeden Fall informiert werden: Vincent. Allerdings, bevor sie mit ihm sprach, brauchte sie einen klaren Kopf, und sie wusste auch schon, wie sie den bekommen würde.

Die Einsamkeit, die Olivia am heutigen Morgen noch so deutlich gespürt und die sich so bedrohlich angefühlt hatte, schien ihr jetzt eher wie eine Chance darauf, ihre Freizeit so zu gestalten, wie sie es wollte.

Olivia packte ihre Badesachen in eine Tasche und fuhr die vier Kilometer mit dem Rad zum Parkbad Weende, einem wunderschönen Naturfreibad, das ihr besonders gut gefiel.

Schade, dass Ernst nicht in der Stadt war, sonst hätte sie ihn gefragt, ob er mitkommen wollte. Es war wirklich lustig, dass jemand, den sie erst so kurz kannte, so schnell zu einem Freund geworden war, mit dem sie wirklich gerne Zeit verbrachte und an den sie bei ihren Plänen sofort dachte, aber andere – wie Nadja zum Beispiel – auf einmal keinen Platz mehr in ihrem Leben hatten.

Olivia suchte sich einen Platz im Halbschatten unter einem der großen Bäume und sonnte sich, schwamm, beobachtete die mutigen Springer, die sich in wilden Salti und mit Gebrüll vom Zehn-Meter-Sprungturm stürzten, und gönnte sich später am Kiosk ein großes Eis mit Sahne. Sie hatte sich einen Krimi mitgebracht, den sie schon so lange lesen wollte, aber es gelang ihr nicht eine Sekunde, sich auf das Buch zu konzentrieren. Zu aufgewühlt war sie vom Morgen und allem, was gerade geschah, sodass die Gedanken durch ihren Kopf schwirrten wie diese kleinen Mücken, die über dem Wasser tanzten. Olivia ließ es geschehen. Es gab keinen Grund, sich zu irgendetwas zu zwingen.

Wäre dies ein Sonntag wie jeder andere gewesen, hätte Philip sie vermutlich zu überreden versucht, mit ihm irgendwohin zu fahren, Golf zu spielen, zu wandern oder seine Eltern zu besuchen. Auch diese Nachmittage hatten ihren Reiz gehabt. Olivia war gut darin, sich anzupassen, und hatte nichts dagegen gehabt, dass Philip die Führung übernommen hatte. Außerdem war sie gern mit ihm zusammen und genoss es, wenn sie etwas zu zweit unternahmen. Aber worauf sie Lust hatte, stand nie zur Debatte. Sich einfach treiben zu lassen und zu sehen, was einem begegnete, war für Philip absolut nicht möglich.

Dank ihm war das Wochenende meistens schon am Mittwoch durchgeplant, und eine absichtliche oder unabsichtliche Abweichung vom Programm sorgte bei ihm für großen Unmut. Also versuchte Olivia immer, die Pläne so gut es ging einzuhalten.

Was er wohl gerade machte? Ob Aimee jetzt womöglich mit ihm bei seinen Eltern oder auf dem Golfplatz war? Sie schob den Gedanken beiseite. Es war nicht ihre Aufgabe, sich darüber Gedanken zu machen, was Philip brauchte und ob er es bekam. Nicht mehr. Und wenn man genau hinsah, war sie das auch nie gewesen. Olivia hatte es nur zu ihrer gemacht.

Sie lächelte über sich selbst und diese Erkenntnis.

Vielleicht setzte sich ihr neues Leben aus Gedanken wie diesen Stück für Stück wie ein ganz eigenes neues Puzzle zusammen: aus hellen bunten Teilen, wie der Erkenntnis, der Selbstbestimmung, der Freude und der Spontaneität, und den dunklen Teilen, wie der Einsamkeit und den existenziellen Fragen, die sie von nun an allein beantworten musste. Solange es den stabilen Rahmen aus Freundschaften, ihrem Beruf und dem Haus gab, konnte es gerne ein buntes und spannendes Puzzle mit unendlich vielen Teilen werden.

Wie langweilig und eintönig wäre es, sie wären alle hell. Der Gedanke gefiel ihr.

Auf dem Rückweg zu ihrem Handtuch traf Olivia ein paar ihrer Studenten, die sie im Sommersemester gehabt hatte und die sich auf einer großen Decke niedergelassen hatten. Sie ließ sich von ihnen zu einer Runde Wikinger-Schach überreden, bevor sie gegen Abend wieder auf ihr Rad stieg und nach Hause fuhr. Kismet wartete bestimmt schon auf sein Fressen. Und Olivia hatte sich vorgenommen, das Alleinsein zu üben, und das gelang ihr auf jeden Fall bei Helligkeit besser. Sie wusste, es war noch ein weiter Weg und bestimmt nicht immer einfach, aber sie würde versuchen, auch das ein bisschen zu genießen. Unabhängig zu sein bedeutete schließlich auch, niemanden mehr für das eigene Glück zu brauchen, sondern es in sich zu finden.

Wenn dann jemand wie Mo um die Ecke bog, umso besser.

Als sie zu Hause ankam, riss Olivia als Erstes alle Türen und Fenster auf, damit die leicht abgekühlte Sommerluft die Räume fluten konnte. Sie fütterte Kismet und streichelte ihn so lange ausgiebig, bis er laut schnurrte.

Solange es Kismet gab, war sie sowieso nicht alleine.

Kurz vor sieben klingelte es an ihrer Tür. Für einen Moment klopfte ihr Herz schneller, angeregt durch die Hoffnung, dass Mo noch einmal zurückgekommen sein könnte. Aber er war es nicht.

»Hallo, ich bin's!«, rief Ari von unten. Schon an ihrer Stimme hörte Olivia, dass irgendetwas gar nicht in Ordnung war. Sie öffnete die Tür und ließ ihre neue Freundin eintreten.

»Sorry, dass ich hier so reinplatze«, sagte Ari, nachdem sie oben angekommen war. Sie war völlig außer Atem, ihre Haare waren zerzaust und ihr Blick unruhig.

»Alles in Ordnung? Kann ich dir ein Glas Wasser einschenken?«, frage Olivia, wartete ihre Antwort aber gar nicht erst ab. Mit einem Seufzen ließ Ari sich an der Küchentheke nieder.

»Danke«, sagte sie.

»Alles okay?«, fragte Olivia erneut.

Ari schüttelte den Kopf. Sie war blass, hatte dunkle Ringe unter den Augen, ihr breites Lächeln war verschwunden, und Olivia konnte ihr ansehen, dass sie mit den Tränen kämpfte.

Von der strahlenden Frau von gestern, die alle mit ihrer Stimme bezaubert hatte, war kaum noch etwas übrig.

»Jetzt sag schon, Ari! Was ist los? Ist es gestern so spät geworden?«

Ari schüttelte den Kopf. »Nein.«

»Ari! Du musst mir schon erzählen, was los ist, sonst kann ich dir nicht helfen«, sagte Olivia. So langsam wurde sie ungeduldig.

»Entschuldige, Olivia, es ist nur …« Ari atmete tief durch und sah dann Olivia fest an. »War dein Angebot von gestern ernst gemeint?«

In ihren Augen lagen ein Flehen und eine Not, die es Olivia unmöglich machten, Nein zu sagen. Natürlich war es ernst gemeint. Grundsätzlich. Aber sie hatte bis auf während des Gesprächs mit Babette nicht weiter darüber nachgedacht, und ganz sicher hatte sie sich keine Gedanken über das Wann gemacht. Die Idee fand sie grundsätzlich immer noch gut, aber trotzdem musste sie sie gründlich durchdenken und mit Vincent sprechen, bevor sie eine Entscheidung traf. Und am besten auch mit Ernst, ganz besonders, wenn sie vorhatte, Philip außen vor zu lassen. Einfach so und ganz allein konnte sie eben doch nicht über dieses Haus bestimmen.

Ari hatte sie genau beobachtet.

»Ich verstehe schon«, sagte sie nun verächtlich, stand auf und schob den Stuhl zurück an die Theke. »Kein Problem, Olivia, ich habe nicht wirklich damit gerechnet. Mach dir kein Kopf. Ich bin es gewohnt, dass Menschen ihre Meinung ändern.« Sie klang auf einmal so bitter, dass es Olivia beinah das Herz zerriss. »Es war zu perfekt, du warst zu nett, es hat zu gut gepasst, und das Haus ist auch ganz bestimmt zu schön für mich. Für uns. Nein, ehrlich. Ich … wollte einfach nur sichergehen.« Sie sah sie an und nickte. »Danke trotzdem für den Funken Hoffnung, den ich kurz mal gespürt habe.« Sie drehte sich um und wandte sich zur Tür.

»Warte doch, Ari! Nicht so schnell! Ich habe doch gar nichts gesagt!«, rief Olivia. Sie war ebenfalls aufgestanden und neben Ari getreten. »Los, setz dich wieder hin und erzähl mir bitte, was passiert ist. Wir finden eine Lösung, das ist doch überhaupt keine Frage.«

Sie nahm Ari am Arm und zog sie in Richtung Sofa, wo sie sie neben Kismet in die Kissen drückte. »Möchtest du vielleicht einen Schluck Wein? Ein Bier?«

Ari schüttelte den Kopf. »Nein, ich muss klar denken können. Alkohol kann ich mir im Moment nicht erlauben, obwohl ich nichts lieber als ein ganzes Schwimmbad voller Erdbeer-Margaritas hätte.« Sie lächelte kurz, aber es war kein fröhliches Lächeln. »Aber danke. Wenn du mich so fragst: Ein Kaffee wäre toll. Ich habe heute Nacht nicht eine Sekunde geschlafen, und ich weiß nicht, was mir noch bevorsteht.«

Olivia schaltete die Kaffeemaschine an. Während sie wartete, bis sie sich erwärmt hatte, stellte sie Zucker und ein paar Nüsse auf ein Tablett und nahm sich vor, endlich wieder ihre Vorräte an Schokolade und Eiscreme aufzufüllen. Dann gab sie erneut Wasser in die Karaffe, bevor sie sich neben Ari niederließ und ihr die Tasse in die Hand drückte. »Jetzt erzähl endlich. Was ist los? Was ist passiert? Und warum läufst du sofort weg, bevor ich überhaupt etwas sagen kann?«

»In dieser Reihenfolge?«

»Egal. Hauptsache, du erzählst. Los jetzt!« Olivia runzelte die Stirn.

Ari seufzte erneut, bevor sie zu sprechen begann.

»Also, das Fest gestern … Es war so eine schöne Stimmung. Ich habe mich leicht und gut gefühlt und May … sie war so glücklich. Dieses Haus, diese Menschen, Babette, Theo und die Kinder – es ist einfach so ein Glück, wie liebevoll alle Menschen in diesem Garten miteinander umgegangen sind. Und du …« Ari lachte kurz auf. »Ehrlich, am Anfang dachte ich, du wärst eine richtig blöde reiche Ziege.«

»Danke gleichfalls«, gab Olivia grinsend zurück. Kurz fiel ihr Aris Blick wieder ein, und sie war froh, dass sie heute ein einfaches Sommerkleid trug. »Ich habe auch überhaupt nicht verstanden, warum Babette uns unbedingt zusammenspannen wollte. Aber jetzt bin ich froh darüber.«

Olivia nickte, bevor sie ihr die Hand auf den Arm legte. »Ich auch.«

»Also, ich habe Babette noch kurz beim Aufräumen geholfen, dann habe ich May geschnappt und bin mit ihr nach Hause gelaufen. Wir haben uns unterhalten und gelacht und …« Sie hielt für einen Augenblick inne, und Olivia konnte ihr ansehen, wie schwer es ihr fiel, weiterzusprechen. »Weißt du, Olivia, ich besitze nicht viel. Aber ich habe ein Bett.« Sie schnaubte. »Ich *hatte* ein Bett. Als ich die Wohnungstür aufgemacht habe, habe ich sie schon gehört. Mike und diese … diese …« Sie schüttelte sich. »Die Wohnung ist klein. Winzig. Es gibt nicht wirklich die Möglichkeit auszuweichen. Und leider konnte ich nicht verhindern, dass May in die allerschönste Blowjob-Dreier-Szenerie geraten ist, die man sich nur vorstellen kann. Mike hat sich gleich zwei von diesen aufgespritzten Schlampen mit den langen Fingernägeln, XXL-Lippen, -Wimpern und -Brüsten ins Bett geholt. Es war ekelhaft und beschämend, und es hat sogar mich schockiert, wie selbstgefällig er mir dabei in die Augen gesehen hat. So, als hätte er nur auf diesen Augenblick gewartet.« Sie schüttelte sich erneut. »O Gott, wenn ich nur daran denke, was May da alles gesehen hat …« Sie schlug die Hände vor dem Kopf zusammen. »Diese Bilder wird sie doch nie wieder los!« Sie begann zu weinen, und hilflos sah Olivia zu, wie Aris Schultern bebten. Sie erinnerte sich noch gut daran, wie es sich angefühlt hatte, Philipp beim Knutschen zu beobachten, aber im Vergleich zu dem, was Ari und vor allem auch was May da hatte mit ansehen müssen, war das ja absolut harmlos.

»Es tut mir so leid, Ari!« Sie wünschte, sie hätte etwas Besseres zu sagen gewusst, aber es fiel ihr absolut nichts Sinnvolles ein.

»Ich habe die völlig verstörte May geschnappt und bin zu meiner Nachbarin Claudia. Sie hat auch nur eine winzige Wohnung und vier von diesen kleinen Hunden … egal. May liebt sie, und das war erst mal das Wichtigste. Wir helfen uns gegenseitig. Das ist natürlich nicht so richtig super, aber besser als bleiben war es allemal.« Traurig sah sie Olivia an. »Leider war ich da schon öfter. Aber so wie gestern war es noch nie.«

»O Mann.«

»Ja. Genau. Ich habe die ganze Nacht überlegt, was ich machen soll und wie es weitergehen kann.« Sie zuckte mit den Schultern. »Und da habe ich natürlich auch an unser Gespräch gedacht.«

»Und wo ist May jetzt?«, fragte Olivia anstelle einer Antwort.

»Ich habe sie vorhin wieder zu Babette gebracht, und da kann sie auch erst mal bleiben, aber ich brauche dringend eine Lösung für uns beide. Und ich weiß wirklich nicht, wie ich so schnell etwas finden soll. Ich suche schon so lange. Und …«, sie lachte auf, aber es war kein fröhliches Lachen, »es muss bezahlbar sein und bestenfalls irgendwie möbliert. Immerhin habe ich jetzt noch nicht mal mehr ein Bett.«

Olivia versuchte, ihre Gedanken zu sortieren und zu einer Lösung zusammenzustricken, die für alle Beteiligten funktionieren konnte. Ari. May. Vincent. Sie selbst. Sie hatte die Wohnung angeboten, ohne zu ahnen, dass Ari keine vierundzwanzig Stunden später auf der Matte stehen würde. Aber was machte das für einen Unterschied? Vielleicht war es Schicksal und Zufall und sowieso alles zur richtigen Zeit?

Abgesehen davon war ihre Freundin in der Not, und May, dieses süße, offene Mädchen, hatte mehr als nur ihre Unterstützung nötig. Sie hatte eine leer stehende Wohnung – mit Bett –, und Ari brauchte eine. Was gab es da zu überlegen?

Hatte Philip es nicht sowieso ihr überlassen, auf welche Art und Weise auch immer eine Lösung zu finden? War sie das vielleicht?

»Also, meine Süße, wir machen es so: Lass mich heute mit meinem Sohn telefonieren. Du fährst jetzt noch mal zurück, schnappst dir Theo und fährst mit ihm in seinem Bus zu Mikes Wohnung. Keine Ahnung, ob er seine Uniform für so was anziehen darf, aber vielleicht kann er ja wenigstens was tragen, bei dem man seine Armmuskeln sieht.« Sie lächelte Ari aufmunternd an. »Dann holt ihr alles raus, was dir gehört, holt May bei Babette ab und dann kommt ihr hierher. Wie auch immer wir es langfristig machen, ihr beide habt hier auf jeden Fall erst mal einen Platz.«

Sie würde Vincent nicht fragen, beschloss sie, wie sie es vermutlich noch vor zwei Wochen getan hätte. Sie würde ihm mitteilen, dass seine Wohnung jetzt sehr dringend gebraucht würde. Wenn er unbedingt eine eigene haben wollte, konnten sie ja Philips Büro umbauen, aber für die wenigen Tage, die er zu Hause verbrachte, reichte das Gästezimmer vollkommen aus.

In Olivias Kopf entstand Stück für Stück ein Schlachtplan. Mit Ari, Babette und Theo und, wenn es nötig wurde, vielleicht auch mit der Hilfe von Mo und Ernst konnten sie Vincents Wohnung sicher sehr schnell so umgestalten, dass Ari und May darin Platz finden konnten.

Manchmal zeigte einem vielleicht einfach das Leben, wohin der Weg führte. Da gab es nichts zu diskutieren.

»Danke«, sagte Ari leise, und dann begann sie erneut bitterlich zu weinen.

Sie waren Frauen, die sich an den jeweils unterschiedlichsten Enden der Gesellschaft befanden. Aber das hieß noch lange nicht, dass sie nicht zusammenhalten und sich gegenseitig unterstützen konnten.

Olivia legte ihren Arm um Ari und ließ sie eine ganze Weile einfach nur weinen, so lange, bis ihre Tränen langsam weniger wurden. Dann gingen sie gemeinsam nach unten und stellten Aris Rad in Philips Garage. Olivia fuhr Ari zu Babette, bevor sie zurückkehrte, um in Ruhe mit Vincent telefonieren zu können.

Es gab viel zu erledigen. Nichts davon hatte etwas mit Philip zu tun. Ari und May in die Wohnung zu nehmen, war vielleicht vorschnell, leichtsinnig und riskant, aber es war auch Olivias erste große Entscheidung ohne Philips Meinung.

Sie hätte nicht damit gerechnet, dass sich alles daran so gut anfühlen könnte.

Kapitel 15

Echt jetzt?« Vincent klang eher fassungslos als wütend. »Eine Frau, die du einen Tag lang kennst, und ihre vierzehnjährige Tochter? Meine … meine persönlichen Dinge und … einfach alles ist in dieser Wohnung. Ich … wie soll das gehen?«

»Ich weiß, Vinnie. Und ganz ehrlich: Unter normalen Umständen hätte ich dich wahrscheinlich nie gefragt, aber …«

Olivia hatte ein schlechtes Gewissen, dass sie ihren Sohn so überrumpelte, und er hatte ja recht: Sie kannte Ari erst einen Tag, und der erste Stock war seine Wohnung, sein Leben.

Abgesehen davon war er ein Einzelkind und hatte immer alles gehabt und bekommen, was er gebraucht hatte. Vielleicht hatten sie ihn zu sehr verwöhnt. Olivia dachte an May, die jetzt noch nicht mal mehr ein Zuhause hatte. Und auch daran, wie sehr Philip sie wegen des Hauses unter Druck setzte. Es war nicht fair, dass er sie in eine solche Lage brachte, ganz sicher nicht. Er wollte seinen Sohn bestimmt nicht schädigen, aber er erpresste Olivia regelrecht, und sie musste irgendeine Lösung finden. Sie hätte Vincent die ganze Geschichte gerne erzählt, aber sobald sie etwas Kritisches sagte, riskierte sie, dass Vincent seinen Vater in Schutz nahm. Es war wie ein Reflex. Er verteidigte immer denjenigen, der seiner Wahrnehmung nach angegriffen wurde. Sie liebte ihn dafür ganz besonders. Aber in diesem Fall wäre May damit nicht wirklich geholfen gewesen. Olivia wünschte einfach, Vincent wäre hier, und sie hätten sich oben auf der Terrasse gegenübersetzen und über alles reden können. Über die Trennung. Das Haus. Philips Pläne. Aimee. Und vor allem auch über Vincent und seine Gefühle. Er bekam überhaupt nichts mit. Und so sehr sie wollte, dass er Bescheid wusste, so wenig konnte sie sagen, wie viel sie ihm zumuten konnte, wenn sie ihm dabei nicht ins Gesicht sah.

»Mama? Bist du noch da? Ich möchte nicht, dass es Chaos in meiner Wohnung gibt.«

»Wer redet denn von Chaos? Deine Sachen packe ich alle ein und … Vinnie: Ich will dir doch deine Wohnung nicht wegnehmen. Du weißt, es gäbe nichts Schöneres für mich, als wenn du wieder ganz hier wärst.«

»Ja, das weiß ich. Aber das geht gerade eben nicht«, brummte Vincent. »Und ganz ehrlich: Manchmal wäre ich schon auch gern zu Hause. Jetzt gerade würde ich einfach gern sehen, ob es dir gutgeht. Und … mit dir reden. Das … das ist alles auch nicht so einfach für mich, weißt du?«

»Ja, das weiß ich. Es tut mir furchtbar leid, dass wir dir das nicht ersparen können«, sagte Olivia leise und ersetzte insgeheim das *wir* durch Philips Namen. Sie machte eine Pause, bevor sie fortfuhr: »Aber hier ist jemand in einer Notsituation, und ich möchte gerne helfen. Du bist nicht da und brauchst deine Wohnung nicht, also werden wir sie nutzen. Bitte, mach es mir doch nicht so schwer«, fügte sie noch hinzu.

»Ich verstehe schon, was du meinst, Mama. Aber jetzt mal ganz unabhängig davon, dass es meine Wohnung ist: Findest du das nicht alles ein bisschen überstürzt? So bist du doch sonst nicht drauf. Bist du dir sicher, dass alles in Ordnung ist? Ich mache mir echt Gedanken!«

»Um mich?«

»Um wen denn sonst?«

»Findest du das, was dein Vater so treibt, völlig normal?« Schon während sie es aussprach, schämte sie sich dafür. Im Grunde wollte sie nicht mit Vincent über Philip sprechen oder ihn in irgendeine ihrer Diskussionen hineinziehen, um ihn zu schützen. Aber vielleicht war es doch nötig, das eine oder andere anzusprechen, schon allein, damit er wenigstens eine Ahnung davon hatte, was zu Hause vor sich ging. Sie war sich immer noch nicht sicher, ob er mittlerweile überhaupt von Aimee wusste.

»Das habe ich doch gar nicht gesagt. Aber wenigstens lässt er niemanden in meinem Bett schlafen oder nimmt sich wildfremde Mieter mit ins Haus.«

»Das kann man sehen, wie man will«, gab Olivia sofort zurück. So viel zu ihren Vorsätzen. »Es tut mir leid, Vincent. Ich ... ich weiß, das ist auch für dich eine schreckliche Situation, und ich wünschte, sie wäre anders. Für dich. Für mich. Aber ehrlich, es verletzt mich, dass du Verständnis für deinen Vater aufbringst, mich aber komisch findest. Ich habe doch diese Situation nicht herbeigeführt! Ich versuche nur, irgendwie damit zurechtzukommen und trotzdem einigermaßen weiterzuleben. Was ist denn daran so falsch?«

»Nichts«, sagte er leise.

Olivia bereute, dass sie so aufbrausend reagiert hatte, aber ihre Nerven waren einfach nicht mehr so belastbar wie noch vor ein paar Wochen.

»Ich verstehe dich doch und ich ... du ... bist immer noch in meinem Zuhause. Und du bist meine Mutter. Du musst doch dafür sorgen, dass alles bleibt, wie es ist und ich einen Platz habe, an den ich zurückkehren kann!« Seine Stimme klang belegt und auf einmal wieder wie die des kleinen Jungen, der er schon so lange nicht mehr war. Er räusperte sich.

»Vinnie?«

»Ja?«

»Weinst du?«

»Ich ... nein! Ach ... Ich ... verdammt!«

Sie hörte sein Schluchzen durch das Telefon. Sofort stiegen auch Olivia Tränen in die Augen.

»Ich bin so enttäuscht, Mama«, sagte Vincent irgendwann. »Ich … weiß überhaupt nicht, was ich sagen soll. Klar, er ist mein Vater und ich will, dass es ihm gutgeht. Ich will ihn auch verstehen, denn … immerhin habe ich mein Leben lang gedacht, dass er mein Vorbild ist. Und dann … ich wollte einfach, dass ihr glücklich seid!«, brach es aus ihm heraus.

»Ach, Vinnie …«

Olivia wünschte in diesem Augenblick nichts sehnlicher, als Vincent in den Arm nehmen zu können. Sie verstand seinen Kummer und Schmerz und hätte alles dafür getan, ihn ihm zu ersparen. Aber der Kummer war nun mal da – und Vincent viel zu weit weg. Und selbst wenn er hier gewesen wäre, hätte es durchaus sein können, dass Vincent eine Umarmung seiner Mutter vehement abgelehnt hätte.

»Glaubst du … glaubst du, ihr kommt wieder zusammen?« In seiner Stimme lag die ganze Hoffnung eines Kindes, dessen Eltern sich gerade getrennt hatten, und so gern sie ihn beruhigen und trösten würde, so gerne sie einen Blick in die Zukunft werfen wollte, so gern sie es selbst zwischendurch glauben würde, so wenig konnte sie ihm das sagen, was er hören wollte.

»Ich weiß es nicht. Ich kann es dir beim besten Willen nicht sagen. Aber was ich dir sagen kann, ist, dass dieses Haus hier immer dein Zuhause sein wird. Und da, wo ich bin, ist auch für dich immer ein Platz. Du musst keine Angst haben. Aber ganz ehrlich, du bist so gut wie nicht mehr da, findest du nicht, dass ich richtig entschieden habe? Ich richte dir das Gästezimmer hinter der Küche so schön her, du wirst gar nicht mehr nach unten wollen. Und du hast es viel näher zur Küche, ich bringe dir manchmal dein Frühstück ans Bett und du musst die große Wohnung nicht mehr putzen.«

»Die habe ich doch gar nie geputzt.«

»Noch besser: Dann muss ich sie nicht mehr putzen, bevor du

kommst. Ein noch sehr viel schlagkräftigeres Argument«, sagte Olivia und lachte. Auch Vincent begann zu lachen.

»Denk noch mal darüber nach. Ich hätte dasselbe auch für deine Freunde getan. Bitte überlege dir, wie du dich entschieden hättest. Ich kann nicht mehr zurück, Vinnie. Diese beiden brauchen ein Dach über dem Kopf. Das ist erst mal das Wichtigste. Wenn es gutgeht, super. Wenn nicht, dann finden wir auch dafür eine Lösung. Lass uns in den nächsten Tagen noch einmal telefonieren und überlegen, wo wir deine Sachen hintun können, was bleiben kann und was du weggepackt haben möchtest. Und komm einfach ganz bald mal wieder, damit ich dir Ari und May vorstellen kann. Ich weiß, du wirst sie gernhaben.«

»Okay«, antwortete Vincent.

»Danke«, sagte Olivia. »Ich bin sehr stolz auf dich und ich weiß, dass das alles sehr viel für dich ist. Und ich hab dich sehr lieb.« Sie erinnerte sich nicht daran, wann sie das ihrem erwachsenen Sohn das letzte Mal gesagt hatte. Wahrscheinlich war es viel zu lange her. Sie sollte es öfter sagen und noch viel öfter zeigen.

»Danke«, sagte Vincent leise. »Ich dich auch, Mama.«

Sie schwiegen für einen Moment, bevor er wieder zu sprechen begann.

»Weißt du, eigentlich finde ich es richtig gut, dass du dich um andere kümmerst. Ich glaube tatsächlich, ich hätte auch so entschieden. Ich hoffe es zumindest.«

»Das hättest du bestimmt«, antwortete Olivia. Endlich konnte sie die Nähe wieder spüren, die sie beide verband. Was für ein Glück, dass sie die Kurve gekriegt hatten.

»Und das mit den Möbeln …«

»Wir räumen sie in Papas Büro, ja?« Olivia würde schon irgendwo Platz schaffen, ein Bett, vielmehr zwei organisieren können und … für Ari und May würde sie sogar Nadja und Co. ansprechen und fragen, ob die nicht irgendetwas übrig hatten.

»Das wollte ich eigentlich gar nicht sagen. Sondern eher, dass ihr euch keinen Kopf machen müsst. Wenn die Möbel mich als Teenie ausgehalten haben, dann halten sie auch … wie hieß sie noch gleich? Aus. Diese Designermöbel sind für die Ewigkeit gemacht!«, sagte er in demselben schwärmerischen Ton, den Philip immer gebrauchte, wenn er von seinem Eames Lounge Chair, der Mies van der Rohes Barcelona Ottomane oder den knallroten Panton Chairs am Le Corbusier Esstisch sprach.

»Ari. Und May.« Olivia lächelte. »Danke, Vincent.«

»Wenn du sagst, es ist ein Notfall, dann ist das so, Mama.«

Olivia lächelte. Das Gespräch, das so schrecklich angefangen hatte, entwickelte sich gerade zu einem ganz besonderen Geschenk – vermutlich für sie beide.

»Wir haben überhaupt viel zu wenig miteinander gesprochen. Immer war irgendetwas. Bei dir. Bei mir. Bei uns. Und bei Papas Geburtstag war irgendwie auch nicht wirklich Zeit.«

Sie hatten zwar gemeinsam Dinge unternommen, sich aber immer nur oberflächlich unterhalten.

»Wenn du das nächste Mal nach Hause kommst, dann machen wir das besser, okay?«

»Auf jeden Fall. Im August sind ja noch mal Punktspiele, da wollte ich wenigstens zuschauen, wenn ich schon nicht mitspielen kann. Außerdem hast du am 17. Geburtstag, da darf ich doch nicht fehlen.«

»Nein, das darfst du nicht.« Sie freute sich, dass er diesen Tag eingeplant hatte. Das war immerhin schon in drei Wochen.

»Außerdem wollte ich mit Mo noch klären, ob ich nicht wenigstens im Winter mitspielen kann«, fuhr er fort.

Mo. Kaum hatte er den Namen erwähnt, fuhr eine heißer Schauer durch Olivias Körper, ihr Herzschlag beschleunigte sich und lenkte sie für einen Moment von dem ab, was Vincent sagte.

»Mama?«

»Ja?«

»Ich habe meine Anmeldeunterlagen auf meinem Tisch liegen lassen. Ich habe gefragt, ob du sie ihm vielleicht bei Gelegenheit vorbeibringen kannst?«

»Wem?«

»Mo!«

»Ach so. Na klar!« Sie lächelte, und in ihrem Bauch schlugen ein paar übermütige Schmetterlinge Kapriolen. »Ich sehe ihn bestimmt bald.« Entweder sie gab sie ihm beim Tennis oder … einfach so.

Glücklicherweise klingelte es in diesem Moment an der Tür, sodass Olivia nicht erklären musste, warum sie auf einmal dem Gespräch nicht mehr ganz so konzentriert folgen konnte. Wie machte Mo das nur?

Während sie sich von Vincent verabschiedete, sah sie durchs Fenster Theos Van unten vor der Haustür stehen. May und Ari waren ausgestiegen und versuchten, Theo in eine winzige Parklücke direkt vor dem Haus zu lotsen, weil der Bus zu hoch war, um in den Hinterhof zu fahren. Schnell drückte Olivia auf den Türöffner und schlüpfte in ihre Sneakers, um mit anpacken zu können.

Olivia hatte mit sehr viel mehr Gepäck und Möbeln gerechnet, aber der Bus war mehr oder weniger leer. Im Kofferraum fanden sich nur ein großer und ein kleiner Koffer, Aris Gitarre, eine Ikea-Tasche mit irgendeinem Sammelsurium an Stofftieren, Büchern, Schuhen und Bastelsachen von May und ihre Schulsachen.

Kismet war ebenfalls zur Begrüßung gekommen und hatte sich zunächst auf der Türschwelle niedergelassen, wo er sich bereitwillig von May streicheln ließ. Normalerweise war er bei Fremden nicht so zutraulich, aber er war nun mal eine Katze und dementsprechend feinfühlig, und vielleicht spürte er ja, dass May dringend Katerbedarf hatte.

»Das ist alles?« Olivia konnte es nicht glauben, als Theo die Schiebetür wieder schloss.

»Mehr ist es eben einfach nicht.« Ari sah betreten zu Boden. »Ich habe noch ein Bett. Aber in dem vögelt Mike gerade irgendwelche Blondinen.« Sie zuckte mit den Schultern, als Theo tröstend den Arm um sie legte. »Und noch meine Papiere, Pässe, Unterlagen … so was.« Sie schüttete den Kopf und schnaubte. »Gott, ich bin wirklich maximal durch den Wind. Wer vergisst ausgerechnet das Wichtigste?« Schnell strich sie May über den Kopf. »Nein, das Wichtigste habe ich dabei«, korrigierte sie sich. »Aber die anderen Sachen würde ich gern mit Theo gleich noch holen, wenn … wenn es okay ist. Aber wir waren schon auf halbem Weg und ich wollte nicht, dass … May noch mal … mit rein muss, oder dort warten oder so, deshalb habe ich sie erst mal hergebracht, wenn das recht ist und …«

Sie versuchte, tapfer zu sein, das sah Olivia ihr an. Aber auch, wie viel Kraft sie das kostete. Wie gern wollte sie ihr helfen.

Schnell sah sich Olivia nach May um, aber die war Kismet schon ins Haus gefolgt. »Natürlich kann May hierbleiben, das ist doch ganz klar! Es tut mir so leid, was ihr da erleben musstet!« Olivia zog Ari für einen Moment an sich. »Ich kann das alles gar nicht glauben! Und hey, wir finden für euch alles, was ihr braucht. Solange ihr was zum Anziehen habt? Obwohl, euch beiden passen Vincents Tennisklamotten sicher mehr als perfekt.« Sie versuchte, Ari damit zumindest zu einem Lächeln zu bewegen, aber es gelang ihr nicht. »Wie fühlst du dich denn?«, fragte sie leise und bemühte sich, Aris Blick aufzufangen.

»Danke. Beschissen. Aber das ist ein ziemlich vertrauter Zustand. Und ganz ehrlich: Dank dir bin ich auf meiner tollen Skala nicht bei minus viertausend, sondern bei plus drei. Also geradezu großartig.« Das Lächeln lag gequält auf ihren Lippen und sie kämpfte mit den Tränen. Was waren ihre eigenen Probleme schon?

»Wollt ihr vielleicht doch kurz alle mit reinkommen? Dann kannst du May noch mal sagen, wie du es vorhast, und vielleicht trinkt ihr auch einen Schluck Wasser, bevor ihr wieder aufbrecht?«

Olivia wollte Ari unbedingt eine kleine Pause verschaffen, damit sie Kraft schöpfen und sehen konnte, dass es May hier gutging, bevor sie wieder zu diesem Mike zurückkehrte.

Sie wartete Aris Antwort gar nicht erst ab, sondern schnappte sich einen Koffer und ging schon mal voraus.

Theo und Ari nahmen sich den Rest des Gepäcks und folgten ihr nach oben. May saß mit Kismet auf dem Schoß vor Olivias Wohnungstür und wartete.

»Ich wusste nicht, wo ich hin soll«, sagte sie leise. »In welchen Stock, in welche Tür … wo … und wie … und ich hab das Schloss nicht aufgekriegt.« Ihre Stimme zitterte. Sie sah von Ari zu Olivia und wieder zurück. Und dann begann sie zu weinen. So viele Tränen liefen auf einmal über Mays Wangen, dass innerhalb kürzester Zeit ihr Sweatshirt komplett durchnässt war. Der ganze Kummer über ihren plötzlichen Aufbruch, die Angst, kein Zuhause mehr zu haben, und das, was sie vermutlich gesehen hatte, schien aus diesem zarten Mädchenkörper herauszubrechen. Sofort ließ Ari die Ikea-Tasche fallen, setzte sich zu ihrer Tochter und zog sie in ihre Arme.

»Es tut mir so leid, Mama«, schluchzte May. »Ich wollte nicht weinen. Ich … ich wollte …« Vor lauter Tränen konnte sie nicht mal mehr richtig weitersprechen, und zu allem Überfluss bekam sie auch noch einen heftigen Schluckauf. Auch Ari begann still zu weinen, und Olivia und Theo standen betreten da und kämpften ebenfalls mit den Tränen. So viel unnötiges Leid, weil ein Mann nicht genug Grips im Kopf hatte, eine wundervolle Frau wie Ari auf Händen zu tragen, ein Mädchen wie May zu stärken und zu beschützen, und der überhaupt das Allerletzte war.

»Schhh, meine Süße, es ist alles gut. Wir sind hier, in Sicherheit, bei Olivia. Du und ich, wir schaffen das. Wir haben bisher alles geschafft, oder etwa nicht?«

May nickte und schniefte laut.

»Ich bin so stolz auf dich, mein Mädchen und so dankbar, dass ich dich habe. Was brauche ich sonst schon?« Sie schniefte ebenfalls.

»Ein neues Bett?«, sagte May mit tränenerstickter Stimme und musste dabei ein klitzekleines bisschen lachen.

Olivia öffnete die Wohnungstür und bedeutete Theo, ihr zu folgen. Sie schenkte zwei Gläser mit Wasser ein, stellte sie auf ein Tablett und legte ein Päckchen Taschentücher und eine Tüte Gummibären dazu, die sie vorhin noch schnell bei dem kleinen Kiosk gegenüber gekauft hatte. Olivia brachte beides nach draußen und stellte es auf der untersten Treppenstufe ab.

Aris dankbarer Blick sagte mehr als tausend Worte.

»Ich glaube, ich bin doch bei plus zehn«, flüsterte sie und lächelte Olivia an.

Während sie wieder in die Wohnung ging, wusste Olivia, dass sie genau das Richtige tat und dass alle ihre Zweifel völlig überflüssig waren. Und sie schwor sich, dafür zu sorgen, dass diese beiden sich in Vincents Wohnung wohlfühlten und nie wieder auf diese Weise ein Zuhause verlassen mussten.

Für einen Moment fragte sie sich, wie Philip wohl auf die neue Situation reagieren würde. Ob es ihn wohl störte oder er sich freute, jetzt tatsächlich Miete zu bekommen? Oder vielleicht war er ja auch so mit Aimee beschäftigt, dass er es gar nicht mitbekam? Nein, da machte sich Olivia nichts vor: Er würde es erfahren. Sehen. Irgendjemand würde es ihm erzählen. Und dann?

Sie war schon jetzt gespannt auf seine Reaktion.

Sie brauchte nicht lange darauf zu warten.

Kapitel 16

Hallo, Olivia, Philip hier. Nachdem du ja offensichtlich deine eigenen Pläne machst, bitte sehr, hier ist meiner: Ich komme morgen Nachmittag vorbei und bringe Herrn Becker mit, der will sich das Haus ansehen. Er hat das nötige Kleingeld, sucht eine Immobilie, in der er wohnen und unten ein Café eröffnen kann. Klingt perfekt, wenn du mich fragst. Also wenn ich nichts von dir höre, dann bis ungefähr drei Uhr. Es ist Dienstag, der 25. Juli und ich gehe davon aus, dass es klappt. Es sei denn, du hast mal wieder den Stecker aus der Steckdose gezogen. Dann wird es eben eine Überraschung. Falls was ist, meine Handynummer hast du ja.«

Philip fand sich bestimmt unglaublich lustig. Am liebsten hätte Olivia den Anrufbeantworter gegen die Wand geworfen. Sie neigte überhaupt nicht zu Gewaltausbrüchen, aber alles an dieser Nachricht machte sie wütend. Die Art und Weise, wie Philip ihr mitteilte, dass jemand kommen würde, dass er voraussetzte, dass sie da sein würde, und nicht zuletzt, dass er ihr im Grunde keine Wahl ließ, die Tür für jemanden zu öffnen, den sie überhaupt nicht in ihrem Zuhause haben wollte. Abgesehen davon wusste er, dass sie mittwochs nicht vor halb drei von der Uni kam, und sein Ton war dermaßen arrogant, es wurde ihr beinahe schlecht davon. Sie wollte das Haus nicht verkaufen, und das wusste Philip. Also, was bezweckte er damit?

Was für ein Glück, dass wenigstens Ernst wieder da war. Er nahm sofort ab, als sie anrief, und nachdem sie mit ihm gesprochen hatte, ging es ihr schon wieder viel besser. Er beruhigte sie, gab ihre hilfreichen Tipps, wie sie sich dagegen wappnen konnte, Philip gegenüber Zugeständnisse zu machen. Und es öffnete ihr die Augen erneut. Seiner Meinung nach ging es nicht um das Haus. Zumindest kaum. Es ging um Olivia. Und darum, sie in ihre Schranken zu verweisen. Es ging um Macht. Ernst hatte es zu Beginn ihrer Freundschaft gesagt, und er wurde nicht müde, es zu wiederholen.

Wieder einmal fragte sie sich, wie es kommen konnte, dass ihre Freunde und Menschen, die Philip noch nie gesehen hatten, ihn durchschauten, während sie offensichtlich die letzten Jahre wie in einem Dornröschenschlaf verbracht hatte, was seinen Charakter betraf. Was hatte sie in ihm gesehen? Hatte sie sich all die Jahre getäuscht, oder war einfach nichts mehr von dem guten Kern übrig? Irgendwann unterwegs aufgebraucht? Wer war dieser Mensch, von dem sie dachte, sie kenne ihn besser als sich selbst?

Ernst bot ihr an, am Mittwoch ebenfalls zu kommen. Kurz überlegte Olivia, ob sie das wollte. Ein Teil von ihr hätte sich viel sicherer mit ihm an ihrer Seite gefühlt, aber sie wusste auch, dass sie damit eine Grenze überschreiten würde, für die sie noch nicht bereit war. Einen Anwalt dabei zu haben, war schon nah an Scheidung. Am endgültigen Aus. Dafür war später immer noch Zeit. Es reichte zu wissen, dass er da war und sie ihn jederzeit um Hilfe und Beistand bitten konnte. Und nein, sie wusste immer weniger, ob sie Philip wirklich wieder zurückhaben wollte, selbst wenn er ihr einen Neuanfang versprechen würde. Aber sie war auch noch nicht so weit, das ganz auszuschließen.

Nein, sie wollte nicht verkaufen. Aber sie brauchte Zeit, um sich über Alternativen Gedanken zu machen, und Ernst hatte ihr durchaus auch klargemacht, dass das mit Ari und May nicht ganz korrekt abgelaufen war. Olivia wollte unter allen Umständen vermeiden, dass die Situation eskalierte und Philip womöglich auf sein Recht pochte oder selbst einen Anwalt einschaltete. Es war zwar nicht das, was sie wollte, aber im Augenblick vermutlich das Beste, wenn sie die Besichtigung akzeptierte.

Bevor sie klingelten, hatte Olivia glücklicherweise immerhin die Gelegenheit gehabt, Ari Bescheid zu sagen, die immer noch dabei war, Dinge nach unten in Philips ehemaliges Büro zu räumen. Es sah dort mittlerweile nicht mehr ganz so aufgeräumt aus, und Philip würde vermutlich der Schlag treffen, wenn er sah, wie sein altes, nahezu heiliges Apothekeninventar, das noch aus der ursprünglichen Bestimmung dieses Raumes stammte, mittlerweile mit Olivias großer Staffelei zugestellt war, auf der May stundenlang malte, während Kismet sie aufmerksam beobachtete.

Olivia ging nach unten, um die Tür zu öffnen.

»Hallo, Livy.« Philip begrüßte sie extra freundlich und lehnte sich nach vorne, um ihr einen Kuss auf die Wange zu geben, aber Olivia wich sofort zurück. Was bildete er sich eigentlich ein?

»Philip?« Sie nickte ihm nur kurz zu, bevor sie Herrn Becker die Hand reichte. Er war ungefähr in ihrem Alter, was man dank seines blonden Vollbarts nicht so genau sagen konnte, aber sowohl die hellbeige Chino als auch das weiße Hemd und die Sneakers waren stilvoll und chic. Er war attraktiv, und das Lächeln, das aus seinen blauen Augen strahlte und unter seinem Bart hervorblitzte, war echt. Aber das Wichtigste war, dass er freundlich und aufrichtig aussah und nicht wie ein typischer Immobilien-Investment-Kerl, der Dinge nur um des Erfolges Willen interessant fand. Aber was wusste sie schon. Was hatte Philip gesagt? Er wollte aus der alten Apotheke ein Café machen? Vorstellbar wäre es jedenfalls. Theoretisch. Praktisch kam es selbstverständlich nicht infrage. Wenn Ari und May nicht aufgetaucht wären, wenn es Vincent und Kismet nicht geben würde, wäre es vielleicht anders. Aber es gab sie alle. Und Olivia gab es auch. Sie würde um dieses Haus kämpfen, so viel war klar. Egal, wie freundlich dieser Herr Becker aussah.

Als hätte er nur darauf gewartet, kam Kismet die Treppe herunterstolziert, vermutlich, um zu sehen, wer da gekommen war. Er hatte nichts gegen Philip, aber die beiden verband auch nicht unbedingt eine besondere Zuneigung.

Dafür schien der Kater seit Neuestem sein Herz sehr spontan zu verschenken, denn er stolzierte schnurstracks auf Herrn Becker zu und drückte sich gegen sein Bein.

Herr Becker beugte sich zu ihm hinunter und kraulte ihn behutsam unter dem Kinn, während Philip ungeduldig von einem Fuß auf den anderen trat. Olivia fand sein Verhalten unangemessen und unhöflich. Wollte Philip so schnell wie möglich wieder weg oder nur das Haus so eilig wie möglich an den Meistbietenden verscherbeln? Seine Ungeduld war jedenfalls deutlich spürbar und absolut unpassend. Umso mehr bemühte sie sich, ihre Aufmerksamkeit bei Herrn Becker zu lassen. Wenn Kismet ihn mochte, konnte er nur ein guter Mensch sein, und er konnte schließlich nichts dafür, dass Olivias Mann sich so unmöglich aufführte. Früher wäre sie darüber hinweggegangen, schlimmer noch, hätte es weggelächelt und versucht, mit einer extra Portion Charme Philips Verhalten auszugleichen.

Aber wozu? Sie hatte überhaupt keine Lust, Philip besser dastehen zu lassen, als er war. Es war immerhin sein schlechtes Benehmen, nicht ihres. Und sein Verhalten fiel auch nur auf ihn zurück. Eine Erkenntnis, die es ihr leicht machte, offen und freundlich zu bleiben, aber dennoch bei sich. Sollte Philip doch selbst sehen, wohin ihn seine Art brachte.

»Bitte entschuldigen Sie den Überfall, Frau Lorenz. Ich habe Ihrem Mann schon gesagt, dass es überhaupt nicht eilt und dass …« Er lächelte Olivia an und zuckte entschuldigend mit den Schultern.

»Ach, das ist doch kein Problem, Herr Becker«, fiel ihm Philip ins Wort. »Stimmt's, Livy?« Er grinste und legte Herrn Becker die Hand auf die Schulter.

Diese Art war typisch für Philip und ja, es war ihr auch schon aufgefallen. Aber nie so deutlich. Und es hatte nie dazu geführt, dass sie ihn deshalb infrage gestellt hätte. Aber dafür war auch jetzt nicht der richtige Moment.

»Alles gut. Kommen Sie doch rein.« Sie trat einen Schritt zur Seite, um Herrn Becker hereinzulassen, und ging dann voraus zur Dachterrasse. Sie hatte beschlossen, oben anzufangen, denn dann hatten Ari und May noch ein bisschen mehr Zeit, sich darauf einzustellen, dass gleich jemand durch ihre Wohnung laufen würde. Und sie erklärte und zeigte Herrn Becker alles mit der Begeisterung und Freude, die sie für diesen Ort fühlte und an die Mo sie erst letzte Woche wieder erinnert hatte. Aus einem einzigen Grund: Sie wollte Philip daran erinnern, wie besonders ihr Zuhause war, wie sehr auch er es geliebt hatte und wie verrückt es war, dieses Kleinod verkaufen zu wollen.

Sie schwärmte von dem Blick, den wundervollen Sommerabenden hier oben, der Stille und der Möglichkeit, dennoch mitten im Geschehen sein zu können. Sie zeigte ihm ihr Haus, als wäre er ein Freund und das erste Mal zu Besuch.

Philip lief ihr hinterher, als ginge ihn das alles gar nichts an, murmelte nur immer wieder irgendwelche Dinge über die hochwertige Ausstattung und die ausgeklügelte Planung der oberen Stockwerke.

Nachdem Olivia ihn durch den oberen Stock geführt hatte, während Philip auf die freigelegten Balken im Schlaf- und Arbeitszimmer und das Konzept der Dusche ohne Seitenwände hinwies, bot sie ihm unten in der Küche einen Espresso an.

Die Sonne schien zu den weit geöffneten Fenstern hinein und warf ihr helles Licht auf den üppigen Wiesenblumenstrauß, den sich Olivia heute zur Feier des Tages gegönnt hatte und der auf der weißen Küchentheke geradezu leuchtete.

Herr Becker nahm einen Schluck von seinem Espresso und seufzte genüsslich, bevor er Olivia kopfschüttelnd ansah. »Danke für den Kaffee, Frau Lorenz. Er ist köstlich. Und ich finde das Haus ganz zauberhaft, und selbstverständlich könnte ich hier mein Projekt perfekt verwirklichen, aber sind Sie sicher, dass Sie es verkaufen wollen?« Er drehte sich einmal im Kreis und betrachtete die Küche und das offene Wohnzimmer, die freie Treppe und die weit geöffneten Fenster erneut. »Ich kann sehen, wie sehr Sie es lieben, es ist Ihr Zuhause und …«

»Ich will es nicht verkaufen«, unterbrach ihn Olivia. So viel mal wieder zu ihren Vorsätzen.

Philip seufzte laut. »Das haben wir doch schon besprochen, Livy.«

»Nein«, gab Olivia zurück. »Das haben wir ganz und gar nicht.« Ja, es gab Gründe dafür, die Füße still zu halten, zumindest für eine Weile, aber auf einmal hatte sie keine Angst mehr davor, ihre Gedanken laut zu äußern und womöglich Philip damit zu verärgern. Denn auf einmal wurde Olivia klar, dass genau das so viele Jahre ihre größte Sorge gewesen war: dass er sie wegen so etwas verlassen würde. Und das hatte er immerhin längst getan. Sie hatte zumindest diesbezüglich nichts mehr zu verlieren. Das Schlimmste und vielleicht Beste daran war geschehen. Was für eine Befreiung. Was für ein Geschenk. War es das, was Babette gemeint hatte? Dass es besser werden würde? Dass das Leben ihr immer wieder neue Erkenntnisse schenken würde, die sie begreifen ließen, was für ein toller Mensch sie und was für ein Vollidiot Philip war und wie schön das Leben sein konnte?

Vielleicht war es ja auch die Begegnung mit Mo gewesen. Oder die mit Ari. Vielleicht waren es auch alle drei.

Im Grunde war es egal. Es fühlte sich jedenfalls großartig an. Stark. Klar. Und Ernst wäre mit Sicherheit ziemlich stolz auf sie, wenn er jetzt hier wäre.

»Du hast es für dich so entschieden und mir mitgeteilt.« Sie lächelte. »Und ich habe beschlossen, Vincents Wohnung an Ari und May zu vermieten, weil … weil eben. Wir haben einen Mietvertrag gemacht, der auf unbestimmte Zeit läuft, und ich kann ihn nicht einfach so kündigen.« Das mit dem Abschluss stimmte zwar nicht, aber das musste sie ihm ja nicht auf die Nase binden und außerdem wollte sie das so schnell wie möglich nachholen.

»Aber du kannst die Wohnung gar nicht ohne meine Zustimmung vermieten! Und schon gleich gar nicht ohne die von Vincent!«

»Habe ich doch gar nicht. Es war doch gar nicht meine, sondern deine Idee mit der Vermietung, richtig? Ich habe mich nur nach deinen Wünschen gerichtet. Und Vincent – wenn du magst, können wir ihn gern gemeinsam anrufen. Er fand die Idee super. Selbstverständlich habe ich ihn vorher gefragt!«

»Aber … wir brauchen das Geld!«, jammerte Philip. Olivia kam ihr neues Lieblingswort wieder in den Sinn: Philips Verhalten war erbärmlich.

»Nein, nicht *wir* brauchen es. Du. Du brauchst es. Zumindest denkst du das. Und ganz ehrlich, das ist mir ziemlich egal. Wir werden eine finanzielle Regelung finden, aber nicht jetzt und nicht heute und auch nicht ohne einen Anwalt. Ich möchte, dass wir fair miteinander umgehen. Aber das geht scheinbar bedauerlicherweise nur, wenn wir es in juristische Hände legen. Denn eines ist klar: Ich traue dir kein bisschen mehr, Philip Lorenz!«

Am liebsten wäre sie nach oben auf ihre Dachterrasse oder zu Ari in die untere Wohnung gegangen, um ihr von diesem unmöglichen Gespräch zu erzählen, aber sie fühlte sich Herrn Becker gegenüber verpflichtet, und außerdem tat es ihr leid, dass er extra hergekommen war, nur um jetzt eine Abfuhr zu kassieren und eine solche Szene mitansehen und -hören zu müssen. Abgesehen davon wollte sie auf keinen Fall, dass Philip hier alleine herumstand oder womöglich doch noch versuchte, irgendwelche dubiosen Geschäfte an ihr vorbei zu tätigen.

Wobei das Grinsen, das hinter Herrn Beckers Bart hervorblitzte und die Tatsache, dass er begonnen hatte, langsam in die Hände zu klatschen, eher dafür sprachen, dass er verstanden hatte, was hier ablief – und nicht wirklich mehr damit rechnete, das Haus zu kaufen.

Er nickte Olivia anerkennend zu. »Ich trete dann wohl hiermit offiziell von meinem Kaufinteresse zurück.« Er grinste. »Ich hätte das Haus zwar gern, und ich kann sehen, was man daraus machen könnte. Aber nicht auf diese Weise und schon gleich gar nicht um jeden Preis.«

»Also, ich …«, verunsichert sah Philip von ihm zu Olivia. Damit hatte er wohl nicht gerechnet. »Danke, Olivia, das hast du ja toll hingekriegt!«

»Das finde ich auch«, gab sie so liebenswürdig wie möglich zurück. Am liebsten hätte sie ihre Faust in den Himmel gereckt und laut irgendeinen Schlachtruf von sich gegeben. Wie hatte Ernst gesagt? Sie war Superwoman. *Großartig. Schön. Kraftvoll.*

Ganz sicher war sie das nicht immer, aber tatsächlich immer öfter. Und jetzt gerade konnte sie es fühlen.

Olivia wandte sich an Herrn Becker, den sie sehr spontan ins Herz geschlossen hatte. »Ich heiße Olivia.« Sie streckte ihm fröhlich noch einmal die Hand hin, was Philip mit einem erneuten Schnauben kommentierte.

»Henning. Ich freue mich sehr«, antwortete Herr Becker. »Ich finde schon noch meinen perfekten Platz für mein Café. In Göttingen gibt es so viele tolle alte Häuser, da wird sich ja wohl eines für mich finden.«

Olivia hatte damit gerechnet, dass Philip wütend von dannen ziehen würde, aber das tat er nicht. Er folgte Olivia und Henning wie ein beleidigter Schatten durch das Treppenhaus, aber wenigstens war er still dabei.

Sie klopften an Aris Tür, aber niemand machte auf. Vermutlich waren sie gerade in der Apotheke, um dort noch weitere Dinge aus der Wohnung unterzubringen, also schlug Olivia vor, dort als Nächstes hinzugehen. Während sie die Treppe nach unten stiegen, erzählte Henning von sich. Er kam ursprünglich aus Kassel und hatte in Göttingen Psychologie und Soziologie studiert, bevor er in die Industrie gegangen war. Er war kaum noch zu Hause gewesen und hatte schon lange das Bedürfnis gehabt, sich zu verändern. Irgendwann hatte ihm seine Firma eine Abfindung angeboten, die er angenommen hatte und nun investieren wollte. Und Göttingen war nun mal die Stadt, die sich schon immer am ehesten wie seine Heimat angefühlt hatte. Also hatte er beschlossen, hierher zurückzukehren.

»Klar kann ich das Geld auch in Aktien investieren, mir eine schicke Mietwohnung nehmen und von den Tantiemen leben. Reisen. Nie wieder arbeiten. Aber ganz ehrlich: Das wäre mir viel zu langweilig. Ich brauche etwas, das mich mit Sinn erfüllt. Ein Café wäre ein toller Start. Und natürlich ein Haus wie deines, Olivia.«

Sie waren unten angekommen, und Olivia beschloss spontan, Henning mit in den Hinterhof zu nehmen. In Philips Reich. Sein Heiligtum. Dorthin, wo sie Ari und May miteinander reden hörte. Wie die drei wohl aufeinander reagieren würden?

Sie traten durch den Gang in das fast perfekte Quadrat des Gartens. Philip war unendlich stolz auf den perfekt geharkten feinen Kies, der – so hatte er es ihr erklärt – Wasser und Wellen symbolisieren sollte. Flache Steine bildeten einen bogenförmigen Pfad um die Insel aus Sternenmoos und einer halbhohen Bergkiefer. Der quadratisch angelegte Kiesgarten war von dicken rustikalen Holzbalken eingefasst.

Als er den Garten vor ein paar Jahren angelegt hatte, hatte Olivia nur mit den Schultern gezuckt. Solange man noch an die beiden

Holztore der Garagen kam, war ihr alles recht. Sie hätte hier lieber einen Sonnenschirm und ein paar Liegen aufgestellt, andererseits verbrachte sie ihre Zeit sowieso meist auf der Dachterrasse. Und sie hatte es nur fair gefunden, dass auch ihr Mann einen Ort hatte, an dem er sich verwirklichen konnte. Er führte sehr gern seine Kunden hierher, um zu zeigen, wie man einen Hinterhof auch gestalten konnte, und in den letzten Wochen vor seinem Auszug hatte sie ihn ab und zu hier auf den extra angefertigten antiken Echtholzbalken sitzend gefunden, während er auf die runde bepflanzte Insel in der Mitte gestarrt und den Mantras oder anderen sphärischen Klängen aus seiner Bluetoothbox gelauscht hatte. Eigentlich hätte sie es da schon wissen müssen. Aber vielleicht hatte sie auch absichtlich weggehört, als ihre Intuition deutliche Worte hatte sprechen wollen.

Jetzt war es sowieso egal.

»Wow!«, sagte Henning, als er nach draußen trat. Es war nicht klar, ob er damit den Garten meinte oder das, was Ari und May daraus gemacht hatten. Denn er sah ein wenig … anders aus als noch vor ein paar Tagen. Und ganz sicher sehr anders, als es Philip gefiel.

Mays Staffelei stand zwischen den Steinen, aber die darauf befestigte Leinwand war leer. Dafür hatte sie anscheinend begonnen, die größeren Kiesel am Rand des Steingartens bunt zu bemalen, und sie auf den Balken zum Trocknen aufgereiht. Unzählige Marmeladengläser mit bunter Farbe und Pinseln darin standen auf einem Tablett neben der Staffelei und warteten darauf, benutzt zu werden. Der ganze, schlicht in Weiß, Grün und Braun gehaltene Steingarten leuchtete in allen Farben des Regenbogens. Es war … erstaunlich. Und großartig. Ein Gesamtkunstwerk.

May war nirgends zu sehen. Dafür räkelte sich Ari in einem sehr knappen Glitzerbikini auf Vincents Altdorfer Liegestuhl, ebenfalls einem Designerteil, dessen Liegefläche aus gelben, eng gewickelten

Schnüren bestand und der in den Sechzigerjahren den Spitznamen Spagetti-Liegestuhl völlig zu Recht bekommen hatte.

Ari trug eine wirklich scheußliche überdimensionale Sonnenbrille mit einer goldenen Einfassung und hatte sich die Lippen knallpink bemalt. Wo sie die hässlichen Schlappen mit den pinkfarbenen Puscheln herhatte, wusste Olivia nicht, aber sie tippte auf eine von den Kisten mit den Verkleidungssachen, die ebenfalls in Vincents Büro gestanden hatten. Sie sah großartig aus.

Ihren im Gegensatz dazu beinahe dezenten Morgenmantel aus neon-orangefarbenem Frottee hatte sie großflächig über die Kiefer gebreitet. In ihren Ohren steckten Kopfhörer, sie wippte im Takt und sang zwischendurch immer wieder eine schräge kleine Melodie in einer Sprache, die Olivia noch nie gehört hatte. Zwischendrin produzierte sie riesige pinkfarbene Kaugummiblasen, bis sie platzten. Etwas, das Philip verabscheute.

Olivia biss sich auf die Unterlippe, um nicht laut loszulachen. Henning starrte Ari mit offenem Mund an, und Philip, der ihnen hinterhergetrottet war, lief beinahe in ihn hinein, bevor er abrupt stehen blieb.

»Was zur Hölle …!?«, rief er. Olivia hätte am liebsten laut aufgelacht, aber sie verkniff es sich, als Philip neben ihr laut nach Luft schnappte.

Das, was die beiden da auf die Beine gestellt hatten, war riskant und wunderbar. Sie konnte förmlich spüren, wie Philip vor Wut kochte. Schon allein für diese Szene würde Olivia Ari und May immer lieben.

Als hätte sie die Ankunft der drei erst in diesem Moment bemerkt, schob Ari aufreizend langsam ihre Sonnenbrille von den Augen und nahm die Kopfhörer aus den Ohren.

»Kann ich helfen?«, sagte sie und zog ihre linke Augenbraue nach oben. Sie blieb absolut ernst dabei, während Olivia Mühe hatte, nicht laut loszuprusten. Keine Frage, Ari war ein Naturtalent.

Henning schien völlig fasziniert von dem Schauspiel, das sich ihm hier bot, und schüttelte nur sprachlos und breit grinsend den Kopf.

Olivia konnte Philip ansehen, dass er so langsam wieder zu sich selbst zurückfand. Sein Gesicht hatte eine zartrosa Farbe angenommen, was ein deutliches Zeichen dafür war, wie eine Welle der Wut in ihm hochkroch. Es würde nicht mehr lange dauern, und er würde explodieren.

»Was machen Sie in meinem Garten?«, fragte er auch schon schneidend und machte ein paar Schritte in Richtung Holzbalken, wo er einen der Kiesel aufnahm, um ihn genauer zu betrachten. Die Farbe war noch feucht und färbte seine Hand sofort gelb, orange und lila.

»Verdammt!«, rief er laut und warf den Stein in den Garten zurück. Er starrte wütend auf seine Hand, während er mit der anderen in der Tasche seines Jacketts herumtastete. »Was soll das? Das ist nicht Ihr Eigentum! Sie können doch nicht einfach … einfach … Steine bemalen und … sich halb nackt hierhin legen und … wer sind Sie überhaupt?«

Ari war aufgestanden. Sie war nicht besonders groß, aber sie sah sehr sportlich aus. Sowohl ihre Arm- und Bein- als auch ihre Bauchmuskeln zeichneten sich beeindruckend ab, und sie bewegte sich wie eine Katze, als sie nun näher kam.

»Mein Name ist Ariel Rösing und ich wohne hier. Meine Freunde nennen mich Ari. Sie dürfen gern bei Frau Rösing bleiben. Ich habe die mittlere Wohnung gemietet. Im Mietvertrag steht, ich darf den Garten mitbenutzen. Wobei unter uns …«, sie lehnte sich so nach vorne, dass Philip und Henning zwangsläufig auf ihr Dekolleté starren mussten, wenn sie nicht lieber in den Himmel schauen wollten, »… ich finde nicht, dass die Beschreibung hier auf ›Garten‹ passt. Für mich ist das eher eine ziemlich kahle Steinwüste.« Sie zuckte mit den Schultern. »Keine Blume, nichts blüht.

Wenn Sie mich fragen, eher ein Trauerspiel. Aber wir werden es uns schon irgendwie gemütlich machen, meine Tochter und ich. Schon viel besser mit den bunten Steinen. Was so ein bisschen Farbe gleich ausmacht! Vielleicht könnte man wenigstens ein paar Kübel mit Sommerblumen bepflanzen. Oder Tomaten? Was meinen Sie?« Sie zwinkerte ihm zu und ließ eine extra große Kaugummiblase platzen. »Oh, sorry, vor lauter Garten habe ich total vergessen zu fragen: Und Sie sind?«

Es war riskant, das wusste Olivia aus Erfahrung. Wenn man Philip zu sehr reizte, konnte er sehr wütend und auch ausfällig werden. Aber vermutlich hatte ihn Ari so aus der Fassung gebracht, dass er eher verwirrt als sauer war. Beinahe tat er Olivia schon wieder leid.

»Philip. Philip Lorenz. Das hier ist mein Haus und mein Garten. Und ich erlaube nicht, dass sich hier jemand sonnt oder oder … oder Steine bemalt!« Er stemmte die Hände in die Hüften. »Ich weiß nicht, wie Sie darauf kommen, hier überhaupt irgendetwas anzumalen! Das ist ein Zen-Garten! Er wurde von einem Landschaftsarchitekten angelegt! Kübelpflanzen und Tomaten! Was für eine irre Idee!« Wütend schüttelte er den Kopf. »Ich erwarte, dass das alles bis heute Abend wieder in Ordnung gebracht ist. Farbe, also wirklich. Haben Sie eine Ahnung, was das gekostet hat?«

»Nein«, sagte Ari mit einem unschuldigen Augenaufschlag. »Aber so teuer kann es nicht gewesen sein.« Sie zuckte erneut mit den Schultern. »Das ist doch ganz normaler Kies! Und die Balken … es tut mir fast schon leid, das zu sagen, aber die sind total verrottet! Ich hoffe, man hat Sie da nicht übers Ohr gehauen.« Sie lächelte mitleidig.

So sehr Olivia die Szene einerseits genoss, so mulmig wurde ihr auch, als Philip sich jetzt zu ihr umdrehte und sie mit einem bösen Blick bedachte.

»Können wir uns mal kurz unterhalten, Olivia? Allein? Oben?« Er wies mit dem Kopf in Richtung Hausgang.

Olivia würde den Augenblick der Genugtuung gleich büßen müssen, das war ihr bewusst, und sie wappnete sich innerlich gegen alles, was da kommen würde. Du bist Superwoman, sagte sie sich. *Großartig, schön, kraftvoll.* Und nur ein klitzekleines bisschen eingeschüchtert von der blanken Wut, die sie in Philips Blick entdeckt hatte.

»Spinnst du eigentlich? Wer ist diese Frau? Kennst du sie überhaupt?«, rief Philip aufgebracht. »Wie kannst du es wagen, einfach so Menschen in unserem Haus einzuquartieren? Solche Menschen! In Vincents Wohnung? Der mittlere Stock gehört ihm!«

»Also erstens gehört ihm der mittlere Stock nicht«, antwortete Olivia ruhig. »De facto gehört uns beiden das Haus zu gleichen Teilen, und Vincent hat eben ein sehr großes Kinderzimmer. Und selbst wenn, dann wäre es ja an ihm zu entscheiden, ob jemand in seiner Wohnung einquartiert wird, wie du es nennst, oder nicht.«

»Und?« Philip starrte Olivia böse an.

»Und er findet es eine gute Idee«, antwortete sie so liebenswürdig wie möglich. »Das habe ich dir bereits gesagt.«

»Das denkst du dir doch gerade aus! Mein Sohn würde nie zulassen, dass jemand in seiner Küche kocht, auf seinen Pontons sitzt und alles mit Buntstiften bemalt.« Er wedelte mit der Hand in Richtung Wohnungstür, als ob er eine Horde Kindergartenkinder erwarten würde.

»May ist vierzehn und malt sehr schön.«

»Ja, auf Steine!« Philip funkelte sie wütend an, aber Olivia ging gar nicht darauf ein.

»Allerdings eher selten auf Stühle«, fuhr sie fort. »May hat Leinwände und meine Staffelei bekommen. Die stehen übrigens zurzeit normalerweise in deinem ehemaligen Büro. Dagegen hast du doch sicherlich nichts einzuwenden?« Sie lächelte. »Wir können sie natürlich auch draußen stehen lassen. Es regnet ja vorerst vermutlich nicht. Aber das ist auch wieder ärgerlich für dich, weil dann ja die Farbe auf den Steinen …«

Es fiel ihr schwer. Sowohl das Nicht-Lachen als auch das Starksein. Ein Teil von ihr wollte ihn nicht ärgern. Der andere hätte gern an jeden Satz ein Schimpfwort angehängt.

Ari hatte unten offensichtlich die Musik auf Lautsprecher gestellt und sich für Partymusik entschieden. *Shackles* von Malarkey schallte in voller Lautstärke herauf, und Olivia hätte sehr gern aus dem Fenster geschaut, um zu sehen, ob sie dort unten angefangen hatte zu tanzen – und ob Henning mittanzte. In ihren Füßen kribbelte es ebenfalls, und sie begann, im Takt zu wippen.

»Die Wohnung sieht übrigens sehr viel sauberer aus, seitdem die beiden da sind. So aufgeräumt war sie bei deinem Sohn nie. Sollen wir sie gemeinsam anschauen?«

»Nein«, sagte Philip sofort und verschränkte die Arme vor der Brust. »Ich betrete diese Wohnung erst wieder, wenn die beiden weg sind.«

»Das ist schade, denn das wird sehr, sehr lange dauern«, antwortete Olivia und sah ihn fest dabei an. »Ist das alles wirklich nötig, Philip?«, fragte sie und machte einen Schritt auf ihn zu. »Warum streiten wir? Du warst es doch, der mir diesen Zettel geschrieben hast, erinnerst du dich? Wir müssen nicht streiten. Ich will das auch gar nicht. Du etwa?«

»Wenn es sich nicht vermeiden lässt?« Er hatte seine Körperhaltung beibehalten, und Olivia blieb stehen.

»Komm schon. Wenn du magst, können wir Vincent gern anrufen. Ich habe zwar alles mit ihm besprochen und er ist mehr als einverstanden, aber das sagt er dir sicher gern auch persönlich.«

Einerseits hoffte Olivia, dass sie es mit Vincent klären konnten, andererseits war es ihr lieber, wenn Philip nicht darauf einging.

Immerhin hatte sie sich vorgenommen, Vincent nicht mehr als nötig in diese Diskussion hineinzuziehen, und vielleicht würde er es seinem Vater bei deren nächstem Gespräch auch sagen, ohne dass Olivia dabei war. Glücklicherweise winkte Philip sowieso ab.

Ari hatte die Musik noch ein bisschen lauter gedreht, und Olivia vermutete, dass ihr durchaus bewusst war, wie sehr sie Philip damit provozierte.

»Ich rufe ihn an, wenn ich wieder zu Hause bin. Hier kann sich ja kein Mensch konzentrieren. Aber ganz egal, ob du beschlossen hast, hier jetzt ein Irrenhaus draus zu machen oder was auch immer: Es muss verkauft werden, Olivia. Ob es dir nun passt oder nicht. Oder du zahlst mich aus, wie gesagt. Aber so einfach kommst du aus dieser Nummer nicht raus. Verlass dich drauf.«

Olivia blieb reglos an den Küchenblock angelehnt stehen und sah ihm fest ins Gesicht, bis er sich umdrehte und leise die Tür hinter sich schloss. Sie hatte es versucht. Sie hatte ihm Frieden angeboten. Er wollte nicht. Sein Pech.

Nur schade, dass er verpasst hatte, wie Olivia seinem Rücken zwei Stinkefinger zeigte. Es fühlte sich rebellisch, gut und nur ein kleines bisschen albern an.

Das, was er gesagt hatte, machte Olivia durchaus Angst, und sie hatte nach wie vor keine Ahnung, ob es wirklich rechtmäßig war, Ari hier wohnen zu lassen, und ob es in einem Rechtsstreit haltbar sein würde.

Aber seitdem Philip ausgezogen war, hatte sie sowieso ständig Angst vor allem, was er machte, beschloss und über ihren Kopf hinweg entschied. Da konnte sie doch genauso gut selbst das Steuer in die Hand nehmen. Und sie hatte Ernst.

Es tat gut zu spüren, dass sie nicht ganz handlungsunfähig war. Dass sie sich Stück für Stück selbst wieder besser kennenlernte und feststellen durfte, was in ihr steckte. Interessanterweise schrumpfte Philips Ausstrahlung in ihrer Wahrnehmung immer mehr, je deutlicher und klarer sie ihn sah, während sie selbst wuchs. Wie hatte sie nur zulassen können, dass er ihren Wert auf diese Art und Weise bestimmte?

Aber eines war klar: So langsam sollte sie Ernst vermutlich offiziell beauftragen.

Kapitel 17

Nachdem Philip gegangen war, schenkte Olivia sich ein Glas Rotwein ein und nahm einen großen Schluck. Kaum war unten die Tür ins Schloss gefallen, stürmten Ari und May zur Tür herein. »Ist er weg?«, fragte Ari. Sie hatte die alberne Sonnenbrille und die Schlappen glücklicherweise ausgezogen.

Olivia nickte nur und wies mit ihrem Kopf auf die Rotweinflasche. Auf einmal war sie müde.

»Passend«, sagte Ari anerkennend und zeigte auf den Totenkopf auf dem Etikett, als sie zunächst Olivia nachgoss, bevor sie sich selbst ein Glas nahm.

Es klopfte an der Tür.

»Ja bitte?«

Henning schob ein wenig verlegen die Tür auf. »Entschuldigung, ich … es war plötzlich niemand mehr da, und ich wollte nicht einfach so gehen, ohne mich zu verabschieden.«

»Henning! Sehr gut, dass du noch da bist.« Olivia freute sich wirklich, ihn zu sehen. Vor lauter Philip hätte sie ihn beinahe vergessen. »Wein?« Sie hielt ihm ein Glas hin.

»Unbedingt.« Henning strahlte sie und Ari an. »Ich hatte schon Sorge, ihr fragt nicht! Und irgendwie habe ich das Gefühl, man sollte eure Partys nicht verpassen. Habe ich recht?« Er stieß mit Olivia und Ari an und nahm dann einen Schluck.

Beide grinsten.

»Was? Was ist los?« Henning sah ratlos von einer zur anderen.

»Na ja, es ist so, dass wir erst eine einzige gemeinsame Party gefeiert haben«, sagte Ari.

Und Olivia ergänzte: »Sie ist auch erst eine halbe Woche her, und es war noch nicht einmal unsere eigene.«

»Wie bitte? Und ich habe gedacht, ihr kennt euch schon ewig!« Henning schüttelte lachend den Kopf. »Meine Menschenkenntnis ist wirklich eine Katastrophe. Sieht man ja schon daran, wie ich auf Mister ›Ich verkaufe mein Haus, ohne meine Frau vorher zu fragen‹-Lorenz reingefallen bin.« Für einen Moment sah er betroffen zu Olivia hin, die aber nur die Schultern zuckte. »Sorry, das war unpassend.«

»Schon okay. Und eigentlich überhaupt nicht unpassend – ganz im Gegenteil. Ich begreife selber erst so langsam, was für ein manipulativer und egoistischer Mensch Philip ist.« Sie schüttelte den Kopf. »Und es tut wirklich weh, mir das einzugestehen. Dabei war er mal ganz anders … Ihr müsst wissen …« Sie sprach nicht weiter. Dass Philip einmal ein anderer gewesen war, war eine Sache. Aber jetzt war er der Typ, der ihr das alles eingebrockt hatte, und es half überhaupt nicht, sich an der Vergangenheit festzuklammern, als wäre sie eine Rettungsinsel.

Ari legte den Arm um ihre Schultern. »Das kann ich echt gut verstehen. Aber wer auch immer er war oder ist, Süße, ist im Moment gar nicht so wichtig. Viel wichtiger ist herauszufinden, wer *du* bist, stimmt's? Und ganz ehrlich, ich finde ja, so eine kleine Party kann dabei durchaus helfen. Oder was sagst du, Henning?« Sie zwinkerte ihm zu. Die beiden schienen sich dort unten ziemlich schnell angefreundet zu haben, was Olivia freute. Immerhin hatte Ari in den letzten Tagen die Hölle erlebt, und Olivia war so froh, dass sie hier war, mit all ihren – wenn auch wenigen – Sachen und vor allem auch mit May. Sie hatte nette neue Freunde mehr als verdient, und es war schön zu sehen, wie sie wieder ein bisschen lachen konnte.

»Ich bin dafür«, sagte Henning und nickte. »Sowieso. Für alles.«

»Aber es ist Mittwoch!«, wandte Olivia ein.

Sie musste morgen arbeiten, und außerdem fühlte sich die Woche mittwochs grundsätzlich noch sehr lang an.

»Wieso ›aber‹?« Ari grinste. »Als ob das Leben und die Gründe für eine Party sich nach Wochentagen richten würden, Olivia. Wir haben alle einen Grund zu feiern. Das muss ja nicht bis in die Puppen gehen. Und außerdem: Definiere Party!«

»Musik, tanzen, essen, Spaß, Alkohol, bis zum Morgengrauen, Kater … Oh, apropos Kater: Habt ihr Kismet irgendwo gesehen?« Suchend sah sie sich um. Er war nirgends.

Ari runzelte die Stirn.

»Kismet ist bei May, May ist unten, und jetzt lenk nicht ab!«

»Mach ich nicht.« Olivia hielt kurz inne und überlegte. »Na gut, vielleicht ein bisschen.«

»Wenn du keine Lust hast, ist das gar nicht schlimm. Henning und ich können auch gerne allein runter in Philips Steinwüste gehen, wir rufen Babette an, weil die natürlich nicht fehlen darf, und hören einfach nur Musik. Der Sound ist dort unten sowieso viel besser. Und wir können auch mit Wasser feiern, stimmt's, Henning?« Sie sah Olivia nicht mehr an, sondern wandte sich komplett an ihren neuen Freund und klimperte mit den Wimpern. »Und ich könnte vielleicht sogar was singen.«

Sie schlug die Augen nieder, bevor sie Olivia dann direkt ansah und lachte.

»Natürlich«, antwortete Henning begeistert. »Du kannst singen? Großartig. Ich brauche keinen Alkohol. Aber wer ist Babette?«

Olivia lachte ebenfalls.

»Schon gut, schon gut. Ich habe verstanden, und natürlich bin ich dabei, Frau Rösing!«

»Ari. Aber nur für meine Freunde!« erwiderte Ari prompt.

»Na los, ruf Babette an«, sagte Olivia. »Ich schaue mal, was ich hier Partytaugliches im Kühlschrank finde, wir trinken Wasser und hören im Hinterhof Musik, bis die Steine wackeln.«

»So ist es recht«, antwortete Ari lächelnd, bevor sie Olivia einen Kuss auf die Wange drückte. »Ich sage dir, Mittwochspartys sind sowieso die allerbesten!«

Es dauerte keine halbe Stunde, bis Babette da war. Sie hatte einen riesigen Korb auf ihr Rad gepackt, in dem sich ein frisch gebackenes Brot, Käse, Gurken und Tomaten befanden. Ari bekam große Augen, als sie das alles sah.

»Und deine Familie? Kriegt die heute nichts zu essen?«

»Du glaubst doch nicht im Ernst, dass ich nur ein einziges Brot gebacken habe«, meinte Babette feixend.

Henning konnte sein Glück nicht fassen. »Ich dachte, ich wollte ein Haus. Aber vielleicht wollte ich gar keines. Sondern …« Er breitete die Arme aus und sog genüsslich den Duft des frisch gebackenen Brotes ein. »… eigentlich wollte ich das hier? Ich kann nicht zulassen, dass jeder was beisteuert und ich mit leeren Händen dastehe. Also wenn ihr erlaubt, gehe ich noch mal schnell los, was einkaufen.«

»Ich habe doch auch nichts«, sagte Ari. Sie sah erschrocken auf. »Aber ich kann auch …«

»Auf keinen Fall!« sagte Olivia an beide gewandt. »Wir haben alles. Wir können auch mit Wasser feiern, schon vergessen? Wenn was fehlt, kannst du immer noch was einkaufen, Henning. Und du darfst gleich auf dem Weg nach unten noch deine Gitarre holen, Ari.« Sie grinste. »Wenn der Sound im Hinterhof so gut ist, wie du sagst, dann will ich heute noch das versprochene Privatkonzert.«

»Oh, das sieht aber hübsch aus«, sagte Babette, als sie alles in Olivias Küche zusammengepackt hatten und unten durch die schmale Tür hinter Philips Büro nach draußen traten. Ari und May hatten die Staffelei und die Farbgläser wieder weggeräumt und dafür einige große Windlichter auf der Insel und viele kleine auf den

Balken verteilt. Die Sonne stand schon zu tief, um ihr Licht noch bis ganz unten scheinen zu lassen, aber die bunten Steine leuchteten dennoch vor dem hellen Weiß der unbemalten Kiesel.

»Endlich mal ein paar Farben! Viel schöner als vorher.« Sie steuerte auf die Holzbalken zu, um ihren Korb darauf abzustellen.

»Was feiern wir eigentlich?«

»Den Mittwoch, Aris oscarwürdigen Auftritt, dass Henning das Haus nicht kauft und das Leben.«

»Wie bitte?« Babette lachte. »Ich verstehe nur Bahnhof, aber egal. Hauptsache, ihr erzählt es mir gleich.« Sie breitete ein Tuch aus, legte ein Brett für das Brot und den Käse dazu und drapierte die Tomaten und Gurken darum herum. Sie ließ sich auf dem Balken nieder und begann, dicke Scheiben von dem köstlich duftenden Brot abzuschneiden. »Abendessen ist fertig«, sagte sie irgendwann und nahm Henning Servietten, Messer und Teller ab. Olivia hatte noch ein paar Oliven und einen Brotaufstrich mit Auberginen gefunden und ein paar Frühlingszwiebeln in feine Ringe geschnitten.

May kam ebenfalls herunter und trug ein riesiges Kissen unter dem Arm, dicht gefolgt von Kismet. Nachdem sie sich von Babette hatte knuddeln lassen, nahm sie sich ein Stück Brot mit Aufstrich, ließ sich auf dem Kissen nieder und wartete ab, bis Kismet sich an ihre Seite gekuschelt hatte, bevor sie einen großen Bissen nahm.

»So gut, dass du da bist, Babette!«, sagte sie und kaute genüsslich.

»Und mein Essen erst, stimmt's?«, konterte Babette sofort und drückte die Vierzehnjährige an sich. Sie gab ihr einen Kuss auf den Scheitel. May lachte und klatschte Henning ab, der ihr die Hand zum High Five hingehalten hatte. Olivia sah zu Ari hinüber, die die Szene ebenfalls beobachtete und in deren Blick so viel Liebe für ihr Kind lag, dass Olivia für einen kurzen Moment mit den Tränen kämpfen musste. Es war berührend zu sehen, wie vertrauensvoll und offen May mit Menschen umging, obwohl sie gerade erst nicht so schöne Erfahrungen mit ihnen gemacht hatte. Aber hier in diesem Garten waren nur gute Menschen, denen man vertrauen konnte. Und vielleicht konnten sowohl May als auch Ari hier endlich zur Ruhe kommen und bekamen die Liebe und Wertschätzung, die sie verdient hatten. Vielleicht war das der Ort, an dem es für ihre neue Freundin endlich doch mal gut ausging.

»So, aber jetzt zu all dem Klatsch und Tratsch, den ich verpasst habe«, sagte Babette, nachdem jeder versorgt war.

»Ich habe das Essen mitgebracht und ihr die Geschichten. Jetzt will ich aber auch definitiv was dafür hören.«

»Du hast wirklich was verpasst!« Olivia grinste kopfschüttelnd. »Du hättest Philips Gesicht sehen sollen, als Ari losgelegt hat, Babette! Dabei habe ich trotz Ernsts Tipps schon beinahe damit gerechnet, dass er mich dazu zwingen kann, das Haus an Henning zu verkaufen.« Sie sah zu dem großen blonden Mann hinüber, der ebenfalls grinste.

»Niemals hätte ich es gekauft. Ich hätte viel zu viel Angst vor Ari gehabt!« Er lachte. »Dein Auftritt war wirklich eindrucksvoll.«

Ari legte ihr Brot aus der Hand und schlug die Beine übereinander. Dann schenkte sie ihm einen lasziven Augenaufschlag. »Mein Name ist Ariel Rösing und ich wohne hier. Meine Freunde nennen mich Ari. Sie dürfen gern bei Frau Rösing bleiben«, zitierte sie sich selbst und brach in Gelächter aus.

»O Gott! Ich kann es mir lebhaft vorstellen!« Babette prustete los. »Das hat sein Selbstbewusstsein sicher pulverisiert, oder?«

»Ziemlich. Aber dazu hat eigentlich schon Aris Anblick in diesem schrecklichen Glitzerbikini, ihre Kaugummiblasen und die Staffelei in seinem kostbaren Garten gereicht.« Olivia hatte seinen geschockten Gesichtsausdruck immer noch vor Augen. »Er wäre beinahe ohnmächtig geworden! Aber es hat immer noch dafür gereicht, Ari zu sagen, dass es sein Haus sei und sein Garten.«

Ari ließ ihre tiefe Stimme noch tiefer erklingen. »Und ich erlaube nicht, dass sich hier jemand sonnt oder oder ... oder Steine bemalt! Das ist ein Zen-Garten! Er wurde von einem Landschaftsarchitekt angelegt!«

»Du solltest wirklich einen Oscar bekommen, Ari!« Olivia wischte sich die Lachtränen aus den Augen. »Und definitiv einen neuen Bikini!«

Ari hob ihr Wasserglas in die Höhe. »Sag nichts gegen meine Wunderwaffe. Wir werden dieses Haus verteidigen!«, sagte sie. »Und wenn dafür Kaugummis, Glitzerbikinis und Strategien nötig sind, so sei es!«

»Jawohl!«, rief Olivia und hielt ihr Glas ebenfalls in die Höhe. Wo waren diese Menschen nur so lange gewesen? »Auf uns, auf die Mittwochspartys und auf alle Glitzerbikinis der Welt!«, sagte sie. »Ich danke euch.«

Sie alberten noch eine ganze Weile herum, bis die Schatten immer länger wurden und Olivia schließlich die Kerzen in den Windlichtern anzündete. Irgendwann schnappte May sich Kismet, um nach oben zu gehen. Sie hatte zwar noch ganze zwei Wochen Sommerferien und konnte ausschlafen, aber Olivia hatte den Verdacht, dass sie die Ruhe und Sicherheit von Vincents Wohnung genoss und auch, endlich mal ein bisschen allein zu sein, sich auf Vincents Couch zu kuscheln und selbst zu entscheiden, was sie im Fernsehen anschauen wollte. Hauptsache, sie vergaß irgendwann die Bilder von diesem grässlichen Mike.

Ari hatte nichts mehr von ihm erzählt, und offensichtlich hatte er sich auch nicht mehr gemeldet. Das war gut so. Selbst wenn sie mit Theo ausgemacht hatten, dass er sein Handy anließ. Nur für alle Fälle. Aber Ari hatte Olivia glaubhaft versichert, dass er sie vermutlich längst vergessen hatte. Vielleicht war das auch gut so.

Bisher hatten sie oben in der Wohnung mehr oder weniger alles so gelassen, wie es gewesen war, aber Olivia nahm sich vor, morgen nach der Arbeit endlich mal mit Vincent und am besten mit Ari und May zu besprechen, wie sie die Wohnung noch besser einrichten oder die Möbel so umstellen konnten, dass es sich wie ein Zuhause für die beiden anfühlte.

Es wurde höchste Zeit.

Eine Weile sahen sie zu, wie sich die Dämmerung über den Hinterhof legte und das Leuchten der bunten Kiesel immer weniger wurde.

»Wie schade, dass beim nächsten Regenschauer alles schon wieder weg ist«, sagte Henning bedauernd, der ihrem Blick gefolgt war. Bis gerade eben hatte er eine ganze Weile nichts mehr gesagt. Ari war ebenfalls still geworden und hatte sich auf Mays Kissen niedergelassen. Gedankenverloren zupfte sie eine leise Melodie auf ihrer Gitarre und sah immer mal wieder zu ihnen hinüber. Im Grunde aber war sie völlig bei sich und ihrer Musik. Olivia freute sich über den Frieden und die Ruhe, die sie alle nach den Aufregungen der letzten Tage gefunden hatten.

Babette war nach drinnen gegangen und rumorte oben in der Küche.

»Ich bin wirklich kein Freund von Vergänglichkeit«, sagte Henning und seufzte. »Noch nicht einmal bei Farbe auf Steinen.«

»Ich kenne niemanden, der das von sich behaupten würde.« Olivia lächelte.

»Ich auch nicht. Aber ich kannte mal jemanden, der gesagt hat, dass wir die Vergänglichkeit brauchen, um den Augenblick genießen zu können und zu begreifen, wie kostbar er ist. Wenn es sie nicht gäbe, wäre alles nur eine Aneinanderreihung von beliebig oft wiederholbaren Momenten.« Er sah auf. In seinem Blick lag eine Trauer, die Olivia beinahe den Hals zuschnürte.

»Ein kluger Mensch«, sagte sie.

Henning nickte. »Meine Frau.«

Olivia hätte gerne nach ihr gefragt, aber sie wusste nicht, wie. Umso dankbarer war sie, als Babette sich in diesem Moment gerade wieder zu ihnen gesellte und ein Tablett mit Espresso-Tassen vor sich her balancierte. Vorsichtig stellte sie es vor ihnen ab. Aus ihrem unerschöpflichen Korb zauberte sie eine Dose mit Keksen und ließ sich dann wieder neben ihnen nieder.

»Und was ist deine Geschichte, Henning?«, fragte sie und reichte ihm eine Tasse.

Henning erwachte aus seiner Starre und nahm ihr die Tasse ab. »Danke, Babette. Espresso ist perfekt.« Er trank vorsichtig einen Schluck von dem heißen Gebräu. »Meine Geschichte … also …« Er sah für einen Augenblick in den Himmel, dann räusperte er sich. »Ich erzähle sie nicht oft, ganz ehrlich. Aber ich werde auch nicht mehr so oft danach gefragt. Es ist keine schöne Geschichte. So viel schon mal vorab. Wollt ihr sie trotzdem hören?«

»Natürlich wollen wir das! Was ist das für eine Frage?« Babette runzelte die Stirn. »Es sei denn, du möchtest sie nicht erzählen.«

»Doch, das möchte ich«, antwortete Henning leise. »Das möchte ich wirklich.« Er atmete tief ein, bevor er mit fester Stimme zu erzählen begann: »Dass ich hier studiert habe, habe ich dir ja schon vorhin erzählt, Olivia. Ich habe diese Stadt schon immer geliebt. Den Wall, das Gänseliesl, den Kiessee, die Innenstadt und die Universität. Nach meinem Abschluss war ich allerdings nie wieder hier, obwohl ich schrecklich Heimweh hatte. Ich war nur noch unterwegs, rastlos, aber vor allem deshalb, weil ich solche Sehnsucht hatte und doch nicht zurückkommen konnte.«

Gebannt hörten die drei zu.

»Silke, Silly, meine Freundin damals … ist schon während des Studiums an einer ziemlich aggressiven Form der Leukämie erkrankt. Wir haben es erst gar nicht begriffen. Sie hatte eine schwere Grippe. Und dann …« Er schüttelte den Kopf. »Ich weiß noch, dass wir uns darüber lustig gemacht haben, dass ein Mann eine solche

Grippe niemals überstanden hätte. Da wussten wir noch nicht, dass sie tatsächlich sterben würde.« Er seufzte. »Nicht gleich, nicht an der Grippe, aber … innerhalb eines Jahres. Am Anfang hatten wir noch große Hoffnung, dass sie das überstehen würde. Sie war jung, gesund. Eine Sportlerin. Am Anfang hat sie mich noch gebeten, ihr das Springseil und ein paar Gewichte ins Krankenhaus zu bringen. Damit sie nicht wieder bei null anfangen muss, wenn sie draußen ist, hat sie gesagt. Wir hatten wirklich große Pläne. Wir wollten reisen, ein bisschen im Ausland arbeiten, uns die Welt ansehen und dann …« Er schüttelte den Kopf. »… ich weiß noch nicht einmal mehr, wie ich dieses Studium beenden konnte. Ich war siebenundzwanzig Jahre alt und Sterbebegleiter.«

»O mein Gott, es tut mir so leid, das zu hören«, sagte Olivia und legte eine Hand auf seinen Arm. »Wie hast du das ausgehalten?«

Er lächelte sie traurig an.

»Gar nicht. Ich bin fast verrückt geworden. Ich weiß nicht mehr, wie viele Runden ich über den Wall gejoggt bin. Es müsste dort eine sehr tiefe Rille von mir geben.«

Olivia konnte seinen Schmerz förmlich spüren. Es musste unfassbar sein, jemanden zu verlieren, den man liebte.

»Ihre Eltern kamen und haben stundenlang mit den Ärzten gesprochen, während ich draußen warten musste und beinahe irre geworden wäre. Wir waren schließlich nicht verheiratet. Die Krankheit und die Sorge, die könnten da drin etwas besprechen, was ich wissen müsste oder, schlimmer noch, eine Therapie, eine Chance außer Acht lassen, die ihr vielleicht helfen könnte, hat so viel Raum eingenommen, ich bin überhaupt nicht auf die Idee gekommen, dass ich an dieser Situation etwas ändern konnte. Irgendwann hat mich eine Krankenschwester auf die Idee gebracht, ihr einen Antrag zu machen. Paulina, ich werde ihren Namen nie vergessen.« Jetzt lachte er tatsächlich für einen Moment. »Nur damit ihr euch ein bisschen vorstellen könnt, wie Silly war: Sie hat abgelehnt und mir gesagt, dass sie nicht sicher ist, ob sie das wirklich will, weil sie ja keine Ahnung hat, ob nicht vielleicht noch ein Besserer vorbeikommt.« Henning wurde wieder ernst. »Sie wollte mir am liebsten alles ersparen. Am allermeisten die letzten schrecklichen Wochen, ihr Leiden … ihren … ihren … Körper, der so schnell verfiel und nicht mehr funktionierte. Die Gerüche, von denen uns beiden immer wieder übel wurde, und die Trauer. Aber das hätte sowieso nicht funktioniert. Ich wollte schließlich keine Sekunde von ihrem restlichen Leben verpassen.«

Henning räusperte sich, und Olivia schenkte ihm noch einmal ein.

»Paulina hat auch alles arrangiert. Den Pfarrer, die Blumen, die allerdings nur außerhalb von Silkes Tür sein durften. Zu gefährlich wegen der Keime. Die Kamera, damit wir das alles wenigstens für unsere Eltern filmen konnten.« Erneut schüttelte er den Kopf. »Neulich habe ich eine ganz ähnliche Geschichte im Internet entdeckt. Da waren die Hochzeitsgäste wenigstens mit Lifestream dabei. Aber das gab es damals natürlich noch nicht. Es war immerhin erst 1996.« Er lächelte.

»Gestorben ist sie ein halbes Jahr, nachdem wir geheiratet haben. Ich wurde vor der Hochzeitsreise zum Witwer. Wisst ihr, was das Verrückteste daran ist? Es ist jetzt genau weitere siebenundzwanzig Jahre her.« Henning nahm einen großen Schluck aus seinem Wasserglas. »Siebenundzwanzig Jahre! So viel Zeit, die an mir vorübergezogen ist, die ich mit Arbeit gefüllt habe und in der ich nie irgendwo angekommen bin. Weil ich … irgendwie immer das Gefühl hatte, ich hätte es nicht verdient, weil Silly es ja nicht konnte. Ist das nicht verrückt?«

Er sah Olivia an. Sie konnte seinen Schmerz und seine Trauer fühlen. Nein, es war nicht verrückt. Es war zauberhaft, berührend und unendlich traurig.

»Vor drei Jahren dann war ich ausgebrannt. Total fertig. Irgendein Betriebsarzt, den ich vorher noch nie gesehen hatte, hat mich krankgeschrieben und mir eine Therapie empfohlen, als ich dort in Tränen ausgebrochen bin. Zuerst habe ich mich geschämt. Dann war ich mehr als dankbar, denn dank ihm und dem Therapeuten, den ich mir dann gesucht hatte, habe ich endlich begriffen, dass ich genug getrauert hatte. Und dass Silly genau das, was dann passiert ist, hatte verhindern wollen, als sie meinen Antrag abgelehnt hatte. Na ja, das hat ja wohl leider nicht geklappt.« Er lächelte. »Zumindest nicht am Anfang. Der Therapeut hat mir gesagt, dass ich richtig trauern müsse. Abschließen. Und da beschloss ich zurückzukehren. Silly und ich … wir hatten diesen Traum, eines Tages ein Café zu eröffnen. Nicht durchdacht oder geplant, aber wir haben es uns eben immer vorgestellt, auch als sie schon krank war. Das Bild von uns beiden in diesem Raum, mit all den Gästen und einer riesigen Kaffeemaschine und der Sonne, die durch große Fenster auf die Tische fällt, hat uns Hoffnung gegeben und uns durchhalten lassen. Und auf einmal hatte ich das Gefühl, dass die Zeit gekommen war, es nicht mehr bei einem Traum zu belassen.«

Olivia rutschte ein Stück näher an Henning heran. Ein Fremder noch vor ein paar Stunden, und nun, allein durch seine Geschichte und die Art und Weise, wie er sie erzählte, vertraut, nah. Ein Freund.

»Ich glaube, sie wäre sehr, sehr stolz auf dich, dass du diesen Weg jetzt gehst«, sagte Olivia leise.

Henning lachte laut auf.

»Das wäre sehr schön, aber nein, ich glaube, sie würde mir in den Hintern treten, dass ich so lange dafür gebraucht habe. Ihr müsst wissen, dass ich normalerweise nicht darüber spreche. Aber sie hätte gut in eure Runde gepasst. Ich glaube, das ist auch das, was mich so berührt hat, was mich dazu gebracht hat, euch das alles zu erzählen. Ich habe sie da irgendwie zwischen euch sitzen sehen.«

Sie saßen lange einfach nur da. Jeder hing seinen Gedanken nach. Selbst Ari hatte aufgehört zu spielen. Olivia stellte sich vor, was Silly für eine Frau gewesen war. Vielmehr, eher noch ein Kind. Sportlich, voller Hoffnung und dann so plötzlich aus dem Leben gerissen. Ihr Spruch über die Vergänglichkeit fiel ihr wieder ein und darüber, wie wertvoll Momente waren, eben gerade wegen ihrer Flüchtigkeit.

»Was für eine Geschichte«, sagte Babette schließlich und legte ihre Hand auf die von Henning.

»Ja«, sagte er schlicht. »Danke, dass ich sie mit euch teilen durfte.«

»Danke, dass du sie uns erzählt hast«, erwiderte Babette. »Man trifft so viele Menschen jeden Tag, und jeder ist immer so mit sich beschäftigt, oder etwa nicht? Dabei hat jeder seine eigene Story. Und jeder kämpft. Jeder muss loslassen. Trauern. Schmerz aushalten. Von vorne hoffen. Scheitern. Seinen Glauben bewahren. Und wieder loslassen.«

»There's a crack in everything, that's how the light get's in«, zitierte Olivia nachdenklich einen ihrer Lieblingssprüche. Irgendjemand hatte gesagt, er sei von Hemingway, aber sicher war sie sich nicht.

»Schön«, sagte Ari. »Tröstlich.«

»Wahrscheinlich leuchtet es bei mir dann am wenigsten, aber na ja … jeder hat seins, stimmt's?« Babette lächelte Olivia an.

Olivia wusste, dass ihre Freundin auch oft haderte, sich Gedanken machte, Sorgen und ihre ganz eigenen Dämonen zu bekämpfen hatte.

»Nur weil man eine glückliche Partnerschaft hat, heißt das noch lange nicht, dass es einem immer gut gehen muss. Und abgesehen davon ist das hier ja kein Wettbewerb, wen es dramatischer erwischt hat. Ich bin jedenfalls froh, dass du so glücklich mit Theo bist. Wer sollte uns denn sonst mit Zuversicht und frisch gebackenem Brot versorgen? Wenn du nicht wärst, Babette, hätte ich den Glauben an die Liebe auf Dauer mittlerweile verloren.« Olivia schüttelte den Kopf. »Meine Güte, ich komme mir manchmal so schwach und klein vor. Als ob ich ohne Philip ein Nichts wäre. Und selbst wenn er sich wie ein Vollidiot aufführt, fühle ich mich verantwortlich und zuständig und was weiß ich noch alles. Das ist doch auch nicht normal, oder?«, brach es aus ihr heraus.

»Liebes, es ist doch noch keine Zeit vergangen!«, sagte Babette. »Was erwartest du denn? Dass du fünfundzwanzig Jahre einfach so abstreifen kannst wie einen alten Socken, nur weil er sich so schlecht benimmt? Das geht nicht, das weißt du auch. Dumme Yogalehrerinnentussi hin oder her. Er ist immer noch in deinem System. Aber du auch in seinem, vielleicht tröstet dich das. Ihm ist ganz sicher auch nicht egal, was du machst oder mit wem, auch wenn er so tut. Da macht er sich was vor. Aber du hast jetzt die Möglichkeit, dich völlig neu zu erfinden, das habe ich dir neulich schon mal gesagt, weißt du noch? Nicht auf einmal, aber Stück für Stück. Schritt für Schritt. Momente wie dieser helfen dabei, weißt du?«

Olivia nickte. An das Gespräch im Badezimmer konnte sie sich zwar nur noch sehr vage erinnern, aber das, was Babette da gesagt hatte, hatte sie nicht vergessen.

»Und abgesehen davon: Die Grenzen sind nur in deinem Kopf. Was hindert dich daran, so zu leben oder zu sein, wie du willst?«, ergänzte Ari. »Du brauchst Philip nicht, auch wenn er versucht, dir genau das einzureden. Eine echte Prinzessin fragt nicht nach dem Prinzen in schimmernder Rüstung. Sie besorgt sich ein eigenes Schwert!« Ari lachte leise. »Und du erwartest viel zu viel von dir selbst. Denn nein: Es ist nie einfach, etwas auseinanderzudröseln, das so lange und so eng zusammengeklöppelt war wie ihr beiden. Jeder ist eine Hälfte. Und zu lernen, wieder oder das allererste Mal für sich selbst ein Ganzes zu sein, ohne einen anderen zu brauchen, ist eine große Aufgabe und superschwierig. Damit kenne ich mich aus, glaub mir. Aber irgendwann ist es vorbei, und dann wirst du spüren, wie frei du bist. Aber wenigstens lautet ab jetzt die Antwort auf die Frage, wer der wichtigste Mensch in deinem Leben ist, nicht mehr Philip.«

»Nein? Wie dann?« Vincent? Ari? Babette?

»Olivia natürlich! Grundsätzlich. Immer.«

Olivia seufzte und sah zu Henning hinüber, der sie anlächelte und nickte.

»Ich glaube, du könntest auch einen von Sillys Tritten in den Hintern brauchen«, sagte er.

Ari griff nach ihrer Gitarre. »Aber wenn du so dumm wie ich bist, vergisst du sowieso alles gleich wieder, und ehe du dich's versiehst, spielst du das gleiche Spiel mit einem anderen Typen.«

Sie zupfte ein paar Töne auf den Saiten, während Henning sie entsetzt ansah. »Du bist doch nicht dumm, Ari. Was für ein Glück, dass du dich immer wieder aufs Neue auf Gefühle einlässt. Ich kenne dich zwar nicht, aber solange du das kannst, glaubst du wenigstens noch an das Gute im Menschen. Und würdest du je anders sein wollen?«

»Nein«, gab Ari leise zu. Und schob dann ein leises »ja« hinterher.

Er schmunzelte über ihre Antwort. »Ich auch nicht. Ich habe jahrelang Therapie gemacht, um das überhaupt sehen zu können.« Eine tiefe Traurigkeit überschattete für einen Moment sein Gesicht, bevor er sie mit einem Lächeln beiseiteschob. »Die Frage ist nicht, ob du dumm genug bist, dich wieder auf jemand einzulassen. Die Frage ist, ob du stark und mutig genug bist, dich immer wieder neu zu verlieben.«

Es war der perfekte Moment, als Ari mit ihrer großartigen rauen Stimme Cat Burns Lied *Free* anstimmte. Die sanfte Melodie und der Text sorgten für Gänsehaut bei ihnen allen und machte den

Hinterhof zu einer Bühne, die einerseits zu klein war für diesen Abend, diese Frau und die Gefühle, die der Song in Olivia auslöste – und gleichzeitig perfekt dafür, um zu begreifen, was sie für ein Glück hatte. Babette, Ari, May und Henning – vier Menschen, von denen sie drei bis vor sehr kurzer Zeit noch gar nicht gekannt hatte – die absolut nichts mit Philip oder Aimee oder ihrem Leben vor dem ganzen Chaos zu tun hatten. Die aufrichtig, freundlich und ehrlich waren. Die keinerlei Interesse an Oberflächlichkeiten hatten oder daran, sich in einen Wettbewerb aus Eitelkeiten zu stürzen, sondern Menschen, die vielleicht ein wenig eigen waren, aber vor allem einfach sie selbst, und die perfekt in Olivias Herz passten. Dankbar sah Olivia ihre Freunde an. Was für ein Glück, sie hier zu haben. Zu leben. Das Beste daran war, es fehlten sogar noch zwei. Ernst und Mo. Vielmehr drei. Es wäre schön gewesen, auch Silly säße jetzt tatsächlich bei ihnen hier.

Ari spielte selbstvergessen Songs, die Olivia noch nie gehört hatte, und manche, die sie kannte, aber in einer anderen Version. Alle waren wunderschön und passten unglaublich gut zu der Stimmung im Hinterhof und zu der Verbindung, die sie alle spürten.

Es war beinahe halb elf, als sich Babette verabschiedete und auch Henning aufstand, um zu gehen.

»So, ihr Lieben, ich muss jetzt ins Bett. Aber das war die beste Party seit meiner am letzten Wochenende.« Babette begann aufzuräumen. »Ich finde, wir könnten Mittwochspartys zu einer Tradition erheben.«

»Das ist eine sehr gute Idee«, gab ihr Olivia recht. »Keine Ahnung, warum ich da nicht schon längst darauf gekommen bin.«

»Manche Leute muss man einfach zu ihrem Glück zwingen«, sagte Ari und grinste. »Zumindest die, die es verdient haben.«

Sie begleitete Henning und Babette durch den Torbogen nach draußen, während Ari noch ein bisschen aufräumte.

»Danke für den schönen Abend, Olivia«, sagte Henning, nachdem Babette auf ihr Rad gestiegen und davongefahren war. »Es tut mir nur leid, dass ich nichts mitgebracht habe.«

Olivia lachte.

»Zu deiner Hausbesichtigung? Schon okay. Außerdem hast du deine Geschichte mit uns geteilt. Etwas Besseres hättest du nicht mitbringen können. Und du kannst das ja das nächste Mal nachholen.«

»Es wird also ein nächstes Mal geben?« Er sah sie an. Seine Augen glänzten dunkel.

»Natürlich! Einen Mittwoch gibt es doch jede Woche.«

»Meinst du, ich könnte dich auch mal zum Essen einladen? Einfach so?«, fragte er. »Entschuldige, ich habe wenig Erfahrung damit, jemanden um ein Date zu bitten, ich … es … war das zu schnell? Wir können auch … also die Mittwochspartys sind super und …« Olivia lachte. Seine Unsicherheit war wirklich niedlich.

»Warum nicht?«, unterbrach sie ihn, bevor er noch weiter stammeln konnte.

»Na ja, vielleicht, weil du den Männern allgemein abgeschworen hast, was ich sehr schade finden würde, denn es gibt durchaus ein paar ganz nette Exemplare.« Er lächelte verschmitzt. »Habe ich zumindest gehört. Oder du hast ihnen nicht abgeschworen, aber keine Lust, mit mir essen zu gehen. Oder aber, es gibt bereits so viele andere, die dich einladen wollten, dass du …«

»Schon gut, schon gut«, unterbrach Olivia ihn lachend. »Es war keine ernsthafte Frage, und ich gehe sehr gern mit dir essen.«

»Da habe ich aber Glück,« sagte Henning und strahlte sie an. »Freitag?«

»Freitag.«

Die Frage ist nicht, ob du dumm genug bist, dich immer wieder auf jemanden einzulassen. Die Frage ist, ob du stark und mutig genug bist, dich immer wieder neu zu verlieben.

Hennings Satz begleitete Olivia, als sie wieder in den Garten ging, um die restlichen Sachen dort einzusammeln und mit nach oben zu nehmen. Es war ein schöner Satz, den sie nicht vergessen wollte, der ihr Hoffnung schenkte und Vertrauen in die Zukunft. Ob es auch für sie jemanden da draußen gab? Nach Philip? Könnte Henning dieser Jemand sein, selbst wenn Olivia nicht unbedingt ein Kribbeln gefühlt hatte, so hatte sie seine Geschichte doch sehr berührt, und die Offenheit, mit der er darüber sprach, war beeindruckend. Abgesehen davon musste ja nicht immer gleich eine Beziehung entstehen, nur weil ein Mann eine Frau zum Essen einlud. Ernst, Mo, Ari und jetzt auch noch Henning: Sie hatte wundervolle Menschen in den letzten Wochen kennengelernt, die ihr vielleicht an Philips Seite überhaupt nicht begegnet wären. Was für ein Glück sie doch hatte.

Kapitel 18

Beim Zähneputzen sah sich Olivia im Spiegel an und bemühte sich darum, sich so zu betrachten, wie es vielleicht jemand getan hätte, der sie zum ersten Mal sah. Ihre dunklen, halblangen Haare trug sie meistens hochgesteckt. Ihre großen braunen Augen leuchteten nach diesem Abend voller Freude und Dankbarkeit. Ihre Lippen waren voll, und die feinen Linien, die sich durch ihr Gesicht zogen, zeugten davon, wie gerne sie lachte. Sie mochte ihre weißen, strahlenden Zähne, ihre schmalen Schultern und auch ihre Brüste. Sie waren nicht besonders groß, aber immer noch rund. Ihre Taille, die langen Beine und ihre Füße mochte sie auch, obwohl sie für eine Frau eher groß waren. Ihre Hände und Finger waren schlank und gleichzeitig kraftvoll, die Nägel kurz geschnitten und nur mit einem farblosen Nagellack lackiert. Sagte das etwas über sie aus? Dass sie unkompliziert war? *Nett?*

War das überhaupt erstrebenswert? Und wenn ja, für wen?

Olivia ertappte sich dabei, wie ihr Blick immer kritischer wurde, wie sie auf einmal die Orangenhaut an ihren Oberschenkeln sah, die viel zu hellen Augenbrauen, die Falten an ihrem Hals.

»Schluss damit!«, befahl sie sich. Wie sollte jemand anderes sie begehrenswert und schön finden, wenn sie selbst das nicht konnte?

Behutsam legte Olivia ihre Zeigefinger und Mittelfinger auf ihre Lippen und fuhr die fein geschwungene Linie entlang. Wieso war es nur so schwer, gut zu sich selbst zu sein?

Sie hatte sich schon tausend Mal im Spiegel angeschaut und wusste, wie sie aussah. Aber erst seitdem Philip weg war, hatte sie begonnen, so intensiv über sich selbst nachzudenken. Davor waren ihre Gedanken komplett mit ihm beschäftigt gewesen.

»Hallo, Olivia«, sagte sie nachdenklich zu ihrem Spiegelbild. »Kennen wir uns eigentlich?« Sie war sich da nicht sicher. Stimmte es womöglich, was Ari gesagt hatte? Hatte sie sich wirklich komplett über Philip definiert?

Vielleicht war es notwendig, ab und zu eine Bestandsaufnahme zu machen und dabei nicht nur äußerlich, sondern auch tief in ihrem Inneren zu graben. Vielleicht entdeckte sie dabei ja etwas, das sie bisher übersehen hatte?

»Also: Wer bist du?«, fragte sie. »Und noch viel wichtiger: Was möchtest du?«

Sie nahm ihre andere Hand dazu und fuhr mit den Fingern an ihrem Hals entlang, ließ ihre Hände über das Brustbein hinabgleiten und legte sie schließlich auf ihre Brüste. Es fühlte sich gut an.

Ein Lächeln umspielte ihre Lippen, als sie nun mit den Händen an ihren Seiten entlang über ihre Hüften nach unten wanderte und schließlich über die wenigen hauchzarten weißen Streifen an ihrem Bauch streifte.

»Mutter«, sagte sie. »Du bist eine Mutter.«

Sofort hatte Olivia wieder Bilder von sich selbst im Kopf. Damals, vor dreiundzwanzig Jahren, kurz bevor Vincent geboren wurde. Sie lag mit ihrem dicken Bauch am See, während Philip sie liebevoll eincremte und immer wieder über ihre Rundungen strich. Staunend. Bewundernd. Er konnte nicht genug bekommen von ihr, von diesem Wunder, das da heranwuchs.

Wie oft er ihr gesagt hatte, wie sehr er sie begehrte, liebte und immer lieben würde. Es war so lange her. Und nun …

Kurz schob sich Aimees Bild vor ihr inneres Auge, aber sie verscheuchte es sofort wieder. Es ging weder um Aimee noch um Philip, sondern ganz allein um sie.

Olivia streichelte über ihre Hüften, ließ ihre rechte Hand zurück zu ihren Brüsten wandern und ihre linke nach unten zu ihrer Scham. Sie spürte die Wärme, die aus ihrem Schoß aufstieg, und das lustvolle Kribbeln, als sie behutsam ihren Finger eintauchte. Sofort wanderten ihre Gedanken zu Mo. Wie er aussah, wie er sie küsste, berührte, begehrte.

»Du bist eine Geliebte, Olivia«, sagte sie zu ihrem Spiegelbild. Beim Gedanken an ihn wurde die Hitze noch ein wenig intensiver.

Ob sie ihn anrufen sollte? Immerhin hatte er ihr in den letzten Tagen ein paar Nachrichten geschickt und sie nach einem Date gefragt. Sie hatte immer abgesagt. Zu viel im Kopf. Zu viel zu tun. Zu viel Chaos in ihrem Leben. Sie wollte ihn nicht ausnutzen, außerdem wollte sie zunächst ihre Gefühle sortieren, bevor sie ihm wieder begegnete.

Andererseits: Sie mochte ihren Körper, und sie mochte die Lust, die in ihr aufstieg, wenn sie an ihn dachte. Und nutzte sie ihn wirklich aus, wenn sie beide Spaß hatten?

Ernst hatte recht. Sie sollte nicht so viel nachdenken und mehr machen. Und wenn Mo etwas Besseres vorhatte, würde er es ihr schon sagen.

Sie nahm ihren Morgenmantel vom Haken hinter der Tür. Schon dieses Gefühl von Seide auf ihrer Haut war wie eine Liebkosung. Sie wollte mehr davon. Intensivere Berührungen und jemanden, der, wie sie selbst, das Glück genießen konnte, am Leben zu sein.

Olivia ging in ihr Schlafzimmer und sah auf die Uhr. Es war 23:30 Uhr. Einen Versuch war es auf jeden Fall wert.

Schläfst du schon?, tippte sie.

Ja ;), antwortete er sofort.

Olivia musste unwillkürlich lächeln. Sie mochte seinen Humor und das unverstellte Leichte, das ihn ausmachte. Er spielte keine Spielchen, taktiert nicht. Mo war unkompliziert und frei von Berechnung. Im Gegenteil zu Philip.

Ich weiß, es ist schon spät, schrieb sie. Sehr schade, dass du schon schläfst, sonst hätte ich dich gefragt, ob du noch vorbeikommen möchtest ;).

So tief schlafe ich allerdings auch wieder nicht. Ich bin noch bei unserer Mannschaftsbesprechung. Könnte aber in 45 Minuten bei dir sein. Ist dir das zu spät?

Perfekt. Ich kann dir nicht versprechen, dass ich dann noch wach bin. Ich lege dir den Schlüssel in das Zeitungsfach am Briefkasten. Komm einfach hoch, bin im Schlafzimmer.

Olivia fühlte sich großartig. Ein bisschen verrucht, geheimnisvoll und sehr selbstbestimmt. Abgesehen davon klopfte ihr Herz aufgeregt und voller Vorfreude. Mo würde kommen.

Barfuß und vorsichtig ging sie die Treppe hinunter, schlich an Aris Wohnungstür vorbei, hinter der zum Glück schon alles dunkel war, erschreckte Kismet, der es sich auf den Eingangsstufen gemütlich gemacht hatte, und legte den Schlüssel ins Zeitungsfach in der Durchfahrt, bevor sie wieder nach oben ging. Sie machte einen Abstecher in die Küche, wo sie das kleine Edelstahlgefäß mit Eiswürfeln füllte und schließlich damit in ihr Schlafzimmer zurückkehrte.

Olivia löschte alle Lichter und schaltete nur die Lampe auf der Kommode ein, die ein sanftes Licht ins Zimmer warf, und hoffte, dass es reichen würde, um Mo hierherzudirigieren. Sie ließ den

Morgenmantel an, aber es war so warm, dass sie die Bettdecke von ihren Füßen schob.

Vorhin war sie auf eine angenehme Art müde gewesen, aber nun vibrierte ihr Körper geradezu voller Vorfreude, und sie war sich nicht sicher, ob sie wirklich einschlafen konnte. Vermutlich waren die letzten Tage und speziell der heutige doch so anstrengend gewesen, dass ihr innerhalb kürzester Zeit die Augen zufielen.

Olivia hatte Mo definitiv nicht gehört, sondern wachte erst von der behutsamen Wanderung seine Fingerspitzen auf ihrem Oberschenkel auf, spürte, wie er vorsichtig den Gürtelknoten ihres Morgenmantels löste, bevor er ihn von ihren Schultern schob. Seine Lippen streiften ihren Nacken, zeichneten die Kuppe ihrer Schultern nach, während seine Hände sich zärtlich um ihre Brüste schlossen.

Sie lächelte im Halbschlaf, griff nach hinten, um ihre Hand für einen Moment auf seine zu legen, bevor sie ebenfalls begann, ihn zu streicheln. Seine glatte Haut war aufgeheizt von der Sonne des vergangenen Tages oder aber von der Freude, hier zu sein. Es war eine großartige Idee gewesen, ihm zu schreiben.

»Hi«, flüsterte sie noch ein wenig benommen.

»Hi«, flüsterte er zurück, bevor er mit seinem Mund erneut zu ihrem Nacken wanderte, ihr Rückgrat entlang nach unten strich. Ihr Körper wachte schneller auf als ihr Geist.

Olivia drehte sich um, sodass sie Mo ansehen konnte. Für einen Augenblick hielt er inne, sah sie ebenfalls an.

»Ich habe dich vermisst«, sagte er leise und küsste sie zärtlich.

»Ich dich auch«, antwortete sie. Und es stimmte. Vor allem ihr Körper sagte das mehr als deutlich. Sie schob sich näher an ihn heran, begann zunächst behutsam und dann immer drängender über seine Lippen zu lecken, bis er endlich seinen Mund öffnete, sodass sie ihre Zunge mit seiner tanzen lassen konnte.

Irgendwann löste sich Mo von ihr, kniete sich über sie und bedeckte ihr Brustbein mit Küssen, wanderte hinab zu ihren Brustwarzen und ließ seine Zunge dort kreisen, nahm sie in den Mund und saugte vorsichtig daran, bevor er weiter nach unten wanderte, weiter und immer weiter. Sie war kurz vor dem Höhepunkt, als er plötzlich aufhörte. Olivia hatte das Gefühl, sich jederzeit in Funken aus Lust auflösen zu können, aber das war Teil des Spiels, das sie so gern mit ihm spielen wollte.

Er neckte sie, zog sich zurück, wenn sie sich näher schob, und folgte ihr genauso, wenn sie die die Führung übernahm.

Er stöhnte leise auf, als sie sich noch ein wenig näher an ihn drückte. Olivia spürte seine Erregung und ließ sich davon mittragen. Sie begehrte ihn. Jetzt. Die Hitze, die zwischen ihren Körpern vibrierte, heizte beide noch zusätzlich auf.

Olivia streichelte ihn mit ihrer Zunge, versprach ihm mehr, lockte und liebkoste ihn. Ihr eigenes Verlangen wuchs immer weiter, und sie wusste, dass sie nicht mehr lange auf diese Weise weitermachen konnte. Jede einzelne Berührung schickte ein lustvolles Funkeln durch ihren Körper, das sie immer weiter in Flammen aufgehen ließ. Am liebsten hätte sie ihn sofort in sich gespürt, aber sie liebte dieses Spiel mit dem Feuer, und Mos Erregung war zu köstlich, um sich jetzt schon hinzugeben.

Kurz richtete sie sich auf, um einen Eiswürfel aus dem Behälter in den Mund zu nehmen, ließ ihn mit der Zunge um seinen Bauchnabel tanzen, fuhr die feine Haarlinie entlang nach unten. Führte die eisige Liebkosung so lange weiter, bis er laut stöhnte. Erst dann schob sie sich über ihn, weiter nach oben. Mo hatte seine Hand auf ihren Po gelegt und drückte sie an sich. Olivia begann, sich in Zeitlupe an ihm zu reiben. Ein Stöhnen entwich ihr. Oder war er es gewesen?

Im halbdunklen Licht der Nachttischlampe konnte sie das Verlangen in seinen Augen sehen. Es war dasselbe wie ihres.

Dann griff er nach ihren Handgelenken. Hielt sie fest, als er in die Augen sah. »Olivia«, murmelte er. Sie brauchte keine Liebesschwüre, keine Erklärungen oder Beteuerungen. Allein ihr Name und wie er ihn sagte, war genug. Mehr musste sie nicht wissen. Aber sie musste ihn spüren. Jetzt.

Sie setzte sich behutsam auf ihn, und sofort begann ihr kompletter Körper zu explodieren.

Sie kamen gleichzeitig. Stöhnend. Aufgeheizt. Gedankenlos und ohne jedes Zeit- oder Raumgefühl. Olivia versank regelrecht in diesem Strudel aus Hingabe und fand sich erst sehr viel später wieder auf Mos Brust. Spürte den Schweißfilm, der sie beide bedeckte, roch seine Haut, ihre gemeinsame Lust, und genoss den Augenblick des absoluten Vakuums.

Nichts war jetzt wichtig, außer ihres gemeinsamen Herzschlags, der dunklen Sommernacht und der Freude darüber, am Leben zu sein.

Sie wachte vom Gurren der beiden Tauben auf, die sich wie jeden Morgen in der Linde vor dem Haus gegenseitig Liebeslieder vorsangen, und den Sonnenstrahlen, die auch an diesem Morgen wieder ihr helles Licht auf ihre Bettdecke warfen.

Olivia tastete hinter sich und drehte sich schließlich um, aber Mo war verschwunden. Sie sah auf die Uhr. Es war bereits kurz nach halb zehn. Ihr Körper fühlte sich an, als wäre er mit Watte gefüllt. Weich, warm und mit einem Nachhall der Lust, die sie letzte Nacht erlebt hatte.

Olivia fühlte sich ausgeruht und voller Tatendrang, obwohl sie wenig geschlafen hatte. Kurz schmerzte es sie, dass Mo einfach gegangen war, andererseits musste sie um halb elf an der Uni sein und sich sowieso beeilen, wenn sie pünktlich dort sein wollte.

Ein Lächeln lag auf ihren Lippen, als sie die Beine aus dem Bett schwang. Wie war das gestern mit der Bestandsaufnahme noch gewesen? Seit Neuestem gehörte definitiv auch die Sexgöttin auf die Liste, oder wie auch immer man eine Frau nannte, die Freude an ihrem eigenen Körper hatte und dem Geschenk, ihre eigene Lust genießen zu können.

Ihren Morgenmantel fand sie am Fuße des Bettes zusammengeknüllt vor. Sie strich ihn glatt und legte ihn um ihre Schultern, ohne ihn zu schließen, bevor sie in die Küche ging, um sich einen Kaffee zu kochen.

Auf dem Tresen fand sie eine Espressotasse, ein gefülltes Wasserglas und einen Teller mit einem Croissant auf dem kleinen Silbertablett. An der Espressotasse lehnte ein Zettel.

Ich wollte dir eigentlich einen Espresso kochen und ans Bett bringen, aber leider konnte ich nicht bis zum Frühstück bleiben, meine Schöne. Wie du weißt, bin ich Tennistrainer und habe ein Klischee zu erfüllen.

Sie lächelte, bevor sie weiterlas.

Du fühlst dich richtig für mich an, Olivia.
Ich hoffe auf sehr, sehr bald. Danke für die wunderschöne Nacht.
Dein Mo.
PS: Dein Mann war gestern bei der Mannschaftsbesprechung auch dabei.

Nach dem Frühstück und einer ausgiebigen Dusche zog sie ihr liebstes gelbes Sommerkleid an. Es leuchtete geradezu und machte schon beim Anziehen gute Laune. Sie fuhr auf dem Wall zur Universität und freute sich an den Bäumen und Büschen, die links und rechts den Weg säumten.

Sich Philip und Aimee gemeinsam vorzustellen oder sich vor Augen zu führen, was in ihrem Leben gerade passierte, war eine große Belastung. Aber es gab ihre Freunde, ihr Haus und es gab Mo.

Was hatte Babette gesagt? Kummer kam in Wellen. Glück und Zuversicht aber auch. Alles zusammen nannte man vermutlich Leben.

Das Lächeln, das sie in ihrem Herzen fühlte, begleitete sie den Rest des Tages und schenkt ihr viele Komplimente über jugendliches Aussehen, Erstrahlen und die eine oder andere Frage von Kolleginnen, ob sie im Urlaub gewesen sei.

Ein bisschen fühlte es sich tatsächlich so an.

Kapitel 19

Glücklicherweise war so viel los, dass sie nicht wirklich Zeit zum Nachdenken hatte. Als sie von der Uni wieder nach Hause kam, warteten Ari und May schon auf sie.

Ari hatte nur bis Mittag auf dem Bürgeramt gearbeitet, wo sie eine Stelle als Sachbearbeiterin hatte, und dann einen Salat für alle drei vorbereitet. Olivia hatte Falafel, Dips und Brot vom türkischen Stand auf dem Markt mitgebracht, und sie aßen auf der Dachterrasse. Es schmeckte köstlich und machte so viel mehr Spaß, zu dritt zu essen. Wieder einmal fragte sich Olivia, wie sie nur hatte zögern können, die beiden zu sich zu holen.

»Magst du vielleicht morgen mal mit an die Uni kommen?«, fragte sie May, die schließlich noch ein paar Ferientage zu überbrücken hatte.

Dankbar sah Ari sie an.

»Total gern! Gibt es da auch Ateliers?« Mays Augen leuchteten.

»Na ja, es ist Kunstgeschichte, also gibt es eher Bilder von großen Meistern in den Ausstellungen, aber wenn man sich die Zeit nimmt und sie genau anschaut, dann kann man superviel lernen. Wie sie gemalt haben, was sie sich dabei gedacht haben, was für Material sie benutzt haben und warum.« Olivia lächelte. »Und manchmal sind sogar geheime Botschaften in den Bildern versteckt.«

Sie lachte, als May erstaunt die Augen aufriss.

»Echt?«

»Echt. Die Gesichter haben manchmal Ähnlichkeiten mit wichtigen Personen aus dieser Zeit, politische Verwicklungen oder Meinungen sind dargestellt worden. Außerdem musst du wissen, dass hier an der Ernst-August-Universität der Studiengang überhaupt erst erfunden wurde. Cool, oder?«

May nickte.

»Es ist wirklich sehr spannend, und ich nehme dich gerne mit. Du kannst auch mitkommen, Ari!«, sagte sie an ihre Freundin gewandt, aber die winkte ab und gähnte.

»Gerne. Aber ein anderes Mal. Ich bin echt platt, und wenn wir unten durch die Wohnung gegangen sind, schlafe ich erst mal. So ungefähr drei Tage lang. Die Arbeit auf dem Amt ist auch nicht mehr das, was sie mal war.«

Es war ein merkwürdiges Gefühl, mit Ari und May zwischen Vincents Sachen zu stehen und zu überlegen, was bleiben konnte und was weggeräumt werden sollte. Und, schwieriger noch, wie sie das, was blieb, umstellen konnten, sodass die Wohnung besser zu den Bedürfnissen von Ari und May passte.

Natürlich hatte Vincent ihnen das Okay für alles gegeben, aber es waren immer noch seine Sachen. Und es sah immer noch so aus, als würde er morgen wiederkommen, was Olivia auch am liebsten gewesen wäre. Denn dann könnte er entscheiden, und sie müsste nicht so hin- und hergerissen sein zwischen dem Wunsch, ein schönes Zuhause für die beiden zu schaffen, und der Sorge, dafür Vincent seines zu nehmen.

Auch Ari tat sich unheimlich schwer damit. Als sie kurz nach oben in Olivias Küche gingen, um einen Espresso zu trinken, fiel sie regelrecht in sich zusammen. Still saß sie am Küchenblock und vergrub ihr Gesicht in den Händen.

»Was ist los, Ari?«, fragte Olivia sofort und legte den Arm um ihre Schultern.

»Ach … ich … weißt du …« Man konnte ihr ansehen, wie schwer es ihr fiel auszusprechen, was sie bedrückte.

»Los, raus mit der Sprache!« Es war nicht unbedingt Olivias

Stärke, Klarheit einzufordern, denn sie wollte auf keinen Fall jemanden unter Druck setzen. Andererseits, wenn sie zusammenwohnen wollten, war es sicherlich sinnvoll, wenn sie frühzeitig übten, die Dinge beim Namen zu nennen.

Ari hatte damit normalerweise viel weniger Probleme, das wusste Olivia. Umso schwerer wog das, was sie beschäftigte – und umso wichtiger war es, dass sie es aussprach.

Olivia sah sie abwartend an, bis Ari sich räusperte und sich aufrecht hinsetzte.

»Okay. Ich habe es durchgerechnet.« Sie sah Olivia fest in die Augen. »Ich weiß, dass du gesagt hast, ich soll zahlen, was ich kann. Aber … ich arbeite wegen May ja nur fünfundsiebzig Prozent und … dann sind es …« Sie räusperte sich noch einmal. »… sechshundertfünfzig Euro. Warm.« Sie atmete laut aus. »Ich weiß, eine Wohnung wie diese, in dieser Lage, mit den hochwertigen Möbeln und allem was dazugehört, da könntest du vermutlich das Doppelte verlangen. Es tut mir leid, Olivia. Ich kann auf keinen Fall mehr arbeiten, weil May sowieso schon viel zu oft und lang alleine ist. Und ich kann verstehen, wenn du uns dann doch nicht hier haben willst. Ich weiß ja, dass du auch Geld brauchst und Philip ausbezahlen musst, und dass du …«

»Stopp!« Olivia spürte, wie Ärger in ihr hochkroch. Sie war nicht wütend auf Ari, die letztendlich nichts dafür konnte, dass sie in dieser Lage war. Sondern auf Philip, der diese mutwillige und boshafte Forderung aufgestellt hatte und damit ihre Freundin in eine solche Situation brachte, und auch auf sich selbst, weil sie keine andere Lösung parat hatte, die ihrer beider Probleme einfach so löste.

Und erneut auf Philip, der mit Aimee glücklich und froh seinen blöden Hof renovierte, während sie sich hier die Köpfe darüber zerbrachen, wie es weitergehen konnte.

»Zunächst einmal das Wichtigste. Eines ist ja wohl sowieso klar:

Ihr beide bleibt hier, egal, was Philip noch einfällt. Wenn er seinen Traum mit Aimee als vegan lebender, Yoga praktizierender und meditierender neuer Mensch leben will, schön für ihn. Wenn er nur noch nebenher Architekt sein will, noch viel besser. Aber dann muss er es sich leisten können, ohne das Haus zu verkaufen und von dem Erlös zu leben. Das ist bestimmt auch überhaupt nicht rechtmäßig. Immerhin gibt es mich ja auch noch, und nur weil es ihm gut in den Kram passen würde, wenn ich ausziehe, so habe ich doch auch ein paar Rechte.«

»Ja, aber …«

»Nichts aber«, unterbrach Olivia ihre Freundin lächelnd. »Ich will Ernst sowieso am Samstag zum Essen einladen, und dann fragen wir ihn einfach mal. Es ist eine Schande, dass wir uns so lange nicht gesehen haben und dass er euch noch gar nicht kennt.«

»Ich …«

»Ich weiß, was du sagen willst, Ari.« Olivia legte beruhigend ihre Hand auf die ihrer Freundin. »Bestimmt könnte man die Wohnung für mehr Geld vermieten, aber an wen? Und wozu? Ich finde, Philip kann froh sein, dass er so schnell überhaupt Geld bekommt, ganz ehrlich. Und bevor wir uns jetzt aufregen, gehen wir lieber nach unten und machen weiter.«

Sie hoffte, dass ihre momentane Zuversicht für sie beide reichte, aber sie war sich nicht ganz sicher. Denn auch Olivia hatte Augenblicke, in denen sie sich schon ihre Koffer packen und ausziehen sah – und wenn sie sich schon so fühlte, wie sollte es Ari dann erst gehen?

»Und jetzt lass uns runtergehen und eure Wohnung so richtig schön machen, okay?«

Olivia brauchte etwas zu tun und das Gefühl, Einfluss auf ihr Leben zu haben, selbst wenn sie immer noch nicht wusste, wie sie das mit der Wohnung nun am besten machen sollten.

Aber darüber hätte sie sich gar keine Gedanken machen müssen.

Denn sie hatten noch nicht einmal die Türe geöffnet, als ihnen schon Mays Kichern entgegenschallte.

»Glitzer? Bist du sicher?«, rief sie lachend und ließ sich rücklings auf das Sofa fallen. »Die ganze Wand?«

Ihre Wangen waren gerötet. Sie strahlte, als sie Olivia und Ari sah, und winkte ihnen freudig zu. Dann formte sie ein lautloses »Vincent« mit ihren Lippen.

Vincent war am Telefon?

May wedelte fröhlich mit einem Zettel, auf dem seine Nummer stand. »Den habe ich an der Pinnwand hinter seinem Schreibtisch gefunden und ... ihr macht es so kompliziert mit dieser Wohnung.« Sie zuckte mit den Schultern. »Und da habe ich mir gedacht, wir telefonieren einfach mal miteinander. Was soll ich sagen? Es war eine sehr gute Idee von mir.« Sie grinste verschmitzt. »Außerdem mussten wir uns ja dringend mal kennenlernen, bevor wir uns irgendwie eine Wohnung teilen. Da sind Vincent und ich uns nämlich sehr einig, stimmt's?«

Sie drehte das Telefon so, dass Olivia und Ari das Display sehen konnten und darauf einen ziemlich zerzausten Vincent, der ins Telefon winkte. Er hatte rote Wangen und nickte.

»Hi, Mama, hallo, Ari, nehme ich an«, sagte er ebenfalls sehr fröhlich.

»Hallo, Vincent«, antworteten beide einstimmig – und gleichermaßen perplex. May war unglaublich.

»May und ich haben schon ein paar Entscheidungen getroffen«, sagte Vincent.

»Vincent und ich sind für Glitzer«, ergänzte May und lachte.

»Nicht wirklich. Das hast du dir nur ausgedacht, May«, sagte Vincent, aber er lachte ebenfalls. »Glitzer ist eine Grenze, die auf keinen Fall überschritten werden darf, junge Dame, sonst gibt es Ärger.«

»Okay. War ja auch nur Spaß.«

»Aber über Lila können wir reden«, fuhr er fort und zwinkerte ihr zu.

»Dein Ernst?«

»Mein Ernst. Aber nur in deinem Zimmer, ja? Und erst, wenn alle Sachen draußen sind. Und vielleicht wartest du auch einfach, bis ich in drei Wochen komme, und wir machen das zusammen?«

May nickte nur. Ihr Mund stand offen, und sie himmelte Vincent auf eine Weise an, die sehr niedlich war. »Ich warte, gar kein Problem«, meinte sie, bevor sie das Telefon an Olivia weitergab. Vincent schmunzelte noch immer, als Olivia das Smartphone in Empfang nahm.

»Also, Mama, wir haben beschlossen, dass die Sachen aus meinem Arbeitszimmer in die linke Garage kommen. Da, wo normalerweise Papas Auto stehen würde. Das hat er vermutlich mitgenommen, nehme ich an?«

»Hat er«, sagte Olivia. Erstaunlich, wie pragmatisch Vincent mit der ganzen Aktion umging. Immerhin hatte er berechtigterweise zunächst Bedenken gehabt, und jetzt konnte er es kaum erwarten loszulegen. Das machte es auch Olivia sehr viel leichter.

»Das alte Weichholzbett von Omi mit dem geschnitzten Kopfteil, das wir aufgehoben haben, weil es zu schön zum Weggeben war und jetzt seit Ewigkeiten dort unten steht, passt doch richtig gut für May, oder nicht?« Er wartete Olivias Antwort gar nicht erst ab. »Man muss es vielleicht kurz abschleifen und neu einlassen, dann ist es perfekt. Den Schrank und den Schreibtisch kann man lassen. Dann hat sie schon mal ein schönes Zimmer. Die Wände sind frei für ihre Kunstwerke. Und wenn sie sie unbedingt lila streichen will, bitte sehr.«

Er lachte erneut, als May von hinten »Ich warte aber auf dich mit dem Streichen!« einwarf.

»Die Sachen aus dem Bad könnt ihr ja einfach nach oben räumen. Die Küche kann bleiben, wie sie ist. Meine Kleider kommen nach oben ins Gästezimmer. In drei Wochen bin ich ja zu deinem Geburtstag da wie angekündigt. Dann können wir schauen, was wir mit dem Rest machen. Jedenfalls kann ich mir vorstellen, dass es eine wirklich schöne Wohnung wird, und ich freue mich schon drauf, mit May die Steine im Hinterhof anzumalen.« Er lachte. »Dass ich das verpasst habe, werde ich vermutlich mein Leben lang bereuen, aber wenigstens hat May mir davon erzählt. Ich habe diesen Steingarten noch nie verstanden.«

»Wer hat das schon?«, fragte Ari und lachte ebenfalls.

»Und wenn du das nächste Mal kommst, dann bist du bei unserer Mittwochsparty dabei, okay?«

»Wenn ich das nächste Mal komme, bleibe ich mindestens für zwei Mittwochspartys.« Er lächelte. »Ich will dich singen hören. Meine Mutter hat Geburtstag, Mays Zimmer soll lila werden und ich habe ein Maldate mit May. Da reicht eine Woche auf keinen Fall, stimmt's?«

»Stimmt«, antwortete May. »Ich freue mich schon riesig auf dich«, sagte sie.

»Oh, und May?«

»Ja?«

»Du kannst mich jederzeit anrufen, auch wenn es nicht um Glitzer geht, okay?«

May war so überrascht, dass sie noch nicht einmal antworten konnte. Sie nickte nur. Aber Olivia sah ihr an, wie glücklich sie war. Und Olivia war stolz auf ihren Sohn, der ihr auf einmal so erwachsen vorkam. Er hatte gespürt, dass May jemanden brauchte, und war vielleicht so etwas wie ein überraschend zum richtigen Zeitpunkt aufgetauchter großer Bruder für sie. Wer wusste das schon. Eines wusste Olivia aber ganz sicher: Dieses Telefonat hatte nicht nur May, sondern auch ihm gutgetan. Und vielleicht war es nicht nur ein Geschenk, plötzlich eine Art großen Bruder zu haben – sondern auch, überraschend einer zu sein.

May setzte sich im Schneidersitz auf die Couch und legte ein Sofakissen auf ihre Beine. Sofort hüpfte Kismet nach oben und rollte sich an ihren Füßen zusammen. Olivia schüttelte den Kopf und lächelte May an.

»So langsam werde ich schon ein bisschen eifersüchtig«, sagte sie. »Zuerst der Kater und jetzt auch noch mein Sohn? Da muss ich mir wirklich überlegen, ob ich dich mit an die Uni nehmen kann!«

May lachte.

»Die haben eben beide einen sehr guten Geschmack«, sagte sie.

»Das haben sie allerdings«, antwortete Olivia und wuschelte diesem zauberhaften Mädchen durch die Haare.

Sie arbeiteten den Rest des Nachmittags vor sich hin und hielten sich an Vincents Vorschläge. In Philips Garage stapelten sich nach und nach die Kartons mit Vincents Klamotten und Unterlagen. Nur seine Sportsachen und die Dinge, die er brauchte, wenn er hier war, wanderten in das Gästezimmer. Bettwäsche, Handtücher, Küchenutensilien und alles andere blieb einfach, wo es war.

So langsam leerte sich die Wohnung und wandelte sich gleichzeitig zu einer anderen. Das erste Mal überhaupt stand eine Vase mit Blumen auf dem Tisch, lag ein Bild auf dem Sideboard, das May gemalt hatte. Aris Gitarre lehnte an der Küchentheke. So wurde die Wohnung nach und nach zu Aris und Mays. Dabei war es völlig gleichgültig, dass all die Designermöbel blieben, wo sie waren – den Unterschied machte das Leben, das die beiden hier hereinbrachten.

Es ergab so viel mehr Sinn, dass diese Wohnung nicht mehr leer stand. Olivia konnte sich überhaupt nicht mehr vorstellen, wie es gewesen war, als die beiden noch nicht da gewesen waren.

Für einen Moment ließ sie sich auf einem Kissen in der Fensternische nieder und beobachtete Ari, die über den Küchenblock wischte, bevor sie Olivia ein Glas Wasser einschenkte.

»Trink!«, sagte sie und wartete ab, bis Olivia es tatsächlich ausgetrunken hatte. Beide lachten.

»Es ist wirklich schön, dass ihr hier seid, Ari«, sagte Olivia leise, als sie das Glas zurückgab.

»Ich kann dir nicht genug dafür danken, dass wir hier sein dürfen«, antwortete Ari. »Und ich verspreche dir, dass ich eines Tages mehr zahlen werde«, fügte sie hinzu.

Olivia schüttelte den Kopf. »Es gibt wirklich Wichtigeres«, gab sie zurück, und dann nahm sie ihre Freundin fest in den Arm, bevor sie Ernsts Nummer wählte.

Kapitel 20

Sie freute sich auf ihre Verabredung mit Henning, selbst wenn Olivia immer wieder kurz überlegt hatte, ob sie nicht doch noch absagen sollte. Denn es gab nun mal dieses ganze Chaos in ihrem Leben, das sich nicht einfach wegdenken ließ. Und Henning, der selbst so viel erlebt hatte, hatte eine Frau verdient, die sich ihm ganz und gar widmen konnte. Könnte sie das sein? Und wenn ja, wollte sie das überhaupt? Denn abgesehen von Philip gab es ja auch noch Mo.

Ob er etwas dagegen hätte, wenn sie mit einem anderen Mann ausging? Andererseits hatte sie keine Ahnung, was Mo für Pläne hatte, wie exklusiv er sich mit ihr verbunden fühlte oder was er abends so machte. Und überhaupt: Sie hatten Sex. Großartigen, aufregenden Sex. Hieß das, dass sie ihm zu irgendetwas verpflichtet war oder er ihr? Wohl eher nicht, beschloss sie exakt in dem Moment, als Henning klingelte.

Es gefiel Olivia sehr, dass er so pünktlich war. Sie selbst war allerdings noch nicht ganz fertig und bat ihn deshalb, nach oben zu kommen.

Er klopfte an der Wohnungstür, obwohl sie offen stand, und trat erst ein, nachdem sie ihn hereingebeten hatte.

Und dann musste sie zweimal hinsehen. Vor ihr stand ein völlig anderer Henning. Der Mann, dessen Gesicht sie beim letzten Mal hinter seinem Bart nicht richtig hatte erkennen können, hatte sich rasiert. Sein Vollbart war verschwunden, und er sah mit seinem kantigen Kinn, den volle Lippen und den strahlend weißen Zähnen ungefähr zehn Jahre jünger aus. Und er lächelte.

»Ich war beim Friseur«, sagte er.

»Das sehe ich.« Olivia konnte nicht anders, sie starrte ihn einfach nur an.

Er trug wie beim letzten Mal eine beige Chino und Sneakers. Dieses Mal hatte er sich allerdings für ein helles Jeanshemd entschieden. Seine Haare glänzten, und er roch unglaublich gut, außerdem hatte er einen Strauß Sonnenblumen in der Hand, den er ihr nun entgegenstreckte. »Für dich«, sagt er verlegen, während er sie ebenfalls genau betrachtete. »Entschuldige, ich bin schon sehr lange nicht mehr … ich habe schon lange nicht mehr … ach egal. Ich freue mich über unser Date.« Er grinste. »Und ich hoffe, ich stelle mich nicht allzu peinlich an.« Er drückte ihr die Blumen in die Hand und gab ihr einen Kuss auf die Wange.

Olivia trug ihr gebrochen weißes Kleid mit den bunten Blumenstickereien am Ausschnitt und dazu ihre braunen Wedges. Sie erinnerte sich kaum noch daran, was sie beim letzten Mal getragen hatte, als sie sich begegnet waren. Vermutlich eine weite Leinenhose und eine Bluse, irgendetwas Praktisches, womit man gut Fahrrad fahren und den Tag an der Uni trotz Hitze überstehen konnte.

»Du siehst großartig aus. Das Kleid und … Wow!«, er grinste immer noch. »Okay, ich stelle mich doch peinlich an, aber ich fühle mich total underdressed an deiner Seite. Habe ich irgendwie den Dresscode verpasst?«

»Nein.« Olivia lächelte. »Es ist Sommer, da muss man Kleider tragen. Es ist quasi Gesetz. Und du siehst doch genauso toll aus. Abgesehen davon stellst du dich überhaupt nicht an. Jedes Date ist ein neues Date, oder nicht? Wenn man es genau nimmt, war ich auch schon mehr als zwei Jahrzehnte auf keinem.« Sie zwinkerte ihm zu. »Und weißt du, das mit dem Bart …«

»Ja, da habt ihr mich echt inspiriert, ihr drei.«

»Ah ja?«

»Ich hatte auf einmal das Gefühl, ich müsste mich nicht mehr hinter irgendwas verstecken. Gefällt es dir?«

»Ich finde, es sieht großartig aus. Und ich bin dafür, dass wir jetzt sofort damit aufhören, uns zu viele Gedanken zu machen, und uns einfach treiben lassen, was meinst du?«

»Sehr gute Idee.«

Henning wartete geduldig, bis Olivia die Sonnenblumen in eine bodentiefe Vase gestellt hatte und sich ihre Handtasche umhängte. Er hielt ihr die Tür auf und ließ sie vorgehen, und Olivia genoss es, mit einem Gentleman unterwegs zu sein.

»Was hältst du davon, wenn wir ins Jimmys gehen? Kennst du das?« Olivia war seit Philips Geburtstag nicht mehr dort gewesen, und so sehr sie diesen Ort liebte, hatte sie ihn absichtlich gemieden. Selbst wenn Ernst natürlich damit recht hatte, dass Göttingen klein war und man sich nicht wirklich aus dem Weg gehen konnte, so hatte sie doch keine Lust, eine Begegnung mit Aimee und Philip herauszufordern. Mit Henning an ihrer Seite war das allerdings etwas anderes. Den Blick von Philip wollte sie gerne sehen, wenn er sie mit dem abgesprungenen Hauskäufer entdeckte. Vorausgesetzt, er erkannte ihn überhaupt ohne Bart.

Henning schüttelte den Kopf. »Ehrlich gesagt kenne ich bisher sehr wenig in Göttingen. Zumindest, wenn es neue Kneipen sind. Wir waren früher im Déjà und in der Sonderbar, soweit ich mich erinnern kann. Aber das ist so viele Jahre her. Ich bin offen für alles.«

»Das Tolle am Sommer ist ja, dass man sich so gut treiben lassen kann. Wir können natürlich auch zuerst etwas essen gehen.«

Es stimmte schon: Vielleicht war das Tolle am Sommer das Treibenlassen, aber das machte es auf der anderen Seite auch schwierig, sich zu entscheiden. Ohnehin nicht unbedingt eine von Olivias Stärken.

»O ja, essen finde ich immer gut.« Henning strahlte. »Und nur damit ich auch mal was vorgeschlagen habe: Was hältst du von Italienisch?«

Sie entschieden sich für das Tante Giulia in der Theaterstraße, weil man da draußen sitzen und die perfekte Pizza essen konnte. Olivia liebte die bunten Stühle an den Holztischen, die freundliche Begrüßung und den eiskalten Lugana, der dort serviert wurde.

Henning entschied sich für eine Pizza mit Parmaschinken und Rucola und Olivia, die kulinarische Experimente liebte, nahm Ziegenkäse, Feigen und Honigöl. Henning war mehr als beeindruckt von ihrer Wahl.

»Du bist echt mutig, Olivia, weißt du das?«

»Warum? Wegen der Pizza?« Olivia lachte. Als mutig hatte sie wirklich bisher kaum jemand bezeichnet.

»Ja, auch.« Henning grinste ebenfalls. »Aber auch, wie du deine Situation annimmst und das Beste draus machst und … na ja, einfach so draufloslebst.«

»Was habe ich denn für eine Wahl?« Sofort dachte sie daran, wie verzweifelt sie am Anfang gewesen war und wie schrecklich hoffnungslos sie sich da gefühlt hatte. Die Olivia, die nie wieder ihre Wohnung verlassen wollte, lag unendliche Meilen weit hinter ihr, dabei war kaum ein Monat vergangen. Merkwürdig, wie schnell sich das Leben sowohl in die eine als auch in die andere Richtung drehen konnte. Schnell schob sie die Erinnerung an die ersten Tage nach Philips Auszug beiseite und nahm einen Schluck Wein. »Ich bin jedenfalls froh, dass ich heute hier bin und mit dir eine mutige Pizza essen kann.« Sie hob ihr Glas, damit Henning mit ihr anstoßen konnte.

»Das bin ich auch, Olivia. Ich hatte wirklich schon sehr lange kein Date mehr. Du musst dir einfach vorstellen, dass ich ein siebenundzwanzigjähriger Witwer in dem Körper eines vierundfünfzigjährigen Soziologen bin.« Er lachte.

»Andersrum wäre es mir lieber«, sagte Olivia und lachte ebenfalls, bevor sie sich erschrocken die Hand auf den Mund legte. »Entschuldigung, das war wirklich geschmacklos.«

»Ja, aber auch sehr lustig«, Henning lachte ebenfalls. »Weißt du, dein Humor gefällt mir an dir fast am besten«, sagte er.

»Danke, das ist wirklich ein schönes Kompliment.« Olivia hob ihr Glas, damit er mit ihr anstoßen konnte. »Und ich bin froh, dass ich dich mit meinem Scherz nicht verletzt habe.«

»Auf keinen Fall. Weißt du, es kommt immer darauf an, wie man etwas sagt, finde ich. Und abgesehen davon kann man sich eine solche Vorlage nicht entgehen lassen.« Er prostete ihr zu. »Auf die guten Vorlagen und den Humor«, sagte er.

»Auf neue Freunde!« Olivia lächelte. Es war schön, hier zu sitzen und die anderen Menschen dabei zu beobachten, wie sie ebenfalls ihren Abend genossen. Miteinander lachten, aßen oder einfach nur an ihnen vorbeispazierten.

Sie freute sich auf ihre Pizza und darauf, Zeit mit diesem Mann zu verbringen, der so anders war als alle anderen Männer in ihrem Leben. Als der Kellner zwei unfassbar lecker duftende Pizzen an ihnen vorbeitrug, knurrte ihr Magen so laut, dass selbst Henning es hören konnte.

»Hunger?«, fragte er.

»Und wie!« Es war geradezu peinlich, wie deutlich man es hören konnte. Olivia griff nach einem Stück Brot, um das Knurren ein wenig zu besänftigen.

»Okay, das mag ich auch.«

»Was? Dass ich Hunger habe?« Sie grinste.

»Nein, dass du es sagst und … vermutlich auch die ganze Pizza aufisst, oder?«

»Darauf kannst du dich verlassen. Was soll ich sonst mit ihr machen?«

Henning zuckte mit den Schultern. »Also, die wenigen Frauen, mit denen ich ausgegangen bin, haben maximal ein halbes Salatblatt gegessen und sich dann die andere Hälfte einpacken lassen. Oder sie haben plötzlich festgestellt, dass sie das viel interessanter fanden, was ich bestellt hatte, und dann bei mir mitgegessen.«

Olivia lachte. »Was hast du noch mal bestellt?«

»Wage es ja nicht!« Henning drohte ihr scherzhaft mit seiner Gabel. »Ich werde meine Pizza Rucola verteidigen, wenn es sein muss!«

Glücklicherweise war das dann doch nicht nötig. Henning bot Olivia ein Stück von seiner Pizza im Tausch an und war durchaus angetan von ihrer Variante. Das Essen war lecker, und ihre Unterhaltung war leicht und unkompliziert. Es machte Spaß, sich mit ihm zu unterhalten, weil es keinen Grund gab, vorsichtig zu sein. Es war eine Wohltat, sagen zu können, was sie wollte, ohne aufpassen zu müssen.

Sie lachten viel, zogen sich gegenseitig auf, und wenn Olivia zunächst Bedenken gehabt hatte, dass sie vielleicht einen Abend zu dritt verbringen würden, weil Henning ihr die ganze Zeit erzählen musste, wo in Göttingen er schon mit seiner Silly gewesen war und er sie einfach überall spürte, sah und wiederfand, so merkte sie doch schnell, dass das völlig unbegründet gewesen war.

Vor ihr saß ein Mann, der eine traurige Geschichte mit sich trug, die ihn geprägt hatte. Aber sie war nicht alles, was ihn ausmachte. Da gab es mehr, viel mehr. Er war bereit und neugierig, sein Leben neu und anders zu gestalten und sich nicht ausschließlich darüber zu definieren, was er verloren hatte. Und das war schön.

Nachdem sie gegessen hatten, bestellten sie noch einen Limoncello und einen doppelten Espresso.

Langsam senkte sich die Dämmerung über die Stadt, und die Gespräche um sie herum wurden leiser. Intimer.

Vielleicht kam es Olivia aber auch nur so vor, denn Henning war auf einmal ernst geworden. »Ich mag dein Lachen, Olivia«, sagte er und legte seine Hand auf ihre. »Die Art und Weise, wie du mit deinen Freundinnen sprichst und sie mit dir. Da ist so viel positive Energie zwischen euch, die man ganz deutlich spüren kann. Es ist schön, ein Teil davon zu sein. Weißt du, ich habe den Mittwoch mit euch wirklich sehr genossen und noch lange an diesen Abend gedacht.«

Seine Hand war warm und fühlte sich gut an. Olivia freute sich über seine Komplimente, und sie war Philip beinahe dankbar, dass Henning durch diese Hausverkaufsaktion so zufällig in ihr Leben gespült worden war.

»Ich möchte dich wirklich sehr gerne besser kennenlernen«, fuhr er fort und sah ihr dabei tief in die Augen.

Sie mochte Henning. Er sah gut aus, war charmant und höflich. Aber kein Funke sprang über, ihr Herz klopfte in derselben Geschwindigkeit weiter wie zuvor, und überhaupt ging ihr das alles viel zu schnell. Behutsam zog sie ihre Hand unter seiner hervor.

Sofort zog er auch seine Hand zurück. »O Gott, Olivia. Entschuldige bitte, ich wollte dir nicht zu nahetreten!«

»Nein, schon gut, das bist du ja auch gar nicht«, sagte Olivia. »Ich … tatsächlich ehrt es mich, dass du so offen zu mir bist und … mich magst. Es hat eigentlich ganz wenig mit dir zu tun, sondern sehr viel mehr mit mir. Weißt du, unser Gespräch am Mittwoch hat uns vermutlich allen das Gefühl gegeben, einander nah zu sein. Das war wirklich etwas ganz Besonderes.« Henning hörte ihr aufmerksam zu, als sie weitersprach. »Ich finde es auch sehr schön mit dir hier, und ich möchte dich auch näher kennenlernen. Ich brauche dafür nur vielleicht ein wenig mehr Zeit und ein langsameres Tempo.«

»Ja, das verstehe ich.« Henning nickte. Sein Lächeln war aufrichtig, dennoch konnte Olivia eine Einsamkeit dahinter entdecken, die ihr selbst seit Neuestem so vertraut war. Sie wollte diesen Mann mögen, er war freundlich, intelligent und so aufrichtig, dass es fast schon wehtat. Aber es war der falsche Grund, sich aufeinander einzulassen, nur weil sie dieselbe Traurigkeit verband. Vielleicht war es auch nur der falsche Zeitpunkt.

Und vielleicht war eine Freundschaft nicht nur der bessere Weg, sondern auch das kostbarere Geschenk bei dieser Begegnung. Ob einmal mehr daraus werden würde? Wer wusste das schon. Eines wusste Olivia jedenfalls ganz sicher: nicht an diesem Abend.

Henning nahm ihr ihre Ehrlichkeit nicht übel. Ganz im Gegenteil. Es schien fast, als wäre ihm damit ebenfalls eine Last von den Schultern genommen. Sie kehrten in einer stillen Übereinkunft und ohne Schwierigkeiten zu ihrem freundschaftlichen Ton zurück, und es fühlte sich für Olivia tatsächlich an, als würden sie sich schon ewig kennen. Dass jeder von den Abgründen und dem Kummer des anderen wusste, half ihnen beiden, über Dinge zu sprechen, die sie vielleicht sonst mit niemandem teilten.

Olivia wagte es sogar, ihm von diesen dunklen Stunden und Tagen auf ihrer Dachterrasse zu erzählen, und wie verzweifelt sie in diesem tiefen Loch aus Schmerz gesessen hatte und sicher gewesen war, nie wieder herausfinden zu können.

Das Großartige an diesem Gespräch mit Henning war, er verstand ihren Schmerz nicht nur, sondern war selbst auch schon einmal dort gewesen. Schon zu wissen, dass sie nicht der einzige Mensch dort unten gewesen war, machte es Olivia noch leichter loszulassen.

Irgendwann beschlossen sie, die schweren Themen beiseitezuschieben und einfach nur den schönen Sommerabend zu genießen. Sie wagten sich tatsächlich noch ins Jimmys, wo sich Georg unglaublich freute, Olivia wiederzusehen, und beiden sofort einen Drink ausgab. Sie nahmen ihn mit in den Garten, setzten sich auf eines der Outdoorsofas und sahen sich die Lichterketten in den Bäumen und die Sterne über Göttingen an.

Sie sprachen über Hennings Café, über Olivias Zukunft und über das Haus. Olivia genoss es, nicht auf die Uhr sehen zu müssen. Immerhin war Freitag, und sie konnte am nächsten Tag ausschlafen, bevor sie sich gegen Mittag mit Mo zum Tennisspielen verabredet hatte. Abends würde Ernst vorbeikommen, und sie konnten endlich ein paar Dinge bereden, die Olivias Zukunft vielleicht ein bisschen klarer machten.

Es versprach, ein schöner Sommertag zu werden und – wenn Mo später vielleicht noch Zeit hatte – sogar noch mehr.

Olivia war frei. Und sie genoss dieses Gefühl mit jeder Zelle ihres Körpers.

Als Henning sie nach Hause brachte, standen sie noch eine Weile an der Tür. »Danke für den schönen Abend«, sagte er schließlich und küsste sie auf die Wange, »und dafür, dass du mir meine Grenzen gezeigt hast. Ich finde dich wirklich toll, Olivia, und ich hoffe, wir können Freunde werden.« Er lachte. »Das klingt echt schräg. Wie im Film.«

»Wie im Film ist doch nicht das Schlechteste.«

»Nein, da hast du recht. Und selbst wenn du mir dein Haus nicht verkaufen willst, kommt ihr ja vielleicht selbst irgendwann auf die geniale Idee, ein Café in der Apotheke eröffnen zu wollen. Dann sagt einfach Bescheid. Ich bin bereit zu investieren. Und wenn du irgendwo in deiner Nachbarschaft von einem freistehenden Haus hörst, dann lass es mich bitte unbedingt wissen. Ich wäre sehr gern dein Nachbar. Schon allein, weil ich es dann nicht so weit bis zu den Mittwochspartys hätte.«

Sie lächelte. Ja, Henning war ein guter Mann und Mensch. Vielleicht würde sie sich eines Tages in ihn verlieben. Warum auch nicht? Aber noch war kein Platz dafür und ihre Gefühle noch viel zu fest verbunden mit einem anderen Mann, um irgendwelche Versprechungen machen zu können oder ernsthaft darüber nachzudenken, ob so etwas möglich war.

Es war völlig in Ordnung, die Dinge auf sich zukommen zu lassen. Sie musste schlicht gar nichts. Was für eine schöne Erkenntnis.

Dennoch lehnte sie sich nach vorne und drückte ihm einen sanften Kuss auf die Lippen.

»Auch dir vielen Dank für den schönen Abend«, sagte sie. »Und natürlich bis Mittwoch.«

Sie ließ den völlig perplexen Henning stehen und winkte ihm nur noch einmal kurz zu, bevor sie die Tür aufschloss und dahinter verschwand. Innen lehnte sie sich gegen die Wand und lächelte.

Das Leben war schön.

Kapitel 21

So ganz sicher war sich Olivia nicht, ob die direkte Ari und der doch ein wenig verschrobene Ernst miteinander klarkommen würden, aber letztendlich konnte sie darauf keine Rücksicht nehmen. Sie musste einfach ein paar Dinge klären, und außerdem wollte sie ihn unbedingt wiedersehen.

Olivia hatte schon so lange nicht mehr gekocht, was zum einen daran lag, dass sie den Markt mied, aus lauter Sorge, dort Aimee zu begegnen. Außerdem hatte sie so wenig Zeit, dass sie meist nur einen Apfel oder ein paar Beeren aß – oder Brot und Käse, wenn Babette welches mitbrachte.

Für heute Abend hatte sie sich Pasta mit frischen Tomaten und Rucola ausgesucht. Ein Gericht, das bisher jedem geschmeckt hatte und zu Vincents Lieblingsessen gehörte. Sie musste nur den Rucola und die Tomaten waschen und in kleine Stücke schneiden, die Spagetti al dente kochen und dann alles mit ein bisschen Nudelwasser vermischen. Salz und viel frisch gehobelter Parmesan, eventuell ein paar Chiliflocken dazu und fertig war eines der besten Sommergerichte überhaupt.

Glücklicherweise gab es in der Straße einen kleinen Gemüseladen, in dem sie alles fand, was sie brauchte. Außerdem hatte sie eine Flasche Crémant und zwei Flaschen Weißwein kalt gestellt und eine Limo für May.

Erst als sie schon am Kochen war, fiel Olivia ein, dass sie auch ein paar Erdbeeren oder irgendetwas anderes für den Nachtisch hätte kaufen können. Aber es war zu spät, um noch mal loszuziehen, und außerdem waren Ari und May schon da und deckten den Tisch.

Auch das hatte Olivia schon lange nicht mehr gemacht. In den letzten Wochen war sie meist mit einem Wasser oder ihrem Kaffee nach oben gegangen, hatte sich auf eines der Kissen gesetzt und nebenher irgendetwas Schnelles gegessen, das sie aus ein paar wenigen Zutaten aus dem Kühlschrank zubereiten konnte.

Keinen Aufwand zu betreiben und sich nur nach ihrem Geschmack zu richten, hatte eine Weile Spaß gemacht, aber jetzt gefiel es ihr auch, wie der Tisch aussah, wenn er gedeckt war.

May hatte so große Freude am Malen und hatte noch zusätzlich ihre Begeisterung für Handlettering entdeckt, sodass Olivia sich immer wieder neue Aufgaben für sie überlegte. Für dieses Abendessen hatte sie nicht nur eine kleine Menükarte bei May bestellt, sondern auch Tischkarten. Keine Frage: May war unglaublich kreativ und begabt – vor allem aber machte es Freude, ihr dabei zuzusehen, wie sie von Tag zu Tag mehr aufblühte. Das künstlerische Talent hatte May offensichtlich von ihrer Mutter geerbt, die aus ihrem Esstisch ein Gesamtkunstwerk wie aus einer Wohnzeitschrift gezaubert hatte.

Ari hatte einen altrosafarbenen Läufer aus Leinen über die dunkle Tischplatte gebreitet und die gebrochen goldenen Platzteller aus dem Schrank geholt, die Olivia nie benutzte, weil sie sie immer übertrieben gefunden hatte.

Aber Ari hatte auch einen davon in der Mitte platziert und mit verschieden hohen und dicken Kerzen in Grau und Blassgrün bestückt. Daneben standen die ebenfalls zartgrünen und gewellten Wassergläser samt Karaffe und eine Vase, die sie vermutlich bei Vincent gefunden hatte und die exakt den gleichen Farbton hatte. Sie hatte sie mit weißen Malven, Glockenblumen, Rittersporn und vielen grünen Gräsern gefüllt.

Die Servietten und das Besteck passten farblich ebenfalls perfekt.

Olivia dekorierte auch gern, und wenn sie zumindest diesbezüglich Philip Glauben schenken wollte, dann hatte sie das immer auch sehr schön gemacht. Deshalb konnte sie nicht fassen, dass ausgerechnet die bunte Ari ein so dezentes und stilvolles Bild gezaubert hatte.

Heute trug sie eine lilafarbene Highwaist-Marlenehose und ein gelb-weiß geringeltes T-Shirt dazu. Ihre Zehennägel hatte sie in allen Regenbogenfarben lackiert und war barfuß. May hatte sich für eine Jeanslatzhose und ein pinkfarbenes Shirt entschieden. Ihre Nägel leuchteten in denselben Farben wie die ihrer Mutter.

Gerade als Olivia die Nudeln abgoss, klingelte es an der Tür. Ernst war da.

»Ich geh schon!«, sagte Ari und sprang auf.

Diesen Moment, als Ari mit Schwung die Tür aufriss und Ernst wie angewurzelt stehen blieb und sie einfach nur anstarrte, würde Olivia vermutlich vorerst nicht vergessen. Der Kontrast zwischen dieser bunten Frau, die eine so unglaubliche Kraft und Lebensfreude ausstrahlte, und diesem ernsthaften und eher stillen Mann war so groß, dass es beinahe schon absurd komisch war.

Ernst war wie immer tadellos gekleidet. Zu einem blauen Anzug trug er ein weißes Hemd und braune Schuhe. Seine dunklen Haare saßen perfekt. Eine Tasche, in der vermutlich sein Laptop steckte, hatte er über die Schulter gehängt, und in der Hand hielt er eine große weiße Papiertüte von Smiles.

Ernst konnte wirklich hellsehen.

Nur bewegen konnte er sich offensichtlich nicht mehr. Ari hatte ihn völlig paralysiert.

»Ernst? Alles in Ordnung?«, rief Olivia vom Herd aus in Richtung Tür. Beinahe hätte sie die Nudeln vor lauter Begeisterung über das Schauspiel neben das Sieb gekippt.

»Ich … ja … das …« Er bewegte sich immer noch nicht.

»Hi, ich bin Ari.« Ari streckte ihm die Hand hin, und er ergriff sie sofort.

»Ernst. Du …« Er starrte sie immer noch an. Beinahe hätte Olivia laut gelacht.

»Ich?« Selbst vom Herd aus konnte Olivia sehen, wie Ari ebenfalls schmunzelte.

»Du hast wirklich schöne Fußnägel«, sagte er und wurde knallrot dabei. Olivias souveräner, überlegter, zurückhaltender und absolut korrekter neuer Freund Ernst war schockverliebt.

Das war zu viel.

Sowohl Ari als auch Olivia prusteten los, während Ernst zunächst keine Miene verzog, bevor sich dann auch ganz langsam ein schüchternes Lächeln auf seinem Gesicht ausbreitete.

»Entschuldige«, japste Ari irgendwann. »Das war so unhöflich von mir!« Sie wischte sich die Lachtränen aus den Augen und räusperte sich dann. »Lass uns noch mal von vorne anfangen. Danke für das nette Kompliment, Ernst. Magst du nicht reinkommen?« Sie wartete seine Antwort gar nicht erst ab, sondern zog ihn am Ärmel seines teuren Anzugs hinter sich her in Richtung Theke, und Ernst ließ es geschehen.

»Ich glaube, Ernst braucht dringend was zu trinken«, sagte sie an Olivia gewandt, die bereits dabei war, den Crémant zu entkorken. Sie schenkte drei Gläser voll und drückte als Erstes Ernst eines in die Hand, bevor sie ihm die Smiles-Tüte abnahm, um deren Inhalt in der Tiefkühltruhe unterzubringen.

Mit großer Freude entdeckte sie Pistazie-Salz und dunkle Schokolade. Auf Ernst war einfach Verlass.

»Herzlich willkommen und schön, dass du da bist«, sagte sie zu ihrem Freund. »Wir haben uns viel zu lange nicht gesehen, stimmt's?«

Es dauerte genau ein halbes Glas lang, bis Ernst sich wieder gefangen hatte. Er war immer noch still und beherrscht, aber das war es ja auch, was ihn ausmachte. Immer wieder sah er staunend und bewundernd zu Ari hinüber, die seine Blicke sichtlich genoss, ohne dass sie in irgendeiner Form darauf einging. Sie war einfach nur eine gut gelaunte, fröhliche und wunderschöne Frau, die sich angeregt unterhielt.

Als May zu ihnen stieß, war sowieso jede Befangenheit vorüber, denn das Mädchen hatte eine Gabe, jeden Menschen in ihrem Umfeld so zu nehmen, wie er war – und ihm gleichzeitig das Gefühl zu geben, die interessanteste Person der Welt zu sein. Sie fragte Ernst Löcher in den Bauch, so lange, bis er den Spieß herumdrehte und seinerseits alles über sie wissen wollte. Als er sich von ihr ein paar Zeichnungen zeigen ließ, die sie in den letzten Tagen in ihrem großen Skizzenheft gemacht hatte und sie schließlich fragte, ob sie vielleicht auch eine Zeichnung für ihn machen könne, war der zweite Funke an diesem Abend übergesprungen.

May hatte vermutlich noch nie einen männlichen Erwachsenen getroffen, der nicht irgendein merkwürdiger Freund ihrer Mutter war und der sich so aufrichtig für sie interessierte.

Es war ein wunderschöner und sehr entspannter Abend, an dem einfach alles passte. Die Nudeln schmeckten so gut wie immer, und auch May mochte sie, obwohl sie bei Rucola erst mal das Gesicht verzogen hatte. Nach dem Essen nahm sie sich allerdings ihr Eis mit nach unten, denn sie wollte unbedingt ein Bild für Ernst malen.

Alles war perfekt.

Olivia hatte sich wieder einmal viel zu viele Gedanken gemacht.

Ari trug ein Tablett mit Espresso, Ernst das Eis und Olivia einen Weinkühler und drei Gläser mit auf die Dachterrasse.

Während sie das warme Abendlicht genossen, gingen sie Stück für Stück Olivias und Philips Rechte durch, überlegten, wie ein Szenario aussehen könnte, das sowohl für Olivia und Ari tragbar war als auch weitere Auseinandersetzungen mit Philip vermeiden würde. Denn das war etwas, das Olivia während der letzten Tage ebenfalls begriffen hatte: Sie wollte Klarheit und Sicherheit, was dieses Haus anging.

Aber so lustig die Szene mit Philip und Ari neulich gewesen war, sie wollte ihn nicht provozieren und auf keinen Fall mit ihm streiten, wenn sie es vermeiden konnte. Er war so viele Jahre ihr Partner, ihr Freund und ihr Ehemann gewesen und blieb der Vater ihres Sohnes, sie würden schon allein deshalb für immer verbunden sein. Sicherlich würde es auch in Zukunft Situationen geben, in denen sie sich streiten würden. Vielleicht würde Philip sich scheiden lassen wollen – oder Olivia. Was auch immer geschah, sie wollte ihren Teil dazu beitragen, dass es so friedlich wie möglich hier in diesem Haus bleiben konnte.

Einen offiziellen Mietvertrag für Ari setzten sie dennoch auf. Nur für alle Fälle. Einen, der sie so absicherte, dass sie auf jeden Fall bleiben konnte.

Und sie erstellten eine Liste mit Argumenten, die Olivia helfen würden, Philip davon zu überzeugen, das Haus zu behalten.

Ernsts klare Art und seine analytische Herangehensweise beruhigten sowohl Ari als auch Olivia. Und während sie über diese Themen sprachen und er das Ganze in sein Laptop tippte, um am nächsten Tag ein offizielles Schreiben daraus zu machen, breitete sich langsam, aber sicher Zuversicht in ihr aus.

Eines Tages würde all das geklärt sein. Und vielleicht gab es ja dann auch wieder Abende, an denen Philip hier oben mit dabeisaß – und wenn schon nicht als Ehemann, dann vielleicht eines Tages als Freund.

Kapitel 22

Was ist eigentlich deine größte Sorge?«, fragte Ari, nachdem Ernst nach Hause gegangen war und sie gemeinsam die Küche aufräumten.

»Dass Philip und ich streiten«, antwortete Olivia sofort. »Dass er noch mehr zu einem Mensch wird, den ich nicht leiden kann und feststellen muss, dass mein ganzes Leben mit ihm ein Irrtum gewesen ist.« Sie zuckte mit den Schultern. »Dass ich mich nie wieder einfach so in Göttingen bewegen kann, ohne darüber nachzudenken, dass … dass sie mir begegnet.«

»Wen meinst du? Aimee? Warum das denn?«

»Ja, Aimee. Weil ich einfach nicht weiß, wie ich mich verhalten soll.«

»Das ist doch lächerlich. Willst du mir wirklich sagen, du warst seitdem nicht mehr auf dem Markt oder im Yoga?« Ari schüttelte den Kopf. »Aber warum? Du hast doch überhaupt gar keinen Grund, dich zu verstecken!«

»Natürlich habe ich keinen, das weiß ich schon. Aber es geht ja nicht nur um Philip, sondern auch darum, was sie mir angetan hat. Ich meine, sie war eine Freundin. Oder zumindest so was Ähnliches. Ich habe sie unterstützt, Ari! Ich habe meine ganzen Studenten dorthin geschleppt und sogar mal versucht, sie im Unisport unterzubringen. Und schließlich war ich auch die dumme Kuh, die Philip in ihr Studio gelotst hat. Also im Grunde genommen bin ich wahrscheinlich selbst schuld an dem ganzen Chaos.«

»Das ist jetzt aber nicht dein Ernst, oder?«

»Ein bisschen schon. Ich mochte sie. Und ich war so blind!

Ich … ich bin so unglaublich enttäuscht. Aber am meisten nehme ich ihr übel, dass sie mir mit dieser Aktion irgendwie das Vertrauen in alle Menschen genommen hat, wenn du verstehst, was ich meine.«

»Ich verstehe dich sehr gut, meine Freundin. Wenn sich jemand mit Betrug und Lügen auskennt, dann ich. Aber hey, es ist doch trotzdem deine Entscheidung, oder etwa nicht?«

»Was meinst du?«, fragte Olivia.

»Na ja, du hast jetzt die Wahl zu sagen: Alle Menschen sind Lügner und ich vertraue nur ein paar wenigen, die ich schon sehr lange kenne oder die mir bewiesen haben, dass man ihnen trauen kann.«

»Oder?«

»Oder du sagst, ich vertraue den Menschen grundsätzlich. Ein paar Idioten gibt es immer, aber mit denen muss ich ja nichts zu tun haben.«

»Hm.«

»Der Punkt ist: Beides stimmt. Aber es geht dir besser, wenn du die Menschen grundsätzlich eher magst, als sie abzulehnen, glaub mir.«

Für einen Augenblick dachte Olivia über Aris Worte nach. Alles, was sie sagte, leuchtete ihr ein. Und dennoch:

»Die Begegnung mit Aimee, dieses Verletztsein und die Wut … Ich habe keine Ahnung, wie ich mich verhalten würde, wenn sie plötzlich vor mir stünde. Allein, meine ich. Wenn ich wirklich mit ihr sprechen müsste. Und weißt du, ich bin auch wütend auf sie, weil sie einfach so meinen Platz eingenommen hat und glücklich und froh durchs Leben fliegt, alles hat, was sie sich immer gewünscht hat, während ich mit einem Anwalt sprechen muss, damit ich das Haus, in dem ich so viele Jahre gewohnt habe, behalten kann.«

»Der Anwalt ist aber sehr niedlich«, warf Ari ein und grinste, während sie die Teller in die Spülmaschine einräumte.

Olivia verdrehte nur die Augen.

»Das hab ich gesehen!«, sagte Ari und lachte.

»Gut so.« Olivia grinste ebenfalls und begann, die Weingläser abzutrocknen, die sie von Hand gespült hatte.

»Okay, du bist sauer und enttäuscht, willst aber nicht streiten, richtig?«

»Richtig.«

»Vielleicht musst du dich entscheiden?«

»Zwischen?«

»Zwischen Schaf oder Wolf. Zwischen bemitleidenswertem Opfer, das möglichst wenig Wallung machen will, und der starken Frau, die auf den Tisch haut und sagt: Nicht mit mir!« Sie zuckte mit den Schultern. »Ich weiß, das ist nicht unbedingt deine Paraderolle, aber ein bisschen spüren darf Aimee deine Wut schon, oder? Oder willst du sie ganz ungeschoren davonkommen lassen?«

»Nein.« Olivia konnte das Glitzern in Aris Augen sehen und spürte, dass sie längst dabei war, einen Plan auszuhecken.

»Also dann!« Sie nahm Olivia das Glas aus der Hand und stellte es vor ihr auf den Tresen. Sie holte erneut die Crémantflasche aus dem Kühlschrank und schenkte ein.

»Auf dich! Darauf, dass du einen Ausflug in den Wolfspelz machst, selbstverständlich mit mir und Babette an deiner Seite. Auf die Grenzen, die du zeigst, und die Wut, die so eine unglaublich hilfreiche Empfindung ist. Und auf den riesen Spaß, den wir dabei haben werden.«

Olivia verstand kein Wort von dem, was Ari da redete, aber ihr gefiel deren Tatendrang, und sie stieß lachend mit ihr an.

»Okay. Und das bedeutet?«

»Also: Lass uns doch einfach diesen Überraschungsmoment selbst herbeiführen und Aimee begegnen, wo sie am wenigstens damit rechnet. Ich kann mir vorstellen, dass es für sie sehr viel unangenehmer ist, dir plötzlich gegenüberzustehen, als umgekehrt. Und wenn sie dann nicht ausweichen kann …« Aris Augen blitzten. »Was für eine blöde Bitch, echt«, sagte sie voller Inbrunst.

Olivia lachte. »Darauf bin ich wirklich neidisch.«

»Auf was?« Nun war es Ari, die sie verwirrt ansah.

»Dass dir einfach so die schönsten Schimpfwörter über die Lippen kommen, ohne dass du dich hinterher tausend Jahre dafür schämst.« Olivia erinnerte sich noch daran, wie befreiend es gewesen war, laut »Fuck« zu rufen, als Philip sie verlassen hatte – peinlich war es ihr hinterher aber dennoch gewesen.

»Wo ist das Problem? Probiere es doch auch mal!«

»Nein, ich …«

»Los: Sprich mir nach: Bitch! Bitch! Bitch!« Ari lachte. »Ganz einfach.« Ari ging zum Fenster und öffnete es. »Aimee ist eine Bitch, Göttingen!«, rief sie laut in die Nacht.

»Komm da weg. Was sollen denn die Nachbarn denken?« Olivia zog an Aris Ärmel, musste aber selbst über sich lachen.

»Du Oberspießerin! Hast du das jetzt im Ernst gerade gesagt?«, fragte Ari und grinste ebenfalls. »Mein Gott, Olivia, nimm doch mal den Stock aus dem Hintern! Ist doch völlig egal, was die Nachbarn denken. Außerdem hast du überhaupt gar keine hier oben.«

»Stimmt.«

»Und was die da unten auf der Straße denken, ist völlig egal! Du musst mal loslassen! Trau dich was! Los jetzt!« Ari hatte die Arme vor der Brust verschränkt und sah Olivia unerbittlich an.

»Aimee ist eine Bitch«, flüsterte Olivia schnell. »Und jetzt lass mich in Ruhe.« Sie trank einen großen Schluck Crémant.

»Nein, meine Liebe! So einfach kommst du mir nicht davon. Du hast mir gesagt, dass du neidisch darauf bist, also bitte. Ich beschließe hiermit einstimmig, dass wir das Fluchen üben und am Freitagabend in deine Yogastunde gehen. Gemeinsam.« Sie nickte Olivia zu, der auf einmal sehr mulmig zumute wurde.

»Kann ich sie nicht lieber anrufen?«

»Anrufen?« Ari verschluckte sich beinahe an ihrem Crémant. »Wozu das denn? Was willst du ihr sagen? Hallo, Aimee, ich wollte mal wissen, wie es dir geht?«

»Nein, natürlich nicht.«

»Dass du verletzt bist? Dass sie eine Bitch ist?« Sie lachte, als Olivia sie in den Oberarm knuffte.

»Nein, Süße, lade sie doch nicht auch noch ein, dich Schäfchen an einer Leine durch die Scheiße zu zerren, die sie dir eingebrockt hat.«

»Igitt. Das ist echt drastisch!« Olivia schüttelte sich.

»Stimmt, das ist es. Tut mir leid. Aber ich befürchte, sonst kapierst du es nie.« Sie legte dem Arm um Olivias Schultern.

»Sag mal, bist du eigentlich überhaupt auf meiner Seite?«, fragte Olivia.

»Wo sollte ich sonst sein?«, fragte Ari und drückte ihr einen Kuss auf die Wange. »Ich will dir nur sagen, dass deine unendliche Rücksichtnahme dich genau dahin gebracht hat, wo du jetzt bist. Wenn du immer nur danach schaust, dass es den anderen gutgeht und sie so wenig wie möglich leiden müssen, dann tust du das auf deine eigenen Kosten! Niemand da draußen tut das für dich. Ganz ehrlich: Die meisten sind sich selbst die Nächsten. Das kannst du mir glauben. Und wenn nicht, erzähle ich dir einfach noch ein paar Geschichten von Mike, von Mays Vater oder …«

»Schon gut, ich habe es verstanden. Ich rufe sie schon nicht an. Aber was mache ich dann? Irgendwie muss ich doch sagen, wie es mir geht.«

»Ja. Aber nicht Aimee. Und auch nicht Philip. Für die beiden denken wir uns eine eigene Strategie aus. Sag es lieber mir, da kannst du nichts falsch machen.« Sie lachte und zog Olivia noch ein bisschen näher zu sich heran. »Also: Wie geht es dir?«

»Danke. Es ging mir schon besser.«

»Weißt du, manchmal muss man wirklich sehr tief und auch auf die Schnauze fallen, um wieder zu wissen, wie der Boden aussieht, der einen trägt.«

»Gott, Ari! Du bist vermutlich der klügste Mensch, den ich je getroffen habe.«

»Vielen Dank für das Kompliment.« Sie lächelte Olivia an. »Aber wenn das so ist, solltest du unbedingt tun, was ich dir sage.« Sie zwinkerte Olivia zu.

»Ich nehme alles zurück. Du bist nicht klug, sondern manipulativ, berechnend und gemein.«

»Sehr gern. Und jetzt sag es!« Ari öffnete das Fenster noch ein bisschen weiter. »Ich warte sowieso schon viel zu lang.«

»Aimee ist eine Bitch!«, brüllte Olivia, so laut sie konnte, und verschluckte sich hinterher beinahe an ihrem eigenen Lachen.

»Gut gemacht. Und jetzt lass uns tanzen.«

Sie ließen das Fenster offen und drehten die Musik voll auf. Olivia und Ari wechselten sich bei der Auswahl der Lieder ab, und als irgendwann auch noch May wieder zu ihnen stieß, steuerte auch sie noch den einen oder anderen Song bei.

Sie tanzten zu Country, Hip-Hop und den Charts um den Küchenblock, sangen laut und lachten viel.

Olivia verbot sich selbst, darüber nachzudenken, wer da draußen vielleicht was auch immer denken konnte, und genoss den Augenblick.

Später, als sie im Bett lag, kicherte sie beim Gedanken an den vergangenen Abend, an Ernsts Blick und an sich selbst. Ari hatte schon recht, selbst wenn es nicht schön war, das zu hören: Olivia hatte manchmal einen Stock im Hintern. Aber das musste ja nicht so bleiben.

»Aimee ist wirklich eine Bitch«, sagte sie lächelnd zu sich selbst, bevor sie sich in ihre Decke kuschelte. Das musste wirklich mal gesagt sein.

Kapitel 23

Olivia zog sich ihre enge lilafarbene Yogahose an und das lockere schwarze T-Shirt mit den weiten Ärmeln. Sie rollte ihre Yogamatte ein und zwang sich, so zu tun, als wäre dies ein ganz normaler Freitagabend und sie auf dem Weg in eine ganz normale Yogastunde. Aber das war sie natürlich nicht. Sowohl Babette als auch Ari würden sie begleiten, sonst hätte Olivia sowieso längst gekniffen.

Immerhin war Babette schon ein paarmal beim Yoga dabei gewesen, aber Ari hatte damit absolut nichts am Hut. Allein das Stillsitzen am Anfang würde für sie eine große Herausforderung werden, da war sich Olivia sicher. Olivias Nerven begannen sofort zu flattern, als es unten klingelte. Sie schlüpfte in ihre bequemen Gucci-Pantoffeln, mit denen sie normalerweise dorthin ging, und kehrte dann noch einmal zurück, um doch lieber die Flip-Flops zu nehmen. Nicht, das Aimee dachte, sie schwimme in Geld, und Philip noch mehr anstachelte.

»Hey du! Alles gut?«, fragte Babette und nahm Olivia in den Arm, nachdem sie sie besorgt angesehen hatte. »Du bist echt blass, weißt du das?«

Olivia nickte. Sie hatte einen trockenen Mund, ihre Hände zitterten und sie fragte sich, wie sie sich überhaupt auf diese Schnapsidee hatte einlassen können. Aber immerhin war sie nicht alleine.

Gerade als sich ihr Herzschlag ein wenig beruhigt hatte, kam Ari die Treppe herunterstolziert.

»Sagt jetzt nichts!«, sagte sie und sah beide streng an, während sich Olivia fest auf die Unterlippe beißen musste, um nicht laut loszuprusten.

Wenn das Outfit von dem Tag, an dem Henning das Haus angeschaut hatte, schon spektakulär gewesen war, so wurde es von diesem hier eindeutig getoppt: Ari trug ein ärmelloses, bauchfreies Top in Gold und dazu eine enge Sportleggins in pinkfarbenem Glitzer, die deutlich zu kurz war. Auf ihren Lippen leuchtete ein Gloss in derselben Farbe, und sie hatte zusätzlich ein Band in Pink um ihren Dutt gebunden. Sie konnte das alles zweifellos sehr gut tragen, und wieder einmal fragte sich Olivia, wie jemand, der so wenig Sport trieb, so eine großartige Figur haben konnte. Ari sah aus wie eine dunkelhaarige Barbie. So schön und so künstlich, dass es kaum auszuhalten war.

Babette neben ihr stöhnte laut, bevor sie in Gelächter ausbrach, und auch Olivia konnte sich nicht mehr beherrschen.

»O mein Gott, Ari, du … das … möchtest du vielleicht ein Shirt von mir ausborgen?«, fragte sie lachend.

»Nein, danke«, antwortete Arie würdevoll. »Das hat mir meine Tochter für diesen speziellen Anlass extra ausgesucht. Sie fand mich darin schön und stark und beeindruckend und cool. Das muss eine Mutter ausnutzen.« Sie nickte den beiden zu, blieb dabei aber völlig ernst. »Und aushalten muss sie es auch. Abgesehen davon ist das alles Taktik!« Als sie am Fuß der Treppe angekommen war, verbeugte sie sich vor den beiden. »Aber ich freue mich, dass ich euch so gut gefalle. Also gehen wir?«

Babette und Olivia nickten stumm, um nicht erneut in Gelächter auszubrechen, und folgten Ari nach draußen.

Sie gingen am Smiles vorbei und grüßten die beiden Jungs hinter der Theke, die ihnen zuwinkten. Olivia konnte sich lebhaft vorstellen, was sie für ein Bild abgaben, und sie würde bei ihrem nächsten Besuch hier bestimmt danach gefragt werden. Am liebsten hätte Olivia allerdings doch noch ihre Pläne über den Haufen geworfen und ihre Freundinnen zu einem extragroßen Eisbecher mit Sahne eingeladen. Sie wollte keinen Streit, keine Rache und auch keine Konfrontation. Dass sie sich Aimee stellen wollte, war Olivia klar, aber ob die Art und Weise die richtige war? Es war jedenfalls eindeutig zu spät für diese Gedanken, denn Ari zog sie unerbittlich weiter.

Je näher sie dem Yogastudio kamen, desto mulmiger wurde Olivia zumute. Da halfen auch Aris Outfit und ihr extra fröhliches Geplapper nicht viel, obwohl Olivia spürte, dass Ari sich große Mühe gab, ihre Freundin damit ein wenig abzulenken.

Aimees Yogastudio lag im ersten Stock. Doch bevor sie das Treppenhaus betreten konnten, stoppte Babette die beiden noch einmal für einen Moment. Sie nahm Olivia an beiden Armen und sah ihr fest in die Augen.

»Egal, was da drin jetzt gleich passiert, Liebes: Du hast alles richtig gemacht. Du hast die besten Freundinnen der Welt. Und du brauchst weder Aimee noch Philip, um ein glückliches Leben zu führen. Das ist dir klar, oder?«

»Ja«, sagte Olivia. Sie wusste es wirklich. Aber es war eine Sache, all diese Dinge zu wissen und trotzdem der Frau gegenüberzustehen, der sie vertraut und die sie so belogen hatte.

»Du weißt doch, Olivia«, ergänzte Ari, während sie sich ganz dicht neben Babette stellte. »Das Wichtigste ist: Sei immer du selbst, es sei denn, du kannst Barbie sein, dann sei Barbie!« Sie ließ die beiden stehen und stieg mit schwingenden Hüften die Treppe hinauf.

»Ich dachte, es heißt ›Batman‹ oder ›Einhorn‹«, sagte Babette und zuckte mit den Schultern, bevor sie ebenfalls nach oben ging. »Kommst du?«, fragte sie, als Olivia zögerte.

»Ja«, antwortete Olivia und holte tief Luft. Barbie, Batman oder ein Einhorn – sie musste sich wohl damit begnügen, sie selbst zu sein. Aber irgendwie fühlte es sich nicht so an, als sei das das Schlechteste.

Als sie oben angekommen war, hatte Ari schon die Tür geöffnet und ging voraus in den großen Raum, Babette bildete den Schluss. Ihre beiden Freundinnen hatten sie automatisch in die Mitte genommen.

Die Lichter waren gedimmt, und die wenigen Frauen, die schon da waren, lagen oder saßen entspannt auf ihren Matten und unterhielten sich leise. Die Plätze in der Mitte waren wie immer zuerst belegt, und auch weiter hinten gab es nur vereinzelt freie Matten. Nur ganz vorne, direkt vor Aimees Platz, waren noch drei frei.

Aimee hatte Ari, Babette und Olivia noch nicht wahrgenommen, denn sie saß im Lotussitz zwischen einer großen Buddha-Figur und einer Stehlampe und sah konzentriert auf ihre Aufschriebe, während sie an der Quaste ihrer Mala aus dicken Rosenquarzperlen spielte. Sie trug ein weites weißes Shirt und eine enge, ebenfalls weiße Yogahose, an ihren Armen klimperten goldene Reifen, und ihre braunen Locken fielen beinahe bis zur Hüfte. Sie war der Inbegriff einer kraftvollen weiblichen und sehr jungen Göttin, wie sie da saß, völlig mit sich selbst im Reinen.

Olivia fühlte sich, als müsste sie sich gleich übergeben. Gegen diese Frau hatte niemand eine Chance, schon gar nicht sie selbst. Vielleicht würden Babette und Ari sie doch noch gehen lassen, wenn sie eine Ohnmacht vortäuschte oder ihnen sagte, wie übel ihr war? Vermutlich nicht. Im Gegenteil.

Ari startete ihre Show unmittelbar in dem Augenblick, in dem weiße und schwarze Blitze vor Olivias Blickfeld auftauchten.

»Sorry, ich war noch nie im Yoga«, sagte Ari in dem Moment, in dem Babette nach ihrem Arm griff. Um sie zu stützen oder an der Flucht zu hindern, war Olivia dabei allerdings nicht ganz klar.

Ari bahnte sich einen Weg durch die anderen Frauen bis ganz nach vorne, wo sie vor Aimee in die Hocke ging. Aimee sah auf, und Olivia konnte beobachten, wie sich ihre Augen weiteten. Vermutlich hatte auch sie noch nie eine solche Erscheinung gesehen.

»Sorry, aber bist du Aimee?« Ari legte den Kopf schräg und betrachtete die Yogalehrerin genau.

Aimee nickte langsam, ohne ihren Blick abzuwenden.

»Komisch, ich habe mir dich ganz anders vorgestellt. Irgendwie … interessanter.«

Aimee kniff die Augen zusammen, und Olivia konnte ihr ansehen, wie sie sich überlegte, woher sie Ari kennen konnte, wie sie in diese Yogastunde geraten war und viel wichtiger noch, wie sie sie wieder loswerden konnte.

»Ich habe jedenfalls keine Ahnung, wie das hier abläuft. Sucht man sich einen Platz und stellt sich vor oder …?« Sie machte eine ausladende Bewegung in Richtung der anderen Frauen, und Aimee folgte ihrem Arm mit den Augen, bis er an Olivia hängen blieb. Jegliche Farbe wich aus ihrem Gesicht, und ihr Ausdruck versteinerte noch mehr. Ihr Blick wanderte von Ari zu Olivia zu Babette und wieder zurück. Wenn Ari beabsichtigt hatte, Aimee komplett aus der Fassung zu bringen, so war ihr das schon jetzt hervorragend gelungen. Dabei hatte sie vermutlich gerade erst angefangen.

»… stellt man sich vor oder schleicht man sich heimlich rein und nimmt sich einfach so einen, der einem gefällt?« Sie machte eine kleine Pause, um Aimee die Möglichkeit zu geben, die Worte genau zu verstehen, die sie als Nächstes sagte. »Ich spreche von der Yogamatte, natürlich. Wobei es ja auch Menschen geben soll, die dieses heimlich Einschleichen und sich einen aussuchen, der ihnen gefällt, bei Ehemännern ihrer Freundinnen praktizieren, stimmt's?« Sie fixierte Aimee nach wie vor, während die Gespräche der anderen verstummten. Jeder im Raum konnte spüren, dass hier etwas vor sich ging, das nicht unbedingt etwas mit Yoga zu tun hatte.

Ihr Outfit war so unmöglich wie ihr Auftreten, aber gleichzeitig war es auch unfassbar großartig. Olivia war hin- und hergerissen zwischen dem Wunsch, im Boden zu versinken, zu fliehen oder in hysterisches Gelächter auszubrechen.

»Aimee«, sagte Ari erneut. »Wie denn jetzt?«

Die Yogalehrerin schluckte sichtbar.

»Also, ja, das ... du ... du kannst dich hinsetzen, wo du willst«, sagte sie schwach. Panisch sah sie zu, wie Ari sich auf der Matte direkt vor ihr mit einem Seufzen niederließ.

Olivia setzte sich links und Babette rechts von ihr. Sie saßen so nah, dass sie beobachten konnten, wie Aimee der Schweiß ausbrach. Beinahe verspürte Olivia so etwas wie Mitleid mit der jungen Frau.

»Hallo, Olivia«, sagte Aimee leise. »Babette.«

»Erzähl mal, Aimee, wie gesagt, ich kenne mich nicht aus und meine beiden Freundinnen hier konnten mir nicht viel zu deiner Stunde sagen. Nur, dass es verschiedene Positionen gibt. Wie beim Sex?«

»Nein«, sagte Aimee mit schwacher Stimme. »Sie heißen Asanas und ...«

»Also wenn es nichts mit Sex zu tun hat, weiß ich auch nicht wirklich, was ich hier soll. Vielleicht ist Yoga doch nicht mein Ding. Was meinst du, Olivia? Sollen wir bleiben, oder doch lieber wieder gehen?«

»Ich ...« Olivia war kaum in der Lage, etwas zu sagen. Aris Auftritt hatte sie mal wieder völlig überrumpelt. »Ich glaube, wir gehen besser«, brachte sie gerade noch heraus, bevor sie aufstand und fluchtartig den Raum verließ.

Draußen dauerte es keine zwei Sekunden, bis alle drei in hysterisches Gelächter ausbrachen, wobei Olivia für einen kurzen Augenblick sehr viel näher daran war, in Tränen auszubrechen. Das Lachen war albern, gemein und auch völlig übertrieben.

»Ich fühle mich nicht gut, weil wir sie so vorgeführt haben«, sagte Olivia und sah betreten auf den Boden.

»Willst du reingehen und dich entschuldigen?« Ari verdrehte die Augen. »Hast du vergessen, was sie dir angetan hat? Und vor allem, auf welche Weise?«

»Nein, habe ich natürlich nicht«, antwortete Olivia. »Ich … es ist nur …«

»Livy, das war bestimmt nicht politisch korrekt da drin, das wissen wir beide auch. Aber manchmal muss man solche Sachen vielleicht einfach machen und nicht hinterher tausendmal drüber nachdenken. Nicht einmal du kannst immer nur perfekt sein und auf alle Rücksicht nehmen. Sag: Hat es dir denn nicht mal ein bisschen Spaß gemacht?«

»Doch«, gab Olivia zu. Allein Aimees geschocktes Gesicht war diesen Auftritt wert gewesen. Sie grinste, als Ari ihr zuzwinkerte und: »Yoga ist doch bescheuert« sagte.

Sie gingen trotz ihrer Yogaklamotten ins Herbarium, wo Ari behauptete, dass die Kräuterdrinks vom Barkeeper beinahe so gesund sein mussten wie eine Yogastunde, und schwor, nie wieder einen Fuß auf eine Matte zu setzen, so lange es die Bar im Freigeist gab. Sie ließen sich auf Olivias Lieblingsplatz auf dem Ledersofa unter dem großen Bild nieder und beobachteten die Gäste, die hereinkamen.

Irgendwann tauchte auch Nadja mit Anja im Schlepptau auf, aber dieses Mal war Olivia nicht nach Flucht zumute. Wer Aris Auftritt im Yogastudio überstanden hatte, war vermutlich für alle Zeiten allem gewachsen, entschied sie vergnügt.

Olivia sah ihnen dabei zu, wie sie den Raum für sich beanspruchten. Aus der Distanz betrachtet standen da zwei attraktive Frauen, gut gekleidet und selbstbewusst. Flirty mit den Männern, die sich sehr schnell um sie scharten, und mit einer Ausstrahlung, die deutlich machte, dass es sich bei den beiden um Hauptgewinne handelte. Olivia lächelte. Bis vor ein paar Wochen wäre sie jetzt noch an deren Tisch und eine von ihnen gewesen. Sie hätte sich nichts dabei gedacht, nicht hinterfragt oder auch nur bedingt einen Gedanken daran verschwendet, was für eine Wirkung sie auf die anderen Gäste hatten. Bis auf die Wirkung, die sich ausschließlich auf das männliche Geschlecht beschränkte.

Nadja und Co. zogen daraus ihr Selbstbewusstsein, luden sich regelrecht daran auf. Dabei hatten sie es eigentlich überhaupt nicht nötig. Sie waren großartige, attraktive, erfolgreiche Frauen, die mitten im Leben standen, die eine Galerieinhaberin, die andere Goldschmiedin, die beide nebenher noch Kinder erzogen und vermutlich den Großteil des Haushaltes schmissen. Und dennoch definierten sie ihren Wert ausschließlich über die Meinung ihrer eigenen oder fremder Männer. Das war absurd. Noch viel absurder war, dass sie selbst bis vor ein paar Wochen genauso gedacht hatte.

Ob sie immer noch so denken würde, wenn sich Philip nicht von ihr getrennt hätte? Vermutlich. So oder so besänftigte dieser Gedanke ihr Herz, und sie prostete den beiden lächelnd zu, als sich ihre Blicke begegneten. Vielleicht waren sie keine engen Freundinnen mehr – vielleicht waren sie es auch nie gewesen. Aber keine von ihnen, weder Anja, Nadja, Babette, Ari, sie selbst oder irgendeine andere Frau da draußen war frei von Zweifeln und Ängsten, Sorgen und inneren Kämpfen. Und gerade deshalb hatte jede von ihnen schon allein Respekt und Wertschätzung verdient.

Das Lächeln, das sie von Anja und Nadja zurückbekam, zeigte ihr, dass sie damit absolut richtig lag.

Kapitel 24

Hey, Livy, ich sitze gerade auf der Terrasse an dem kleinen Teich, den ich jetzt endlich ausgehoben habe. Weißt du noch, wie wir überlegt haben, ob wir das überhaupt machen sollen, weil Vincent noch so klein war und wir nicht wussten, wie wir ihn sichern sollen? Jetzt ist er groß genug, um darum herum zu laufen. Und wenn nicht, geht ihm das Wasser ja auch nur bis zum Knie.«

Olivia hatte auf den Pfeil gedrückt, der die Sprachnachricht anzeigte, ohne groß darüber nachzudenken, was dahinterstecken könnte. Jetzt ließ sie sich auf das Sofa in ihrem Wohnzimmer fallen und zog Kismet auf ihren Schoß, der sich glücklicherweise kaum wehrte, wobei sie die Nachricht gestoppt hatte. Was wollte er von ihr?

Erneut drückte sie auf Play.

»Jedenfalls brennen hier die dicken Kerzen, die du letztes Jahr bei diesen Mönchen in Frankreich gekauft hast, und ich trinke ein Glas von dem Demuerte, den du dir letztens auch aufgemacht hast. Es ist wirklich merkwürdig, hier zu sitzen und mich umzusehen. Nein, wir haben hier nie gelebt, und trotzdem erinnert mich alles an dich. Es fühlt sich geradezu an, als würde ich in einem Olivia-Lorenz-Museum leben.«

Er lachte leise, und sie hörte, wie er einen Schluck Wein nahm. Olivia drückte auf Pause und ging zum Tresen, um sich ebenfalls ein Glas einzuschenken. Sie fragte sich, ob Philip betrunken oder zumindest angetrunken war. Es war immerhin erst halb neun.

Nachdem sie doch nicht ins Yoga gegangen waren, hatte ihr Abend im Herbarium schon um halb sieben begonnen, dementsprechend früh war sie zu Hause gewesen.

Also warum hatte er das Bedürfnis, ihr all das zu sagen? Es gab überhaupt keinen Grund, außer dem, dass er sie vermisste.

»Und was ist mit mir? Vermisse ich ihn auch?«, fragte Olivia Kismet und kraulte ihn für einen Moment. »Sollte ich ihn vermissen?« Bis vor ein paar Tagen hätte sie eindeutig mit Ja geantwortet, aber jetzt war sie sich da nicht mehr so sicher. Klar, sie dachte an ihn, ärgerte sich über ihn und fragte sich immer wieder, was er wohl gerade machte. Aber seit seinem Auftreten mit Henning fühlte sie zunehmend eine Distanz. Und zwar eine, die ihr kaum mehr etwas ausmachte.

»Zum Wohl, mein Lieber«, sagte sie dennoch zu dem Hochzeitsbild, das auf dem kleinen Tischchen neben der Couch stand, und trank einen Schluck, bevor sie erneut auf Play drückte.

»Wo sind die letzten dreißig Jahre hin, Livy? Wie konnte unser Leben so schnell vorbeigehen? Wie kann es sein, dass ich nicht mehr zwanzig bin? Dass sogar unser Sohn älter ist, als ich mich fühle? Jedenfalls wollte ich dir nur sagen, dass ich hier sitze und an dich denke. Jedes Lied auf meiner Playlist erinnert mich an dich. Weißt du noch, wie wir hier getanzt haben? Die Nächte hier draußen ohne Strom? All diese Träume. Die Galerie im Hühnerstall.«

Er lachte erneut.

»Wir waren so naiv. Und so jung. Und so ein gutes Team. Entschuldige, Livy. Ich bin einfach sentimental, und ich wollte dir nur sagen, dass du mir fehlst. Ich habe mein ganzes Erwachsenenleben lang alles mit dir geteilt, und es ist merkwürdig, dass du jetzt nicht mehr da bist, um dir meine Ideen und Gedanken anzuhören. Es ist ein bisschen so, als wäre ich nicht komplett. Weißt du, was ich meine?«

Er machte eine kleine Pause, bevor er weitersprach.

»Wahrscheinlich bereue ich es morgen, dass ich dir das alles gesagt habe, aber ich will trotzdem, dass du es weißt. Denn egal, was in unseren Leben passiert: Das, was wir gemeinsam erlebt haben, kann uns keiner mehr nehmen. Was auch immer du gerade machst, ich hoffe, es ist was Schönes.«

Irritiert legte Olivia ihr Telefon zur Seite. Was sollte das? Was wollte Philip mit dieser Nachricht bezwecken? Dass sie ebenfalls traurig wurde? Wo war Aimee? Hatte sie ihm etwa nicht von Aris Auftritt im Yogastudio erzählt?

Sie beschloss, die Nachricht nicht zu löschen. Vielleicht gab es ja einen Moment irgendwann, in dem sie sich danach sehnte, Philips Stimme zu hören. Wobei sie sich fragte, wie er auf die Idee kam, immer seine sentimentalen Anwandlungen bei ihr abzuladen. Sie fehlte ihm? Nun, das hätte er sich früher überlegen können.

Nachdenklich streichelte sie Kismet und nippte an ihrem Wein. Also, fehlte er ihr? Manchmal. Wollte sie ihn zurück? Hm.

Den Mann, den sie schon ewig kannte und dementsprechend auch mit seinen Schwächen mehr als vertraut war? Mit dem sie beinahe ein Vierteljahrhundert und die Hälfte ihres Lebens verbracht hatte, bis er sie für Aimee verlassen hatte? Mit dem sie viele Abende verbracht hatte, an denen sie sich gegenübergesessen und sich zu gut gekannt hatten, um neugierig aufeinander zu sein und Fragen zu stellen, die über den Alltag hinausgingen? Mit dem es Wortwechsel und Streit gegeben hatte, bei denen jedes Wort mit diesen schmerzhaften Spitzen gespickt gewesen war, die nie ihr Ziel verfehlt hatten, weil sie sich eben auch so gut kannten, dass jeder Satz ein Treffer sein konnte? Der Mann, der ihr die vielen, über die Jahre gesammelten Verletzungen zugefügt hatte, die bei jedem Streit doch wieder hochkamen, mit dem sie den Kampfgeist teilte, der dafür sorgte, dass keiner nachgeben konnte? Wenn Olivia ehrlich zu sich selbst war, war es in ihren Diskussionen schon lange nicht mehr darum gegangen, wirklich etwas zu verändern – sondern darum, einen ewigen Kampf zu gewinnen.

Hatte sie sich viele Jahre etwas vorgemacht und war diese Trennung eigentlich das Beste, was ihr passieren konnte? Vielleicht war sie ja Olivias Chance auf ein Glück, das gemeinsam gar nicht mehr möglich war und das nur noch in ihrer Vorstellung existiert hatte?

Wollte sie überhaupt einen neuen Mann? Und wenn ja, wie sollte er sein? Wie Philip scheinbar nicht. Stattdessen lieber so einfühlsam und liebevoll wie Henning? So aktiv, fröhlich und sexy wie Mo? Alles auf einmal? Nichts von alldem?

Wenn Philip jetzt allerdings tatsächlich plötzlich klingeln und sie zurückhaben wollte, würde sie sich darauf einlassen?

Hatte er nicht wenigstens eine Chance verdient?

Verdammt! Warum war das alles so kompliziert?

Nachdenklich ließ sie ihren Finger über den Rand des Weinglases kreisen, bis es zu klingen begann, und starrte aus dem Fenster. Gerade wollte sie sich aufraffen und einen superschnulzigen Film auf Netflix anschauen, der sie hoffentlich von all den Grübeleien ablenken würde, als es tatsächlich an der Tür klingelte. Olivia schrak zusammen.

Aber es war nicht Philip, der da unten stand, sondern Mo. »Hey«, rief er in die Sprechanlage. »Ich …«

Olivia drückte auf den Türöffner, bevor er weiterreden konnte. Sie freute sich, dass er es war, und war gleichzeitig ein winziges bisschen enttäuscht, dass nicht Philip dort unten stand.

Kurz überprüfte sie ihr Aussehen im Spiegel. Sie trug immer noch ihre Yogaklamotten, und sie war ungeschminkt. Aber in den paar Sekunden, die sie jetzt noch zur Verfügung hatte, konnte sie keine großartigen Umstylings mehr vornehmen, abgesehen davon hatte Mo sie schon oft genug ungeschminkt und in Sportklamotten gesehen. Es war nicht wichtig. Wenn man unangekündigt kam, dann musste man eben das nehmen, was man bekam. Olivia öffnete die Wohnungstür, bevor er oben war, und lehnte sich in den Türrahmen.

Sie hörte, wie er die knarrenden Treppenstufen nach oben eilte und vermutlich immer gleich zwei auf einmal nahm. Es dauerte nicht lange, bis er vor ihr stand. Mos Haar war frisch gewaschen, und er roch unwiderstehlich nach Sommer, Sonne und seinem Aftershave. Er trug ein sauberes Polohemd und eine dunkelblaue Bermuda.

»Hey«, sagte er erneut und lächelte, als er vor ihr stehen blieb.

»Hey«, antwortete Olivia.

»Ich habe dich vermisst.« Mo kam vorsichtig näher und blieb dann mit einem winzigen Abstand vor ihr stehen.

»Ich …« Sie wollte ihn nicht anlügen, und sie freute sich sehr, dass er da war. Aber hatte sie ihn vermisst? Eher nicht, stellte sie mit Bedauern fest.

»Schon gut. Ich weiß doch, was bei dir los ist. Du musst nichts erklären.« Er lächelte und zog sie an sich. »Hauptsache, du freust dich, dass ich da bin«, raunte er an ihrem Ohr. Es kitzelte, und Olivia musste lachen.

Mo ließ seine Hände zu ihrem Po wandern und seufzte leise, als er sie noch ein wenig näher an sich zog. Sanft legte er seine Lippen auf ihre und rieb seinen Körper ein wenig an ihrem. Olivia wartete auf die Hitze, die freudige Erwartung, das Begehren, das er sonst so zuverlässig in ihr auslöste, aber es geschah nichts. Ihr Körper blieb still.

»Warte, Mo.« Sie schob ihn behutsam von sich. »Es ist schön, dass du da bist«, sagte sie und gab der Wohnungstür einen Schubs, damit sie hinter ihm ins Schloss fiel. Olivia nahm ihn an der Hand und zog ihn hinter sich her ins Wohnzimmer.

»Und ich bin so froh, dass du zu Hause bist.« Er ließ sich neben Kismet auf die Couch fallen und begann sofort, ihn zu kraulen, wobei er Olivia aufmerksam beobachtete.

Sie war vor ihm stehen geblieben, unschlüssig, ob sie ihm etwas zu trinken anbieten oder sich zu ihm setzen sollte. Dass ihr Körper sie so im Stich ließ, verwirrte sie sehr.

»Was ist los?« Mo nahm ihre Hand und zog sie neben sich. »Erzähl!«

»Es tut mir leid, Mo, aber irgendwie kann ich das heute nicht.«

»Was genau meinst du?« Mo drehte sich so, dass er sie noch besser anschauen konnte.

»Keine Ahnung! Mich fallenlassen. Genießen. Spaß haben. Mit dir«, schob sie nach und sah ihn an. Würde er sauer werden? Philip hatte immer beleidigt reagiert, wenn sie ihn abgewiesen hatte. Aber Mo lächelte sein typisches verschmitztes Mo-Lächeln. »Möchtest du mit mir darüber sprechen?«, fragte er und legte zärtlich und ohne jeden Anspruch seine Hand auf ihren Oberschenkel.

Olivia überlegte für einen Moment. Wollte sie? Gab es überhaupt etwas zu besprechen? Das Einzige, was ihr einfiel, war die Tatsache, dass Philip sich so intensiv in ihre Gedanken geschlichen hatte und sowohl ihr Hirn als auch ihren Körper offensichtlich total blockierte, was sie ihm sehr übel nahm. Umso weniger wollte sie ihm zusätzlich Raum geben, indem sie auch noch über ihn sprach. Sie schüttelte den Kopf.

»Verstehe.« Er lächelte immer noch. »Ist es dir lieber, wenn ich gehe?« Kaum hatte er es ausgesprochen, fühlte sie die Leere, die er hinterlassen würde.

»Nein, bitte bleib.« Sie würde es kaum aushalten, wenn er wirklich ging. Sie fühlte sich so seltsam, dass sie auf keinen Fall allein mit sich selbst sein wollte.

»Okay, dann … bleibe ich.« Er grinste. »Du musst mir nur eins sagen.«

»Und was?«

»Was wünschst du dir?«

»Ich darf mir was wünschen?«

»Na ja, ich bin hier, ich habe Zeit, und sehe ich nicht ein bisschen aus wie eine gute Fee?« Er klimperte mit den Wimpern und brachte Olivia damit zum Lachen.

»Doch, sehr. Wie viele Wünsche habe ich denn frei?«, fragte sie.

»So viele du willst«, antwortete er, und Olivias Herz machte endlich einen sachten Hüpfer.

»Okay«, sie setzte sich aufrecht hin. »Wenn das so ist: Ich möchte Flutlicht-Tennis spielen«, sagte sie. Woher diese Idee so plötzlich gekommen war, wusste sie selbst nicht. Aber es stimmte. Sie hatte Lust auf Bewegung und Spaß. Es war ein schöner Sommerabend. Mo war hier, und sie hatten Zeit. Früher – mit Philip – hätte sie ganz sicher versucht, sich zu überwinden, etwas zu empfinden oder so zu tun, nur weil er es erwartete oder wollte. Sie hätte sich angepasst, weil das ihre leichteste Übung war. Und wenn nicht, wäre er beleidigt gewesen.

Olivia versuchte, in Mos Gesicht etwas Ähnliches zu entdecken, aber da war nichts dergleichen. Im Gegenteil.

»Flutlicht-Tennis? Eine meiner leichtesten Übungen. Abgesehen davon mag ich es fast genauso gern, wie mit dir zu schlafen.«

»Sehr gut«, antwortete sie verschmitzt.

»Weiter!«, forderte Mo sie auf.

Seine Reaktion spornte sie an. Sie sollte nicht nur aufhören, sich zu überlegen, was die anderen wollten, sondern überhaupt auf alle Regeln pfeifen, die sie ständig so begrenzten.

Als Allererstes sollte sie aufhören, ständig auf die Uhr zu sehen. Es gab niemanden, der auf sie wartete, keine Termine und schon gleich gar keinen Grund dafür. Ihr Kompass war allein sie selbst. Und Mo, der Lust darauf hatte, sich von ihr führen zu lassen.

»Dann habe ich Lust darauf, auf dem Heimweg scharfe gebratene Nudeln bei dem kleinen Vietnamesen in der Roten Straße zu holen«, fuhr sie fort und spürte, wie sich langsam eine funkelnde Freude in ihr ausbreitete. So fühlte sich Freiheit an.

Mo nickte ernsthaft. »Verstehe. Keine Ahnung, wie lange die auf haben, aber ist notiert, und abgesehen davon mag ich scharfe gebratene Nudeln mitten in der Nacht genauso gern wie Flutlicht-Tennis oder mit dir zu schlafen.« Er lachte.

»Dann möchte ich zurückkommen und irgendeine völlig übertriebene Superschnulze im Fernsehen anschauen und dazu das restliche Pistazieneis vom Smiles essen, und zwar mit dem großen Löffel. Und wenn du dann immer noch da bist, darfst du auch gern die ganze Nacht bleiben.«

Sie stellte sich vor, wie sie gemeinsam einschliefen. Fühlte die Geborgenheit, die seine körperliche Anwesenheit ausstrahlte und das schöne Gefühl, nicht alleine zu sein.

»Vielen Dank für dieses Angebot«, antwortete Mo sofort. »Ich muss sagen, es gefällt mir sehr gut. Und ich bin auch beeindruckt. Das ist das längste Vorspiel, von dem ich je gehört habe.« Erneut lachte er. Es war ein freundliches Lachen. Aber dann wurde er wieder ernst. »Weißt du, manchmal hilft es, wenn man genau das Gegenteil von dem tut, was man von sich selbst erwartet. Natürlich bin ich hierhergekommen, weil ich Sehnsucht nach dir hatte.« Er sah ihr in die Augen. »Nach deinen schönen Augen, deiner zarten Haut, deinen Küssen und nach deinem Körper. Aber …« Er hielt inne und strich ihr behutsam eine Haarsträhne hinter das Ohr. »Ich weiß auch, dass man nichts davon erzwingen kann.« Er grinste. »Und du, schöne, beherrschte, kontrollierte Frau, musst heute vielleicht einfach mal aus deinem Kopf raus und brauchst Spaß mit einem Freund.«

Er hatte sie durchschaut. Das war erstaunlich und wunderschön gleichermaßen.

»Woher weißt du …?«

Er zuckte mit den Schultern. »Das ist im Sport auch nicht anders. Wenn ein Spieler immer seine Vorhand trainiert, weil sie ihm nicht gelingen will und dabei immer verbissener wird, dann schicke ich ihn zum Schwimmen oder ins Kino oder auf ein Date mit seiner Freundin.«

Olivia sah ihn nur an, als er weitersprach.

»Lass uns Flutlicht-Tennis spielen, vietnamesische Nudeln essen und einen fragwürdigen Schnulzen-Film schauen, Olivia. Man kann nichts erzwingen. Wir sind Menschen, und manchmal brauchen wir eine Pause. Von allem. Und einen Freund. Der bin ich sehr gern, wenn du mich lässt. Und alles andere kommt sowieso von selbst. Du weißt doch, ich bin eine Fee.« Er grinste. »Und die können sich manchmal auch selbst Wünsche erfüllen.«

Eine riesige Welle der Zärtlichkeit und Dankbarkeit flutete Olivias Herz, und sie beugte sich nach vorne, um ihn zu küssen. Seine Worte taten so unendlich gut.

»Wo warst du nur so lange?«, fragte sie leise.

»Vermutlich auf dem Tennisplatz«, antwortete er trocken, bevor er lachend aufstand.

Das Gespräch und die Nacht mit Mo waren unglaublich heilsam, denn wie versprochen ließ er sich komplett von ihr führen. Sie holten weder Nudeln, denn das Restaurant hatte schon geschlossen, noch schliefen sie in dieser Nacht miteinander. Aber Mo blieb trotzdem. Er hielt sie im Arm, küsste ihren Nacken und bewachte ihren Schlaf, bis er selbst einschlief.

Mit seinen Worten und damit, dass er blieb, hatte er ihr die Anspannung genommen, die sie wie eine leise Melodie ihr Leben lang begleitet hatte. Mo hatte ihr gezeigt, dass sie gar nichts musste. Nichts leisten, sich keine Gedanken und schon gleich gar niemand anderen glücklich machen. Außer sich selbst.

Sie hatte eigentlich damit gerechnet, dass er wieder einen Zettel für sie hinterlassen hatte und gegangen war, aber als Olivia am nächsten Morgen aufwachte, lag Mo immer noch neben ihr. Sie betrachtete ihn eine Weile. Seinen trainierten Körper, seine in alle Richtungen abstehenden Haare und nicht zuletzt sein entspanntes Gesicht.

In ihr mischte sich die Zärtlichkeit von gestern, Dankbarkeit für das, was sie dank ihm am gestrigen Abend begriffen, was er ihr damit geschenkt hatte, und Lust auf diesen attraktiven Mann.

Behutsam begann sie, ihn zu streicheln, fuhr die Konturen seiner Muskeln entlang und schob sich dann näher an ihn heran.

Eine träge Erregung erfasste sie, als er sich langsam bewegte und sich ein kleines Lächeln auf seinem Gesicht ausbreitete, ohne dass er die Augen öffnete.

Olivia wanderte mit ihrer Hand unter die Bettdecke und strich mit ihren Fingerspitzen über seine Hüfte.

»Siehst du?«, sagte er mit seiner vom Schlaf noch rauen Stimme. »Ich habe es dir ja gesagt: Ich bin eine Fee.«

Kapitel 25

Die nächsten Tage verbrachte Olivia mit May, die immer noch Ferien hatte. Sie ging mit ihr ins Schwimmbad und nahm sie ab und zu mit an die Uni, oder sie radelte mit ihr zu Babette. Besonders freute es Olivia, dass May auch ihren Weg auf den Tennisplatz gefunden hatte und dank Mo nicht nur einen Platz in einem Tenniscamp für Jugendliche ergattert hatte, sondern dass er sie auch stillschweigend mit allem ausgestattet hatte, was sie brauchte. So verbrachte sie ihre letzten Ferientage dort, lernte Gleichaltrige kennen, während Ari entspannt zur Arbeit gehen konnte.

Olivia liebte es, für die beiden Abendessen vorzubereiten, und wenn sie nicht mit Mo Tennis spielte oder unterwegs war, aßen sie oft gemeinsam. Dafür hatte sie wieder begonnen, auf den Markt zu gehen, und war dabei sogar ein paar Mal Aimee begegnet. Aber sie hatte nicht mit ihr gesprochen. Wozu auch? Es gab andere Marktstände und keinen Grund. Sie hatte ihr nichts mehr zu sagen, und sie war stolz auf sich, dass es ihr sogar meistens gelang, sie nicht dabei zu beobachten, wie sie mit den anderen Marktbesuchern scherzte oder selbstvergessen irgendwelche Kisten hin und her trug. Auch verbot sie sich, sich zu fragen, ob sie wohl mit Philip so glücklich war wie Olivia und er am Anfang ihrer Beziehung.

Es war schön, May an ihrer Seite zu haben, denn das Mädchen war so fröhlich und offen, dass Olivia gar nicht anders konnte, als sie immer mehr in ihr Herz zu schließen.

Sie aßen mindestens einmal am Tag ein Eis im Smiles und

schleppten schließlich zwei Staffeleien und alle Farben, die sie finden konnten, auf die Dachterrasse und malten dort im Bikini farbenfrohe Bilder.

Olivia hatte immer schon gern gezeichnet und auch während ihres Studiums den einen oder anderen Kurs belegt, aber das, was dieses junge Mädchen dort oben malte, konnte man nirgends lernen. Ihre Bilder, die vor allem aus ineinanderfließenden Farben bestanden, auf die sie später mit Bleistift kleine Figuren, Tiere oder Gegenstände zeichnete, waren bunt und frei und sahen aus wie ein auf Papier gebanntes Graffiti. Jedes Einzelne von ihnen erzählte eine eigene Geschichte. May hatte ihren völlig eigenen Stil entwickelt und trug mit einer Leichtigkeit Farbschicht auf Farbschicht auf, die Olivia geradezu neidisch machte.

»Wie machst du das nur?«, fragte Olivia, die sich regelrecht abmühte, ein Bild zu malen, das ihr gefiel. Immer wieder begann sie von Neuem, zerknüllte das Papier oder stöhnte, wenn sie erneut eine Linie nicht so getroffen hatte, wie sie es wollte. Sie war nicht unbegabt, das wusste sie, aber sie setzte sich dabei selbst viel zu sehr unter Druck, weil sie unbedingt etwas schaffen wollte, auf das sie stolz sein konnte.

»Wie meinst du das?« May stellte ihren Pinsel in eines der Wassergläser und sah Olivia mit schräg gelegtem Kopf an.

»Na ja, wie malst du so … so wie du eben malst?« Eine großartige Frage für jemanden, der Kunstgeschichte studiert hatte und Kurse an der Uni gab.

May lachte.

»Ich nehme einen Pinsel, tauche ihn in Wasser, dann in Farbe und dann …«

Olivia fuhr mit der Hand in eines der Gefäße mit sauberem Wasser und spritzte May nass.

»Danke, Fräulein Neunmalklug. Diese Antwort habe ich wohl verdient. Aber wissen will ich es trotzdem.«

»Hey!« May spritzte zurück und kicherte, als sie Olivia tatsächlich traf und diese zusammenzuckte. »Du willst wissen, wie ich meine Bilder male? Ich sage es dir. Aber du darfst nicht lachen, ja?« Mays Lachen war verschwunden, und Olivia fiel das erste Mal auf, wie riesig ihre Augen waren und wie tief ihr Blick. Das Mädchen, das immer in Bewegung war, deren Mund nie stillzustehen schien, war auf einmal ganz ruhig und ließ damit zu, dass Olivia die Verletzlichkeit hinter ihrem selbstbewussten Auftreten sehen konnte.

»Es ist ganz einfach«, sagte sie und hielt Olivias Blick fest. Ich male das, was meine Hand denkt.«

Olivia sagte gar nichts, sondern wartete nur ab. Sie wusste, es war ein wichtiger Moment für May, der sie Überwindung kostete, und sie gab ihr die Zeit, sich in Ruhe zu überlegen, was sie sagen wollte. Jede Reaktion von Olivia konnte die aufrichtige, verletzliche May verscheuchen, die sich soeben entschieden hatte, sich Olivia gegenüber zu öffnen, und sie nun abwartend ansah, jederzeit bereit zur Flucht, wie ein scheues Tier, das sich nur zufällig aus dem Wald gewagt hatte.

»Es ist so viel einfacher für mich, fröhlich zu sein als traurig oder nachdenklich«, sagte May schließlich leise. »Ich weiß, dass meine Mutter sich viel zu viele Gedanken macht. Um mich. Um unsere Zukunft. Ob sie eine gute Mutter ist und so.« Sie nahm den Pinsel wieder aus dem Gefäß und legte ein leeres Blatt vor sich, bevor sie nur die Spitze in ein Töpfchen mit rosa Farbe tunkte und begann, Kreise auf dem Papier zu ziehen. Manche waren klein, andere groß. Sie flossen ineinander, und Olivia hatte schon den Verdacht, dass das alles war, was May sagen würde, da fuhr sie fort: »Wenn ich ihr sage, dass sie die beste Mutter der Welt ist und sie sich keine Sorgen um mich machen soll, dann hört sie das zwar, aber ich bin mir nicht sicher, ob sie es mir glaubt.«

Das konnte Olivia gut verstehen.

»Also male ich Bilder, Geschichten, Dinge, die ich ihr sagen will. Weil ich denke, wenn sie die Worte nicht versteht, versteht sie vielleicht die Bilder.« May sah auf und lächelte Olivia an. »Ich zeige ihr, wie gerne ich ihre Tochter bin. Ich erzähle ihr von meinem Tag, von verrückten Träumen und lustigen Ideen. Ich …«, sie zuckte mit den Schultern und legte das soeben angefangene Bild weg, um das von der Staffelei zu holen und es Olivia zu geben. »Ich habe ein schönes Leben voller Pinguine, Eiskristalle, Regenbögen, Stockwerk-Raumschiffe und fremder Länder.«

Olivia entdeckte alles davon auf dem Bild.

»Wie gesagt, ich denke nicht darüber nach, was ich male. Es kommt einfach so aus mir heraus, und es macht mir Spaß, zu sehen, was alles in meinem Kopf ist. Aber ich habe auch manchmal dunkle Tage mit Streit und Angst.«

Sie holte ein anderes Bild, das sehr viel düsterer war. Olivia erkannte einen Mann, der böse aussah, ein Messer, Bäume ohne Blätter und ein Mädchen, das einsam in der unteren Bildrandecke saß.

»Aber das sind Bilder, die Mama vielleicht nicht unbedingt sehen muss, stimmt's?«

»Hm.« Olivia betrachtete das Bild. »Was denkst du, was passieren würde, wenn sie es sehen würde?«, fragte sie.

»Sie würde sich noch mehr Sorgen machen«, antwortete May prompt. »Und das kann ich nicht zulassen. Sie hat sowieso schon so viele.«

»Vielleicht geht es ihr mit dir andersherum ja genauso, und sie denkt, sie kann dich nicht belasten. Und vielleicht würde sie anfangen, mit dir darüber zu reden, wenn sie das Bild sehen würde, meinst du nicht?«

»Ich weiß nicht«, antwortete May. »Doch. Wahrscheinlich.« Sie sah Olivia mit ihren großen Augen an. »Du findest, ich sollte sie ihr zeigen?«

»Unbedingt«, sagte Olivia. Unfassbar, wie die beiden sich gegenseitig zu beschützen versuchten. »Ich kann mir vorstellen, dass das euch beiden unglaublich guttun würde. Das und ein riesiges Schokoladeneis von Smiles.« Sie lächelte, als May sofort jubelnd aufsprang.

Sie war für ihre vierzehn schon sehr reif und hatte sicher viele Dinge erlebt, die nicht schön gewesen waren. Aber sie war auch ein ganz normaler Teenager, der sich an einem heißen Sommertag über ein Eis freuen konnte.

»Ach ja, und noch mal zu deiner Frage«, sagte sie, als sie die Farben zusammenräumten und sich schließlich ihre Kleider anzogen, um ins Smiles zu gehen. »Eines kann ich dir zu all meinen Bildern sagen: Je weniger ich irgendetwas erreichen will und je weniger ich dabei von mir selbst erwarte, umso besser wird es.«

»Wow«, sagte Olivia. »Du klingst wie eine weise Frau in dem Körper eines jungen Mädchens.«

»Perfekt«, antwortete May fröhlich. »Ich habe gehört, dass weise Frauen immer zwei Kugeln Eis kriegen.«

Olivia lachte. »Geht klar«, sagte sie und beschloss, sich zur Feier des Tages ebenfalls eine zweite Kugel zu gönnen. Außerdem nahm sie sich vor, eines von Mays Bildern einmal Anja zu zeigen. Selbstverständlich nicht, ohne May vorher um Erlaubnis zu bitten. Aber vielleicht, ohne Anja zu sagen, dass die Künstlerin erst vierzehn war.

Am Abend hatte sie sich zu einem langen Spaziergang mit Ernst verabredet. Es war schön, wieder einmal allein Zeit mit ihm zu verbringen, nachdem er doch das eine oder andere Mal spontan bei ihr aufgetaucht war und sich zum Abendessen hatte einladen lassen. Zufälligerweise immer dann, wenn er damit rechnen konnte, auf Ari zu treffen.

Während sie die Innenstadt auf dem Wall umrundeten und einen kleinen Abstecher in den alten Botanischen Garten machten, sprach sie mit ihm über eine mögliche Scheidung und die

Konsequenzen, die das für sie haben konnte, aber Olivia konnte sich eine endgültige Trennung immer noch nicht vorstellen. Abgesehen davon ließ Philip sie zurzeit in Ruhe. Er hatte keine weiteren Versuche unternommen, das Haus zu verkaufen, und es gab im Moment keinen Grund, irgendetwas voranzutreiben. Alles war gut so, wie es war.

Letztendlich unterhielten sie sich mehr über Ernsts Job, das Leben und darüber, ob eine gewisse Ari womöglich positiv auf eine Einladung von ihm zum Abendessen reagieren würde.

Mo rief sie ab und zu an, holte sie von der Uni ab, um mit ihr ein Eis zu essen oder einen Kaffee zu trinken, oder er verabredete sich mit ihr zum Tennis. Manchmal verbrachte er die Nacht bei ihr, manchmal ging er wieder nach Hause. Aber wenn er blieb und wenn sie miteinander schliefen, konnte Olivia jeden Moment voller Leidenschaft und Hingabe genießen. Sie sprachen nicht darüber, was das zwischen ihnen war, aber das war auch nicht nötig. Beide genossen einfach die Zeit miteinander, das Kribbeln, die Tage und die Nächte.

Olivias Herz heilte langsam, und die traurigen Momente, die sie am Anfang so fest in ihren Klauen gehalten hatten, wurden immer weniger.

Vielleicht war Mays Satz über die Malerei noch sehr viel weiser, als Olivia zunächst wahrgenommen hatte, denn bei beinahe allem, was sie in diesen Tagen tat, traf Mays Konzept zu: Je weniger sie irgendetwas erreichen wollte und je weniger sie dabei von sich selbst erwartete, umso besser wurde es.

Olivia und Mo waren stillschweigend übereingekommen, nicht über Philip zu reden. Er trainierte zwar immer noch gemeinsam mit Mo in der Herrenmannschaft, aber seitdem Philip weiter draußen wohnte und mit dem Auto kommen musste, war er wohl deutlich seltener dabei und brach meist auch direkt danach wieder auf, um auf seinen Hof zurückzukehren.

Olivia und Mo versteckten sich nicht, aber sie legten es auch nicht darauf an, gesehen zu werden, und meist verbrachten sie die gemeinsame Zeit ohnehin auf Olivias Dachterrasse. Natürlich war ihr klar, dass sie ein Zusammentreffen zu dritt nicht auf Dauer vermeiden konnte. Sie hatte keine Ahnung, wie er reagieren würde und ob überhaupt. Sie wusste ja noch nicht einmal, ob er über sie und Mo Bescheid wusste.

Alles in allem gefiel Olivia dieses Gefühl der Schwebe, aber sie spürte, dass das nicht ewig so bleiben würde. Sie hatte viel zu lange nichts von Philip gehört.

Sie musste nicht sehr lange warten. Es war schon spät und alles, was außerhalb des Flutlichtkegels lag, war dunkel. Vielleicht hatte sie ihn deshalb nicht gleich gesehen, sondern nur gespürt, dass jemand sie beobachtete.

Mos Aufschlag kam schnell, aber gerade, normalerweise ein Paradeball für Olivia, aber dieses Mal erwischte sie ihn nicht. Dafür nahm sie aus dem Augenwinkel eine Bewegung am Spielfeldrand wahr und hörte, wie jemand klatschte.

Philip.

Jetzt war es also so weit.

Er trug keine Tennisklamotten, sondern eine einfache Baumwollhose, Lederslipper und ein kurzärmeliges Hemd. Sein typisches Baustellenoutfit. Er war also nicht zum Spielen hier. Olivia ließ den Ball liegen und wandte sich in Richtung Spielfeldrand.

»Bravo!«, rief Philip, als sie näher kam. »Das sah doch schon ganz gut aus, Livy!« Er klatschte erneut.

Mo hatte sich ebenfalls in Bewegung gesetzt.

»Hallo, Philip«, sagte Olivia und blieb mit Abstand zu ihm stehen. »Was soll das? Was machst du hier?«

Sie versuchte, an seinem Blick zu erkennen, was er wollte, aber sein Gesichtsausdruck war verschlossen.

»Ich spiele Tennis, schon vergessen?« Er sah zu Mo hinüber. »Mit Mo. Meinem Teamkollegen. Hallo, Mo«, sagte er an den Trainer gewandt. »Hast du Spaß mit meiner Frau?«

»Philip!« Mo nickte ihm zu, ohne auf seine Frage einzugehen.

»Was soll das?«, wiederholte Olivia stattdessen. Sein Ton, sein Auftreten, alles war unangemessen, und so langsam löste Ärger ihre anfängliche Nervosität ab.

»Schick siehst du aus«, sagte er, ebenfalls, anstatt auf ihre Frage einzugehen. »Ich habe ganz vergessen, wie gut dir Weiß steht.« Es war ein Kompliment, offensichtlich, aber Philips Lächeln, das es begleitete, erinnerte Olivia eher an ein Zähnefletschen. »Ich habe schon gehört, dass du auch wieder spielst und auch wieder Trainerstunden nimmst«, fuhr er fort und beobachtete sie dabei genau.

»Und?« Sie kreuzte die Arme vor der Brust.

»Da hast du dir mit meinem Tenniskumpel ja den besten ausgesucht.« Philips Blick war alles andere als freundlich, als er nun wieder Mo fixierte.

»Danke für das Kompliment«, sagte Mo mit unbeeindruckter Miene, aber Olivia war sich sicher, dass ihm diese Situation genauso unangenehm war wie ihr. »Stimmt, ich gebe Olivia Trainerstunden. Und jetzt? Bist du gekommen, um meine Lizenz zu überprüfen?«

»Nein, ich bin gekommen, um zu überprüfen, was an den Gerüchten dran ist«, gab er zurück.

»Was genau meinst du?«, fragte Olivia. Ganz sicher hatte sie der eine oder andere längst gesehen und sich seinen Teil dabei gedacht. Na und? Sie war eine freie Frau, und Mo war ein freier Mann. Und sie war nicht diejenige, die die Beziehung beendet hatte.

»Ich will wissen, ob du mit deinem Tennistrainer schläfst.«

Das hatte er nicht wirklich gerade gesagt. Oder etwa doch?

Die Stille, die jeglichen Raum zwischen ihnen geradezu eingesaugt hatte, und Mos Blick waren mehr als deutlich. Olivia hatte sich nicht verhört.

Philip stand da und fixierte sie nach wie vor.

»Was soll das?«, fragte Olivia erneut und kniff wütend die Augen zusammen. »Es geht dich nichts an, und es steht dir nicht zu, diese Frage zu stellen!«

Mo war neben sie getreten und legte die Hand auf ihren Arm. Vermutlich, um ihr zu zeigen, dass er an ihrer Seite war.

»Ich sehe es schon«, sagte Philip und winkte ab. »Da muss man gar nicht viel fragen.« Er drehte sich um, um zu gehen.

»Moment.« Olivia spürte, wie sich eine heiße Wut in ihrem Magen ausbreitete, die so lange schon darauf wartete, sich zu entladen und endlich einen Weg nach draußen zu finden. »Du kommst allen Ernstes hierher, um Mo und mir das vorzuwerfen? Was für ein Recht hast du denn überhaupt, dich hier so aufzuspielen? Wer bist du? Und abgesehen davon: Was geht es dich an, mit wem ich schlafe oder mit wem ich Tennis spiele?« Sie ballte die Hände zu Fäusten, und als sie einen Schritt auf ihn zuging, bemerkte sie mit einer gewissen Genugtuung, dass sein Blick unsicher flackerte und er etwas nach hinten trat.

»Ich bin dein Mann!«, sagte er vorwurfsvoll.

»O ja, stimmt. Sehr interessant, dass du dich ausgerechnet jetzt daran erinnerst. Ich dachte nämlich die ganzen letzten Wochen, du wärst in erster Linie Aimees Liebhaber. Du weißt schon: Ihr Sugardaddy oder wie auch immer man die Typen nennt, die sich eine so viel jüngere Freundin suchen.«

»Das hat damit nichts zu tun!«, sagte er.

Aber Olivia lachte nur.

»Nein? Wieso nicht? Du kannst nicht beides sein, Philip. Entweder mein Mann oder ihrer. Und nachdem du dich für sie entschieden hast, geht es dich überhaupt nichts an, mit wem ich schlafe. Du hast ganz und gar keine Rechte mir gegenüber. Wenn du nur aufgetaucht bist, um mir das zu sagen, kannst du auch sehr gern wieder verschwinden.« Ihr Herz klopft rasend schnell vor Wut.

»Ich bin gleich weg, Olivia, aber eine Frage habe ich doch: Willst du wirklich, dass es mir egal ist?« Er sah sie nach wie vor unverwandt an. Auf einmal konnte sie eine echte Traurigkeit hinter der sonst so verschlossenen Fassade erkennen, und beinahe ließ dieser Anblick ihre Wut in derselben Geschwindigkeit in sich zusammenfallen, wie sie gekommen war. Aber nur beinahe. Denn auf einmal spürte sie wieder Mos Hand auf ihrem Arm und sah für einen Augenblick zu ihm hinüber. Er lächelte sie mit diesem typischen, leicht verschmitzten Mo-Lächeln an. Und alles an ihm signalisierte, dass er eingreifen würde, wenn es erforderlich war, aber auch, dass er verstand, dass sie dieses Gespräch alleine führen wollte und musste.

»Doch, genau das will ich«, sagte sie und sah ihm dabei fest in die Augen. »Auf Wiedersehen, Philip«, setzte sie nach und drehte sich um, um zurück zum Netz zu gehen. »Du hast Aufschlag«, sagte sie zu Mo und stellte sich in Position, ohne Philip eines weiteren Blickes zu würdigen, aber es dauerte nicht lange, bis sie feststellen musste, dass in ihrem Körper keinerlei Kraft mehr vorhanden war. Ihre Knie zitterten, und sie schwitzte, ohne sich wirklich angestrengt zu haben.

»Lass uns ein Bier trinken gehen«, schlug Mo vor und legte den Arm um ihre Schultern. »Ich finde, du kannst stolz auf dich sein, meine Kämpferin. Ich bin wirklich beeindruckt und … auch ein bisschen eingeschüchtert.« Er grinste, als sie ihn in die Seite knuffte.

»Vorsicht, Trainer«, antwortete sie. »So viel Kraft hat es mich dann auch wieder nicht gekostet.«

Kapitel 26

Es war Freitag und somit gerade mal drei Tage nach seinem unrühmlichen Auftritt, als Philip sie anrief. Sie war gerade mit ihren Studenten in der Kunstsammlung unterwegs, und es war Olivia unglaublich peinlich, dass ausgerechnet sie ihr Handy nicht ausgeschaltet hatte, und sie spürte, wie ihr die Röte den Hals hinaufkroch. Eigentlich wusste Philip, wann sie mit ihren Studenten unterwegs war, aber entweder war es ihm gleichgültig oder er provozierte sie absichtlich.

»Entschuldigung«, sagte sie und stellte es schnell auf lautlos. Was wollte er? Rief er an, um sie erneut zu beleidigen?

Am liebsten wäre sie kurz aufs Klo gegangen, um die Nachricht abzuhören, die er hinterlassen hatte, aber das ging natürlich nicht. Immerhin war sie die Dozentin.

Dennoch war Olivia heilfroh, als das Seminar endlich zu Ende war. Sie bedankte sich bei den Studenten und sammelte die Unterlagen ein, bevor sie ihre Tasche schnappte, sich im Hinauslaufen von der Aufsicht verabschiedete und schnell in ihr Büro eilte, um endlich die Nachricht abzuhören.

Hey, Olivia, hier ist Philip. Ruf mich doch bitte mal zurück. Ich muss dringend mit dir sprechen.

Seine Stimme auf ihrer Mailbox klang freundlich und geradezu normal und hatte definitiv nichts von der Aggressivität der letzten Begegnung. Kurz war sie versucht, die Nachricht einfach zu löschen und zu ignorieren, aber bevor sie auf den Knopf drücken konnte, sprang ihr altes Verantwortungsgefühl wieder an. Hatte seine Stimme nicht irgendwie angeschlagen geklungen? Erschöpft? Stimmte irgendetwas nicht mit ihm? War er krank? Egal, was sie für ihn empfand und wie er sich aufgeführt hatte, sie waren immer noch die Eltern eines gemeinsamen Sohnes, und als solche sollte sie doch reagieren, wenn er sich meldete. Oder etwa nicht?

Sie nahm sich vor, distanziert zu bleiben und beherrscht. Vor allem aber ganz bei sich. Olivia räusperte sich vorsorglich und wählte seine Nummer. Besser, sie brachte es schnell hinter sich, als den ganzen Tag daran denken zu müssen.

»Hallo, Philip, alles in Ordnung?«, fragte sie sofort, nachdem er drangegangen war.

»Olivia! Gut, dass du anrufst!« Er klang freudig überrascht. »Und so schnell! Ich habe ehrlich gesagt nicht damit gerechnet, nach …« Er räusperte sich. »… nach … du weißt schon.«

Wenn er angerufen hatte, um mit ihr Smalltalk zu halten und so zu tun, als wäre nichts gewesen, würde sie allerdings sofort wieder auflegen. Und ihn blockieren.

»Was gibt's?« fragte sie reserviert.

»Ich wollte mich entschuldigen.«

Olivia wartete, ob er noch etwa hinzufügen würde, aber er blieb stumm. Es tat ihr dennoch gut, dass er das sagte. Offensichtlich war er doch nicht komplett zum Idioten mutiert. Aber eine echte Entschuldigung sah in Olivias Augen anders aus. Wenn er das allerdings nicht von selbst begriff, war sie nicht mehr dafür zuständig, ihn darauf aufmerksam zu machen. »Okay, war's das dann?« Dann konnte sie genauso gut nach Hause radeln und noch ein bisschen mit May malen, Kismet streicheln oder einfach gar nichts tun.

»Jetzt sei doch nicht so. Ich meine es ernst. Ich möchte mich wirklich entschuldigen. Aber nicht so … am Telefon.«

Oha.

»Komm schon, Olivia. Hättest du nicht doch eventuell ein bisschen Zeit für ein Gespräch mit mir?«, bat er, und sie spürte, wie ihre Ablehnung bröckelte.

»In Ordnung«, gab sie nach. »Dann lass uns irgendwann demnächst im Café treffen. Im Birds vielleicht?« Olivia liebte das zauberhafte und liebevoll eingerichtete Bistro in der Nikolaistraße, das unpraktischerweise beinahe direkt gegenüber vom Smiles lag, sodass sie oft Schwierigkeiten hatte, sich zwischen einem Eis und einem der leckeren gefüllten Fladen zu entscheiden. Der Vorteil vom Birds war, dass sie dort vermutlich eher niemanden aus ihrem gemeinsamen Freundeskreis treffen würden. Was auch immer er ihr zu sagen hatte, sie brauchte dafür kein Publikum. Philip anscheinend auch nicht.

»Würde es dir etwas ausmachen, wenn ich vielleicht bei uns zu Hause … also … entschuldige. Bei … dir vorbeikomme? Ich könnte auch etwas zu trinken mitbringen? Wir setzen uns auf die Dachterrasse und reden einfach?«

Vermutlich sprach nichts dagegen. Andererseits hatte sie sich selbst versprochen, besser auf ihre innere Stimme zu hören.

»Ehrlich gesagt, ich finde es nicht ideal.«

»Ach komm schon, Livy. Ich muss sowieso ein paar Sachen aus meinem Büro holen, und außerdem bin ich in der Nähe …«

Ihr Blick fiel nach draußen auf den Parkplatz, der zwischen den Bäumen lag, und da entdeckte sie Philip, der zu ihrem Fenster hinaufsah. Beinahe wäre ihr vor Schreck das Telefon aus der Hand gefallen. Er trug eine Baseballcap, ein langärmliges Shirt und eine kurze Hose und sah eher aus wie einer ihrer Studenten. Als wäre er mit dem Skateboard anstatt mit seinem Porsche gekommen. Aber bei genauerem Hinsehen konnte sie auch seinen weißen Wagen, auf den er so stolz war, zwischen den anderen Fahrzeugen stehen sehen.

»Philip?!«

»Ja?«

»Bist du das?«

Sofort wurde sie wieder wütend, ganz besonders, als sie sah, wie er zu strahlen begann, als sie das Fenster öffnete.

»Ah, du hast mich gesehen!« Er begann zu winken.

»Stalkst du mich etwa?«

»Nein? Wieso?«, fragte er.

Olivia schüttelte den Kopf, obwohl sie wusste, dass er das nicht sehen konnte. Dieser Mann hatte so was von einer völlig falschen Eigenwahrnehmung und absolut kein Unrechtsbewusstsein. Im Gegenteil. Vermutlich ging er sogar davon aus, dass sie sich über seinen Überraschungsbesuch freute. Er hatte recht: Sie mussten unbedingt reden.

»Alles klar. Ich komme runter«, sagte sie und packte ihre restlichen Dinge zusammen. »Aber dein ganzer Weinkeller ist voll mit Wein, du musst nicht extra etwas zu trinken kaufen. Wenn du magst, kannst du ein paar Oliven oder so was mitbringen. Allerdings brauche ich noch ein bisschen Zeit. Sagen wir …« Sie sah auf die Uhr. Es war gerade mal halb vier. Sie wollte sich nicht überrumpeln lassen und sich auf dieses Gespräch zumindest mental vorbereiten, selbst wenn sie keine Ahnung hatte, was er von ihr wollte. »Gegen sechs?«

»Das klingt nach einem sehr guten Plan. Ich freue mich, Livy.« Philip winkte erneut. Sie konnte sein Strahlen bis in ihr Zimmer sehen. »Danke dafür, dass du so spontan Zeit hast.« Es klang aufrichtig.

»Du musst übrigens auf der Straße parken«, sagte Olivia und unterdrückte einen klitzekleinen Anflug von Schadenfreude. »Leider ist deine Garage voll mit Kisten. Es ging nicht anders.«

Aber anstatt sich wie früher furchtbar darüber aufzuregen, lachte er laut auf. »Das habe ich vermutlich verdient«, sagte er und legte auf.

Auf dem Weg in ihre Wohnung ging sie bei Ari vorbei, um ihr Bescheid zu sagen, dass sie heute nicht miteinander essen konnten – und auch, weil sie wollte, dass noch jemand im Haus war. Es war vielleicht absurd, dennoch fühlte es sich besser an, wenn ihre Freundin wusste, dass Philip da sein würde und sie sie unter einem Vorwand anrufen konnte, wenn es nötig war.

Was auch immer das bedeutete. Und wie absurd es auch war, sich eine Vorsichtsmaßnahme überlegen zu müssen, weil der eigene Ehemann ins Haus kam.

Trotzdem merkte Olivia, wie aufgeregt sie war, weil er kommen wollte, und es lag nur zum Teil daran, dass sie nicht wusste, was Philip von ihr wollte.

Sie duschte und wusch sich die Haare, obwohl sie das schon am Morgen gemacht hatte. Sie zog ihr Sommerkleid aus und dafür eine weiße Jeans und eine grüne ärmellose Seidenbluse an, die mit einer großen Schleife am Hals gebunden wurde. Nur um auch dieses Outfit wieder auszuziehen und zum Kleid zurückzukehren und sich zu fragen, was sie da eigentlich machte. Es war Philip, der da kommen wollte, niemand sonst. Aber auf der anderen Seite wollte sie so gut wie möglich aussehen, schon allein, um ihm zu zeigen, was er verloren hatte, obwohl sie ihn noch nicht einmal mehr zurück wollte. *Verrückt. Sie war total verrückt.*

Vermutlich war es normal, in einer solchen Situation total verrückt zu sein. Sie kicherte über ihren eigenen Gedanken und zog sich erneut die weiße Jeans an.

Philip klingelte pünktlich um sechs, und obwohl sie damit gerechnet hatte, hätte sie beinah trotzdem das Tablett mit der Wasserkaraffe und den Gläsern fallen lassen. Er war tatsächlich da. Sie drückte auf den Summer, lehnte die Wohnungstür an, sodass Philip einfach eintreten konnte, und wartete. Lauschte den Schritten, die so vertraut waren, hörte, wie er auf der Treppe genau die knarrenden Stufen ausließ, die sie auch immer übersprang, und fühlte sich kurz wie in einer Zeitschleife zurückkatapultiert in ein Leben vor seinem Auszug. Vor ihrer Trennung. Vor Aimee. Sie fragte sich für den Bruchteil eines Augenblicks, ob sie da glücklicher gewesen war als jetzt, oder nur eingelullt von dem Wohlstand und der Bequemlichkeit einer langjährigen Ehe. Und ob sie, wenn sie die Wahl hätte, dorthin zurückkehren würde. Bevor sie sich selbst eine Antwort auf diese Frage geben konnte, öffnete Philip die Wohnungstür mit Schwung und blieb sofort stehen.

Sie betrachteten sich für einen Augenblick wie zwei Fremde, die sich zum allerersten Mal sahen. Ein mittelalter Mann und eine mittelalte Frau. Jetzt, da er direkt vor ihr stand, konnte sie sehen, wie sehr er abgenommen hatte. Sein Gesicht war schmaler geworden, und Olivia wusste nicht, ob es ihm gut stand oder ihn vor allem hagerer und älter machte und einen krassen Kontrast zu seinem gewollt jugendlichen Outfit bildete.

»Hallo, Livy«, sagte Philip und betrachtete sie kurz von oben bis unten. »Du siehst toll aus.« Er machte einen Schritt auf sie zu und drückte ihr fast schüchtern einen Kuss auf die Wange. Dieses Mal ließ sie es geschehen und schob ihn nicht von sich. Sein vertrauter Duft stieg ihr in die Nase, und sie spürte seine Nähe. Und seine Verunsicherung spürte sie auch.

Er hielt ihr einen üppigen Blumenstrauß aus rosafarbenen Rosen entgegen, die bestimmt ein Vermögen gekostet hatten.

»Für dich«, sagte er und lächelte, als sie ihm den Strauß abnahm.

»Danke«, sagte sie und vergrub ihr Gesicht für einen Moment in den intensiv duftenden Blüten. »Sie sind wunderschön.« Sie konnte sich nicht erinnern, wann er ihr das letzte Mal Blumen mitgebracht hatte, aber es war bestimmt schon eine Ewigkeit her. Offensichtlich wusste er allerdings immer noch, was ihr gefiel.

In seiner anderen Hand trug er eine Tüte, aus der es ebenfalls verheißungsvoll duftete. Als er ihren Blick bemerkte, hob er sie an. »Ali aus dem Yol lässt grüßen«, sagte er und lächelte.

Er hatte einen ziemlich großen Umweg gemacht und war offensichtlich extra noch mal in die Nordstadt gefahren, um in ihrem liebsten libanesischen Restaurant einzukaufen. Entweder führte er etwas im Schilde, oder er hatte wirklich ein sehr schlechtes Gewissen.

So oder so wurde Olivia immer neugieriger.

Philip ging an ihr vorbei in die Küche und nahm zwei Teller aus dem Schrank, um sie wie selbstverständlich auf das große silberne Tablett zu stellen, mit dem sie normalerweise alles nach oben trug.

Sie beobachtete ihn und ließ ihn gewähren, bis er plötzlich erschrocken innehielt und sich zu ihr umdrehte.

»Entschuldige … ich … das … war das zu übergriffig? Es ist nur alles so vertraut hier. Ich wollte nicht respektlos …«

»Schon gut«, unterbrach sie ihn und nahm das andere Tablett mit der Karaffe und den Gläsern.

»Ich freue mich ja, dass du nach all den Jahren offensichtlich doch noch herausgefunden hast, wo bei uns die Teller und das Besteck untergebracht sind.« Sie lachte, als er die Stirn runzelte und schließlich auch zu grinsen begann.

»Na warte!«, sagte er und ging ihr hinterher, die Treppe hinauf zur Dachterrasse.

Der Scherz hatte das Eis ein wenig gebrochen, aber die Stimmung war trotzdem immer noch merkwürdig aufgeladen von diesem vertrauten Gefühl, das zwischen ihnen herrschte und in so krassem Gegensatz zu dem stand, was in den letzten Wochen zwischen ihnen geschehen war.

Sie stellte das Tablett oben ab und räumte Kissen und Poufs so um, dass ein kleiner Tisch entstand und sie dennoch auf dem Boden sitzen konnten, während Philip in den Weinkeller ging, um eine Flasche für sie beide auszusuchen.

Sie verteilte die verschiedenen Köstlichkeiten, die sie aus Philips Papiertüte zog, auf kleine Schälchen, die sie ebenfalls mit nach oben gebracht hatte. Das Wasser lief ihr im Mund zusammen. Er hatte wirklich an alles gedacht: Baba Ganoush, eine Auberginenpaste mit vielen Kräutern, ein herrlich knallgelber Feta-Dattel-Dip mit viel Curry, ein kleines Döschen mit Dukkah, eine Gewürzmischung mit Sesam und Kreuzkümmel, um darin und in Olivenöl das köstliche Fladenbrot einzutauchen, ein paar kleine Lammköfte, die Ali auf Minzstengeln briet, gegrillte Möhren und Batata Harra, mit Harissapaste gewürzte Pfannenkartoffeln.

Wenn Philip gerade versuchte, sie mit Essen weichzuklopfen, war es durchaus möglich, dass es ihm gelang, dachte Olivia und nahm sich ein großes Stück Fladenbrot.

Er öffnete den Wein, schenke zuerst ihr und dann sich selbst ein und hob sein Glas, um mit ihr anzustoßen.

»Auf dich«, sagte er und sah ihr in die Augen.

»Okay, auf mich.« Sie lächelte und nahm einen großen Schluck.

Er hatte recht. Auf sich selbst wollte Olivia trinken. Auf die so viel selbstbewusstere, fröhlichere, klarere Frau, die sie in den letzten Wochen geworden war.

»Und auf dich«, sagte sie und meinte es auch so. Denn ohne Philip, das wurde ihr in diesem Moment mehr als bewusst, wäre sie immer noch dieselbe.

»Ich kann nicht mehr«, sagte Olivia irgendwann und hielt sich stöhnend ihren Bauch, dabei sah es nicht wirklich so aus, als hätten sie überhaupt etwas gegessen. In jeder Schüssel war noch mehr als genug, und Olivia nahm sich vor, später etwas davon zu Ari und May nach unten zu bringen. Auch Philip stellte seinen Teller zur Seite.

»Das hätten wir viel öfter machen sollen«, sagte er und sah sie fest an. »Und nicht nur das.«

»Was meinst du damit?«

»Lass mich anders anfangen, okay?« Er räusperte sich. »Ich habe mir nämlich überlegt, was ich sagen will.«

»Oha, da bin ich sehr gespannt.« Sie lehnte sich in seine Richtung und sofort wieder zurück. Ihr Bauch war einfach zu voll.

»Also. Es fällt mir nicht leicht, das zu sagen, Olivia. Aber es ist wichtig, das weiß ich. Ich möchte mich wirklich als Allererstes noch einmal ganz aufrichtig für meinen Auftritt auf dem Tennisplatz entschuldigen. Das war peinlich, und es tut mir sehr leid.« Er sah sie an, und Olivia nickte. »Aber nicht nur das, was ich da gefühlt habe, sondern auch dein Auftauchen bei Aimee haben mir vielleicht die Augen geöffnet. Sie hat mir gesagt, dass ihr in ihrer Yogastunde gewesen seid.«

Also doch. Olivia hatte sich schon gewundert.

»Ich kann mir vorstellen, was es dich für eine Überwindung gekostet hat, dorthin zu gehen. Ich kenne dich. Ich habe gesehen, wie schlecht es dir ging, als wir uns am Anfang zweimal zufällig begegnet sind. Obwohl du da ja nicht allein warst.«

»Das war mein Freund Ernst«, sagte Olivia mehr zu sich selbst als zu ihm.

»Dein Freund oder ein Freund?«

»Bitte?«

»Entschuldige. Es wird einfach so viel geredet.« Er machte eine kurze Pause, bevor er weitersprach. »Es sieht ja wirklich so aus, als hättest du ein schönes Leben.«

»Das habe ich«, sagte sie.

Es war noch zu hell und zu früh, um Kerzen anzuzünden, aber der Abend senkte sich dennoch über den Dachgarten und dämpfte die flirrende Augusthitze, die tagsüber über der Stadt lag. Gerade als Olivia überlegte, ob sie schnell noch die Blumen gießen sollte, nahm Philip ihre Hand.

»Habe ich die richtige Entscheidung getroffen, Livy?«

Bevor sie sich überlegen konnte, ob er das wirklich gesagt hatte, sprach er auch schon weiter.

»Aimee ist toll und hübsch und jung und sexy und großartig, und man kann wirklich sehr viel Spaß mit ihr haben.«

»Spaß? Inwiefern?« Olivia schüttelte sich angewidert. »Kannst du bitte daran denken, mit wem du hier redest? Ich will das alles gar nicht wissen!«

»Entschuldige, ich weiß. Ich habe jetzt auch überhaupt nicht von Sex gesprochen, sondern mehr …«

»Stopp! Du machst es ja nur noch schlimmer!« Olivia hielt sich die Ohren zu. Philip sprach trotzdem weiter.

»Ja, also was ich sagen wollte, ist: Ich weiß ja, dass Aimee viel jünger ist als ich. Ich dachte nur nicht, dass es so wichtig für uns beide ist. Aber ich habe eben auch begriffen, dass sich in ihrem Leben einfach ganz andere Dinge abspielen als in meinem.«

»Ach was. Das ist jetzt nicht wirklich eine große Überraschung, oder?« Sie feixte.

»Livy, sie möchte ein Kind.« Es sah so verzweifelt aus, dass er Olivia fast leidtat, aber dennoch konnte sie es nicht verhindern: Sie begann zu lachen.

»Sorry, Philip, ich lache dich nicht aus. Oder vielleicht ein bisschen. Unter was für einem Stein hast du denn gelebt? Natürlich will sie ein Kind. Sie ist im perfekten Alter für eines. Und du bist der beste Sugardaddy, den man sich nur wünschen kann. Du weißt, wie das alles geht, du hast genug Geld und genug Zeit, um ihr den Rücken freizuhalten, wenn sie dann wieder beruflich durchstarten will. Oder hast du gedacht, sie ist mit dir zusammen, weil Altenpflege ihr Hobby ist?«

»Autsch«, sagte Philip. Er grinste ebenfalls. »Und das sagst du mir jetzt erst?«

»Ausgerechnet ich hätte dir das sagen sollen?«

»Na ja, du hast Studenten in dem Alter!«

»Also erstens sind die meisten meiner Studenten glücklicherweise mindestens fünf Jahre jünger als Aimee. Und zweitens und viel wichtiger: Es sind meine Studenten! Ich unterrichte sie – ich schlafe nicht mit ihnen!«

»Sicher?«

»Spinnst du?«

Der kleine Schlagabtausch fand auf einer humorvollen Ebene statt, und dennoch spürte Olivia genau, dass Philip all diese Dinge ernst meinte, und sie konnte überhaupt nicht glauben, dass er hier war, um mit ihr über seine Beziehungsprobleme zu reden. Es war so lächerlich und beschämend, dass es fast schon wieder rührend war. Das Zweite, was sie nicht glauben konnte, war die Tatsache, dass sie rein gar nichts mehr von der Verzweiflung und der Trauer empfand, die sie noch vor ein paar Wochen so heftig von den Füßen gefegt hatte.

Unfassbar, wie schnell man doch begreifen konnte, dass man eine Beziehung nicht mehr wollte, wenn man die Ablösung nur intensiv genug betrieb.

»Möchtest du denn noch ein Kind?«, fragte sie irgendwann.

»Nein«, antwortete er sofort. »Ich möchte kein Kind mehr. Ich habe doch schon eines. Ich habe das Gefühl, ich kann jetzt endlich meinen Traum verwirklichen und unabhängig sein. Und ich möchte nicht noch einmal von vorne anfangen!«

»Das kann ich gut verstehen.« Sie erinnerte ihn nicht daran, dass das genau ihre Sätze gewesen waren, mit denen sie ihre gemeinsame Zukunft beschrieben hatte. Zumindest, als es noch eine gegeben hatte.

»Aimee versteht das jedenfalls alles nicht. Sie möchte am liebsten ganz weg. Es nervt sie, dass ihr überall Menschen begegnen, die eine Meinung über sie haben, ohne sie zu kennen.«

Olivia zuckte mit den Schultern. Sie konnte das zwar gut verstehen, aber das hieß noch lange nicht, dass es ihr leidtat. Damit musste man eben rechnen, wenn man sich den Mann einer Frau schnappte, die Freundinnen und ein Leben in derselben Stadt hatte.

»Und Nadja und Anja schneiden sie komplett.«

»Ach ja?«

»Ja.«

Olivia beschloss, das nächste Mal, wenn sie den beiden begegnete, ihnen einen Cocktail auszugeben. Vielleicht waren sie doch gar nicht so anders als sie selbst.

»Ich will nicht weg, Livy. Ich möchte hierbleiben«, sagte er und sah sie dabei an.

»Was meinst du mit hierbleiben? Hier in Göttingen?«

Er schüttelte den Kopf. »Ich glaube, ich habe alles falsch gemacht«, sagte er und vergrub das Gesicht in seinen Händen. Von der Leichtigkeit und dem Lachen war nichts mehr übrig. Olivia sah den Mann an, der ihr über die Jahre so vertraut gewesen war, und stellte fest, dass sie sich getäuscht hatte. Er war ihr total fremd. Und das machte ihr überhaupt nichts aus. Eine Weile saßen sie einfach nur so da, während Olivia überlegte, was sie sagen sollte.

Sie hatte ihr Leben lang so viel Angst davor gehabt, ihn zu verlieren. Und nun, da es geschehen war, begriff sie, dass diese Angst völlig unbegründet gewesen war. Nicht sie hatte ihn verloren, sondern er zunächst sich selbst – und dann sie. Das Einzige, was sie für Philip in diesem Augenblick empfand, war Mitgefühl. Noch vor ein paar Tagen hätte sie alles dafür gegeben, ihn so verzweifelt vor sich zu sehen. Und das war genau das Problem: Sie hätte alles gegeben. Und er gar nichts.

»Können wir nicht einfach dahin zurückkehren, wo wir gewesen sind?«, fragte er.

»Zurück?« Sie lächelte. »Nein, Philip, ich kann nicht zurück. Ich kann nur vorwärts gehen.« Sie hatte sich weiterentwickelt, war durch den ganzen Schmerz, den sie gefühlt und hinter sich gelassen hatte, ein Level oder vielmehr einen Quantensprung nach oben, nach vorne katapultiert worden. Ein Zurück war nicht mehr möglich. »Es tut mir leid«, sagte sie. Und selbst das entsprach nicht unbedingt der Wahrheit.

»Aber ich liebe dich noch«, sagte er, »glaube ich.«

Olivia lächelte.

»Vielleicht. Vielleicht auch nicht, Philip. Vielleicht bist du auch einfach nur einsam.«

Philip nahm ihre Hand und zog sie ein wenig zu sich heran. Das vertraute Gefühl seiner Berührung wärmte ihr Herz. Als er sich zu ihr hinüberbeugte, um sie zu küssen, schob sie ihn behutsam von sich. Es war verführerisch, sich auf seine Liebkosungen einzulassen, aber der Grund wäre der falsche. Sie würde es tun, weil sie es konnte – und nicht, weil sie ihn begehrte. Sie begehrte Mo. Aber um ihn ging es nicht.

»Gibt es denn keinen Weg mehr zurück?«, fragte er. Seinen Augen sah sie an, dass er in diesem Augenblick verstand, dass er sie verloren hatte. Sie fühlte keine Genugtuung, kein Mitleid mehr, gar nichts.

»Nein«, sagte Olivia fest.

»Nie mehr?«

»Ich kann nicht sagen, was das Leben für mich vorgesehen hat, oder für dich, oder für uns beide, ganz ehrlich. Bis vor ein paar Wochen hätte ich das vermutlich behauptet, aber nach dem, was ich erlebt habe, sage ich überhaupt nichts mehr dazu.«

Philip setzte sich auf. »Das heißt aber auch, dass da noch Hoffnung ist«, sagte er und lächelte. »Ist doch so, oder?«

Olivia antwortete nicht. Sie sah ihm zu, wie er sich die Socken und Schuhe wieder anzog, die er vorhin ausgezogen hatte. Wie er die Teller stapelte und schließlich alles auf das Tablett stellte. Natürlich gab es immer Gründe, um an einer Beziehung festzuhalten oder sogar einen Neustart zu wagen. Es kam immer auf den Preis an. Vielleicht würde sie ihn irgendwann einmal wieder bezahlen wollen. Im Moment allerdings auf keinen Fall.

Philip gab ihr einen Kuss auf die Stirn.

»Auf Wiedersehen, Livy. Danke für den schönen Abend«, sagte er. »Danke für … die vielen Jahre mit dir.«

»Danke ebenfalls«, antwortete sie lächelnd und zog sich eine Decke über die Beine, bevor sie sich nach hinten fallen ließ. Es war ein wunderbarer Freitagabend. Der erste im August. Die ersten Sterne leuchteten blass am immer dunkler werdenden Himmel. Und als sie hörte, wie unten hinter Philip die Tür ins Schloss fiel, stellte Olivia fest, dass ihr überhaupt nichts fehlte.

Ihr Blick fiel auf ihren Ehering, den sie die ganze Zeit über getragen hatte. Erneut zog sie ihn von ihrem Finger. Die Haut darunter war immer noch dünn und weiß. Aber jetzt fühlte es sich weniger so an, als wäre sie darunter verletzlich und als müsste sie den Ring schon allein als Schutz sofort wieder anziehen – sondern eher so, als läge darunter die neue Haut einer Schlange, nachdem sie sich gehäutet hatte. Neu, zart, durchlässig und voller Chancen.

Olivia lächelte und legte den Ring in ein kleines bemaltes Holzkästchen, in dem sie sonst die kleinen Räucherkegel aufbewahrte, mit denen sie so erfolgreich die Mücken von der Dachterrasse fernhielt. Es war ein Abschied. Und ein Neuanfang. Und für beides war sie dankbar.

Kapitel 27

Olivia war gerade von ihrem Rad gestiegen, hatte die Einkaufstasche und einen Blumenstrauß in der einen Hand und versuchte mit der anderen, die Haustür zu öffnen, während Kismet ihr um die Beine strich, als ihr Smartphone klingelte. Sie stellte alles ab und fischte das Telefon aus ihrer hinteren Hosentasche.

Das Display zeigte eine unbekannte Nummer. Kurz überlegte Olivia, ob sie überhaupt drangehen sollte, aber dann siegte doch die Neugier.

»Lorenz?« Man wusste ja nie.

»Olivia, hier ist Aimee.«

Wie gut, dass sie die Einkäufe schon abgestellt hatte, sonst wäre ihr spätestens jetzt die Tasche aus der Hand gerutscht. Sie hatte ganz am Anfang alle Chats, Bilder und auch Aimees Nummer gelöscht, weil sie nichts mehr mit ihr zu tun haben wollte. Dass das ein Fehler gewesen war, bemerkte sie erst jetzt. Wenn Olivia gewusst hätte, wer da anrief, hätte sie ganz sicher nicht abgehoben. Olivia ließ sich auf die Stufe vor der Eingangstür fallen und lehnte sich an den Türrahmen. Blitze tanzten vor ihren Augen und sie schwitzte.

»Ja?« Warum rief sie an? Was sollte das? Hatte sie mitbekommen, dass Philip bei ihr gewesen war, und wollte nun ihre Ansprüche anmelden?

»Ich …« Sie stockte.

Olivia wartete.

»Ich …«, setzte Aimee noch einmal an.

»Ja?« Die alte Olivia hätte eine Situation wie diese kaum aushalten können, aber die neue hatte überhaupt keine Lust, ihr zu helfen.

»Ich weiß, ich hätte mich längst einmal bei dir melden sollen. Ich meine … wahrscheinlich … schon viel früher.«

Immerhin fiel es ihr auf. Oder hatte Philip etwas zu ihr gesagt?

»Wahrscheinlich.«

»Ich hätte es dir sagen müssen. Ich meine, als du den Gutschein gekauft hast, spätestens da … da …«

Sie merkte, wie sehr sich Aimee quälte.

»Was? Da hast du meinen Mann auch schon gevögelt? Oder er dich?« So oder so machte es keinen Unterschied.

»Mach es mir doch nicht so schwer, Olivia.«

Olivia lachte laut auf. »Wieso nicht? Ich meine, ich mache es dir nicht schwer. Das bist du selbst. Ich frage mich allerdings, warum du mich anrufst. Jetzt. Es ist zu spät, Aimee. Ungefähr fünf Wochen, oder wie lange auch immer das mit euch schon geht.«

»Weißt du, als du mit deinen Freundinnen bei mir im Yoga aufgetaucht bist, das war ganz schön unfair«, sagte sie, anstatt auf Olivia einzugehen.

Zuerst war es merkwürdig, dass Aimee anrief, dann lustig, aber jetzt wurde Olivia langsam wütend.

»Warte: *Du* sagst *mir* gerade, dass ich mich unfair verhalten habe?« Der Anruf kam genau im richtigen Moment, um ein bisschen Dampf abzulassen. Dass sich Aimee traute, Olivia Vorwürfe zu machen, beeindruckte Olivia allerdings beinahe ein bisschen. So viel Selbstbewusstsein musste man erst einmal haben.

»Na ja, du hättest mich ja auch alleine treffen können, oder?«, fragte sie.

»Aber, Aimee: Du hättest auch die Finger von meinem Mann lassen können. Du hättest mir erzählen können, dass du ihn schon kanntest, als ich den Gutschein gekauft habe. Du hättest mir sogar sagen müssen, dass du ihn nicht nur kennst, sondern auch mit ihm schläfst! Du hättest niemals auf seinen Geburtstag gehen dürfen, schon gleich gar nicht, weil ich dich eingeladen habe. Mein Gott, warum erkläre ich dir das alles?«

Durch ihre neu gewonnene Unabhängigkeit spürte Olivia dennoch den Schmerz, den sie gefühlt hatte, als sie herausgefunden hatte, dass Aimee und ihr Mann sie gemeinsam belogen und sich vermutlich noch großartig dabei gefühlt hatten, weil Olivia so blind gewesen war, dass sie es nicht bemerkte.

Sie merkte, wie die Wut zurückkam, die sie damals empfunden und die nirgends hingekonnt hatte, weil sowohl Philip als auch Aimee sie nicht nur belogen, sondern sich auch noch regelrecht vor ihr versteckt hatten. Diese Wut war so unglaublich befreiend, tat wahnsinnig gut und ließ endlich ihre Schutzschicht aus verkrusteter Freundlichkeit aufbrechen, hinter der eine Erkenntnis lag, die sie kaum begreifen konnte.

Olivia hatte Angst gehabt. So viel Angst. Vor Auseinandersetzungen. Ihre Meinung zu sagen. Ihre Stimme zu erheben und für sich selbst einzutreten. Sie hatte Angst davor gehabt, alleine zu sein, nicht mehr geliebt zu werden, wenn sie sich nicht anpasste. Jemanden vor den Kopf zu stoßen, der selbst damit absolut keine Probleme hatte, anderen das anzutun. Die Frage war allerdings: Woher war diese Angst gekommen? Und warum hatte sie so viel Angst davor gehabt, etwas zu verlieren, was sie sowieso nie besessen hatte?

Der Betrug und die Lügen waren furchtbar und nichts, was sie je verzeihen oder vergessen konnte. Aber es war auch etwas, was sie nicht weiter mit sich herumtragen wollte. Beides war auf Aimees und Philips Seite gewachsen, es gehörte zu den beiden und nicht zu Olivia. Dass Aimee jetzt anrief, war nichts weiter als der Wunsch, all das bei Olivia abzuladen und sich selbst davon zu befreien. Aber diesen Gefallen würde sie ihr nicht tun. Sie hätte Aimee jetzt von Philips Beichte erzählen und sich vielleicht sogar damit an ihr rächen können. Aber wozu? Olivia brauchte keine Rache. Sie war ein friedliebender Mensch. Aber das bedeutete nicht, dass sie Aimee die Last abnehmen musste, nur damit die sich besser fühlte.

Klarheit legte sich über Olivia, und auf einmal war sie auf diese gute Art und Weise müde, die man fühlte, wenn man etwas sehr Anstrengendes bewältigt hatte.

»Olivia, bist du noch dran?«

»Ja«, antwortete Olivia. »Aber ich lege jetzt auf. Unser Gespräch ist nicht nötig, Aimee. Ich will das alles gar nicht wissen, und es gibt auch dazu nichts zu sagen.« Nicht mehr, zumindest. »Ach so, doch, eine Sache vielleicht noch«, schob sie hinterher. »Ich danke dir. Du hast mir die Augen für sehr wesentliche Dinge geöffnet, selbst wenn du das bestimmt nicht wolltest. Und Philip … ist ein guter Kerl. Und du kannst ihn gerne behalten.«

»Aber …«

Olivia hörte nicht mehr, was Aimee noch sagen wollte. Sie legte auf. Dann lehnte sie sich an den Türrahmen und lächelte, während sie ihr Gesicht von der Sonne wärmen ließ.

Kapitel 28

Dass ihr Geburtstag ausgerechnet auf einen Mittwoch fiel, machte Olivia besonders glücklich. Es hatte schon zwei Wochen keine Mittwochspartys mehr gegeben. Ein Umstand, den sie an diesem Tag definitiv zu ändern gedachte.

Die Studenten waren immer noch nicht an die Uni zurückgekehrt, und May hatte erst ab dem kommenden Montag wieder Schule.

Olivia lag in ihrem Bett und hatte das Fenster weit geöffnet. Der frühe Sommermorgen schickte seine frische und klare Luft in ihr Schlafzimmer, und die Tauben vor ihrem Fenster sangen ein besonders schönes Geburtstagsständchen für sie. Sie war seit heute achtundvierzig Jahre alt und fühlte sich großartig. Sie hatte vor diesem Geburtstag Angst gehabt. Wieder einmal. Der erste, an dem sie alleine aufwachen würde. Ob sich Philip bei ihr melden würde? Er hatte seine Siebensachen in seinen Porsche gepackt und war in Richtung Italien aufgebrochen. Allein. Zumindest hatte er das bei ihrem letzten Telefonat behauptet. Ob es stimmte, war nicht wichtig. Ob Aimee dabei war oder nicht, Olivia hoffte jedenfalls sehr, dass er zur Ruhe kam und wo auch immer und mit wem auch immer glücklich sein würde.

Vielleicht hatte ihr niemand Blumen gekauft oder den Tisch gedeckt. Aber das war nicht so schlimm. Selbst ihren Kuchen konnte sie sich backen.

Sie drehte sich noch einmal auf die andere Seite. Das Gute daran, dass es kein Geburtstagsfrühstück für sie gab, war, dass sie dafür schlafen konnte, so viel und so lange sie wollte. Olivia räkelte sich genüsslich unter der Bettdecke. Es war ihr Geburtstag. Sie konnte ihn so feiern, wie sie wollte. Und ihre Gäste hatte sie erst für abends eingeladen.

Bis auf einen. Sie streckte ihre Hand aus und tastete sich an der Bettdecke entlang, bis sie Mos warmen Männerkörper neben sich spürte. Ein Lächeln umspielte ihre Lippen. Er war geblieben. Schnell drehte sie sich um und schmiegte sich an ihn.

»Herzlichen Glückwunsch zum Geburtstag«, sagte Mo leise und mit geschlossenen Augen, bevor er sie ein wenig schwerfällig an sich zog, um sie zu küssen. »Ich wünsche dir … O Gott, ist das früh«, sagte er und lächelte verschlafen, immer noch mit geschlossenen Augen. »Ich kann dir noch gar nichts wünschen.«

Olivias Herz begann sehr viel schneller zu schlagen, als sie ihn ansah.

»Was?«, fragte er und öffnete ein Auge zur Hälfte.

»Nichts«, sagte sie. »Ich bin glücklich«, schob sie hinterher.

»Ich auch«, sagte er und sah sie für einen Moment an, bevor er ein kleines Holzkästchen vom Nachttisch holte. »Für dich.« Er legte es in ihre Hand.

Beim Anblick der Schatulle wurde Olivia ganz mulmig zumute. Sie mochte ihn. Sehr. Sie war vielleicht sogar ein winziges bisschen in ihn verliebt. Ob sie ihn eines Tages vielleicht sogar lieben konnte – oder er sie –, das stand völlig in den Sternen. Sie hoffte sehr und hatte bisher gedacht, dass Mo das ganz ähnlich sah.

Sie betrachtete das Kästchen von allen Seiten, unschlüssig, ob sie es öffnen oder vielleicht eher vorsichtshalber ungeöffnet ablehnen sollte.

Aber da fing Mo ihren Blick auf und begann zu lachen.

»Keine Sorge, es ist kein Verlobungsring, und ich will dich nicht heiraten, falls du das befürchtet hast.« Er zog sie in seinen Arm, um ihr einen Kuss auf die Stirn zu geben und vielleicht auch, um die Worte ein wenig abzumildern, die sich ausgesprochen doch ziemlich hart anhörten. Auch wenn Olivia über ihren Inhalt erleichtert war. »Trotzdem möchte ich dir etwas Wichtiges sagen, bevor du es aufmachst.« Er wartete ab, bis sie nickte. Erst dann fuhr er fort: »Wir kennen uns schon so lange, Olivia, und ich fand schon immer, dass du eine tolle Frau bist: spannend, interessant, nicht so oberflächlich wie alle anderen. Ich mochte deinen Humor und die Art und Weise, wie du mit Vincent umgegangen bist. Respektvoll. Empathisch. Und wie eine Mutter, die nicht nur ihren Sohn auf irgendwelchen Siegertreppchen stehen sehen will. Ich habe mir immer gewünscht, eines Tages mit dir einmal Tennis zu spielen oder ein Bier zu trinken. Dass wir irgendwann hier landen würden …« Er breitete die Arme aus und schloss Olivias komplettes Schlafzimmer mit ein, während sein Lächeln noch breiter wurde. »… davon hätte ich noch nicht einmal zu träumen gewagt.«

»Ich …«, sagte Olivia, aber Mo schüttelte den Kopf.

»Nein, ich bin dran«, sagte er und legte ihr den Zeigefinger auf die Lippen. »Unterbrich mich nicht. Es ist meine Geburtstagsrede, und ich vergesse sonst vielleicht, was ich sagen wollte.« Er küsste sie auf die Stirn. »Als du mich nach der Tennisstunde gefragt hast, habe ich mich wirklich sehr gefreut. Ich hatte von eurer Trennung gehört und dachte mir, dass du dich vielleicht einfach nur ablenken und auspowern willst. Wie wir ja wissen, ist dir das gelungen.« Er grinste. »Es stimmt schon, wir sind sehr schnell miteinander im Bett gelandet oder vielmehr auf deiner Dachterrasse, und am Anfang war es tatsächlich mehr Neugier und Stolz, dass du dich auf mich eingelassen hast. Ich fand dich anziehend und sexy und lustig und noch vieles mehr. Aber an diesem einen Abend, an dem wir diesen schlimmen Film geschaut haben, weißt du noch? Da ist mir klar geworden, dass es mehr ist als nur das. Ich habe gemerkt, wie traurig du bist und wie schwer manche Momente für dich sind. Es wäre leicht gewesen zu verschwinden, und früher oder bei einer anderen Person hätte ich das vielleicht auch gemacht. Aber … ich habe gesehen, was für eine tapfere Kämpferin du bist, und in mir gespürt, dass ich gerne an deiner Seite sein möchte. Vielleicht muss man das, was wir haben, nicht definieren oder zerreden oder überhaupt in Worte fassen. Was ich dir sagen will, ist: Meine Gefühle für dich sind echt und tief und schön. Was daraus wird, werden wir sehen. Im Moment reicht mir das, was es ist, und ich hoffe, dir auch. Eines ist jedenfalls ganz sicher: Du kannst dich darauf verlassen. Du kannst dich auf *mich* verlassen. Und jetzt mach endlich das Päckchen auf.«

Olivia war so berührt von seinen Worten, dass sie am liebsten einfach nur eine Weile noch so dagelegen hätte. Aber Mo sah sie so aufgeregt an, dass sie nicht länger warten konnte. Behutsam löste Olivia die zartrosa Schleife, die den Deckel festhielt, und klappte ihn dann nach oben.

Im Inneren lag ein glänzendes Seidenkissen und darauf mit einer winzigen Nadel fixiert befand sich eine zarte silberne Kette mit einem kleinen Anhänger. Vorsichtig löste sie die Nadel und nahm die Kette heraus, um sie genauer zu betrachten. Der Anhänger hatte die Form einer winzigen Fee.

Mo hatte sie die ganze Zeit beobachtet und brach jetzt in lautes Lachen aus, als sie zärtlich über den Anhänger strich und ihr eine einzelne Träne über die Wange kullerte.

»Danke«, flüsterte sie leise. »Ich habe noch nie ein so schönes, lustiges und besonderes Geburtstagsgeschenk bekommen.« Sie schmiegte sich erneut an ihn. Sein Körper war warm und stark, und sie fühlte sich genau am richtigen Ort zur richtigen Zeit. »Danke«, flüsterte sie erneut und rutschte ein Stück nach oben, um ihm einen Kuss zu geben.

»Happy Birthday«, antwortete er und küsste sie ebenfalls, bevor er ihr die Kette aus der Hand nahm, um sie ihr umzulegen.

Was für ein Glück sie doch hatte. Sie freute sich von Herzen über diese Kette, aber noch sehr viel mehr über Mo, diesen außergewöhnlichen Mann in ihrem Leben.

Als sie aufgestanden und ins Bad gegangen war, sah sie wieder einmal wie neulich aufmerksam in den Spiegel. Sie war immer noch dieselbe, wenn auch zumindest auf dem Papier ein Jahr älter. Und wenn sie sich so genau betrachtete: Leuchteten ihre Augen nicht ein wenig mehr? Strahlte nicht ihr ganzes Gesicht noch fröhlicher? Freier? Sah sie nicht überhaupt sehr viel mehr aus wie sie selbst?

»Happy Birthday!«, sagte sie zu ihrem Spiegelbild und warf sich selbst einen Luftkuss zu, bevor sie sich sorgfältig schminkte und sich schließlich für Jeansshorts, T-Shirt und Flip-Flops entschied.

Als sie aus dem Bad kam, war Mo schon nach unten gegangen. Mittlerweile hatte er sich offensichtlich auch an die Espressomaschine gewagt, denn ein köstlicher Duft nach frischem Kaffee stieg ihr in die Nase, als sie Stufe um Stufe nach unten ging.

Der Frühstückstisch war so liebevoll und stilecht gedeckt, dass es nur das Werk einer einzigen Person gewesen sein konnte: Ari. Luftballons und Papierschlangen hingen über der Esstischlampe. An jedem Platz stand ein kunstvolles Tischkärtchen. May. Zu dem Duft nach Kaffee gesellte sich der nach frischem Brot und frisch gebackenem Aprikosenkuchen. Babette.

Und als nun Ari begann, die Saiten ihrer Gitarre zu einem *Happy Birthday* zu zupfen und diese vier Menschen sie einfach nur anstrahlten, da begann Olivia, vor Glück zu weinen, zu lachen und wieder zu weinen. Und musste sich auf die Stufen setzen und ihr Gesicht in Kismets Fell vergraben, der ziemlich verwirrt um ihre Beine strich, weil solche Überraschungen einen manchmal ganz schön überwältigen konnten.

Kapitel 29

Ursprünglich wollte Vincent mit dem Zug vom Flughafen Hannover nach Hause kommen, aber Olivia hatte beschlossen, ihn zur Feier des Tages abzuholen. Sie wollte ein wenig Zeit mit ihm alleine verbringen, bevor er auf all die Menschen in ihrem Zuhause traf, von denen er die meisten ja noch gar nicht kannte.

Schon komisch, dachte sie, als sie ihr Auto aus dem Hof manövrierte und sich an der großen Kreuzung auf die Autobahn in Richtung Hannover einfädelte, bis vor Kurzem hatte sie noch Angst davor gehabt, für immer allein und einsam zu bleiben. Hatte sich selbst in diesem Haus durch die Räume wandern sehen, einzig begleitet von Kismet. Sie hatte sich schon überlegt, ob Philip nicht doch recht gehabt hatte und es nicht vielleicht besser gewesen wäre, das Haus zu verkaufen. Und nun hatte sich alles auf so wunderbare Art und Weise verändert.

Es war gerade mal etwas mehr als einen Monat her, dass sie sich das letzte Mal gesehen hatten. Dennoch kam es Olivia vor, als würde ihr halbes Leben zwischen ihrem letzten Treffen und heute liegen.

Es hatte sich nicht nur viel, sondern einfach alles verändert – und sie freute sich wahnsinnig darauf, all das mit Vincent zu teilen.

Immer mehr Menschen strömten aus dem Ausgang hinter dem Zoll und wurden von ihren Familien oder Freunden begrüßt, in den Arm genommen und geküsst, und Olivias Herz klopfte voller Vorfreude und Stolz, als sie Vincent zwischen ihnen entdeckte.

Er winkte und drängelte sich an einer Großfamilie vorbei, die ihre Begrüßungszeremonie direkt vor der Tür abhalten wollte.

Dann war er da. Mit seinem kleinen Rollkoffer, den etwas zerzausten Haaren, in seinem Hoodie, mit den Kopfhörern auf den Ohren und den funkelnden braunen Augen, die sie so sehr an ihre eigenen erinnerten.

»Bist du aber groß geworden«, sagte sie lachend und zog ihn fest an sich. In ihrem Arm war er immer beides: der junge, unabhängige Mann, der seinen Weg alleine ging, und der kleine Junge, den sie ihr Leben lang beschützen würde, selbst wenn er sie mittlerweile um viele Zentimeter überragte.

»Du aber auch«, sagte er und drückte ihr ebenfalls einen Kuss auf die Wange.

Die Heimfahrt verlief, wie sie es sich vorgestellt hatte: Vincent erzählte von seinem Studium, dem Leben in York und den Plänen, die er für die nächsten Tage hatte. Olivia brachte ihn dafür auf den neuesten Stand der Dinge und versuchte, einigermaßen zusammenzufassen, was in Göttingen los gewesen war. Besonders freute Vincent sich natürlich, dass sich Olivia und Philip mehr oder weniger ausgesprochen hatten, und bedauerte es ein bisschen, dass er seinen Vater dieses Mal nicht sehen würde. Andererseits hatte er genug Pläne für die nächsten Tage, und er würde schließlich irgendwann wieder zu Besuch kommen.

Ein bisschen komisch wurde es, als sie zu Hause ankamen und Vincent als Allererstes Mo über den Weg lief. Er freute sich unglaublich, seinen Tennistrainer zu sehen, war aber doch einigermaßen verwirrt darüber, wie gut er sich im Haus auskannte. Olivia hatte einfach nicht die richtigen Worte gefunden, von ihm zu erzählen, und wusste auch jetzt nicht wirklich, was sie sagen sollte. Aber schließlich rettete May die Situation eher unbeabsichtigt, indem sie Vincent einfach vom allerersten Moment an komplett für sich beanspruchte. Und Vincent es lachend geschehen ließ.

Sie entschieden sich dafür, das Fest in den Hinterhof zu verlegen. Schon allein weil Mittwoch war, aber auch wegen des Sounds, den Ari nicht genug hervorheben konnte, und weil die Balken eine perfekte Sitzgelegenheit darstellten.

Ernst, Babette und Ari hatten sich um das Buffet, Geschirr, Besteck und Gläser gekümmert. Henning, Mo und Theo hatten die Getränke bei Guido besorgt und irgendwo Lautsprecher und einen Verstärker aufgetrieben, und Vincent und May hatten den Hinterhof dekoriert.

Als die anderen Gäste gegen acht Uhr kamen, hatten sie schon zu ein paar besonders mitreißenden Liedern getanzt und den einen oder anderen Sekt getrunken. Die Stimmung war ausgelassen, und Olivia war einfach nur glücklich.

Georg kam mit einer riesigen Kühltruhe und ließ es sich nicht nehmen, jedem einzelnen Gast einen Hemingway Daiquiri aus den Zutaten zu mixen, die er darin mitgebracht hatte. Nach ihm kamen schließlich ein paar ehemalige Studenten von Olivia, mit denen sie lose Kontakt gehalten hatte, sowie die komplette Tennisclique von Vincent. Tom und Gabriela standen ebenfalls plötzlich da, über deren Besuch sich Olivia besonders freute.

Gerade, als sie dachte, dass die meisten Gäste angekommen waren, traten Anja und Nadja durch den Torbogen in den Hinterhof. Beide trugen flache Schuhe und bunte Sommerkleider. Sie waren weder überstylt noch absichtlich underdressed, sondern einfach nur zwei sehr hübsche und ein wenig unsichere Frauen auf einer Party. Es hatte sie bestimmt Überwindung gekostet und auch ein wenig Mut, hierherzukommen. Dass sie überhaupt gekommen waren, war das sehr viel kostbarere Geschenk für Olivia, selbst wenn die beiden eine riesige Flasche Champagner zwischen sich balancierten.

»Schön, dass ihr da seid«, sagte Olivia und nahm ihnen die Flasche ab, bevor sie beide fest umarmte.

»Wir … wollten mit dir auf unsere Freundschaft anstoßen«, sagte Anja und zeigte auf die Flasche.

»Wir fanden die Größe angemessen«, ergänzte Nadja und grinste. »Vielleicht teilen wir besser noch mit ein paar anderen.«

»Den Champagner?«, fragte Anja.

»Den Champagner unbedingt. Und die Freundschaft auch.« Olivia zwinkerte ihr zu.

»Geht klar«, sagte Anja und legte ihren Arm um Olivias Hüfte.

Sie freute sich, dass sie wieder so normal miteinander reden konnten und dass die beiden ihre Männer dabeihatten. Außerdem kündigten sie an, dass später noch ein paar mehr aus der alten Clique vorbeischauen wollten, so wie sie es immer gemacht hatten. Es war ein Zeichen. Dafür, dass sie gerne mit ihr zusammen sein wollten. Dass sie immer noch Teil dieses Freundeskreises war und dass Philips Entscheidung für Aimee nichts mit ihrer Freundschaft zu Olivia zu tun hatte. Es fühlte sich einfach nur gut an.

Als schon eine Weile keine neuen Gäste gekommen waren und jeder etwas zu essen und zu trinken in den Händen hielt, ging Olivia mit einer Weinkiste in die Mitte des Steingartens und stellte sich darauf, sodass sie jeder sehen konnte. Sie ließ ihren Blick über ihre Freunde schweifen, die hier in ihrem Hinterhof miteinander lachten und feierten, und ihr wurde wieder einmal bewusst, was für ein Glück sie hatte. Mo, Ernst, Babette, Theo, Ari, May, Vincent und Henning – diese Menschen waren die Familie, mit der sie das Leben feierte und mit der sie auf eine Weise verbunden war, bei der es nicht darauf ankam, ob sie nun verwandt miteinander waren oder nicht.

Es gab so viel zu sagen. Vor allem aber eines.

Olivia klopfte sacht an ihr Weißweinglas, bis ihre Gäste still wurden und sich ihr zuwandten. Ari drehte die Musik leiser.

»Danke«, begann sie. Olivia war es gewohnt, vor ihren Studenten zu sprechen. Aber ihre Gefühle mit so vielen Menschen zu teilen, kostete sie für eine Sekunde Überwindung. Dann aber sah sie in Vincents erwartungsvolle Augen, in Mays strahlendes Gesicht, fing Aris aufmunternden und Mos liebevollen Blick auf, und auf einmal ging es ganz leicht:

»Danke, dass ihr hierhergekommen seid, um mit mir zu feiern. Ich weiß, die Mittwochspartys sind mittlerweile schon fast eine Tradition geworden, und dass ihr da seid, ist vermutlich nicht wirklich außergewöhnlich, wenn man bedenkt, dass ein paar von euch an den letzten Mittwochabenden immer hier waren. Umso mehr – danke dafür, Ari, dass du überhaupt damit angefangen hast. Wie konnte ich nur vorher ohne leben? Ich habe mir übrigens wirklich kurz überlegt, ob ich Philip nicht ebenfalls einladen sollte. Immerhin habe ich ihm unglaublich viel zu verdanken. Natürlich sind da erst einmal die vielen gemeinsamen Jahre, bei denen nicht unbedingt jedes erwähnenswert ist.« Sie verzog das Gesicht, und ein paar der Gäste lachten. »Aber letztendlich möchte ich nur die wirklich wichtigen Dinge erwähnen, und dazu gehört auch Folgendes: Als Philip mich verlassen hat, hat es sich angefühlt, als würde es mich zerstören. O ja, glaubt mir, ich habe meinen Teil dazu beigetragen, dass es beinahe geklappt hätte, stimmt's, Babette?« Sie hob ihr Glas in Richtung ihrer besten Freundin, die heftig nickte. »Dieser furchtbare Moment, in dem ich gedacht habe, mein Leben wäre vorbei, hat sich schließlich als Glück erwiesen. Hätte Philip mir nicht das Herz gebrochen, hätte ich es nicht mit eurer Hilfe zu einem neuen, bunten und so fröhlichen zusammensetzen können und vor allem nicht die Chance auf all das Großartige gehabt, das ich in den letzten Wochen erlebt habe. Danke dafür.«

Sie versuchte, Vincent unter den Gästen auszumachen, und entdeckte ihn schließlich zwischen seinen Tennisfreunden und Mo. Er hatte den Arm um May gelegt, die nicht aufhören konnte, ihn anzuhimmeln, und er strahlte in ihre Richtung. Olivias Herz machte einen glücklichen Hüpfer, als sie ihn da stehen sah. Sie lächelte ihn an und sprach weiter: »Wenn ihr mich vor Philips Geburtstag gefragt hättet, wer ich bin, hätte ich euch vermutlich Folgendes gesagt: Ich bin Olivia, Ehefrau, Mutter und Dozentin für Kunstgeschichte. Punkt. Das war meine Geschichte, mehr habe ich nicht gebraucht, und es hätte gerne auch so bleiben können. Ist es aber nicht, wie wir wissen. Denn über Nacht wurde ich zu einer verlassenen alten Frau, ihrer Träume und Wünsche beraubt, enttäuscht und verzweifelt und ohne Hoffnung darauf, dass es je besser werden könnte. Ich war die einsamste Person der Welt, denn ich hatte sogar mich selbst verloren. Abgesehen davon hatte ich plötzlich einen latenten Hang zu übermäßigem Alkoholkonsum. Als Babette mich als Häuflein Elend aus dem Wodka gezogen hat, hat sie mir gesagt, dass ich mich neu erfinden muss. Ganz ehrlich, es hat sich nicht wie eine Option, sondern wie eine Bedrohung angehört.« Sie lachte. »Ich habe lange darüber nachgedacht. Und nein, ich bin nicht deiner Meinung, Süße. Ich will und muss mich nicht neu erfinden. Sondern mich schlicht und ergreifend *wieder*finden. Es ist alles immer da gewesen, ich habe es nur vergessen. Ich muss also die werden, die ich schon vorher war. Bevor ich mich über Philip definiert habe. Und bevor ich zu der ewig ausgleichenden, immer abwartenden Ehefrau geworden bin, die immer alle zuerst glücklich machen muss, bevor sie nach sich selbst schaut. Eine Profi-People-Pleaserin, hört sich auch viel besser an. Wäre Babette nicht aufgetaucht, wäre ich immer weiter in diesem tiefen Loch versunken und vielleicht eines Tages ganz darin verschwunden. Also danke, dass du gekommen bist, dass du mir in den Hintern getreten und mich unter die eiskalte Dusche gestellt hast. Oder nein, warte, ich glaube, dafür möchte ich mich doch nicht bedanken.« Sie lachte. »Aber ich danke dir, dass du weder meine Gucchi-Pantoffeln noch meine Seidenhose entsorgt, aber mir deutlich gezeigt hast, wie überflüssig diese Dinge sind, wenn sie nur dazu dienen, eine Lücke zu füllen, die Einsamkeit heißt. Natürlich kann es nicht nur helle Stunden geben. Manchmal zweifle ich immer noch und frage mich, ob ich mich richtig entschieden habe, als ich meine Chance auf einen Neuanfang mit Philip nicht genutzt habe. Aber ich habe alles, was ich brauche: euch, das Haus, Kismet. Und die Möglichkeit, jeden Tag von Neuem anzufangen. Außerdem habe ich schon sehr lange keinen einzigen meiner Sätze mit ›Mein Mann sagt ja, …‹ begonnen. Ich danke meinem neuen Freund Ernst, der mich darauf hingewiesen hat, dass das ein Grund zur Hoffnung ist. Ich habe in den letzten Wochen aber auch begriffen, dass ein Mann bestenfalls die Kirsche auf der Sahne auf der Schwarzwälder Kirschtorte sein darf, aber niemals eine Grundzutat. Dafür bin ich zu alt. Dafür sind wir alle zu wertvoll. Nein, ich möchte niemanden mehr brauchen. Überhaupt möchte ich nie wieder abhängig sein von irgendjemandem, der mich diese Abhängigkeit spüren lässt. Du hast gesagt, eine Prinzessin fragt nicht nach dem Prinzen in schimmernder Rüstung, sondern nach einem eigenen Schwert, Ari. Ich wäre dann so weit. Ich danke dir, Mo, dafür, dass du mir jeden Tag aufs Neue beibringst, dass es nichts mit Egoismus zu tun hat, sich um sich selbst zu kümmern, und dafür, dass du mir gezeigt hast, dass mein Herz noch so schnell schlagen kann. Dich zu treffen und einen Teil Wegstrecke mit dir zurückzulegen, ist wunderschön und bedeutet mir viel. Ich weiß aber, man muss seine Wege alleine gehen. Wenn wir uns sehen, bin ich glücklich – und trotzdem oft voller Fragezeichen, weil ich nicht weiß, wohin das alles führt. Vielleicht muss ich das auch gar nicht wissen. Vielleicht geht es genau darum: sich auf den Moment einzulassen und einfach abzuwarten und zu genießen, was auch immer kommt. Das Leben und die Liebe sind eben nun mal beide ein Wagnis und immer wert, sich darauf einzulassen. Also was auch immer ab jetzt geschieht: Ich freue mich darauf. Und außerdem, dank euch allen habe ich so vieles gelernt: Vor allem aber habt ihr mir gezeigt, dass das Leben schön ist und voller Abenteuer, unvorhergesehenen Möglichkeiten und Chancen, die aus Chaos und Kummer entstehen können. Oder vielmehr, die es ohne Schmerz gar nicht geben würde. Danke, dass ihr da seid. Danke, dass ihr mit mir feiert. Danke, dass es euch gibt.«

Sie stieg von der Kiste und nahm den Daiquiri in Empfang, den Georg ihr reichte. Dann drehte sie sich einmal um sich selbst, bis sie Ari entdeckte, und nickte ihr zu, als sie ihre Gitarre nahm und erneut *Free* von Cat Burns anstimmte. Olivias neues Lieblingslied.

Ende

Hemingway Daiquiri

Glas & Barwerkzeuge
Cocktailglas
Shaker
Barsieb
Jigger

Zutaten
6 cl ungereifter Rum
2,25 cl Limettensaft
1,5 cl Grapefruitsaft
1 Barlöffel Zuckersirup
1 Barlöffel Maraschinolikör

Zubereitung
Alle Zutaten auf Eis shaken.
In ein gefrostetes Martini-Glas oder eine Coupette abseihen.
Mit einem Limettenrad garnieren.
Genießen

Danke

Als ich die Geschichte zu diesem Buch entwickelt habe, war es nur eine Idee. Aber als ich dann zu schreiben begann, wurde sie für mich leider auf eine ganz ähnliche Art zur Realität.

Ich habe gespürt, wie es ist, wenn die eigene Welt in tausend Stücke zerbricht, weil man feststellen muss, dass man sich in den Menschen, die man am besten zu kennen geglaubt hat, auch am meisten täuschen kann.

Manchmal ist es mir deshalb besonders schwergefallen, dieses Buch weiterzuschreiben, und in anderen Augenblicken ist es mir genau deshalb besonders leichtgefallen.

Wie Olivia habe ich das große Glück, aufrichtige und wahre Freunde zu haben, denen ich vertrauen kann und die an meiner Seite waren (und zum Glück nach wie vor sind). Ich danke also Arleen, Tita, Andrea, Dagmar, Jana, Kris, Leo, Jelena, Nadine, Petra, Werner, Jürgen, Mate, Igor. Danke für eure Unterstützung, eure Freundschaft, euer Lachen, eure Gedanken, euer Werkzeug und eure Aufmunterungen, Umarmungen, Anrufe, Postkarten, Briefe, Posts, Whatsapps, Katzenbilder, Essen, Wein, euern unerschütterlichen Glauben an mich, eure Tritte in meinen Hintern, eure Ermutigungen und all unsere gemeinsamen Pläne. Ganz besonders aber danke für euch, meine Lieben!

Lieber Stefan, danke dir für deine Witze (ja, ganz besonders die schlechten!) – und für alles andere sowieso.

Ich danke Leonie Schöbel, meiner unglaublich klugen, aufrichtigen, strengen, fürsorglichen, inspirierenden und überhaupt allerbesten Agentin für die lustigen Mails, die hilfreichen Ratschläge, die Rettung in der Not und deine unermüdliche Energie für meine, unsere Projekte. Du kannst auf keinen Fall erahnen, wie dankbar ich dir bin. Isso!

Ich danke Paula Telge, die dieses Projekt übernommen und so gut begleitet hat.

Ich danke – und denke mit großer Trauer an Christine Steffen-Reimann, die sich für Olivias Geschichte begeistert und sie eingekauft hat. Ihre klugen Gedanken, ihr Humor und die Gespräche über Titel, Inhalte und Feinheiten fehlen so sehr!

Liebe Clarissa, vielen Dank für dein Adlerauge, deine vielen klugen Anmerkungen und Fragen im Lektorat, besonders für Henning/Hennig, Nowak/Lorenz und die vielen »dass« – du hast diese Geschichte noch einmal so viel besser gemacht und es ist eine Freude, mit dir zusammenzuarbeiten!

Ich danke allen, die dem Manuskript den letzen Schliff verpasst haben: Sandra Hacke, Simone Meissner, Miriam Gramoschke und natürlich Ihnen, liebe Anne Hilliges!

Ich danke meiner Lieblingshasengang für ihren Support, die mentale und emotionale Unterstützung, die neuen und alten Traditionen und schon jetzt für das Schreibwochenende in Göttingen im November. Eure Laudationes (hab ich gegoogelt) werden so der Kracher! Jana, Leo, Kris: Hasen! Ihr seid die Besten und ich liebe euch!

Und ich danke euch, Ihnen, dir, liebe Leserin, lieber Leser (wenn es dich gibt, dann danke ich dir ganz besonders! You rock! ;)).

Dafür, dass du dich für Olivias Geschichte begeisterst, mich anspornst, mir Mails schreibst, Fragen stellst und mir immer wieder die Möglichkeit gibst, eine neue Geschichte zu erzählen. Hör nicht auf damit, versprochen? ☺

Deine Lucinde

Was ich noch erwähnenswert finde:

Ich hatte außerdem dieses Jahr auch schon sehr viel Glück, was ich unbedingt an dieser Stelle noch erwähnen will. Ich habe nämlich einen eigenen Cocktail und ein eigenes Lämmchen. Bitte: Wenn ich es nicht geschafft habe, wer dann?

Danke also an Maik, leidenschaftlicher Barkeeper im Herbarium für Lucys Delight, beinahe alkoholfrei und unglaublich köstlich! Und ebenfalls danke an Sybille Lukaschek, die ein Lämmchen nach mir Lucinde genannt hat!

Abgesehen davon schließe ich mich Olivias Rede an: Das Leben ist schön und kompliziert, und ich brauche ganz dringend ein eigenes Schwert.